KB116740

루팡의 소식

LUPIN NO SHOSOKU
by Hideo Yokoyama

ルパンの消息

루팡의 소식

요코야마 히데오 장편소설 | 한희선 옮김

비채

차례

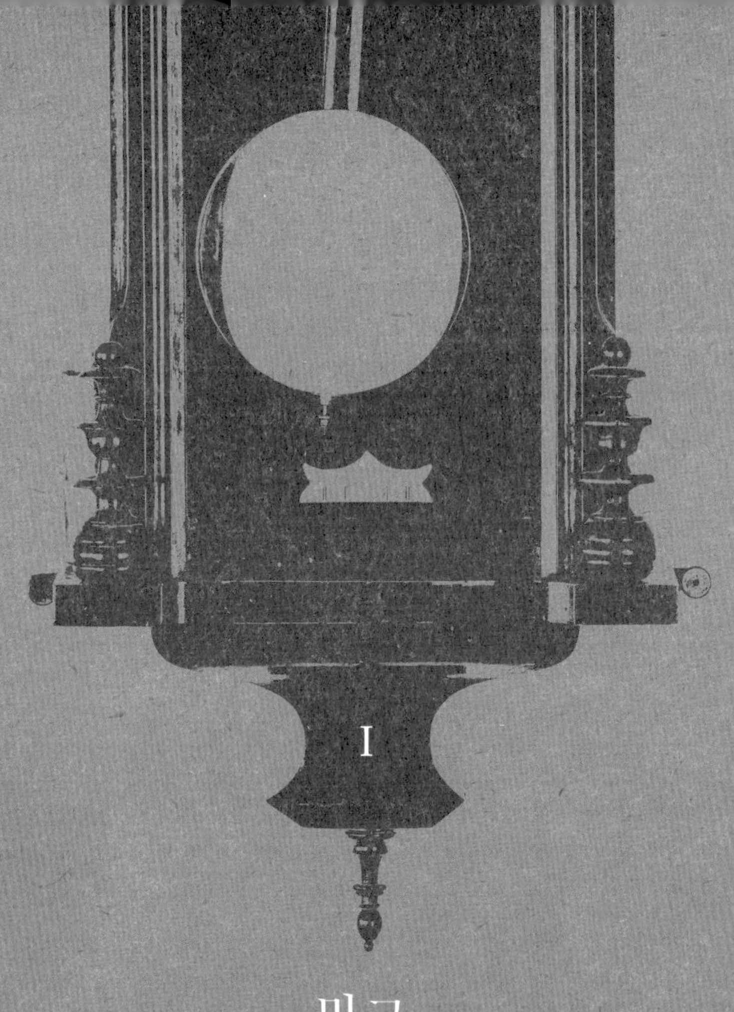

I

밀고

1

헤이세이平成 2년(1990년) 12월 8일 밤, 스가모巣鴨.

"어이, 아가씨, 사건현장에선 볼일이 급하면 어떻게 처리하나."

괄괄하고 기름진 목소리가 연회석을 가로지르며, 화장실에서 막 돌아오는 젊은 여기자의 시선을 붙들었다.

"어머!"

단발머리가 휙 돌아보며, 예상했듯 쾌활한 목소리로 반응한다. 애교 어린 둥근 눈매가 무례한 목소리의 주인을 바로 찾아내곤 "정말, 서장님은!" 하며 윗자리에 앉은 고칸 고조後閑耕造를 쏘아본다. 나름 화가 났다는 기색이 반, 말 걸어줘서 기쁘다는 기색이 반인 표정이다.

고칸은 플라스크를 연상케 하는 거대한 몸을 흔들흔들 움직이며, 호쾌한 웃음을 터뜨렸다. 제법 취기가 올랐는지 거리낄 것도 없고, 사정 봐줄 것도 없다. 씰룩 입을 삐죽이는 그녀를 향해 과장된 몸짓으로 "어이, 뺄 거 다 뺐으면 또 마셔야지" 하고 부추긴다.

이골이 난 '아가씨', 고쿠료 가스미国領香澄도 지지 않는다. 잔에 반 정도 남은 찬 청주를 단숨에 비우더니 바로 잔을 권하며 용감하게 맞선다.

"자, 드시죠. 이번은 세쿠하라성희롱(sexual harassment)의 일본식 줄임말 서장님을 화장실에 보내드릴 차례예요."

"세쿠하라? 세키하라関原 말이야? 갑자기 왜 딴 서장 놈을 들먹이는데?"

진지한 얼굴로 되묻다니, 멍청하다고밖에 할 수 없었다. 가스미는 손뼉을 치고 펄쩍 뛰면서 세쿠하라도 모르면서 서장 자리를 잘도 꿰차고 있네, 능글맞은 중년 아저씨가 젊디젊은 여성을 못살게 군다더니, 여기에 바로 그 본보기 같은 남자가 있네 하며 능수능란한 말솜씨로 꼼짝 못하게 만든다. 이렇게 되면 대체 어느 쪽이 못살게 구는 상황인지 알 수가 없다.

오후 11시를 넘어 송년회는 최고조에 달했다.

그다지 넓지 않은 연회석은 관할서 간부와 경찰 담당 기자가 뒤섞여 북적거리면서, 그야말로 발 디딜 틈도 없었다. 평소라면 이미 2, 3차에 접어들 시간이었다. 하지만, 이날은 저녁 무렵 학원에서 귀가하던 초등학생 두 명이 뺑소니 트럭에 치이는 사건이 발생하여 모임은 일단 공중에 떠버렸다. 그러나 연회를 준비하느라 고생한 회계과장의 기도가 통했는지 구멍이 숭숭 뚫린 긴급배치 검문에 범인이 어이없게 걸려들어 사건은 바로 해결되었다.

여러 가지 사정 끝에 두 시간 늦게 연회가 시작된 것이다. 운 좋게 사건 하나를 마무리 지었다는 공통의 상쾌함과 잠재적 동업자 의식이 관할서 간부와 기자의 거리감을 전에 없이 좁혀주었다. 인권이니 유치장이니, 결론이 나지 않는 빤한 논쟁도 오늘 밤은 약속이나 한 듯 휴전하고, 이쪽저쪽에서 어깨동무를 한 둥그런 등덜미의 무리가 크게 파도를 친다. 맥주병을 마이크 삼아 남자끼리 듀엣곡을 꽥꽥거리는가 하면, 취기가 올라 팔씨름에 핏대를 세우거나

서로의 공훈담에 함께 고개를 끄덕여주는 모습이 마치 허물없는 동료끼리의 연회 같았다.

끝자리에 앉아 흐뭇한 미소를 짓고 있는 회계과장 뒤로, 멀쩡해 보이는 젊은 형사 하나가 벽을 따라 조용히 안으로 다가섰다. 그러나 다들 잔뜩 취한 터라 그의 존재조차 의식하지 못했다. 형사의 손바닥 안에서 땀에 절은, 두 번 겹쳐 접은 작은 쪽지가 테이블의 사각지대에 가려진 고칸의 무릎 끝에서 남몰래 펼쳐졌다.

"음, 뭐야?"

형사는 대답하지 않고 아래로 눈길을 주었다. 고칸은 가스미와의 신나는 이야기에 미련이 남았지만 갑자기 술이 깨면서 형사의 시선을 따라갔다.

— 뭐라고?

십오 년 전 여교사 자살 사안 관련
타살 의혹 농후 유력 정보
신속 복귀 요망

사태를 요약한 휘갈겨 쓴 쪽지는 글자 수가 적은 만큼 오히려 일의 중대함을 강조하는 듯했다.

같은 방식으로 정보가 술자리의 여기저기에 흩어져 있는 수사 담당관 한 사람, 한 사람에게 전해졌다. 도망갈 곳 없는 담배 연기가 자욱한 가운데 제정신으로 돌아온 눈길이 둘셋 마주쳤다.

먼저 고칸이 움직였다. 의심받지 않도록 머릿속에서 몇 분을 잰 뒤 아무 일도 없다는 듯 이야기하는 무리에서 벗어나, 적진을 돌파하는 심정으로 때가 낀 맹장지 문을 목표로 움직였다.

— 하필이면 왜 오늘 밤이야.

떠들썩한 술자리를 뒤로하며 고칸은 짜증 섞인 한숨을 토해냈다. '경찰과 언론은 차의 양쪽 바퀴'라는 건 그의 지론이다. 쌍방이 적당히 기능을 수행하고 있으면 좋다. 어느 한쪽 타이어가 느닷없이 급회전을 시작하면 균형이 무너져 사회 혼란을 초래한다. 경찰의 비밀주의가 언론의 특종 경쟁을 부추기면서, 막무가내 기자 패거리들에게서 오보나 허위보도가 눈에 띄게 많아진 것이 분명하다. 최근 들어 뜸한 경찰과 기자 간의 친목회에 고칸이 열심인 이유도 되도록이면 언론과 거리를 좁혀 활자나 전파의 힘으로 민관 사이의 의사소통을 원활하게 해나가고 싶었기 때문이다. 경찰과 언론 간에 빼도 박도 못하는 유착과 반목이 얽혀 있는 구조가 어제오늘 벌어진 일도 아닌데, 그렇게 물러터져서 어떡하겠느냐고 자조할 때도 있다. 그러나 온화한 가면 뒤에 숨긴, 언론의 도구화를 꾀하는 캐리어일본 국가공무원시험 1종 합격자 중 경찰직에 배속된 사람으로, 고속 승진을 하며 진급에 제약이 없다 패거리들의 의뭉스러움을 생각하면, 순사巡査부터 경시警視까지 꾸준히 밟아 올라온 자신들이 나서야 한다는 사명감 비슷한 기분이 들기도 했다.

그렇다고 해도 '차의 양쪽 바퀴'라는 이상理想도 때와 장소에 따라 변하게 마련이다. 처음부터 중요한 정보를 기자가 알아채고 선수를 쳐 혼란이 야기되면, 해결될 사건도 엉망이 될지 모른다. 비록 나중에 '거짓말쟁이 서장'이라고 비난받더라도 입 다물어야 할 때는 다물고, 도망가야 할 때는 도망간다는 원칙을 지켜야 하는 게 소속장으로서 힘든 점이다.

모임에 참석한 수사간부 중 어떤 이는 '늙은이는 슬슬 사라져야지' 하며 노병老兵인 체하고, 또 어떤 이는 화장실에 가는 시늉을 하며 차례로 술자리를 떠났다. 남은 이들은 교통이나 방범, 경비처럼 살인 사건에 직접 관여하지 않는 간부뿐이었다. 경찰 입장에서 보자면 그들 역시 기자의 발을 묶는 역할로서, 정보 관제의 임무를 수행하는 셈이다.

한편 기자들 역시 베테랑이나 민완이라 불리는 사람들도 젊은 기자들에 섞여 있기는 하지만 주당들이 모인 경찰관과 제대로 겨룬 것이 화근이 되어 본래의 직감은 술병과 술잔 바닥으로 깊이 가라앉아버렸다. 단 한 사람, 고쿠료 가스미만이 '서장님, 화장실에 꽤 오래 있네' 하며 조금 신경을 쓰고 있을 뿐.

서장의 검은색 차는 찬바람이 휘몰아치는 요릿집 뒷골목에서 대기하고 있었다.

"어이, 정말 살인이야?"

고칸은 펑퍼짐한 엉덩이를 시트에 깊이 묻었지만, 왼발은 여전히 도로에 내디딘 채 뒤쫓아온 가느다란 그림자에게 낮은 목소리로 물었다.

"……그런 것 같습니다."

형사과장인 도키사와 쓰요시時沢剛가 모호하게 대답하고 수첩을 뒤적인다.

"거의 십오 년 전 사안입니다만, 여교사가 자신이 근무하고 있던 고등학교 건물 옆에서 사망했습니다. 당시에는 실연으로 괴로워하다 옥상에서 투신자살한 사건으로 처리되었습니다. 그런데……."

충혈된 도키사와의 눈이 메모를 좇는다. 머리는 맑은 것 같지만 술기운이 올라왔는지 상체가 좌우로 비틀거리고 이를 지탱하는 다리도 미덥지 않다.

"그게 어째서 살인으로 둔갑했나?"

고칸은 기다리지 못하고 이야기를 재촉했다.

"한 시간쯤 전에 살인이라는 정보가 서에 들어왔다고 합니다. 제자인 남학생 세 사람이 범인이라고."

"제자가 선생을 죽였다는 건가?"

얼굴도 눈도 코도 둥근 고칸이 입까지 동그랗게 모으고는 되물었다.

"네. 여교사가 사망한 것으로 추정되는 시간대에 그 제자 세 명이, 뭐더라, '루팡 작전'이라는 걸 한다고 심야에 학교로 숨어들었다고 합니다. 이것이 여교사의 죽음과 밀접한 관계가 있다, 옥상에서 밀려 떨어져 살해당한 것 같다, 그런 내용입니다."

"루팡 작전이라고?"

"그렇게 들었습니다."

"정말 만화 같은 이야기로군."

고칸은 어이가 없다는 듯 멍한 표정을 지어 보였으나 바로 진지한 얼굴로 돌아와 계속 물었다.

"그래서? 그 세 사람이 죽였다는 증거라도 나왔다는 건가?"

"그건 모르겠습니다."

"엉터리 증거를 잡은 건 아니고?"

"소스는 틀림없는 것 같습니다. 본청에서 신빙성 있는 정보라고 했으니까요."

"뭐?"

고칸이 얼굴을 찡그렸다.

"그럼 이 건은 본청 증거란 말인가?"

도키사와는 미간에 주름을 잡고 고개를 끄덕였다. 고칸과 똑같은 생각이었다.

'기댈 수 있는 형님'이 성가신 것이다. 관할이 관내에는 정통하기 때문에 순서대로 먼저 정보를 입수해서 본청에 응원을 청하는 건 괜찮다. 일도 편하고, 관할서의 체면도 선다. 하지만 본청이 먼저 정보를 쥔 뒤 관할서로 전달되는 경우는 골치 아프다. 이쪽을 수족처럼 부릴 것이 뻔하기 때문이다. 같은 조직끼리 다툴 생각은 없지만, 고칸은 이럴 때면 관할의 존재 의의마저 의심받는 것 같아 맥이 풀린다.

"하지만 본청이 그렇게 말했다면 진짜일지도 모르지."

고칸은 얼굴을 찡그린 채로 말했다.

"그럴지도 모릅니다. 다만……."

도키사와가 의미심장하게 말을 끊었다.

"다만 뭐?"

뒤쪽 문을 닫으려던 운전기사가 대화의 긴장감을 알아차리고 동작을 멈추었다.

"살인이라고 해도 내일로 시효가 끝난다고 합니다."

차는 심야의 거리를 질주했다. 자극적인 네온이 몇 줄의 가는 띠가 되어 흘러간다. 가슴이 답답한 고칸은 창문 스위치에 손을 뻗었다. 갑작스러운 냉기에 손목시계의 침이 또렷하게 보인다.

— 시효까지 스물네 시간 남았다는 말인가.

겉으로 보기에는 호탕하고 부하들의 신망도 그럭저럭 나쁘지 않다. 고칸은 그렇게 자기 분석을 하고 있으나 교통이 전문인 것을 어찌하랴. 수사 경험이 부족하다. 솔직히 형사 사건은 부담스럽다. 더구나 시효가 하루밖에 남지 않은 사건 따위는 가능하면 거절하고 싶다. 본청의 수완가가 우쭐대며 수사 지휘를 고집할 것이 눈에 선하지만 조직에는 각자의 역할이 있다. 당장 고칸이 할 일은 포커페이스로 기자를 응대하는 것, 그리고 수사에 뭔가 실수가 있을 경우 늘어선 카메라들을 향해 깊숙이 머리를 숙이는 것이었다.

어차피 내일은 분주한 하루가 될 게 틀림없었다.

— 조금이라도 자두지 않으면…….

고칸은 눈을 감고 차의 진동에 몸을 맡겼다. 술자리에 두고 온 기자들의 벌건 얼굴이 하나둘 떠올랐다. '아가씨'의 뾰로통한 입과 처진 눈이 퍼즐과 같이 뇌리에서 뒤얽혀 잠시 머릿속에서 사건이 지워지며 입가에 웃음이 새어나왔다.

— 나쁘게 생각하지 말라고.

기분이 야릇해져서인지 뒤가 켕기면서, 수마睡魔의 유혹이 아주 조금 뒤로 밀렸다.

2

쾅.

초조함이 뒤섞여 세게 내지른 주먹이 두꺼운 벽을 두드려, 조사실의 딱딱한 공기가 희미하게 진동했다.

"제대로 설명하란 말이야!"

기타 요시오喜多芳夫의 분노는 정점에 달해 있었다.

경찰에게 강제로 끌려왔지만 이유를 모르겠다. 도무지 짐작이 가지 않는다.

두 형사와의 사이에는 아까 기타가 차서 쓰러뜨린 파이프 의자가 넘어져 있다. 아무리 악을 써도, 덤벼들어도, 형사는 양손을 쑥 내밀어 팔이 길다는 것을 보여줄 뿐, 연행의 이유는 내색도 하지 않는다. 아니 그러기는커녕 서에 도착하고부터는 마치 떠드는 것이 죄라도 되는 듯 입을 일자로 다문 채 숨소리조차 죽이고 있다. 취조관인지 책임자인지 아무튼 윗사람이 도착하기 전까지 감시하는 것만이 유일한 임무인 듯, 집 지키는 개처럼 조사실의 문을 지키고 있을 뿐이다.

"이 먹통 자식들이!"

바짝 독이 오른 기타에게, 별안간 몸 안이 텅 빈 듯한 불안감이 엄습한 데다 현기증마저 겹쳤다. 극도의 긴장상태를 유지할 수 없었던 신경이 비명을 지르며 이른바 자기 방어적으로 몸을 허물어뜨리려고 마음먹은 것 같았다.

서 있기조차 아슬아슬한 좁고 어두운 시계視界로, 기타는 등 뒤의 벽을 비틀비틀 더듬었다. 간신히 손이 닿아 벽 구석에 몸을 기대고는, 한 번, 두 번 손바닥으로 이마를 두들겼다.

— 빌어먹을, 어째서 이런…….

지금 이곳은 경찰서의 형사과, 게다가 조사실이다.

머리가 혼란스러웠다. 다만 약간 차분해진 의식이 이 불합리한 하루의 시작을 되풀이해서 단죄하고 있다. 숨을 쉴 때마다 어깨를 들썩이며 팔뚝을 문지르니, 통나무 같은 형사의 팔의 감촉이 저릿함과 함께 확실히 전달되었다.

처음부터 보통 일은 아니었다.

형사 두 사람이 아파트 철문을 두드린 것은 새벽이 이제 막 밝아오려 할 즈음이다. 에미絵美가 '엄마, 화장실' 하고 칭얼거린 것은 기억하고 있다. 꾸벅꾸벅 조는 동안 화장실에 따라간 가즈요和代가 종종걸음으로 방에 돌아와서 몸을 흔들었다.

"당신, 좀 일어나 봐. 누가 문을 두드리고 있어."

기타는 '초인종이 고장난 거 아니야?' 하고 잠이 덜 깬 소리를 했지만, '그런데 이렇게 이른 시간에' 하고 가즈요가 대답한 것처럼, 문을 두드린 시간이 문제였다.

오전 6시 40분.

적잖이 경계하며 살짝 안쪽 자물쇠를 끄르자 뜻밖에도 거칠게 문이 밖으로 당겨지며 냉기가 발치를 빠져나갔다. 도어체인이 핑하고 버티며 '무례한'의 침입을 저지했지만 다음 순간 그 얼마 안 되는 틈 사이로 짙은 밤색 코트의 팔이 끼어들어 금박이 반짝이는 수첩을 기타의 코끝에 쑥 내밀었다.

"경찰입니다. 기타 요시오 씨죠?"

날쌔고 사나운 두 얼굴이 포개어지듯이 틈을 메우고 얼굴보다 커다란 하얀 숨을 내뱉고 있다.

"경찰……? 무슨 일입니까?"

"잠시 여쭐 것이 있으니 서까지 동행 부탁드립니다."

드라마에서나 듣던 표현이었기 때문에 새삼 실감이 나지 않았다.

"묻다니 뭘요?"

기타는 웃음 섞인 어조로 답했다.

"나쁜 짓 한 건 전혀 없는데요."

순간 자신에 대해 점검하고 있었다. 지극히 성실한 자동차 세일즈맨으로 손님과 트러블도 없고 회사 돈에 손을 댄 적도 없다. 젊은 시절에 다소 못된 짓을 했지만 그것도 한때이고 사회에 나가고부터는 그야말로 죽을 둥 살 둥 일하고 결혼해서 아이를 키우는, 판에 박힌 평범한 생활을 해왔다. 경찰 같은 건 공기만큼도 의식한 적이 없다.

하지만 형사는 꿈쩍하지 않는다.

"사정은 서에서 설명하겠습니다. 어쨌든 빨리 옷을 갈아입으십시오."

"정말로 뭡니까. 용건을 알려주시죠."

"서에서 이야기하겠습니다."

기계음처럼 억양이 없는 목소리였다.

기타는 희미한 두려움을 느꼈다. 아무것도 하지 않았지만, 뭔가 있다. 자신은 모르지만 경찰은 알고 있는 것이 있다. 그런 막연한 불안이 엄습해왔다.

기타의 등 뒤에 바싹 붙은 채 오가는 이야기를 듣던 가즈요는 몸이 가늘게 떨리기 시작했다. 가즈요의 다리에는 에미가 딱 달라붙어 있다. 부모의 감정 변화에 민감한 아이이다.

"아빠……."

기타는 에미를 안아 올리고 가즈요의 귓가에 '걱정하지 마' 하고 속삭였다.

"당신……."

"괜찮아. 아무 짓도 하지 않았으니까."

"하지만……."

얼굴이 창백해진 가즈요가 빈틈으로 보이는 형사에게 조심조심 시선을 돌린다.

분명 녀석들은 무슨 일이 있어도 데려가겠다는 태세이다.

— 갈 수밖에 없겠군.

뭔가 잘못된 것이 틀림없다. 실제로 아무 짓도 하지 않았다. 따라가주지, 가서 바로 돌아오면 된다.

털썩 주저앉은 가즈요에게 '괜찮아, 바로 돌아올게' 하고 타이른 뒤 기타는 차분하게 스웨터를 가볍게 걸쳐 입고 현관을 나섰다. 그 순간 스웨터의 털실이 늘어날 정도로 세차게 팔을 당겨왔다.

"어서 따라와!"

눈초리를 치켜세운 젊은 쪽이 작게 고함치며 굵은 팔을 휘감았다. 말없이 괴력으로 기타의 팔뚝을 세게 감아쥔다.

"으악! 뭐, 뭘 하는 거야……."

두 형사가 눈짓을 교환했다.

"놔!"

팔을 풀려고 몸을 비틀었지만 형사는 봐주지 않았다. 나머지 형사도 가담하여 강하게 양팔을 눌러 그대로 단지의 좁은 계단을 굴러가듯 내려갔다.

"놔! 어이! 그만해……."

"쓸데없이 소란 피우지 마."

젊은 쪽이 거친 말투로 으르렁거렸다.

주차장에는 감색 세단이 흰 배기가스를 자욱이 피우며 대기하고 있었다. 발버둥치는 기타는 삐걱거리는 소리가 날 정도로 몸을 뒤로 젖혀 3층 창문으로 눈길을 돌렸다.

가즈요가 난간에서 떨어질 듯 몸을 내밀고 있었다.

―가즈요.

소리치려고 했다. 큰 소리로 부르려 했지만 아파트 단지 창문에서 새어나오는 몇 개의 불빛이 기타의 입을 다물게 했다. 이미 잠을 깬 집이 있다. 흉악사건의 범인인 양 연행되는 모습이 이웃의 눈에 띈다면……. 단지 안에 퍼진 소문의 무서움은 가즈요로부터 지겨울 정도로 들어왔다.

"으윽……."

신음소리를 남기고 기타의 몸은 차 안으로 억지로 밀려 들어갔다. 막 퍼지기 시작한 아침노을이 어둠침침하게 지평선에 떠도는 암운에 삼켜들려 하고 있었다.

3

거미줄에 걸린 곤충을 관찰하는 냉철한 눈이라는 표현이 있다면, 바로 이 남자의 눈을 두고 한 말일지도 모른다.

본청 수사 1과 강력범 수사계 소속인 데라오 미쓰구寺尾貢는 매직 미러한쪽에서만 건너편을 볼 수 있도록 제작된 거울 너머로 기타의 모습을 살피고 있었다. 아파 보이는 창백한 얼굴, 넓게 튀어나온 이마, 자를 대어

세로로 한 줄 그은 듯 단정한 콧날. 허약 체질이었을 어린 시절이 남긴 좁은 어깨가 싸늘한 얼굴을 더욱 도드라지게 만들어 전체적으로 다가가기 힘든 인상을 만들었다.

얇은 입술에서 내뱉는 대사도 용모에 지지 않는 싸늘한 울림이 있었다.

"말귀를 잘 알아들을 것 같은 남자군요."

"그런가……."

옆에서 미덥지 않다는 듯 고개를 갸웃거린 거한은 서장인 고칸이다. 어젯밤 기자들과 늦게까지 마신 데다 제대로 잠도 못 잤다. 원래는 복스러운 얼굴이 애처로울 정도로 부었고 머릿속도 멍하다. 게다가 교통 분야 외길인지라 수사 현장에는 어두워서, 데라오가 무엇을 근거로 '말귀를 잘 알아들을 것 같다'고 지적했는지 도무지 알 수 없다. 거울 너머로 들여다보이는 기타는 마른 체격에 볼이 야위어 온몸이 날카로운 인상이다. 홑꺼풀의 가는 눈에 의심과 분노의 빛이 엉겨 있고 입매도 빈틈없이 굳게 다물고 있다. 고칸의 눈에는 상당히 반항적이고 만만치 않은 상대로 비쳤다.

"데라오 군, 어쨌든 잘 부탁하네. 워낙 시간이 없어서 말이지."

말을 마친 다음 바로 고칸은 자기 목소리에 담긴 비굴함을 후회했다. 상대는 열두 살 이상이나 아래이다. 계급으로 따져도 경시와 경부보警部補로, 두 계급이나 차이가 난다. 그러나 경찰이라는 조직은 '전문직 양성'이라는 구호 아래 교통밖에 모르는, 사건에는 젬병인 간부를 부지런히 만들어내면서도 한편으로 그것을 조소한다. 데라오 같은 타입의 형사와 상대할 때 고칸은 그것이 단지 망상이 아니라는 것을 절실히 느낀다.

데라오와 마찬가지로 수사 분야의 길을 오랫동안 걸어오면서 본청에 대한 콤플렉스를 잔뜩 가지고 있는 형사과장 도키사와는 방화인지, 아무 데나 내던진 담뱃불이 화근인지 알 수 없는 새벽의 화재 현장에 나간 후로 자취를 감추었다. 아마 방화라고 멋대로 단정하고 소동을 크게 벌이고 있는 듯했다. 원래부터 소방 쪽은 화재 예방 교육의 범주에 해당하지 않는 방화 쪽을 헐값에 고르고 싶어하니까, 이것 참 잘됐다며 도키사와는 현장에서 끈덕지게 버틸 것이 틀림없다.

— 적 앞에서 도망을 치다니.

타관 사람인 데라오에 대해서는 물론, 집안 사람인 도키사와에게도 속으로 칼을 가는 한편으로 고칸은 시간이 여간 신경 쓰이는 게 아니었다. 데라오는 꼼짝 않고 거미줄 관찰을 계속하고 있다. 그러면서 심문 방법을 가다듬는 건지도 모른다. 심문 방법에 대한 요령도 고칸은 캄캄해서 바짝바짝 애를 태울 수밖에 없다.

"데라오 군."

애원하는 기분을 부끄럽게 생각하며 고칸은 말했다.

"슬슬 시작해주지 않겠나."

"……."

"시간이 없어. 일분일초가 아깝다네."

"뭐, 어떻게 되든 간에……."

데라오는 거드름 피우는 말투로 고칸의 요구를 무시하고는, 느릿느릿한 걸음으로 거울 건너편 작은 방을 향했다.

형사과의 창문으로 마침 아침 햇살이 비쳐 들어오고 있었다.

큰 방에서는 스무 명 넘는 형사와 내근직 사원이 임전태세에 들어가 있었다. 아침의 상쾌함도 전혀 없이, 수사가 시작되는 특유의 적당한 긴장감이 방 전체를 에워쌌다. 각자의 얼굴은 밤을 새운 전형적인 모습이었지만, 눈에선 탐욕의 빛을 띠었고 다들 범인 체포라는 단 한 장면을 머릿속에 그리며 분주하게 움직였다. 쏟아지는 듯 내리는 역광의 햇살 속에 미세한 먼지와 덥수룩하게 수염을 기른 얼굴이 유달리 눈에 띄었고, 그 덥수룩한 얼굴 중 몇몇은 심문에 들어가는 데라오의 모습을 알아채고 입을 닫았다.

데라오는 주저 없이 1호 조사실의 문을 밀어젖혔다. 기타가 '먹통'이라고 일방적으로 단정 지은 두 형사가 몸을 꼿꼿이 세워 경례한다. 데라오는 방구석을 흘끗 보았다. 거울이라는 장벽을 걷어내자, 살아있는 기타가 갑자기 야생으로 돌아온 듯 악을 쓰기 시작했다.

"너냐! 너로군, 나를 부른 게! 얼른 용건을 말해!"

"자자, 지금 설명하겠습니다. 어쨌든 좀 앉으시겠습니까."

도무지 형사라고 생각할 수 없는 차분한 어조로 데라오는 의자를 권했다. 옆방에서 보였던 냉철함은 멋지게 지워버리고 눈가에는 희미하게 웃음마저 띠고 있다. 그렇게 하니 으스스해 보였던 창백한 얼굴도, 튀어나온 이마도, 배짱 없어 보이는 어수룩한 남자의 것이라고 밖에 생각되지 않는다.

상대를 알지도 못한 채 기타는 계속 악을 썼다.

"내가 뭘 했다는 거야? 어이, 무슨 말 좀 해! 대체 너희……."

주먹을 치켜들었을 때였다. 조사실 문이 조심스럽게 열리고 제복 차림의 젊은 여경이 들어왔다. 데라오에게 가볍게 인사하고 조용한 발걸음으로 구석 책상으로 다가갔다. 들고 온 포대를 책상에 놓더니 안에서 종이다발과 펜을 꺼낸 다음, 조용히 걸터앉아 의자를 깊게 당겼다.

욕을 퍼붓던 기타의 입은 소리를 잃고 말았다. 여자가 조사실에 들어와서 놀라기도 했지만, 여경의 아름다움에 숨을 삼켰다는 편이 적절할 것이다.

투명하고 하얀 윤기 있는 피부. 긴 눈매에 상냥한 눈동자. 긴 속눈썹. 소녀로 착각할 정도로 단정하고 작은 입매. 가는 콧대와 작은 코가 청초한 옆얼굴을 적절하게 다잡고 있다. 상대는 기타의 시선을 느꼈는지 시선을 살짝 벽 쪽으로 돌렸고, 틀어올린 머리 아래로 보이는 귓불에 살짝 붉은 기가 돌았다.

딱딱한 조사실과는 너무도 어울리지 않는 존재였다.

"어떻습니까, 앉으시겠습니까."

기타는 당황했다. 데라오의 부드러운 태도도 그렇고 조용히 등장한 미모의 여경도 그렇고, 아침부터 일어난 거친 사건이 거짓말 같았다.

"어차피 이래가지고는 서로 헛수고를 하는 겁니다."

—분명 이래서는…….

노여움도 대부분 여경의 미모에 빨려 들어가, 다시 분노하려 해도 상당한 시간이 걸릴 것 같았다.

기타는 느린 동작으로 벽에서 떨어져 의자 끝에 엉덩이를 걸치고, 모른 체하며 천천히 팔짱을 꼈다. 네 말은 따르겠지만 마지못해서야, 라는 의지를 한껏 내보일 의도였다.

데라오는 '음음' 하며 만족한 듯 고개를 끄덕였다. 그러면서 자신도 맞은편 의자에 앉아 몸을 앞으로 내밀더니 낡은 책상 위에서 깍지를 꼈다.

희미한 전류가 약 80센티미터 폭의 책상을 사이에 두고 두 사람에게 흘렀다. 아니, 그것은 일방적으로 데라오에게서 나온 것이다.

"오래된 이야기라서 죄송합니다만, 루팡 작전과 미네 마이코嶺舞子 교사 살해의 두 건에 관해 여쭙고 싶군요."

— 말도 안 돼.

충격이 기타를 덮쳤다. 그것은 난폭한 연행에서 받았던 것과는 다른, 내면을 싹 도려내는 듯한 충격이었다.

루팡 작전.

십오 년간 봉인했던 기억이다. 아니, 이미 옛날에 덮어버린 기억이다. 이제 와서, 그것도 오늘 아침 처음으로 얼굴을 마주한 형사의 입에서 듣게 될 줄이야.

그러나 기타가 정말 겁낸 이유는 데라오가 미네 마이코의 죽음을 '살해'라고 분명하게 잘라 말한 데 있었다.

"그건, 그건 자살이었어."

"호오, 잘 아시는군요."

"무슨 소리야! 당신들 경찰이 자살이라고 단정했잖아? 신문에도 그렇게 나왔어."

"신문이 언제나 진실을 말한다고는 할 수 없습니다. 진상은 다르죠."

받아치려고 했는데, 그때 기타의 눈이 번쩍 뜨였다.

죽은 이의 얼굴이 망막에 비쳤다.

죽은 미네 마이코의 얼굴이 갑자기 부풀어올라, 비틀려 끊어지듯이 허물어져 안개처럼 흩어졌다가 다시 형태를 이루고는 보다 선명한 영상으로 기타의 시야를 전부 가려버렸다.

원통한 듯 반쯤 뜬 눈. 타액으로 선이 그어진 뭉개진 입가. 흙빛으로 변한 피부…….

"아, 아무것도 없어……. 할 말은 아무것도 없어……."

"아니, 당신은 알고 있습니다."

데라오는 암시를 걸듯 속삭였다.

"루팡 작전도 미네 마이코 살해도, 당신은 알고 있습니다. 우리는 그렇게 확신하고 있습니다."

"확신……?"

다시 한 번 마이코의 죽은 얼굴이 되살아났다. 눈을 격렬하게 깜빡거려봐도 망막의 기억은 흐트러지지 않았다. 이제 기타에게 평정을 가장할 여유는 없었다. 다리가 심하게 떨렸다. 힘껏 무릎을 눌러보지만 이제 팔도 연쇄적으로 부들부들 크게 떨렸다.

확실한 반응에 데라오는 내심 혼자 싱글거렸다.

— 의외로 진범일지도 모르겠군.

4

기타의 말대로 미네 마이코의 변사 사안은 당시 관할서에서 자살이라고 단정했고, 그 후 관할서 사람들 입에 오를 일도 없이 잊혔다.

날이 밝기 전에 관할에 들어온 데라오는 먼지투성이의 얇은 자료를 훑었다. 기적이라고 해야 할까, 십오 년 전의 수사보고서가 파기되지 않고 창고 안에 남아 있었다.

그 보고서에 따르면 미네 마이코의 시체가 발견된 것은 쇼와昭和 50년(1975년) 12월 11일 오전 중이었다. 시체는 마이코가 근무하던 고등학교 건물 옆, 철쭉 수풀 사이에서 하늘을 향한 자세로 누워 있었다. 관할 수사반과 동행한 감찰의監察醫의 소견은 '추락사'였다. 사법해부 결과 직접적 사인은 경추골절과 뇌좌상의 동시 손상으로 판명되었다. 그 외 사체 배면부 전반에 타박상, 옷에서 노출되어 있던 손발 부분을 중심으로 철쭉 가지로 인한 무수한 찰과상 등 하나하나가 추락사를 뒷받침하는 자료라고 할 만했다.

곧 4층짜리 학교 건물 옥상에서 가지런히 놓인 빨간 하이힐이 발견되었다. 그 한쪽 신발 안에 연인 앞으로 보낸 유서인 듯 급히 갈겨쓴 메모가 쑤셔넣어져 있었다. '차라리 당신을 죽이고 나도 죽고 싫어'라는 식의 문구의 나열이 내용의 전부였다. 필적 감정 결과 마이코의 자필로 확인되었다.

마이코는 사체로 발견되기 전날부터 무단결근 중이었고, 우편함에는 이틀치 신문이 들어 있었다. 사법해부 결과와 대조해서 생각하면, 마이코는 전전날인 12월 9일 밤부터 다음 날인 10일 동트기 전에 사망한 것으로 보인다. 건물 옆 철쭉으로 인해 시체 발견이 만 하루 늦어졌다.

남자에게 차인 마이코가 심야에 옥상에서 뛰어내려 자살했다.

모두가 그렇게 생각했다. 데라오도 만일 당시 이 사안을 다루었다면 역시 같은 결론을 내렸음이 틀림없다. 동기, 수단, 시체의 상처 등 모두가 자살 요건에 딱 들어맞아 모순 없이 일직선상에 늘어서 있다.

그러나 예기치 못한 사태가 벌어졌다. 어젯밤 늦게 본청 간부 앞으로 한 건의 제보가 들어왔다. '세 사람의 제자가 공모해서 여교사를 죽였다.' 정보제공자는 그렇게 말했고 주범은 기타 요시오라고 단정 지었다고 한다. 발신원이 본청 간부였기 때문에 그 정보는 '정확도가 높은 밀고'로서 놀랄만한 속도로 사쿠라다몬경시청이 사쿠라다몬(桜田門)에 위치한 데에서 기인한 경시청의 별칭의 빌딩 안에 퍼졌다.

그러나 기묘한 부분이 하나 있었다. 살인범을 지명하는 일급 정보이면서도 현장의 수사원에게 그 정보를 가져온 자가 어디의 누구인지 알려지지 않았다. 아무래도 밀고의 수령자가 본청의 간부 중 상당히 톱에 가까운 인물로, 수사 명령을 내릴 때 정보제공자의 이름을 얼버무렸다고 한다.

데라오는 그 부분에서 짜증이 났다.

정재계나 법조계와 관련된 사건일 때 간간이 일어나는 경우이다. 그것은 선악이나 사법을 초월한 영역의 이야기로, 일본 심장부를 담당하는 세포들의 보신 문제이거나 서로 경쟁하는 경찰 내부 조직끼리와 각계의 거래 결과이다.

그러나 이것은 사건의 종류가 다르다. 일개 교사의, 틀림없이 개인적인 사정에서 발생한 전형적인 수사 1과의 사건이다. 외부의 잡음 따위 끼어들 여지가 없고 수사에 방해될 권력 대상이 애당초 평교사의 좁은 생활권에 존재했다고는 보기 어렵다.

애초부터 십오 년 전의 사건이라는 핸디캡이 있는 데다 정보제공자로부터 직접 이야기를 들을 수 없다니, 그러면 승부를 걸 수가 없지 않은가. 게다가 설마 제공자 자신도 어젯밤에서야 비로소 정보를 입수한 것은 아닐 터. 오랜 세월 입 다물고 있다가 일부러 시효 전날에야 경찰에 밀고한 이유는 무엇인가. 그것도 사건의 진상을 가리는 데 있어서 반드시 알아야 할 조건이다. 그런데 그 가장 중요한 부분을 같은 집안인 본청의 톱이 숨겨버렸다.

— 얼어죽을 간부 놈.

그러나 간부와 정보제공자의 관계나 사정이 어쨌든, 정보 그 자체가 진실이라면 일은 중대하다. 유서가 존재하는데 자살이 아니라고 한다면 결론은 하나, 계획적인 살인이다. 그것이 '실연당한 여자의 흔하디 흔한 자살'로 묻혀버릴 뻔했다.

수사는 긴급을 요한다.

여하튼 살인의 시효까지는 단 하루뿐이다. 아니, 만일 범행이 그날 밤, 오전 0시 전에 행해졌다면 이미 시효는 끝나버렸다. 오늘 중으로 범인을 알아내기도 지극히 어렵지만 범인을 알아냈다고 한들, 범행 자체가 법이 미치는 시효의 범위 내가 아니면 의미가 없다. 당시 사법해부에서 사망 추정 시각을 한정하는 작업이 누락되어 있었다. 위장의 내용물 확인 등 웬만한 검사는 한 것 같지만 기점이 되는 마이코의 식사 시간을 특정할 수 없었기 때문에, 아니 처음부터 실연의 고통으로 인한 자살이라 만만하게 보고 작업을 태만히 매듭지었을 게 분명하다. 어쨌든 사망 추정은 '9일 밤부터 10일 동트기 전'으로 대략적이라 이제 와서 결론을 낼 수도 없으므로 범인을 잡아 그 범행이 오전 0시 이후였다는 사실이 증명되면 비로소 영장을 집행할 수 있다. 수사라는 것은 헛수고의 반복이 일상이지만, 그럼에도 이 사건은 상황이 특히나 나쁘다.

하여간 수사는 분주하게 움직이기 시작했다.

오전 0시를 지나자 고칸을 비롯한 관할 간부가 술자리에서 관할서로 돌아왔고, 오전 2시에는 관할의 전 서원에게 비상소집 명령이 떨어졌다. 한편 본청은 수사 1과에서 강력범 수사 4계, 통칭 '미조로기溝呂木 팀'의 정예 열 명을 보냈다. 냉철과 온유의 두 얼굴을 적절히 사용하는 데라오는 미조로기 팀의 넘버 2이며, 자타가 공히 인정하는 '자백받기'의 프로이다.

“뭐, 천천히 생각해보세요. 워낙 오래된 이야기니까.”

데라오는 눈앞의 기타에게 그렇게 말하고 느긋이 팔짱을 꼈다.

— 자, 이제부터 힘들 거다.

첫머리에 결정적인 키워드를 던지고 상대에게 충분한 시간을 준다. 물증이 없는 사건일 때 데라오가 자주 쓰는 조사 수법이다. 이번 사건의 키워드는 물론 ‘루팡 작전’과 ‘미네 마이코 살해’, 이 두 가지이다.

조근조근 괴롭히듯 수사를 진행하다가 만일 여기다 하는 지점이 나왔을 때 애지중지 품에 넣어둔 ‘비장의 카드’를 미토코몬水戶黃門 님의 인롱암행어사의 마패 같은 것처럼 척 내민다. 이런 방법이 조사의 정공법이라 한다면, 오늘의 작전은 이른바 기습이며 충격요법이라고 할 수 있다. 갑자기 급소를 찔린 인간은 경찰의 속셈을 가늠할 수 없어서 불안정한 정신 상태에 빠지기 쉽다. 게다가 그 후에 찾아오는 좁은 조사실의 침묵은 형사가 덮어놓고 꽥꽥 소리치는 것보다 훨씬 감당하기 벅차다. 끝내 참지 못하고 상대가 입을 열면 이미 반은 자백한 거나 마찬가지이다. 하나하나 진술의 모순을 벗겨내, 벌거숭이로 만들어가면 된다.

그럭저럭 자신은 있었지만 처음부터 비장의 카드를 내보이는 게 위험한 도박이라는 건 충분히 안다. 특히 이번 도박은 위험이 크다. 정보제공자는 수중에 없다. 두 개의 키워드 외에 기타를 뒤흔들 거리는 아무것도 없고, 곧바로 추가적으로 얻어낼 가능성도 없다. 그 부분을 간파당해 만일 전면 부인이라도 해버리면 속수무책이다. 요컨대 어느 쪽이 상대의 약점을 잡는지, 파는 쪽과 사는 쪽 사이에서 교환하는 상거래 감각의 심리전과 통한다.

다만 상거래와 다른 점은 이 심리전이 바깥세상과 형무소를 가르는 담 위에서 행해진다는 것이다.

— 아직인가……?

데라오는 내면의 생각을 지우고 부드러운 웃음을 지어 보이며 여유 있는 태도를 가장했다.

마주 앉은 기타는 고개를 숙이고 있다. 떨리는 증세는 어떻게 멈추었지만 불안과 동요 섞인 표정은 지워지지 않았다. 두 번 다시 웃는 얼굴로 돌아갈 수 없다고 생각될 정도로 표정이 침울하다.

보일러의 상태가 안 좋아 조사실에 석유난로가 공수되었다.

텅.

스토브의 손잡이가 본체에 닿아 금속성 소리를 울렸다. 기타는 깜짝 놀란 반응으로 몸을 뺀다.

데라오의 내면의 얼굴에 음습한 웃음이 피어올랐다.

— 효과가 나오는군.

복선의 효과이다.

부하에게 명령해서 일부러 난폭하게 연행했다. 기타는 경찰을 무서워하고 있다. 그 반동이 슬슬 나와도 좋을 때이다. 눈앞의 일견 온화해 보이는 데라오를 자기 편으로 착각하고 그에게 매달려 모든 것을 털어놓은 용의자도 과거에 많았다. 게다가 오늘은 조사실에 꽃병 속 한 떨기 꽃 같은 여경도 있다. 효과를 높이는 데에 한몫할지도 모른다.

십 분……. 십오 분…….

데라오는 놓은 덫에 먹이가 걸리기를 참을성 있게 기다렸다.

바스락바스락.

정적을 깨고 두세 마리의 새 그림자가 철 격자가 끼워진 북향의 작은 창문을 가로질렀다.

날갯짓에 재촉당한 듯 기타의 상체가 흔들 하고 앞으로 기울더니 반쯤 벌어진 입술이 살짝 움직였다.

"저어, 대체 무엇을 이야기하면 돌려보내주시는 겁니까?"

— 어이가 없군.

데라오는 속으로 폭소했다.

기타는 그대로 함정에 빠졌다. 자신이 심리전의 한복판에 있는 것조차 알아차리지 못한 채 말투를 고치고 고객이나 상사를 대하듯 아양의 빛마저 비친 것이다.

좁은 조사실에서의 양자의 입장은 여기서 결정되었다.

"가르쳐주십시오. 무엇을 이야기하면……."

"그렇군요."

데라오는 모든 내장이 두둥실 떠오르는 듯한 쾌감을 맛보며 다시 몸을 앞으로 내밀었다.

"일단 루팡 작전을 복습해볼까요?"

"하지만……."

기타가 얼굴을 쑥 내민다.

"먼저 말해두고 싶습니다. 선생님을 죽인 것은 제가 아닙니다. 저는 누군가를 죽이는 짓 따위 하지 않았습니다."

"호오."

"정말입니다! 믿어주십시오. 살인이라니 그런 걸 할 수 있을 리가 없습니다."

"뭐, 그러면 그렇다고 해두죠."

작고 냉정하게 말한 데라오는 다시 팔짱을 꼈다.

— 어쨌든 떠들 만큼 떠들어보란 말이다.

진위 여부는 차치하고 기타는 살인 용의를 부정했다. 다음번 추궁 자료는 기타의 진술에서 발굴할 수밖에 없다.

"자, 이야기해보십시오."

"……."

기타는 몸이 오그라들듯 깊은 한숨을 내쉬고는 퇴색해서 허옇게 바랜 벽으로 시선을 올려다봤다.

— 고등학교 3학년 가을…… 아니, 이미 겨울이었던가.

쇼와에서 헤이세이平成로 연호마저 바뀌고, 그때보다 더 오래된 고교 시절의 기억은 아득히 멀었다. 그러나 깊은 안개가 낀 그 앞에도 루팡 작전의 기억만은 선명했다. 졸업 후에도 몇 번이나 그 쾌감과 전율을 반추했고 하나의 스토리로서 완결되기도 했다. 마이코의 죽음에 얽힌 막연한 의문이 상당히 남아 있는 것도 확실했고, 그 의문점마저 세부에 걸쳐 지적할 수 있을 듯한 느낌이 든다.

그렇다고 해서 이 일을, 누군가에게 말로 전한 적은 없었다. 더구나 결혼해서 아이가 태어나고부터는 일부러 불러내기를 계속 거부해왔다. 백일하에 드러내기에는 그만큼의 합당한 시간과 결단이 필요했다.

그러나 유예는 없다. 지금의 입장은 그것을 허락해주지 않는다. 경찰의 조사실, 눈앞에는 형사가 앉아 있다.

바스락바스락 하고 다시 새의 날갯짓 소리가 났다.

"그것은……."

기타는 결국 입을 열었다.

"뭐라고 하면 좋을까, 일종의 게임이었습니다."

꼿꼿하게 등을 펴고 있던 여경이 상체를 책상으로 기울이더니, 펜을 움직이는 소리가 기타의 낮은 목소리와 겹쳐졌다.

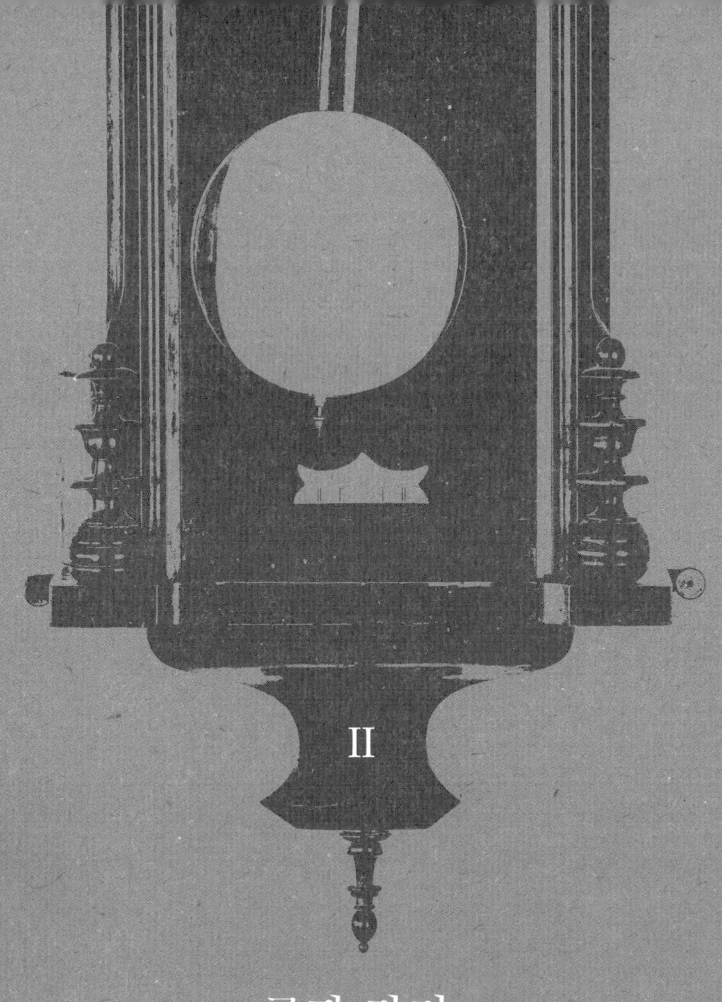

II

루팡 작전

1

그날 아침은 더 추워져서, 하늘은 금세라도 막 울음을 터뜨릴 것 같았다. 울음을 터뜨릴 듯하면서 터뜨리지 않는다는 점이, 이미 겨울 하늘인지도 모른다.

기타는 평소처럼 1교시 수업을 빼먹고, 스가모의 '카페 루팡'에서 나른하게 아침을 낭비하고 있었다. 검은 가죽점퍼에 하얀 터틀넥 차림. 머리는 보글보글한 파마 스타일이지만, 1, 2학년 때처럼 머리 손질에 수고와 시간을 들이지 않아 무너진 리전트 스타일에 전의가 느껴지지 않는다. 싸움은 이미 졸업했다.

하지만 눈빛만은 '현역'이다. 생각에 잠겨 있을 때도, 왠지 불만이 가득해 보인다. 담뱃불에 눌은 자국투성이인 소파에 거의 눕다시피 앉아, 그 자세로 쇼트호프짧은 '호프' 담배의 통칭 담뱃갑에 손을 뻗으며 입을 연다.

"어이, 조지."

창가의 다쓰미 조지로竜見譲二郎는 신발을 벗고 반대편 소파에 앉아, 밖을 오가는 회사원인지 대학생인지 여자를 향해 이쪽으로 들어오라며 맹렬히 손짓을 하고 있다. 심하게 여자를 좋아하지만 그 이상으로 추위를 심하게 타는 탓에 방자하게도 가게 안에서 헌팅중이다.

카페 루팡은 모스그린 빛깔의 간판에 새겨진 담배 파이프 그림이 눈에 띈다. 가게 안은 검은색을 기본으로 한 세련된 인테리어로

폭은 좁지만 길쭉하다. 들어가면 바로 카운터가 있고 안쪽으로 박스석이 일곱 개 있는데, 제일 안쪽 일곱 번째 자리가 그들의 지정석이다. 가게 위치는 큰길과 골목 사이의 모퉁이라서 낮은 창문에서 태양빛이 비쳐 들어와 후끈후끈하고, 골목 쪽 창문에서 다쓰미의 여자 헌팅도 가능한 구조로 이루어져 있다.

기타는 쇼트호프에 불을 붙이면서, '조지!' 하고 부르며 다시 말을 걸었다.

그러나 다쓰미는 창유리에 얼굴을 찰싹 붙이고 코를 찌그러뜨리거나 입술을 비틀어 구부리면서 여자들 웃기기에 열심이다. 몇 번이나 불러도 전혀 알아차리는 기색이 없다.

"어이, 대답 좀 해, 조지로!"

전투복 같은 윗도리가 꿈틀하고 반응하며, 미군 스타일로 짧게 깎은 머리에 살이 없는 얼굴이 뒤를 휙 돌아보았다. 입을 어릿광대처럼 뾰족 내밀고 있다.

"조지로라고 하지 말랬지."

"네 본명이잖아."

"로는 없어. 몇 번 말해야 알아들어."

응석 부리듯이 '싫어어 싫어어'라고 하면서 몸을 배배 꼬는 무시무시한 모습에 기타는 뒈져버리라고 냉정하게 쏘아붙였다. 실제로 다쓰미는 아르바이트 이력서나 자동차 운전면허학원 서류에도 '다쓰미 조지'라고 '로'를 빼고 쓴다. 머리 모양도 옷도 음악도 양키 물이 든 본보기 같은 녀석이라 그런지, '다쓰미 조지로라니, 스님 같아서 폼이 안 나잖아'라는 이유로 단호히 말한다.

다쓰미는 조폭 영화도 깜짝 놀랄 살벌한 얼굴에 헤라클레스도 달아날 굉장한 체격의 소유자이다. 화나면 무섭지만 원래부터 친구들을 웃기는 게 성미에 맞는 듯, 이 년이고 삼 년이고 그 역할에 안주하고 있다.

그렇다고 해서 다쓰미가 처음부터 붙임성이 있었던 것은 아니다. 기타와 다쓰미는 이미 삼 년 전 입학식 날에 복도에서 딱 마주쳐 한바탕 싸웠다. 싸움에 무척 자신이 있었는지 다쓰미는 껌을 질겅질겅 씹으면서, 리젠트, 올백, 빡빡머리 또는 그 비슷한 머리 모양의 신입생들을 닥치는 대로 트집을 잡고 호되게 몰아세우고 있었다. 그 창끝이 역시 상대를 찾고 있던 기타에게 향했다. 시선이 마주친 순간이었다.

"어이어이! 너 이 자식, 어디서 머리를 내리고 있어!"

기타의 도발에 다쓰미가 기타의 턱에 강렬한 펀치를 먹였다. 기질이 거칠기로는 기타도 지지 않지만 아무튼 헤라클레스 혼신의 일격이다. 어마어마한 파괴력에 머리 꼭대기까지 마비되어 벽에 달라붙은 채 반격이 불가능했다.

그러나 싸움은 알 수 없는 것이다. 펀치를 먹은 동시에 무의식적으로 날린 기타의 발차기가 우연히 다쓰미의 명치에 정통으로 맞았다. 거구의 다쓰미 또한 복도에 쓰러져 괴로워하며 나뒹굴었다.

이후 두 사람은 '용호상박'으로 교내외에서 날뛰며 3학년인 지금까지도 콤비를 이루고 있다. 기타에게 고교 시절을 지배한 녀석과의 만남은 행운이었다.

"그런데 왜, 기타로?"

다쓰미가 자세를 고쳐 앉으며 말했다.

"뭐 재미있는 이야기라도 있어?"

"응."

기타는 고개를 끄덕이며 담배를 비벼 끄고, 목소리를 낮추었다.

"있잖아. 곧 기말시험이지."

"응."

"시험문제 빼내지 않을래?"

다쓰미는 반응하지 않았다. 어리둥절한 모습이다.

"말을 못 알아들었냐? 기말시험 문제를 훔치지 않겠냐는 말이야."

"훔치다니, 어디서?"

"당연히 학교지."

다쓰미가 갑자기 진지한 얼굴이 되었다가 다음 순간 가게 안이 터져나갈 듯 한바탕 웃어 보였다.

"하하하핫! 바보 아냐, 기타로! 하하하하하핫!"

기타는 '병신 같은 놈!' 하고 소리치며 삶은 계란의 껍질을 모아 던졌지만, 다쓰미는 기타의 화난 얼굴을 손가락질하며 계속해서 낄낄대며 웃기에 정신없다.

'딸랑' 하고 도어벨이 울리고 다치바나 소이치橘宗一가 가게로 들어왔다.

윤기 없는 올백 머리가 자다 일어나 군데군데 헝클어져 더듬이처럼 올라간 바람에 반듯한 이목구비의 멋진 얼굴을 망쳐놓았다. 짙은 밤색 가죽점퍼는 그의 트레이드마크라고 해도 좋다. 일 년 내내 그것만 입다 보니 체격이 작은 몸과 하나가 되어버린 것 같다. 곧바로 안쪽 지정석을 향하다가 카운터 앞에서 잠시 걸음을 멈추고 조리실을 들여다본다. 주문 같은 건 하지 않아도 커피와 모닝 메뉴로 정해져 있지만 일단 사장에게 가게에 왔다는 것만은 알려두자는 속셈인 것 같다.

"다치바나, 다치바나, 빨리, 여기!"

다쓰미는 여전히 배를 계속 움켜쥐고는 말을 잇지 못했다. 너무 웃어서 반달 모양의 눈에는 눈물까지 고였다.

다치바나는 무표정하게 다쓰미를 내려다보았다.

"무슨 일이야, 조지로."

웃음소리가 뚝 그쳤다. 다치바나도 다쓰미의 호들갑에 잘 듣는 약을 알고 있다.

"뭐야 진짜, 나는 조지라고!"

다쓰미는 볼을 부풀리더니 순식간에 바람을 내뿜고는 야구글러브만 한 손으로 다치바나의 어깨를 끌어당겼다.

"야, 들어봐, 기타로가 말이야, 진지한 표정으로 시험문제를 빼내지 않겠느냐고 하는데."

"어어."

다치바나는 얼빠진 목소리를 내며 기타의 얼굴을 보았다.

기타도 순간 눈을 마주쳤지만, 획 돌리고는 '됐어, 나 혼자서 할 테니' 하고 내뱉은 뒤 소파에 몸을 묻었다.

"기타로, 진심이야?"

다치바나가 기타로를 내려다봤다.

"……."

"승산은 있어?"

"있어도 이제 너희랑 말 안 해."

"아침부터 삐죽거리지 말고 말해봐, 제대로 들을 테니까."

차분하게 말한 다치바나는 툭 하고 기타의 어깨를 두드렸다.

다쓰미는 다치바나가 웃음에 동조하지 않는 바람에 완전히 김이 빠져버려서 웃다가 늘어진 얼굴 살을 되돌려놓으려고 애썼다.

다치바나는 그 이상 말하지 않고 맞은편 소파에 앉아 세븐스타를 꺼냈다. 조용하고 여유로운 태도이다. 대화가 중간에서 끊어져도 이렇게 넘길 수 있는 것이 기타나 다쓰미가 흉내 낼 수 없는 재주다.

말없는 다치바나에게 재촉받은 기타가 마지못해 입을 열었다.

"진짜 들을 마음은 있는 거냐?"

"응."

"그러면 말해보지." 기타는 목소리를 낮추었다. "내가 말이지, 요전 중간고사 도중에 커닝하다 들켜서 교무실에 불려갔잖아. 그때 교장실 문이 열려 있어서 봤어, 확실하게."

"뭘?"

“알아? 교장실에 커다란 금고가 두 개 있거든, 오래된 거랑 새거. 새거 쪽 금고에 다음 날에 보는 시험지를 집어넣더라고.”

“정말?”

다쓰미는 그렇게 묻더니 눈을 끔뻑끔뻑했다.

“응, 그것뿐만이 아냐. 금고 열쇠는 교장 책상의 가장 아래 서랍에 들어 있어. 서랍에 잠금장치가 달려 있지만 그 열쇠가 있는 곳도 알아냈어. 첫 번째 서랍에 툭 하고 던져넣더라.”

“확실해?”

다치바나도 이마를 들이민다.

“아, 틀림없어. 물리 다케누마竹沼가 교감에게 건네고 교감이 그렇게 했어. 나는 기둥 뒤에 있어서 그쪽은 나를 못 봤고.”

‘우왓’ 하고 다쓰미가 작은 환성을 올리고 다치바나가 마른침을 삼켰다. 두 사람의 확실한 반응이 기타를 기운차게 만들었다.

“그러니까 밤중에 학교에 숨어들기만 하면 시험문제는 빼돌릴 수 있어. 아직 우리 학교는 방범 시스템 같은 것도 안 되어 있고. 분명 성공할 수 있어. 다음 날 보는 시험지를 전날 밤에 손에 넣을 수 있는 거지.”

“그건 전세계 고등학생의 꿈이잖아, 어이, 어이!”

다쓰미가 다치바나의 손을 잡고 야단스럽게 흔들었다. 다쓰미는 신나는 일이 있으면 악수 공격을 퍼붓는다. 그 괴력에, 컨디션이라도 안 좋은 날이면 상당한 고통을 안기지만, 그러면서도 다치바나는 몇 번이고 깊숙이 고개를 끄덕였다.

다치바나는 기타나 다쓰미처럼 '불량 학생'으로 싸움박질을 하며 지내온 것은 아니다. 그러나 할 때는 한다. 그것도 무시무시하게 대담하고 가차없다. 이야기할 때는 좀 학자 같고 깐깐해 보이기도 하지만, 이러한 지능범죄와 난폭범죄가 섞인 큰일에 참모로서 빼놓을 수 없는 존재이다. 세 사람이 이렇게 매일같이 얼굴을 맞대게 된 것도 다치바나가 접근했다기보다 기타와 다쓰미 두 사람이 다치바나의 명석한 두뇌와 겉보기로는 알 수 없는 두둑한 배짱에 반해 패거리로 끌어들였다고 하는 편이 맞았다.

싸움으로 일 년, 땡땡이로 이 년 보내고 나니, 이제는 지긋지긋한 데다 요즘에는 이렇다 할 만한 자극도 없었기 때문에 화제는 전에 없이 달아올랐다. 세 사람 다 학교 성적은 형편없는 터라 이제 와서 시험 점수가 중요한 것도 아니지만 엄중하게 보관된 시험지를 훔쳐낸다는 계획은 생각만으로 가슴이 후련해지는 매력이 있다.

"하자, 응, 그거 꼭 하자."

다쓰미가 양팔을 뻗어 기타와 다치바나의 손을 마구 흔들었다.

"응, 계획을 철저히 다듬어서."

다치바나가 응수했다.

기타는 주먹을 쑥 내밀고 말했다.

"좋아, 결정이다. 결행은 다음달. 목표는 기말고사."

"응!" 하고 다쓰미가 주먹을 쥐었고, 그러다 갑자기 눈썹을 찡그렸다. "저기…… 멤버는?"

"당연하지. 우리 세 사람이야."

기타는 두 사람의 얼굴을 번갈아가며 보았다.

"세 사람이라니……?" 다쓰미의 얼굴이 어두워진다. "그럼 소마는 빼자고?"

다치바나가 고민하는 표정을 짓는다. 그 옆얼굴을 보면서 기타는 강한 어조로 말했다.

"소마는 됐어. 셋이서 해."

소마 히로시相馬弘는 세 사람의 마작 친구이지만 마작할 때를 빼면 거의 교류가 없다. 학교에는 아주 가끔 얼굴을 내밀 뿐 마작에 빠져서 아침부터 대학생과 상대하기 바쁘다. 다쓰미는 소마와 팀을 짜서 용돈벌이로 사기 마작을 하는 터라 성격도 다소 알고 있다. 그래서 '소마도 멤버'로 하자고 제안했지만, 한편 기타 쪽은 소마를 정체가 묘한 이상한 놈이라고 생각하는 탓에 애초에 중요한 비밀을 공유할 만한 친구라고는 여기지 않았다.

"이번은 셋이야."

기타는 위협하듯이 다쓰미를 째려보더니, 다치바나에게 "됐지?" 하고 작게 말했다.

"멤버 선정권은 계획을 세운 사람에게 있으니까."

다치바나가 빙 둘러서 동의하고 다쓰미도 고개를 끄덕였지만 생각을 고쳐먹은 듯이 다시 고개를 가로로 저었다.

"하지만 녀석의 성적도 지독해. 한 번쯤 행운을 줘도 좋지 않을까."

"거참 잡소리가 많네."

기타가 바로 열을 냈다.

"그러면 조지, 너도 빠져!"

"왜 그래."

다쓰미가 딱한 표정을 짓는다.

"이런 일은, 사람이 많으면 많을수록 들키기 쉽다고. 안 그래!"

기타는 고함친 후 얼굴을 돌렸다. 어쨌든 성질이 급하다. 조금이라도 의견이 맞지 않으면 언제나 제일 먼저 버럭한 뒤 화제에서 빠진다.

"아, 알았어……."

다쓰미가 풀이 죽어 말한다.

"뭘 그리 화내고 그러냐, 기타로."

"화나게 만든 건 너잖아."

다치바나가 '맙소사'라고 말하듯 작게 웃으며 기타에게 담배를 권했다.

"너무 신경 곤두세우지 마, 기타로."

"뭐, 화난 건 아냐."

목소리 톤을 떨어뜨리며 기타는 담배를 뽑아들었다.

다치바나도 담뱃불을 붙이면서 '기말시험은 다음 달 10일부터였지' 하고 말했다.

"응."

"별로 시간이 없군. 문제는 어떻게 학교로 숨어 들어가느냐인데."

다치바나는 이미 구체적인 계획을 머리에 그리기 시작한 듯하다.

"어이, 그것보다 말이지."

회복이 빠른 다쓰미가 희희낙락하며 끼어들었다.

"이름은 어쩔 거야, 이름."

"무슨 이름?"

기타가 물었다.

"당연히 이 작전의 이름이지. 시험지를 빼돌리니까 테스트의 T작전이든 뭐든 멋진 말을 붙여보자."

두 사람은 무심코 웃음을 터뜨렸다.

"정말 덜떨어진 녀석 같으니라고. 어이, 다치바나 뭐 좋은 거 있냐."

"글쎄……. 그럼 여기 이름을 따서 루팡 작전이라고 하면 어때?"

"아, 그거 좋네!"

다쓰미가 펄쩍 뛰어올랐다.

"루팡은 괴도이기도 하니까. 게다가 삼억 씨도 대도이고……."

세 사람이 돌아보니 부스럭부스럭 소리가 나고 카운터 아래에서 동그란 검은 테 안경을 쓴 창백한 얼굴이 보였다.

다쓰미가 목소리를 낮춘다.

"저기 있다, 대도 삼억 씨."

카페 루팡의 사장이다. 칠 년 전 후추府中에서 일어난 삼억 엔 강탈 사건 범인의 몽타주 사진과 어딘가 닮은 것이 이 과격한 별명의 유래이지만 실은 그것뿐만이 아니다.

삼억 엔 사건이라고 하면 영화 같은 범행 수법으로 세상을 깜짝 놀라게 했던 사건이다. 범인은 흰 오토바이를 탄 경찰관으로 가장한 채, 사천육백 명분의 보너스가 들어 있던 현금수송차를 제지했다. 차에 폭약이 설치되어 있을지 모른다고 말하고는 재빨리 차 밑에서 발연통에 불을 붙여, '위험, 위험!' 하고 은행원들을 물리치고, 그 틈을 타 차를 탈취했다.

일련의 범행 수법을 더듬어보면 왠지 사장과 겹치는 부분이 많다. 아주 옛날 '오토바이 광'이라고 불렸을 정도로 바이크 매니아였다고 하고, 젊은 시절 아주 잠깐이지만 경찰 행사를 할 때 흰 오토바이를 탄 적도 있다고 한다. 낡은 바이크를 흰 오토바이로 개조해서 경관으로 행세하는 것 따위 식은 죽 먹기일 것이다. 게다가 그 후, 무명 극단에서 연기한 경험도 있다고 하니 보통이 아닌 연기력도 납득이 간다.

또 있다. 범인은 습격 때 '스가모'라는 지명을 입에 올렸다. '스가모 서에서 지점장의 자택이 폭파되었고, 이 차에도 다이너마이트를 장치했다는 긴급 연락이 있었다'고 범인이 은행원을 향해 내뱉었다고 한다. 스가모 쪽 사람들이 아직도 사건에 깊은 관심을 가지고 있는 것도 그런 이유인데, 어쨌든 우연인지 고의인지 사장은 스가모에서 사건이 일어난 후에 괴도 이름에서 연유한 '카페 루팡'을 개업했다. 신문이나 주간지가 핏대를 올려 써댄 것과 같이 삼억 엔 사건을 사회나 경찰에 대한 도전, 극장형 범죄의 선구로 본다면, 사장은 진범의 요건을 모두 갖추었다고 할 수 있었다.

그렇게 생각하는 이는 기타 패거리뿐만은 아니었던 것 같다. 사장은 몇 번이나 경찰에 불려갔다. 한번은 형사에게 빙 둘러싸여서 '너밖에 없어, 빨리 자백해' 하고 위협받았다고 한다. 그것이 무엇보다 사장을 사나이다워 보이게 해서, 다쓰미는 '분명히 삼억 씨가 범인이다. 대단한 사람이야'라며 믿어 의심치 않는다. 사장이 기타 일당이 다니는 학교의 1회 졸업생이라는 친근감도 있어서 카페 루팡은 낙오된 학생들의 마음 편한 아지트로 굳어졌다.

삼억 엔 사건도 발생일로부터 칠 년이 흘러 내달에는 시효가 만료되기 때문에, 삼억 씨의 인기도 지금이 최절정인 셈이다.

"삼억 씨에게 지지 않을 일을 해내자고."

머리를 북북 긁는 사장을 흘끗거리며 세 사람은 머리를 맞대고 속삭였다.

2

쥐죽은 듯 고요한 서의 5층 회의실에, 미네 마이코 교사 살해 사건의 수사대책실이 설치되었다. 수사본부 같은 야단스러운 이름의 현수막은 없고, 어디까지나 극비의 지휘거점이다.

전화, 무전기 등 필요한 기재가 속속 날라졌고, 조사실에 있는 기타의 진술 내용도 스피커로 들을 수 있도록 준비되었다.

전원을 켠 직후에 흘러나온 것이, '삼억 씨'에 관한 진술이었다.

그 순간 콧수염을 기른 남자가 몇 명의 형사를 밀어젖히고 스피커 앞에 떡 버티고 섰다.

이 사건의 수사지휘를 맡은 강력범 조사 4계장, 미조로기 요시토溝呂木義人이다.

마흔여섯이라고는 생각할 수 없이 젊어 보인다. 다부진 체구에 고급 정장 차림이다. 올백 스타일 머리에는 백발이 섞여 있지만, 젊은이들이 하는 부분 염색처럼 앞머리 일부에 집중되어서, 오히려 세련된 분위기를 풍긴다. 굵은 눈썹과 그와 어우러지게 기른 멋드러진 콧수염, 강렬하게 반짝이는 커다란 검은 눈동자, 소설이나 텔레비전 드라마에 등장하는 런던 경찰청의 민완 경부를 떠올리게 하는 남자이다.

그 미조로기가 스피커 앞에서 얌전히 귀를 기울이며 얼굴을 일그러뜨린 채 낮은 신음소리를 토해냈다. 조사실에서 기타는 분명히 '카페 루팡'을 말했다.

"녀석들은 우쓰미의 가게에 모여 있었다는 건가……."

우쓰미 가즈야內海一矢.

잊으려 해도 잊을 수 없는 이름이다. 십오 년 전, 삼억 엔 강탈사건의 유력한 용의자로서 몇 번이고 조사실에서 대치한 인물이다. 삼억 엔 사건만 그런 것은 아니지만, 범인을 검거하지 못한 채 미궁에 빠진 사건들에 대해 담당 형사는 다들 마음속에 나름의 범인을 염두에 두고 있다. 미조로기가 생각하는 범인은 틀림없이 우쓰미이고, 시효 만료로부터 십오 년이 지난 지금도 그 확신은 흔들림이 없다.

생생하게 기억이 되살아난다.

쇼와 50년(1975년) 12월 9일 밤, 시효까지 앞으로 세 시간이라는 절박한 순간에 미조로기는 마지막 승부를 걸었다. 카페 루팡에서 우쓰미 가즈야를 경찰서로 끌고 와 눈앞에 체포영장을 들이댔던 것이다. 우쓰미는 얼굴빛 하나 변하지 않고, '증거는?' 하고 되묻더니 그대로 미조로기와 오랜 시간 서로를 계속 노려보았다. 둘 다 서른을 갓 넘었다. 미조로기는 강한 의욕으로 충만했지만, 우쓰미는 초연했고 겁먹지도 않았다.

결국 체포영장은 집행되지 않았다. 우쓰미가 부인하더라도 녀석을 체포해야 한다고 미조로기는 강경하게 주장했지만, 삼억 엔 사건의 수사 당시 오인 체포와 인권을 무시한 심문 등 거듭되는 실수로 경찰은 여론의 뭇매를 맞고 있었기 때문에, 상부는 차라리 시효 만료라는 굴욕을 택했다.

미조로기는 우쓰미의 눈을 응시한 채 오전 0시의 시보를 들었다. 순간 우쓰미는 벌떡 일어서서 이렇게 말했다.

"나쁘게 생각하지 마세요. 아무리 그래도 제 쪽에서 증거를 내놓을 수는 없잖습니까."

그때 우쓰미가 지어 보인 표정을 떠올리며 미조로기는 서의 계단을 내려갔다. 우쓰미는 어째서 그런 말을 한 것일까. 간부 중 한 사람은 '범인 취급을 당한 것에 대한 화풀이겠지' 하고 불쾌한 듯이 말했고, 동료 형사들도 날이 갈수록 같은 소리를 했다.

하지만 미조로기는 수긍하지 않았다.

아마…….

우쓰미는 엄격한 수사로부터 칠 년간 완전히 도망친 환희의 심정을 시효 종료의 순간 누군가에게 전하고 싶은 충동에 시달렸을 것이다. 그 상대로 미조로기를 택했다. 자신이 완수한 완전 범죄에 누구보다 강한 관심을 품어준 담당 형사인 미조로기에게.

지금은 그저 넋두리에 지나지 않는다. 그날로부터 벌써 십오 년이나 세월이 흐른 것이다.

— 아니, 잠깐.

미조로기는 발을 멈추고 손목시계에 시선을 떨어뜨렸다. 부친의 유품으로 상당히 낡은 물건이지만 녹이 슨 작은 창에 지금도 정확하게 날짜가 나온다.

'9', 12월 9일이다.

미조로기는 가벼운 충격을 받았다. 십오 년 전 그날이다. 카페 루팡에서 우쓰미를 연행한 그날. 우쓰미를 조사실에서 그냥 돌려보낸 그 12월 9일이다.

그리고 미네 마이코 살인은 오늘 밤 0시가 딱 십오 년째의 시효이다. 그렇다면 기타를 비롯한 세 사람은 삼억 엔 사건의 시효가 끝난 시각에 학교에 숨어들어, 여교사의 죽음에 연관되었다……. 그렇지는 않을 것인가.

미조로기는 미간을 찌푸렸다.

그랬다. 기세 좋게 카페 루팡에 발을 들여놓고 우쓰미에게 임의 동행을 강요했을 때 분명 고교생으로 보인 젊은이 몇이 가게 안에 있었다.

"그래, 그랬군. 그때 그 녀석들이……."

확신에 찬 생각이, 입 밖으로 튀어나왔다.

삼억 엔 사건이라는 하나의 범죄에 결말을 짓기 위해 가게에 뛰어들었지만, 같은 장소에서 새로운 범죄가 준비되고 있었던 것이다. 기타 패거리 세 사람은 카페 루팡에 있었다. 그곳에서 학교에 숨어들기까지 시간을 죽이고 있었다. 그런 것이었다.

— 일이 묘하게 되어버렸군.

미조로기는 다분히 인연을 느끼면서 형사과의 문을 밀어젖혔다.

널찍한 사무실의 떠들썩함은 좋든 싫든 미조로기를 본청에서 으뜸가는 실력의 계장으로 인식하게 만든다. 자신을 타이를 것까지도 없다. 삼억 엔 사건은 과거의 유물이고, 미네 마이코 살해 사건은 지금 현재 캐내고 있는 것이다.

미조로기는 팔을 크게 벌려 1호 조사실에서 튀어나온 젊은 형사를 붙잡았다.

"안의 상황은 어떤가?"

"네, 순조롭게 불고 있습니다."

"살해 의혹은?"

"처음에 부인한 그대로입니다."

"알았다, 수고해."

미조로기는 등을 밀었지만, 이내 아차 하고 다시 형사의 어깨를 끌어당겨 작은 목소리로 물었다.

"여경은 어떤가?"

젊은 형사는 질문의 의미를 가늠하지 못하고 의아한 표정을 지어 보였다.

"교통과의 엄청난 미인 말이다."

"아아, 네, 제대로 조서를 쓰고 있는 것 같습니다만……."

미조로기는 고개를 크게 끄덕이고 이번에야말로 형사가 앞으로 푹 고꾸라질 정도로 세게 등을 민 뒤 내근 데스크로 걸어갔다. 산더미 같은 서류 속에서 가부키의 오야마여자 역을 맡은 남자배우 같은 남자가 얼굴을 들어 미조로기에게 말없이 인사했다.

오토모 미노루大友稔 — 조사관인 데라오와 어깨를 나란히 하는 '미조로기 팀'의 서브캡틴 — 이다. 소박하고 말수도 적으며, 심문 솜씨는 조금 떨어지지만 성실하고 은근히 사무 능력도 뛰어나다. 이번 사건에서는 내근 데스크의 정리 역으로 임명되었다. 데라오에 대한 라이벌 의식은 내색 않고 담담하게 자신의 직무를 수행중이다.

"오토모, 다쓰미 조지로는 찾았나?"

미조로기가 말을 걸자 오토모는 옆 데스크를 가리켰다. 내근 순사부장巡査部長이 목에 낀 수화기의 통화구를 막고, '방금 가와고에川越의 지인 집에 있는 것으로 밝혀졌습니다. 밤새 마작을 하고 잠들어 있답니다'라고 말하며 주소가 적힌 메모를 내밀었다.

미조로기는 메모를 머리 위로 들어올리고, '어이, 누가 튀어가서 빨리 연행해 와!'라고 목소리를 높이고, 그대로 오토모에게 '다치바나 소이치 쪽은 어떤가?' 하고 물었다.

"아직 소재불명입니다."

오토모는 평소의 침착한 목소리로 대답했다.

"본가가 비어 있어서 열 명 정도 보내서 잘 가는 곳을 뒤지고 있습니다."

"스무 명으로 늘려."

"알겠습니다. 그런데 계장님, 다쓰미도, 다치바나도 여기로 연행해오는 겁니까?"

오토모는 대언론 대책에 대해 말하고 있다. 복수범의 경우에는 눈에 띄지 않도록 근처의 서署로 분산해서 조사를 하는 것이 관례이다.

"상관없으니까 모두 이쪽으로 데려와. 전화 따위 붙잡고 있는 사이에 시효가 끝나버리니까."

반쯤 웃으면서 말한 미조로기는 방 안을 둘러보고, 작은 감탄사를 내뱉더니 오토모에게 시선을 돌렸다. 그는 이미 수사원 리스트를 뒤적이면서 다치바나를 수색할 증원 멤버를 선정하기 시작했다.

"어이, 오토모."

"네?"

"태어났나?"

"아뇨, 아직입니다."

오토모의 아내는 그저께부터 입원해 있다. 초산인 이유도 있겠지만, 예정일을 열흘 넘겼는데 분만촉진제도 전혀 듣지 않아서, 결국 제왕절개를 하기로 했다. 늦은 결혼인지라 틀림없이 걱정될 거라고 미조로기는 마음을 썼지만, 오토모 본인은 눈썹 하나 까딱하지 않고 그 이상 아무 대답도, 말도 없다.

미조로기는 병원에 전화를 넣어보라고 말한 다음, 대답은 기대도 않고 조사실 쪽으로 발걸음을 향했다. 1호에 사용중임을 알리는 빨긴 램프가 켜져 있다.

갑자기 그 빨간 램프가 흐릿하게 부풀었다.

—어떻게 된 거야.

미조로기는 양손으로 철썩 하고 자신의 뺨을 두드렸다. 조사실 안에 우쓰미가 있는 듯한 느낌이 들었던 것이다.

시보가 울렸을 때의 그 얼굴, 그 말이 지워지지 않는다. 유유히 걸어나가는 우쓰미의 등. 그것을 지켜보는 자신의 모습이 마치 영화의 한 장면처럼 선명하게 떠오른다.

—그런 시효는 이제 정말 싫다.

미조로기는 양손을 입가에 둥글게 모으고 소리를 질렀다.

"좀더 분발해, 시효료 만료까지 앞으로 열일곱 시간이다!"

방의 여기저기서 일제히 기합이 들어간 소리가 터진다. 미조로기는 힘차게 고개를 끄덕였다. 그때 등 뒤에서 '계장님' 하고 누군가가 불렀다. 형사과와 4층 대책실을 연결하는 연락 담당 직원인 신출내기 형사이다.

"뭐야?"

"저어……."

신참은 아주 난처한 표정이다.

"본청에서 후지와라 형사부장이 오셨습니다."

"위에 있나?"

"네."

"무슨 바람이 불었지. 높으신 분이 어슬렁거리면 기자들이 눈치채잖아."

신참 앞에서 어이없는 척했지만, 미조로기는 내심 '역시 왔구나' 싶었다. 수사 1과장이 엄중하게 입막음을 당부했지만, 이 사건의 밀고를 받은 것은 후지와라 이와오藤原巖인 것이다. 과장의 말투에서 미루어 짐작하는 바, 정보 입수의 경위는 형사부장의 지위와는 관계없는 후지와라 개인의 지극히 사적인 영역에 있는 듯했다. 이해하기 어려운 점은 그뿐만이 아니었다. 후지와라가 이 관할에 근무하는 그 미인 여경을 지명해서 수사 스태프에 참가시킨 것이다. 여경이 후지와라 지인의 딸인 것은 알고 있었지만, 그렇다고 해도 본청 최고 간부의 한 사람으로 군림하는 후지와라가 일선 수사에 참견하는 것은 이례 중의 이례이다. 과장도 '어쨌든 그렇게 됐으니 잘 부탁하네'라고 하면서도, 무척 의아해하고 있었다.

— 인연이라는 것이겠지, 분명.

미조로기와 우쓰미 같은 관계는 아니지만 수사 사건을 오래 담당해온 자가 피해갈 수 없는, 정면에서 입은 상처와도 닮은 인연 중 하나이겠거니. 미조로기는 막연히 그런 식으로 이해했다. 벗어나려

해도 벗어날 수 없는 인연이 있기 때문에, 후지와라가 기자들이 눈치 챌 위험을 무릅쓰면서까지 관할서로 걸음을 옮겼다는 느낌이 들었다.

후지와라는 황송해하는 관할서 사람들을 개의치 않고, 수사대책실의 파이프 의자에 털썩 걸터앉았다. 주름과 검버섯투성이의 붉은 얼굴을 약간 위로 치켜들고 눈을 지그시 감고서, 스피커로부터 흘러나오는 기타의 진술에 신경을 집중하고 있다.

"다쓰미도, 다치바나도 아주 의욕이 넘쳤습니다. 정말로 시험지를 훔칠 수 있을지도 모른다고 생각해서 정신없이 계획을 다듬었습니다."

기타의 진술은 2단계로 들어간 듯했다.

3

이리하여 루팡 작전은 시작됐다.

세 사람은 연일 카페 루팡에 모여 커피를 홀짝홀짝 마시면서 실행 계획을 다듬었다. 가슴 뛰는 계획임에는 틀림없었지만, 실제로 행하려면 해결해야 할 문제가 산더미였다.

먼저 어떻게 학교에 숨어들 것인가. 만일 들어갔다 해도 교무실 문은 자물쇠가 채워져 있다. 교장실 또한 마찬가지이다. 시험지를 손에 넣으려면 삼중의 담을 뚫어야 한다. 기타가 목격한 금고에 관한 정보는 교장실에 들어가야 비로소 쓸모가 있다.

“교무실까지 가면 교장실에는 어떻게든 들어갈 수 있을 거야. 교감이나 교무주임이 열쇠를 갖고 있을 테니까.”

다치바나가 말했다.

“그러면 말이야.” 다쓰미도 입을 열었다. “숨어드는 게 아니라 애초에 교무실에 숨어 있다가 밤이 오기를 기다리는 건 어때?”

“선생들이 우글거릴텐데.”

턱을 괴고 있던 기타가 질린 얼굴로 말한다.

“어디에 어떻게 숨는 건데, 조지?”

“그, 그야 뭐, 예를 들어 벽과 똑같은 색의 보자기인지 뭔지를 늘어뜨리고 그 뒤에…….”

“네가 닌자냐?”

“그럼 기타로 너도 뭔가 아이디어를 내봐.”

다쓰미가 입을 삐죽거리면서 수북한 담배꽁초 위로 연기가 피어오르는 재떨이에 컵에 든 물을 뿌렸다. 치직 하는 소리가 나면서 역한 냄새가 감돈다. 그것을 다쓰미 앞에 들이밀면서 기타가 말했다.

“역시 낮에 1층 창문 안쪽 잠금장치를 부숴놓고, 거기로 숨어드는 게 제일 좋지 않을까.”

“안 돼, 안 돼. 왜냐하면 하이드가 문단속을 돈다고. 부서진 게 들키면 전부 수포로 돌아가잖아.”

“그렇군, 하이드 모키치가…….”

그렇게 중얼거리고 기타는 혀를 찼다.

가네코 모키치金古茂吉는 옛날부터 학교에 있는 임시 화학교사이다. 놀랄 만큼 키가 작고, 책 속 삽화를 확인한 것은 아니지만, 눈매도 입매도 위로 올라가 있고 부스스한 백발과 구깃구깃한 흰 가운을 휘날리며 교내를 방황하는 모습이 분명 '지킬과 하이드'의 하이드를 닮았다. 용모에 못지않게 성격도 상당히 독특해서, 이런 것도 별거라 하는지 모르겠지만 오기쿠보荻窪에 있는 집에 아내를 남기고 자신은 학교 수위실에 자리 잡고 살고 있다. 거기서 삼백육십오일을 기거하며 낮에는 학교의 수재도 해독하기 힘든 지렁이 같은 글자를 칠판에 그저 끊임없이 죽 써서 늘어놓고, 밤은 밤대로 '즐거워, 즐거워'라고 하며 기분 나쁜 웃음을 흘리면서 경비원처럼 손전등을 덜렁덜렁 들고 교내를 순찰한다. 어쨌든 학교에서 제일가는 고참이라서, 교장도 모키치의 취미를 함부로 문제 삼지 못하고 시스템 경비의 도입을 집요하게 요청해오는 교육위원회에 머리를 계속 숙이고 있다는 이야기이다.

바꾸어 말하면 시스템 경비 도입을 방해해주는 모키치가 있기 때문에 비로소 루팡 작전이 성립하지만, 그러나 막상 실행하려니 교내를 숙지하고 있고 빈틈이 없는 모키치가 심히 방해가 된다. 다쓰미가 말한 대로 창문 잠금장치를 부수거나 하면 즉시 알아차리고, 그 창문 아래에서 밤새라도 잠복할 것 같다.

"역시. 학교 안 어디에 숨어서 밤이 오기를 기다릴 수밖에 없어. 그렇지?"

다쓰미가 말했다.

"어디가 어딘데?"

기타가 짜증을 내며, 너와 이야기해도 소용없다는 듯이 잠자코 있는 다치바나에게로 시선을 옮겼다.

다치바나가 한 번, 두 번 고개를 끄덕이고 입을 뗐다.

"이렇게 하자. 4층 지리실 안에 자료실이 있지. 거기 숨어서 한밤중까지 기다리는 거야. 하이드도 그곳까지는 살펴보지 않을 거고, 만일에 열어보더라도 지도나 모형 뒤에 숨을 수 있어."

"그렇군, 거기라면……."

기타가 고개를 끄덕였다. 다쓰미도 자신의 의견이 부분적으로 채택된 것이 꽤나 기뻤는지, '거기, 거기! 거기로 결정!' 하고 소리를 지르며 두 사람의 손을 흔들었다.

그 직후였다. 카운터에서 컵을 씻고 있던 사장이 쿨럭쿨럭 부자연스럽게 기침을 했다.

여섯 개의 눈동자가 쏠린다.

키가 큰 젊은 여자 — 음악교사 히다카 아유미日高鮎美가 가게에 들어온 참이었다.

"큰일이군." 다쓰미는 담배를 문질러 껐다. 기타는 혀를 찼고, 다치바나는 될 대로 되라는 듯이 눈을 감고 소파에 푹 파묻혔다.

루팡은 학교에서 지하철 한 정거장 앞이다 보니 교사가 순찰을 오는 일은 좀처럼 없다. 그런데 아유미의 등장은 지난달에 이어 두 번째였다. 그때는 우연히 커피를 마시러 들어온 세 사람과 맞닥뜨린 듯하지만 오늘은 분위기가 다르다. 분명히 번화가 순찰 당번교사로서 세 사람을 지목하여 들어온 얼굴이다. 사장은 아유미의 얼굴을 기억하고 위험 신호를 보낸 것 같다. 하지만 때가 늦었다.

"너희!"

아유미가 소리쳤다.

"학교 빠지고 뭐 하는 거야! 담배 같은 걸 피우다니, 빨리 학교로 가!"

쨍하고 새된 목소리가 가게 안에 울리자 카운터에 있던 회사원이 자기가 야단맞는 것처럼 목을 움츠렸다.

평범한 얼굴의 아유미는 그래도 미인 축에 속한다. 몸집이 가냘프고 섹시함은 약간 부족하지만, 하얀 피부에 날씬하게 뻗은 팔다리는 모델 느낌이라고 할까, 그날 입은 베이지색 트렌치코트도 잘 어울렸다. 다만 음대를 갓 졸업하고 와서 그런지, 융통성이 없다기보다는 근본적으로 지나치게 성실한 성격 탓에 교내에서의 인기는 형편없었다. 학생들의 장난이 너무 짓궂을 때면, 얕보이지 않겠다며 신경질적으로 목소리를 올리는 터라 더더욱 인기와 멀어지는 악순환에 빠져 있었다.

"왜 대답 안 해!"

세 사람은 무시하기로 마음먹었다. 아니, 다쓰미는 아니다. 뭔가 말을 되받아치고 싶어서 근질근질한 얼굴이다.

"안 들려? 게다가 좀 있으면 기말시험이잖아!"

"그러니까 기말시험 대책을 생각하는 중이에요."

아슬아슬한 조크를 날린 다쓰미는 기타가 노려보자 쏙 하고 혀를 내밀었다.

"다음 수업은 뭐야?"

뭘 이제와서라는 생각으로 기타와 다쓰미가 얼굴을 마주 보고, 다쓰미가 '글쎄' 하고 양손을 벌렸다.

"정말!"

아유미의 시선은 오로지 다치바나를 향했다. 그것은 음악이 선택 과목이고, 세 사람 중에 음악 수업을 듣는 사람은 다치바나뿐이기 때문이다. 기타와 다쓰미는 수업에 간 적은 없지만 일단 미술을 택했다.

다치바나는 눈을 감은 채 대답도 하지 않는다. 기타는 다리를 떨면서 눈을 치켜뜨고 아유미를 쏘아보았고, 다쓰미는 다쓰미대로 다음은 어떻게 골려줄지 머리를 굴렸다.

"어휴……."

아유미는 질렸다는 식으로 천장을 올려다보았다. 실상 교내에서 가장 도드라지게 예의바른 학생을 앞에 두고 다음 말이 떠오르지 않는 모양이다. 그때 다쓰미가 끼어들었다.

"저어. 괜찮으시면 선생님도 함께 차 드시지 않겠어요?"

"뭐라고?"

아유미의 얼굴이 순식간에 붉어졌다.

"원하신다면 밤까지 같이 있어도 좋은데. 저, 한가하거든요."

"다, 다쓰미 군, 너라는 애는……."

기타가 다쓰미의 정강이를 찼다. 그러나 헤라클레스 다쓰미는 꿈쩍도 않는다. 반쯤 진심으로 권했다. 다쓰미는 여자 회사원이고 여대생이고, 아무튼 연상의 여자를 매우 좋아한다.

"저, 저, 저는 아유미 선생님을 예전부터 좋아했습니다."

다쓰미는 눈을 끔뻑거리며 말하더니 바닥에 닿을락 말락 하는 지점에서 스커트 안을 들여다보는 듯한 시늉을 했다. 아유미는 한 걸음 두 걸음 뒷걸음질쳤다. 이미 목까지 벌게졌고 와들와들 몸을 떨고 있다.

"몰라, 그런 거!"

말을 마치자마자 아유미는 발길을 돌렸다. 등 뒤로 다쓰미가 조금은 안타까운 시선을 던졌으나 이내 '그렇지만, 뭐 됐어'라고 생각했는지 '으히히' 하는 상스러운 웃음을 퍼부었다. 만사 뒷일은 상관하지 않는 녀석이다.

"멍청한 자식."

기타는 내뱉듯 쏘아붙이며 이번에야말로 다쓰미의 정강이를 힘껏 찼다.

"야, 아프잖아!"

"뇌라는 게 있으면 생각 좀 하면서 행동해. 저번 주에도 아유미에게 아르바이트 들킨 G반 여자 애는 바로 근신 먹었는데."

"그래도……."

"히스테리는 건들지 말란 말이야. 정학이라도 먹으면 시험도 뭣도 없으니까."

기타는 끽소리 못하게 다쓰미에게 면박을 주면서도 다치바나의 상태가 마음에 걸리기 시작했다. 여전히 아유미가 왔을 때처럼 팔짱을 끼고 눈을 단단히 감고 있다.

—또 시작이다.

때로 다치바나는 조개처럼 입을 다물고, 가타부타 말이 없어진다. 지금이 바로 그 상태인데, 다만 기분이 나쁜가 하면 반드시 그런 것도 아니라서 대처하기가 어렵다. 잊어버리고 있을 무렵 불쑥 입을 열어, '아폴로 호의 달 착륙을 봤을 때처럼 실망한 적은 없었어. 이미 세상이 갈 데까지 다 가버렸다는 느낌인데 말이야……'라고 하며 한숨을 쉬거나 한다. 기타와 다쓰미는 '망연자실 병'이라고 이름 붙이고 상관하지 않기로 합의했다. 대개는 무엇 때문에 그러는지 알 수 없기 때문에 기분을 맞춰줄 수도 없다.

그러나 이날만은 아유미의 급습이 '망연자실 병'의 계기를 만든 것이 명백했다. 엄청나게 화난 것인지, 아니면 아유미의 등장이 어떤 계기로 깊은 명상으로 이끄는 효과를 가져왔는지, 좌우지간 다치바나가 다음 말을 꺼낼 때까지는 약 한 시간이 걸렸다.

덧붙이자면, 이날 '망연자실 병'에서 벗어난 다치바나는 '남자와 여자 외에 두세 종류가 더 있으면 세상은 재미있겠지' 하고 말했다. 기타와 다쓰미는 '으응'이라고만 대답했다.

그것은 차치하고 이날의 수업 땡땡이, 카페 출입, 흡연이라는 트리플 위반은 표면적으로 드러나지 않았다.

기타는 그 여자가 봐줄 리가 없다고 몇 번이나 말했지만, 사흘, 나흘이 지나도 호출은 없었다. 다쓰미는 '이제 와서 우리한테 무슨 말을 해도 소용없다고 생각한 게 아닐까. 전에 왔을 때도 호출 안 했잖아'라며 태평하게 말했다. 기타도 그쪽으로 마음이 기울어 마침내 신경 쓰지 않게 되었다.

4

11월도 마지막 주에 접어들자 대학 입시를 맞은 반 녀석들의 표정이 변했다. 의무교육도 아닌 고등학교에 진학했지만 제 권리를 스스로 포기해버린 기타 패거리는 반 친구들이 처음으로 보여주는 투쟁심이 어딘가 이상했고, 그래서 무시와 무언으로 가득 찬 공기가 거북하게 느껴지는 계절이기도 했다.

그런 편치 않은 교실을 빠져나와, 기타는 카페 루팡의 지정석에서 반쯤 몸을 뒹굴며 쇼트호프를 피우고 있었다. 학교에서의 소외감은 딱히 어제오늘 시작된 것도 아니니까 쉽게 떨칠 수 있지만, 실컷 달아올랐던 루팡 작전 준비가 생각대로 전개되지 않는 탓에 그 초조함이 얼굴에도, 담배를 피우는 모습에도 뚜렷하게 나타났다.

"뭐 좋은 일이라도 있었나?"

소리도 없이 커피를 가져온 사장이 말을 걸어왔다. 리넨 소재의 앞치마는, 그냥 두었으면 될 텐데 세탁기로 빨아서 꽤나 멋들어지게 줄어들었다. 그는 서른이 넘었지만, 독신이다.

"그렇게 보입니까?"

기타는 무뚝뚝하게 대답했다.

"으응."

사장은 동그란 안경을 벗어 렌즈를 닦으면서 '화가 난다는 건 좋은 거야' 하고 작게 웃어 보였다.

"네?"

"내 나이가 되면 말이지, 이제 무슨 일이 생기든 화도 나지 않아."

"그런가요?"

"그래."

사장은 안경을 고쳐 쓴 뒤 우유가 든 주전자를 들고, 부럽다고 말하고는 휙 등을 돌렸다.

기타는 히죽 웃고는 말을 걸었다.

"사장님!"

"응?"

"하지만 형사에게 당했을 때는 열 받았죠?"

사장은 멍한 눈으로 벽을 바라보더니, '아니' 하며 고개를 가로저었다.

"머리도 맞고 그랬죠?"

"요즘은 그런 일 거의 없어. 모두 착해졌더군. 어디 가나 다들. 시시해, 그런 거……."

마지막 말은 혼잣말처럼 내뱉고 사장은 줄어든 앞치마를 쭉쭉 아래로 당겼다.

"흐음."

기타는 맥이 빠졌다.

"그것보다 오늘은 어떻게 된 일이야?"

사장이 고개를 갸우뚱한다.

"조지는 아침에 잠시 얼굴을 내밀었지만, 다치바나 군은 한 번도 보이지 않네."

"흠, 음악시간이니까 빼먹고 올 것 같은데……."

호랑이도 제 말 하면 온다고 다치바나가 가게로 뛰어 들어왔다. 뛰어 들어왔다고 해도 다치바나니까 다쓰미처럼 떠들썩하지는 않다. 종종걸음으로 다가와 카운터로 사라지는 사장에게 인사를 하고 기타의 귓가에서 속삭였다.

"알아냈어. 교장실 열쇠는 교감 책상 서랍 안에 있다고. '12'라는 번호표가 붙어 있어."

"정말!"

다치바나는 입술에 검지를 대고 고개를 끄덕였다.

"좋아."

기타의 얼굴이 상기되었다.

"잘 될 것 같아. 루팡 작전."

"으응. 일단 일보 전진이라고 할 수 있지."

요 일주일간 세 사람은 교무실 내부의 정찰로 날이 새고 저물었지만 이렇다 할 수확도 없이 바짝바짝 애만 태우고 있던 참이었다. 학교 건물은 서동西棟과 동동東棟으로 나뉘어 농구 코트를 끼고 나란히 서 있다. 교무실은 서동 2층 안쪽, 기타를 비롯한 3학년 교실은 동동 3층과 4층에 집중되어 있다. 두 개의 교사는 20미터도 떨어져 있지 않아, 쌍안경으로 교무실은 창가에서 중간 정도까지 훤히 보였다. 세 사람은 '문제 학생의 분산 지도'인지 뭔지 하는 학교 방침상 다들 다른 반에 흩어져 있었지만, 각각 창가 학생을 위협해 창가 자리를 꿰차고 커튼을 가리개 삼아 교대로 정탐을 계속했던 것이다.

"맞춰보자, 처음부터."

기타가 의욕을 보였고, 다치바나도 몸을 내밀었다. 다쓰미는 오후부터 소마와 함께 마작을 하고 있는 것 같다. 둘이서 하는 편이 이야기가 빠르기에, 기타와 다치바나는 머리를 맞댔다.

계획은 이렇다.

먼저 한 사람이 방과 후, 동동 4층의 지리실 안 자료실에 숨는다. 기타네 고등학교는 야간반이 있으니, 그 학생들에 섞여 오후 8시 이후 자료실에 들어간다.

그 잠복 담당이 하이드 모키치의 심야 순찰이 지난 다음, 그가 잠든 것을 확인하고 1층으로 내려간다. 뒤뜰을 마주 보는 동동 창문 안쪽 잠금장치를 풀어 연 다음, 밖에서 대기하는 두 사람을 불러들인다. 셋이 함께 서동으로 돌아가 모키치가 집 대신 지내는 수위실에 숨어들어 열쇠함에서 교무실 열쇠를 훔쳐내고…….

"문제는 거기야."

다치바나가 이야기를 가로막았다.

"수위실에 숨어드는 건 역시 너무 위험하지 않을까?"

"그러면 어떻게 할 건데?"

기타는 불만스럽게 대꾸했다.

"여벌 열쇠라도 만들어? 그게 훨씬 더 큰일이지."

열쇠함에도 열쇠가 걸려 있고, 그 열쇠는 모키치가 언제나 몸에 지니고 다닌다. 그러나 빈번하게 교사들이 찾으러 오기 때문일까, 교무실 열쇠만큼은 열쇠함 옆의 고리에 걸어놓았다.

교무실에 들어가기만 하면 다음은 일이 착착 풀린다. 다치바나가 쌍안경으로 본 대로 교감 서랍에 있는 '12'라는 열쇠로 교장실에 침입한다. 교장 책상의 가장 위 서랍에서 열쇠를 찾아 아래 서랍을 연다. 안에는 두 금고의 열쇠가 있고, 그중 하나가 시험문제를 보관한 새로운 금고에 딱 맞을 것이다.

도주도 간단하다. 교장실과 교무실을 잠그고 그대로 침입한 창문으로 가서 어두운 학교 밖으로 도망친다. 그 도주용 창문 안쪽 잠금장치가 열려 있는 점이 유일한 흔적일 수 있지만, 모키치도 아침부터 학교 전체 창문의 잠금장치를 점검하지는 않을 것이다. 아침 7시에는 아침 훈련이 있는 운동부 아이들이 등교하지만, 모키치는 녀석들에 맞춰 마지못해 일어나는 것 같다. 이미 예순을 넘긴 나이임에도 결코 아침 일찍 일어나지 않는다.

계획은 완벽해 보인다. 그러나 어쩐지 다치바나가 아직 수긍하지 않는다.

"역시 위험해. 하이드는 열쇠함 바로 아래에서 자고 있어."

"그래서 뭐? 그깟 늙어빠진 노인네, 일어나지도 않는다니까."

"아니. 수위실은 좁고 미닫이문은 덜컹덜컹 소리가 나."

"다치바나, 쫄았냐?"

으레 그렇듯이 기타가 짜증을 내고, 다치바나는 침착함 그 자체이다.

"기타로, 나는 말이지, 너한테 감사하고 있어. 모처럼 이런 재미있는 계획에 끼워줬잖아. 그러니까 끝까지 확실하게 하고 싶어. 그뿐이야."

"응……."

"어이, 조금 더 생각해보자고."

"알았어. 알겠는데, 그러면 달리 좋은 수가 있어?"

낙심한 기타를 내버려두고 다치바나는 잠시 머리를 굴렸다. 작은 성냥갑을 테이블 위에 놓고 세로로 세웠다가 가로로 눕혔다가 하면서 만지작거린다.

"다치바나……."

토론에도 침묵에도 약한 기타가 말을 걸었을 때 다치바나가 입을 열었다.

"이런 건 어떨까?"

다치바나는 성냥갑 모서리를 손끝으로 만지작거려 솜씨 좋게 수직으로 세웠다.

"3층 창문에서 줄사다리를 내려서 2층 교무실 창문으로 침입하는 거야."

기타는 어안이 벙벙했다.

줄사다리?

'그런 영화 같은……' 이 말이 목구멍까지 올라왔지만 다치바나의 진지한 표정을 보고 간신히 삼켰다.

"어때, 기타로?"

"하, 하지만, 교무실 창문에도 잠금장치가 있잖아."

"그야, 그렇지."

다치바나가 빙긋 웃는다.

"교무실 창가 쪽에 커다란 사물함이 하나 세워져 있잖아. 그 사물함 뒤에 있는 창은 원래부터 '열지 않는 창'이야. 그 잠금장치 중 하나를 미리 부숴놓으면 돼."

"부수다니, 언제? 선생들이 우글우글하잖아."

"월요일 전체 조회 때. 모두 체육관에 가면 교무실은 텅 비지. 전에 우연히 간 적이 있어."

거기까지 듣고 기타는 크게 숨을 내뱉었다.

무모한 듯 보여도 과연 견실한 작전이다. 분명 사물함 뒤쪽 창문의 잠금장치라면 부수더라도 아무도 눈치채지 못할 것이다. 다치바나가 말하는 대로 사물함이 방해가 되어서 원래 잠금장치를 채웠는지 확인하기 어려운 위치이다.

줄사다리를 쓰는 것도 묘안이다. 건물에 보통 나무사다리를 걸쳐 밑에서 들어가는 방법도 있지만, 사물함 옆 창문 아래는 안뜰의 한복판이고 교장이 자랑스럽게 여기는 철쭉이 빽빽하게 자라서 발 디딜 곳을 찾기 어렵다. 게다가 나무사다리는 운반이나 감추기에 애를 먹을 것이다. 그러나 줄사다리라면 '피난 사다리'라서 교내에 얼마든지 있다.

다치바나는 조용히 기타의 대답을 기다렸다.

"좋아, 그걸로 가자."

기타가 시원시원하게 말을 내뱉자, 다치바나가 학교 건물에 비유한 성냥갑을 탁 하고 튀겼다.

5

두 사람은 일단 헤어져서 각자 아르바이트를 하러 갔다. 기타는 주간지 제본, 다치바나는 우치사이와이초內幸町의 빌딩 청소였다. 둘 다 제법 한 지 오래됐다.

기타가 품에 주급을 안은 채 RD350을 몰고 루팡으로 다시 가니, 이미 오후 9시가 지났다.

가게 앞에 오토바이는 없었다.

— 조지 녀석은 아직도 마작 중인가.

혀를 차면서 가게로 들어가니 잡지꽂이에서 잡지를 빼고 있는 짙은 밤색의 등이 보였다. 다치바나도 닥스50을 보유하고 있지만, 오토바이를 싫어해서 타고 온 적은 거의 없다.

'간발의 차라는 건가' 하고 기타는 갓 나온 따끈따끈한 주간지를 다치바나에게 주었다.

"엇, 생큐."

"조지, 아직도 하는 것 같군."

"으응."

다치바나는 건성으로 대답하며 주간지의 사진을 뒤적이기 시작했다.

'아까 전화가 왔어' 하고 카운터에서 목소리가 났다. 사장이 줄어든 앞치마 자락을 당기면서 고개를 빼고 있다.

"조지한테요?"

기타가 물었다.

"응. 슬슬 끝나니까 기다려달래."

"자식, 젠틀랜드에 있지?"

"그런 것 같아."

"그러면 우리가 가볼까?"

다치바나가 제안했다.

"괜찮아. 그전에 커피 한 잔만 마시고. 제본소는 먼지가 너무 많아서 말이야."

다치바나도 마시고 싶었던 모양이다. 둘은 커피를 홀짝이며 사장을 상대로 삼십 분 정도 떠들고는, 규칙대로 아르바이트 비용이 들어온 기타가 두 잔 값을 지불한 뒤 가게를 나섰다.

다쓰미는 지금 소마와 함께 마작을 하고 있을 것이다.

—소마도 루팡 작전에 넣어줄까.

심경의 변화라고 할 정도는 아니지만, 낮에 느낀 작은 소외감이 기타에게 그런 마음이 들게 했다. 소마도 소외되는 쪽인 것은 틀림없다. 신호 대기 중에 길 위의 낙엽이 연방 차에 치이는 것을 보며 기타는 관용적인 대사를 속으로 중얼거렸다. 원래부터 다치바나는 작전을 제안한 기타가 좋다면 소마를 끼워주는 것에 이의는 없었다.

'젠틀랜드'는 폐쇄된 볼링장 터에 생긴 가로로 기다란 4층 건물로, 1층이 파친코, 2층이 당구장, 3층이 게임센터, 4층이 마작장으로, 사람들이 모여들 요소를 모두 갖추었다. 근처 대학생을 겨냥했겠지만 기타 패거리도 꽤 중요한 고객이다.

가게 옆의 자전거 보관소에 다쓰미의 마하500이 몹시 거드름 피우듯 세워져 있었다. 두 사람은 그것을 교대로 가볍게 차주고, 지하 식당에서 서둘러 카레라이스를 먹고 나서 엘리베이터로 4층에 올라갔다.

넓은 홀에 사십 개 가까이의 마작 탁자가 늘어선 모습은 장관이었다.

탁자 사이를 요리조리 뚫고 나아가니, 자욱하게 소용돌이치는 담배 연기 사이로 다쓰미의 얼굴이 흐릿하게 보였다. 역시 같은 탁자에 소마도 있었다. 다른 둘은 처음 보는 얼굴이다. 틀림없이 착한 청년이라는 탈을 쓴 다쓰미가 '두 사람이 모자라네요, 같이 하시지 않겠습니까' 하고 꼬드긴 대학생일 것이다.

다쓰미가 상기된 표정으로 열심히 뭔가 떠들고 있다. 실은 그게 보통이 아니었다.

다쓰미와 소마는 대화로 서로가 가진 패나 좋은 패를 알려주는 사기 마작을 하고 있다. 이른바 '토시'라 불리는 수법으로, 이런 정보는 전적으로 소마가 입수해온다. 지금 두 사람이 쓰고 있는 토시의 비법도 소마가 오쓰카大塚의 프로에게 물어 그것을 소마 나름대로 정리해서 동료에게 전수한 것이다.

"완전히 한창이잖아."

기타가 발끈해서 말했다.

"이기고 있겠지, 분명."

다치바나가 대답했다.

"사람을 실컷 기다리게 하고는, 저 자식……."

짜증 반 장난 반, 기타는 슬쩍 다쓰미의 등 뒤로 돌아들어가서 큰 소리로 말했다.

"어떠냐, 컨디션은. 어리벙한 자식."

몹시 놀랐는지 다쓰미는 의자에서 굴러 떨어질 뻔했다. 그것도 그럴 것이 대사 첫머리에 '어'가 붙는 것은 사기가 들켰을 때에 쓰는 '도망가!'라는 사인이다. 귀에 익은 기타의 목소리로 그 최후의 대사를 듣고 만 다쓰미는 잠시도 버티지 못했다.

'포엠 스페셜'이라고 소마가 이름 붙인 이 토시는 와카야마 보쿠스이若山牧水의 시는 아니지만 '산하를 얼마나 넘어서幾山河越えて'의 아홉 글자를 바탕으로 하고 있다. 1부터 9까지의 수패에 각각 '산'은 '1', '하'는 '2', '를'은 '3', '얼'이 '4'로 순서대로 시를 붙이고, 그

것을 대화의 첫머리에 붙인다. 그리고 어미를 '……네', '……아', '……지'로 변화시켜, 만수패, 삭수패, 통수패를 구별해서 가진 패나 자신의 의향을 같은 탁자에 앉은 동료에게 전하는 구조이다. 다른 것도 다양한 키워드가 있어서, 예를 들어 어두에 '키'가 붙으면 '점봉마작에서 점수를 더하는 데 쓰는 것을 감춰라', '미'라면 '패를 교환하자'가 된다. 이것들을 자연스러운 대화에 포함시켜 알아듣고 실행하는 것은 상당한 집중력과 고도의 팀워크가 필요하다. 하물며 마작처럼 순간의 판단력을 요구하는 게임은 더더욱 그렇다.

그 긴장이 절정일 때에 기타의 '어떠냐, 컨디션은. 어리벙한 자식'이 귀에 들어와버렸다.

다쓰미는 시뻘건 얼굴로 기타를 쏘아보았다.

"뭐, 뭐 하러 왔어!"

"이제 끝내지 그래."

"아직 겨우 동장이제 막 게임이 시작되었다는 의미이야."

퉁명스럽게 말한 다쓰미는 탁자로 얼굴을 돌렸다. 완전히 페이스가 무너져 더는 쓸 만한 토시 사인이 잘 나오지 않는다. 금세 대학생에게 만칸을 내놓아버리는 바람에 초조해진 무릎이 마작 탁자를 십 센티미터쯤 들어올렸다.

기타는 '좀 지나쳤나' 하며 쓴웃음을 지었지만, 그러는 사이에 또 다쓰미가 지는 패를 내놓은 탓에 어쩔 수 없이 대학생 뒤쪽으로 가서 그들의 수패를 토시로 계속 전해주었다. 그러자 다쓰미가 숨을 되돌린다. 상대의 수중을 알면서 패하는 승부사는 세상에 없다.

"론, 론! 죄송합니다. 하네만입니다!"

야단법석을 피우며 마작에 열을 올리는 다쓰미를 곁눈질한 다음, 소마는 여전히 냉랭한 얼굴로 담담하게 끌어가고 있다. 삼 대 칠 가르마에 은테 안경의 풍모는 자못 신경질적이고 가냘픈 인상이지만 그 자리에 익숙하다고 할까, 차분한 만큼 탁자를 둘러싸고 앉은 지방 출신 대학생보다 어른스러워 보인다. 소마가 마작장에 틀어박혀 지내는 것은 물론 마작이 좋아서가 틀림없지만, 또 하나 경제적인 이유도 있는 것 같다. 집이 가난해서 노는 데 쓸 돈은커녕, 세 끼 식사부터 수업료에 이르기까지 마작으로 벌어서 조달한다고 다쓰미가 귀띔했다. 학교에서는 같은 반 우등생에게 대출을 부탁해서 출석 일수를 벌고 있지만, 몇몇 교사에게는 이미 들켜서 출석부에 결석 표시가 주르륵 늘어서 있을 것이다. 그런데도 2학년, 3학년 어렵지 않게 진급하여 이렇게 매일 '과외 수업'을 계속하고 있다. 의외로 머리가 좋을지도 몰랐다.

기타가 당초 루팡 작전에 소마를 넣지 말자고 딱 자른 것은 소마에게 그러한 수수께끼랄지 벽이랄지 아무튼 불투명한 부분이 너무 많기 때문이었다.

토시 덕분에 다쓰미의 점봉이 순식간에 늘어나 기타와 다치바나가 시간이 좀 걸릴 것 같다는 눈짓으로 물러가려고 했을 때였다. 문득 코를 찌르는 불쾌한 냄새가 나고, 작은 몸이 두 사람 사이를 뛰어 빠져나갔다.

—어?

소녀였다. 놀랄 새도 없이 소녀는 의외의 행동을 했다. 패를 쥔 소마의 오른쪽 팔에 달려들어 소매를 끌어당겼던 것이다. 소마는 소녀를 떨쳐버리고 개의치 않는다는 듯 탁자 중앙에 패를 버렸지만, 명백한 동요가 얼굴에 떠올랐다.

"오빠, 배고파."

모기가 우는 듯한 소녀의 한마디가 그곳을 온통 뒤덮은 팽팽한 승부의 공기를 한순간에 날려버렸다.

소마의 관자놀이에 핏대가 섰다.

"오지 말라고 했지!"

으르렁거리는 소마는 우악스럽게 소녀의 배를 밀어냈지만 소녀는 그 손을 빠져나가서 다시 소마에게 달라붙는다. 시선이 시선을 불러 주위의 탁자에서도 손이 멈춘다.

"오빠…… 배……."

"시끄러워, 돌아가!"

다치바나는 이전에도 같은 장면에 맞닥뜨린 적이 있었지만, 처음인 기타는 당황했다.

초등학교 1, 2학년 정도일까. 구깃구깃한 치마와 아주 때가 탄 블라우스 차림에, 운동화는 맨발인 채로 신고 있다. 머리도 푸석푸석하고 여기저기 떡이 져 있다. 이목구비는 또렷해서 작게 오므린 입이 귀여운 아이이지만, 소녀다운 표정이 없었다.

기타는 돌연 현기증을 느꼈다. 여동생인 하쓰코初子도 이런 얼굴로 어머니에게 끌려갔다.

무릎을 꿇고 소녀의 얼굴을 바라보았지만 눈을 마주치려고 들지 않는다. 겨드랑이에 그림책을 끼고 있다. 샌드위치를 입안 가득 먹고 있는 아기 곰 그림이 살짝 보인다.

기타는 소녀의 어깨에 손을 얹었다.

"무슨 일이니?"

다치바나와 다쓰미가 깜짝 놀라 기타를 쳐다보았다. 기타의 상냥한 목소리 따위 들어본 적이 없었다.

"오빠는 지금 바쁘대."

기타는 계속 같은 톤으로 말했다.

"이 오빠들이랑 뭐 먹으러 갈까."

다음 순간 소마가 벌떡 일어났다.

"까불지 마, 새끼야!"

소리를 지른 소마는 뒤돌아보자마자 힘껏 양손으로 기타를 들이밀쳤다.

주위가 소란해지면서 먼 탁자의 시선도 일제히 모인다. 기타는 예상 못 한 급습에 감정을 추스르지 못하고 얇은 카펫에 주저앉은 채 멍하니 소마의 얼굴을 올려다보았다. 소마는 소마대로 자신의 행동에 놀랐는지, 더는 공격하지 못하고 부들부들 온몸을 떨며 꼼짝 않고 서 있었다. 얼굴은 화가 났다기보다 울상에 가깝다.

"기타로, 가만히 있어."

낮은 목소리로 다치바나가 두 사람 사이에 끼어들어 기타의 오른팔을 꽉 잡았다. 여기서 기타가 덤벼든다면 아수라장이 된다. 먼저 얻어맞았을 때의 기타는 유난히 무섭다.

그러나 기타는 흥분하지 않았다. 그럴 조짐도 없다. 전의가 눈곱만큼도 없는 것이다.

"기타로……."

다치바나는 말문이 막혀서, '일단 일어나'라고만 말했다.

다쓰미도 등 뒤에서 소마의 어깨를 누르고 있었지만, 겸연쩍다는 듯이 그 손을 풀어 머뭇머뭇 주머니에 찔러넣었다.

싸움은 간단히 막을 내렸다. 안도와 맥 빠짐이 주위에 퍼진다.

소마는 정신이 들어 아무 일도 없었던 듯이 패를 움직이기 시작했다. 두 대학생도 소마의 기세에 눌린 듯 게임을 재개했다. 다쓰미도 염려스러운 시선으로 기타와 소마를 훔쳐보며 역시 얌전한 얼굴로 패를 줍기 시작했다.

다치바나는 작게 숨을 내뱉고 기타의 팔을 끌었다.

"가자, 기타로."

기타는 천천히 일어나 바지의 먼지를 털었다. 그러면서도 시선은 아직 소녀를 좇고 있었다.

소녀는 소마의 등을 묵묵히 바라보면서 한 걸음 두 걸음 뒷걸음질친다. 탁자에 가려 보이지 않게 되었나 싶다가도 다시 틈 사이로 얼굴을 내밀어 감정이 빈약한 시선을 소마에게 돌린다. 그러기를 반복하며 어느새 문에 이르러 홀에서 모습을 감추었다.

"용케 손이 안 나갔군."

내려가는 엘리베이터 안에서 다치바나가 말했다.

'퉤' 하고 침을 뱉고, 기타는 '2'에서 '1'로 이동하는 층 표시를 노려보았다.

이 사건이 있고 나서 소마를 루팡 작전에 끼워주자는 이야기는 흐지부지되었다. 추태를 보였다고 생각했는지 이후 소마는 젠틀랜드에 얼굴을 내밀지 않았다. 기타 앞에서 다치바나와 다쓰미는 소마를 화제에 올리기를 피했지만, 얼마 지나서 집 근처 오쓰카의 마작장에 나타나는 것 같다는 소문을 다쓰미가 슬쩍 흘렸다.

6

12월의 느낌이 났다. 부쩍 추위가 심해지고 하늘도 흐릿하다.

기말시험을 코앞에 맞이한 월요일 아침, 세 사람은 몰래 학교 옥상에 모였다. 다치바나의 계획대로 교사가 전체 조회에 간 사이에 교무실로 침입하여 사물함 뒤 창문 잠금장치를 부러뜨려놓자고 의견을 정리했다.

옥상 급수 탱크에 올라가 배를 깔고 엎드려 아래를 보니, 건물 옆 '만남의 오솔길'을 학생들이 줄줄이 이동중이었다. 체육관으로 향하는 것이다.

"개미 행렬이군."

다쓰미가 흥미롭다는 듯이 말하고 침 흘리는 시늉을 하다가 기타에게 머리를 쥐어박혔다.

드디어 행렬이 드문드문해져 대부분이 체육관으로 빨려 들어갔다. 철컹철컹하고 철문 닫히는 소리가 들리더니, 이어서 놀랄 정도로 생기 있는 목소리가 체육관 채광창 너머 들려왔다. 교장인 미쓰데라三ッ寺다. 초장부터 교칙을 지키라는 둥 제대로 인사를 하라는 둥 뻔한 설교를 시작했다.

"여전히 목소리는 쩌렁쩌렁하군."

기타가 질린다는 듯 내뱉자 다쓰미가 '바보가 목소리가 커' 하고 가볍게 받아친다.

마이크 없이 체육관 전체에 울려 퍼지게 하는 것이 교장의 자랑 중 하나이다. 고등학교와 대학에서 기계체조 선수로 이름을 날려서 그런지 아직도 젊음으로 학생과 겨루려고 한다. 오늘 아침도 설교에 이어 특기인 건전 육체론을 당당히 늘어놓으며 완전히 기분이 들뜬 듯하다.

두 사람, 세 사람, 늦게 온 교사들이 체육관 안으로 사라지고 '만남의 오솔길'에 이제 사람 그림자는 없었다.

"좋아, 가자."

기타가 일어났다.

"응."

"그래."

세 사람은 재빨리 탱크의 철제 사다리를 내려가서 옥상 문을 빠져나왔다. 발소리를 죽이고 계단을 내려갔다. 기타는 망을 보는 역할이다. 계획대로 도중에 두 사람과 헤어져 동동 3층 교실에 뛰어

들어 커튼 뒤에서 20미터 앞의 서동 2층 교무실로 시선을 집중시킨다.

선생의 모습은 한 명도 보이지 않는다. 모두 체육관 안에 있다고 봐도 좋다.

즉시 2층 복도에 다쓰미와 다치바나가 나타났다. 허리를 굽혀 어정쩡한 자세로 교무실로 접근하면서 기타 쪽으로 시선을 돌린다. 주저 없이 기타는 왼손을 옆으로 펼치며 '돌격' 신호를 보냈다. 다치바나가 크게 고개를 끄덕였다. 종종걸음으로 교무실 문을 통과해서 곧바로 사물함으로 향한다. 창문 잠금장치를 부수는 실행 담당이다. 다쓰미는 교무실의 입구에 남아 커다란 몸을 한껏 웅크려 덩치를 죽인 채 주변을 살피고 있다.

실행 역할을 지원한 다치바나에게 망설임은 없었다. 품에서 특대형 스패너를 꺼내자마자 사물함과 창문 사이 약간의 틈으로 팔을 집어넣어 잠금장치의 쇠장식을 내려치기 시작했다. 팔의 진입 각도가 나빠서인지 생각대로 힘이 들어가지 않자 몇 번이고 되풀이해서 내려친다. 진지함 그 자체였지만, 멀리 떨어진 곳에 위치한 기타의 눈에는 다치바나가 태평하게 손을 흔드는 듯 보여서 안절부절 못했다.

—어떻게 된 거야, 빨리 하라니까.

마음속에서 재촉하는 동안 기타는 변화를 알아차렸다. 시야 범위 내 한구석에 갑자기 체육복 차림의 남자가 뛰어들어온 것이다. 교무실 바로 위 3층 복도이다. 일순이라 자세히 보지 못했지만 가까운 교실에서 나온 듯 어깨를 으쓱 치키고 공룡처럼 성큼성큼 걷는 억센 몸은 틀림없이 체육교사 반도 겐이치坂東健一였다.

— 위, 위험해!

기타는 당황했다. 이대로 반도가 3층 복도를 가로질러 계단을 내려가 교무실로 향하면 그야말로 다치바나와 다쓰미는 독 안에 든 쥐이다. 교무실은 서동 2층의 가장 안쪽으로, 입구는 하나밖에 없었다.

반도는 무섭게 난폭한 데다가 냄새를 잘 맡는 남자이다. 즉시 두 사람에게 '철수' 신호를 보내고 싶지만, 반도는 기타와 같은 3층에 있다. 농구 코트를 사이에 두고 있다고는 해도 눈에 띄는 움직임을 했다가 기타가 발각되면 끝장이다. 아니, 오히려 자신이 미끼가 되어 반도를 이쪽으로 유인해버리는 편이 상책일까…….

판단을 못한 채로 기타는 몸이 단단히 굳어버렸고, 그러는 동안 반도는 기타의 정면을 지나갔다. 다쓰미와 반도의 몸이 스쳐 지난다. 층은 다르지만 기타의 눈에는 아슬아슬한 니어미스비행기가 거의 충돌할 정도로 접근하여 비행하는 것로 비친다. 반도는 역시 계단으로 향한다. 내려갈까, 올라갈까.

반도의 몸이 계단에 잠겼다. 내려간 것이다.

기타는 커튼을 밀어젖히고, 창밖으로 몸을 내밀어 양팔을 머리 위로 들어올렸다. '철수' 신호다. 바로 다쓰미가 반응했다. 다치바나 쪽으로 얼굴을 돌리고 힘껏 입을 뻐끔거린다. 반도의 모습은 계단으로 사라졌다. 내려가면 끝장이다. 다쓰미는 달아날 태세지만, 다치바나는 아직 스패너를 든 손을 움직이고 있다.

— 우물쭈물하지 마! 도망쳐!

겨우 다치바나가 틈새에서 손을 빼냈다. 그러나 때는 늦었다. 철수가 너무 늦었다. 다치바나와 다쓰미가 서로 엉키듯이 교무실을 뛰쳐나간다. 기타의 뇌리에 정면으로 충돌하는 광경이 떠올랐다. 최악의 시나리오이다.

하지만 뛰쳐나온 두 사람은 복도를 뛰지 않았다. 교무실을 나와서 바로 오른쪽에 있는 작은 방으로 굴러들어간 것이다. 전에 다쓰미가 엿보기에 도전했던 여교사용 탈의실이었다.

멋진 임기응변이라고 할 수 있다. 간발의 차이로 반도가 2층 복도에 모습을 드러내고 탈의실 옆을 큰 걸음으로 지나간다. 교무실에 들어간다. 문이 닫힌다. 쾅.

감쪽같이 위기를 넘겼다.

두 사람의 완벽한 도주를 바라본 뒤 기타는 들뜬 마음으로 계단을 두 칸씩 뛰어올라 옥상 급수탱크의 철제 사다리를 올랐다. 두 사람은 한 걸음 먼저 돌아와 큰대자로 거친 숨을 토해내고 있었다.

기타의 숨도 거칠었다. 목소리가 갈라진다.

"다치바나, 잠금장치는?"

다치바나는 주머니를 부스럭부스럭 더듬어, 귀 같은 모양의 쇠붙이를 꺼냈다. 그것은 바로 반달형 잠금장치의 잔해였다.

"앗싸!"

기타가 껑충 뛰며 주먹을 허공에 밀어올렸다.

"그러지 마!"

'철수' 신호에 질린 다쓰미가 새된 목소리를 내며, 어디에서 배웠는지 솜씨 좋게 십자를 그어 보였다. 세 사람은 얼굴을 마주한 채 와 하고 웃으며 축하 담배를 돌리고는 폐 깊숙이까지 연기를 빨아들였다.

"하지만, 엄청나게 위험했어."

기타는 위기일발의 긴박감을 어떻게 두 사람에게 전할지 단어를 찾다가, 두 친구의 웃는 얼굴 뒤로 뜻밖의 얼굴을 발견하고 말문이 막혔다.

스포츠 머리의 살짝 그을린 무서운 얼굴, 반도이다.

"무릎 꿇어!"

위협적인 목소리가 울린다.

세 사람이 무릎을 가지런히 하자 반도가 세차게 뺨을 치는 손이 날아들었다. 네 방, 다섯 방 하고 가차 없이 볼을 때려서 다치바나의 입술이 터지고 다쓰미도 코피가 났지만, 그렇다고 해서 반도의 손이 멈추지는 않았다.

맞는 내내 기타는 자신의 멍청함이 분했다. 반도는 전체 조회에서 도망쳐 나온 학생이 없는지 교실을 둘러보던 참이다. 물론 이 급수탱크도 영락없이 순찰 장소에 들어가 있었다. 어쨌든 세 사람이 여기서 반도에게 당한 횟수는 한두 번이 아니다. 이거야말로 '중점 지구에 돌아가 편안하게 있으니 얼른 때려주십시오' 하고 말하는 거나 마찬가지 아닌가.

"감사합니다!"

다쓰미가 멋대로 체벌 종료를 단정했지만 아직 디저트가 남아 있었다.

"자, 이 악물어."

반도가 디저트라고 부르는 마지막 한 방은 손바닥이 아니라 돌 같은 주먹이다. 먼저 다치바나가 콧날을 맞고 휙 날아갔다. 이어서 기타—죽을지도 모른다는 생각이 문득 머리를 스치고 지나갈 정도로 반도는 살기등등했다—는 광대뼈에 맞았고, 다쓰미는 턱을 맞아 의치가 빠졌다.

교육위원회도 학부모회도, 이 귀신 같은 폭력 교사의 존재를 조금도 모른다. 오로지 맞아야 할 학생이 계속 맞고 있으니까 표면화되지 않는 것이다.

다만 반도는 무서운 반면 그 자리에서 제재가 끝나면 뒤끝이 없다. 이날도 디저트를 날린 뒤, 언제 그랬냐는 듯이 '녀석들, 변함없이 싸구려 담배를 피우는군' 하고 분홍색 잇몸을 드러내며 웃기 시작했다. 다치바나의 품에 숨긴 스패너와 잠금장치의 잔해가 마음에 걸렸지만, 반도는 처벌에 만족한 모양으로 원래 자잘한 것을 까닭없이 싫어하는 성격이니까, 소지품 검사 따위 머리에 없는 듯하다.

"그야 너희 기분도 안다. 대학 입시와도 관계없으니 학교가 재미있을 리 없지. 나도 성적이 나빠서 옛날에는 상당히 날뛰었어." 반도가 우쭐거리며 이야기를 시작했다. 세 사람은 맞을 때마다 반도의 고교 시절 대판 싸운 이야기를 들어야 한다. 스나쿠'스낵바'의 일본식

조어로, 가벼운 안주가 제공되며 접대부가 있는 술집에서 양아치와 조직폭력배 다섯 명을 반 죽여놓은 무용담으로, 다쓰미는 처음부터 끝까지 줄줄 읊어댈 정도이다.

맞장구를 쳐주면서 끝까지 다 듣고 나서는 다쓰미가 슬픈 표정을 애써 지으며 항상 하는 질문을 했다.

"그래서 선생님이 반한 스나쿠 아가씨는 어떻게 됐어요?"

"아, 내게 폐를 끼치지 않고 싶다며 자취를 감추어버렸지. 어딘가에서 행복하게 살아주면 좋겠는데……."

이것으로 드디어 반도의 이야기는 끝난다. 매번 여기까지 말하지 않으면 성이 차지 않는 것이다.

한숨을 쉬는 반도의 눈을 피해 다쓰미가 두 사람을 향해 윙크했다. 뭔가 재미있는 것이 생각난 듯하다.

"저기, 선생님, 스나쿠 건은 뭐 그렇다 치고."

"뭐? 그렇다 치고?"

반도가 째려보았다.

"앗, 아뇨, 선생님이 대단하다는 말씀을 드리는 겁니다."

"대단해?"

"그렇죠. 스나쿠 아가씨를 지금도 염려하시고. 없어요, 그런 사람."

"뭐, 그렇지, 정말 스스로 손해 보는 성격이라고 생각해."

완전히 다쓰미가 주도하고 있다.

"그럼 선생님도 슬슬 자기를 챙겨야 하지 않을까요. 아직 젊으시니, 새로운 사랑을 찾으셔야죠."

기타와 다치바나는 속으로 웃음을 터뜨렸다.

하지만 반도는 진지한 얼굴로 고개를 끄덕인다.

"네 말이 맞을지도 몰라."

"그래서, 어떠세요?"

다쓰미가 힘껏 웃음을 참으며 말한다.

"좋아하는 분이 있으신가요?"

"그야 뭐…… 나도 좋아하는 여자 정도는 있다만."

"맞혀볼까요?"

다쓰미가 눈을 반짝거린다.

"어이 어이, 그러지 마."

"음악의 아유미 선생님! 딩동댕?"

"그만해 다쓰미. 어른을 놀리면 쓰나."

"틀렸나……?"

다쓰미는 일부러 꾸민 듯 말하고, 일부러 꾸민 듯 생각에 잠겼다. 그리고 일부러 꾸민 듯 손을 톡 친다.

"알았다! 영어의 글래머 선생님이다!"

반도의 살짝 그을은 얼굴에 붉은 기가 돌아 전체적으로 적갈색을 띠었다.

'글래머'는 영어교사 미네 마이코를 가리킨다. 터질 것 같은 가슴 때문에 얻은 별명이지만, 가르치는 과목이 영문법문법을 뜻하는 grammar와 glamour가 일본어로는 발음이 같다이니까, 이 이상 딱 맞는 이름은 없을 것 같다. 얼굴 생김새는 과하다 싶을 정도로 화려하다. 다분히 메이크업의 영향도 있지만, 눈이 크고 콧날도 오뚝하게 높아서 봐줄 만했다. 나이는 서른 정도 같지만 머리칼도 밤색으로 물들여서 어느 각도에서 봐도 다섯 살은 젊어 보인다. 미니스커트나 가슴 부분이 움푹 파인 블라우스를 좋아하며, 그런 옷을 몸에 걸치고도 아무렇지 않게 '3시의 체조'오후 3시에 라디오 방송에 맞춰 따라하는 체조를 하기 때문에, 학생은 물론 반도 같은 젊은 교사 대다수도 마이코를 좇느라 상당한 에너지를 소비하고 있다.

게다가 다쓰미가 마이코의 이름을 던져본 것은 단순한 어림짐작은 아니었다.

두 달쯤 전이었던가, 반도와 마이코가 나란히 이케부쿠로池袋를 걷고 있는 모습을 기타가 목격했다. 나란히라는 말은 듣기 좋은 표현이고, 사실 마이코는 혼자 씩씩하게 쇼핑을 즐기고 있고 한편 반도는 평소의 오만함을 어디에 버렸는지 쇼핑백을 양손에 들고 조심조심 마이코를 뒤쫓아가고 있었다.

이 자리의 반응만 살펴보아도 반도는 마이코에게 제법 돈을 쏟아붓고 있다고 보아도 될 것 같았다.

"저기저기, 어때요, 그쪽은?"

다쓰미가 반도의 손을 쥐고 흔든다.

반도는 그렇게 당하면서 화도 내지 않고 불쑥 자기 생각을 말해버렸다.

"마이코 씨에게는 누군가 있는 게 아닐까……."

— 차였다는 말인가.

세 사람은 얼굴을 마주한 채 방금 엄청나게 맞았다는 사실도 잊어버리고 반도를 약간 동정했다.

7

슈슉.

조사실의 석유난로에 주전자의 김이 끓어 넘쳤다.

기타는 흠칫 놀라 시선을 향했지만 바로 돌리고 옥상의 사건을 빠른 말투로 매듭지었다.

"그런 겁니다. 반도 선생에게는 실컷 얻어맞았지만 잠금장치를 부순 일은 들키지 않고 넘어가서 저희는 루팡 작전의 결행일만을 기다렸습니다."

연락팀의 젊은 형사가 다른 주전자를 들고 들어왔다. 바쁘게 움직이던 여경도 잠시 펜을 놓았다.

데라오는 기타의 가슴 주변을 바라보고, 입을 다문 채로 연필 끝으로 콩콩 하고 책상을 두드렸다. 그렇게 하면서 서서히 퍼져가는 실망감을 얼굴에 드러내지 않도록 애를 쓰고 있었다.

실망의 이유는 두 가지이다.

제일 먼저 루팡 작전은 적어도 '미네 마이코 살해 계획'은 아니었다는 것. 그 정도 복잡한 계획을 술술 이야기했다는 건 시험지를 훔치려고 했다는 기타의 진술이 신용할 만하다는 의미이다.

또 하나의 실망이라기보다 데라오에게 희미한 초조함을 느끼게 한 것은, 기타의 이야기에서 세 사람이 마이코를 죽일 동기가 요만큼도 떠오르지 않았다는 점이다.

미네 마이코는 그저 섹시한 여교사로 등장한 정도에 지나지 않는다. 진술을 토대로 세 사람과의 관계를 되짚어보면 번번이 루팡을 둘러보던 음악의 히다카 아유미 쪽이 밀도가 짙었고, 중요한 마이코와의 관계는 마음을 두고 있던 체육의 반도 쪽이 보다 많은 접점을 갖고 있는 것 같다.

—아니.

처음의 당황한 행동으로 보아 기타가 마이코의 죽음을 살해라고 알았던 것은 확실하다. 신문에는 자살이라고 실려 있었음에도 불구하고 진상을 알고 있었다. 그것은 바꿔 말하면 기타가 실행범, 공범자, 목격자 중 어느 하나라는 것을 가리킨다. 각각 독립적으로 존재하는 듯한 미네 마이코 살해와 루팡 작전은 틀림없이 어딘가에서 이어져 있을 것이다.

—더 떠들게 해야 하나.

그런 내면의 목소리를 데라오는 다른 말로 바꿔 말했다.

"멈춰도 좋다고 누가 그랬어?"

냉정한 목소리가 조사실에 울렸다.

"네……."

기타가 굼뜨게 반응한다.

"이야기를 멈춰도 좋다고 누가 그러라 하던가?"

기타는 몸을 움츠렸다. 맞은편 자리에 푸르스름한 불꽃을 본 듯한 느낌이 들었다.

이제 그 얼굴에는 웃음이 털끝만큼도 없다. 데라오는 예고 없이, 그리고 예정대로, 냉철한 내면의 얼굴을 갑자기 표면으로 드러냈다.

"미네 마이코 이야기를 해."

데라오가 명령했다. 여기서 한 번에 마이코와 세 사람의 거리를 좁힌다.

"안 들리나?"

"아, 아뇨……."

"마지막으로 미네 마이코를 본 건 언제야."

"마지막……."

기타는 망설였다.

살아 있는 마이코인지, 아니면 시체가 되어버린 마이코인지…….

희미하게 잔존한 방어 본능이 작용한 것 같았다. 거북한 침묵을 깨고 입에서 나온 것은 살아 있는 미네 마이코 쪽이었다.

8

드디어 기말시험 이틀 앞으로 다가왔다. 세 사람은 비단벌레의 날개처럼 빛나는 숄칼라 정장을 나란히 차려입고, 아카사카赤坂의

디스코장으로 몰려갔다.

"자, 루팡 작전을 미리 축하하자고."

놀자는 제안은 언제나 다쓰미에게서 나온다.

외국인이나 탤런트가 빈번하게 드나드는 장소로 유명한 오래된 디스코장이지만, 티켓 담당의 검은 양복은 그 점을 내세워 무뚝뚝하기 짝이 없다. 반도에게 당한 얼굴의 붓기가 아무래도 마음에 들지 않는 듯, 세 사람의 얼굴을 빤히 둘러본 끝에 얌전하게 굴지 않으면 바로 쫓아낼 거라고 못을 박고는 마지못해 문을 열어주었다.

아직 시간이 일러 인적은 드물었다.

세 사람은 나선계단을 올라가 3층 박스석을 확보했다. 가게 안은 테이블석과 박스석이 홀을 디귿자 모양으로 둘러싸서 2층, 3층에서도 홀에서 춤추는 모습을 볼 수 있는 구조이다. 일부러 한산한 3층석을 잡은 것은 루팡 작전의 마무리 회의를 해두려는 속셈도 있었기 때문이었다.

그런데 다쓰미는 이미 가게에 발을 들여놓을 때부터 들떠서, 도저히 엉덩이를 붙이고 있기 힘든 모양이다. 좋아하는 '허슬Hustle'이 나오자, 결국 참을 수 없다는 듯 깡충 하고 일어섰다.

"잠시 다녀올 테니까, 진피즈Gin Fizz 시켜줘."

"이야기는 어쩌고."

기타가 쏘아붙였다.

"아앙, 심술부리지 말고. 조금만 추고 올게."

"바로 와야 돼."

"네네, 알겠습니다. 그럼 다녀오겠습니다."

괴상한 경례를 남기고, 다쓰미는 튕겨나가듯 계단을 달려 내려가, 육중한 몸을 힘껏 흔들며 춤 대열에 합류했다.

"한 시간 내에 돌아오지 않을 거야."

다치바나가 작게 웃었고, 기타도 알고 있다며 같이 웃었다.

마실 것과 안주가 도착하고 잠시 둘이서 세부 계획을 점검했지만, 그것도 대충 끝냈다. 이제 몸 좀 풀어볼까 하고 생각하던 차에, 다치바나가 조용한 얼굴로 속삭였다. 동양 제일이라는 스피커 음향에 완전히 고막의 맛이 간 기타가 "뭐?" 하며 얼굴을 가까이 했다.

"그 후에 만났어?"

"어느 여자 말이야."

기타는 히죽거렸지만 다치바나는 진지한 얼굴이다.

"어머니와 여동생 말이야. 만났어?"

기타의 얼굴에서 웃음이 사라졌다.

"이야기하고 싶지 않으면 됐어."

바로 다치바나가 손사래를 치며 꼬리를 내렸다.

"왜 그런 이야기를 꺼내는 거야?"

기타가 눈을 치뜨고 다치바나를 보았다.

"아니, 그 마작장 소동 때문에 기억이 났어."

"마작장?"

"소마와 치고받았잖아."

"아, 그거."

시시한 듯이 말하고 기타는 쇼트호프를 꺼내어 테이블의 촛불로 불을 붙였다.

"그게 뭐?"

"그때의 네 모습, 평소와 달랐어."

"되갚아주지 않아서?"

"그것도 그랬지만."

다치바나는 코크하이Cokehigh 컵을 기울였다.

"소마 여동생을 무척 신경 쓰더라."

"……."

"여동생 앞에서 묵사발을 만들면 오빠 체면이 말이 아니겠구나. 그런 생각에 손을 멈췄던 거냐?"

"그런 거 아니야."

"그렇게 보이던데."

기타는 한 박자 짬을 두고 '그러냐' 하고 반응하고는 담배를 비벼 껐다.

부모가 이혼한 것은 기타가 중학교 3학년 되던 해 봄이었다. 어머니에게 원인이 있다고 생각한다. 생활이 힘든 것도, 자식의 성적이 나쁜 것도, 친척이나 이웃의 면면이 나쁜 것도, 뭐든 다 아버지 탓이었다. 그렇게 어눌하고 마음 약한 아버지를 계속 힐책했고, 그래도 마음이 개운해지지 않는 여자였다.

기타는 처량해 보이는 아버지와의 생활을 택했다. 마마걸이었던 초등학교 1학년인 하쓰코는 어머니가 데려갔다. 공장에서 일하는 아버지는 전보다 더 말이 없어지고 빈껍데기 같은 남자가 되었다. 두 사람의 소식을 물어보고 싶은 마음이 목까지 치밀어올랐던 적도 있지만, 술에도 노름에도 깊게 빠지지도 못하는 아버지의 유리 같은 심약한 마음을 깨어버릴 것 같아서 망설여졌다.

그 뒤로 한 번도 어머니나 하쓰코와 만나지 않았다. 헤어지던 마지막 날은 비가 왔다. 어머니의 손에 이끌린 하쓰코는 사정을 아는지 모르는지 인형처럼 무표정한 얼굴로 말했다.

"오빠, 매일 놀러 와."

기타는 코크하이를 단숨에 들이켜고 빈 컵을 초조한 눈길로 응시하면서 말했다.

"소마의 여동생, 꾀죄죄한 차림이었잖아. 놀랐어."

"으응……."

"그래서 싸울 의욕도 뭐도 없어지더라."

"전의 상실이라는 거냐."

"응. 하지만 소마가 날 때린 건 어쩔 수 없어. 너희가 뭘 아냐고, 그렇게 말하고 싶었던 거야, 녀석은."

다치바나는 묵묵히 고개를 끄덕였다.

대화가 중단되고 살인적인 음향이 고막을 격하게 두들겼다. 기타는 땅콩을 입에 던져 넣었다가 씹지 않고 '퉤퉤' 하며 바닥에 뱉어냈다.

그때의 냄새를 맡은 듯한 느낌이 들었다.

중학교 졸업식 때였는지, 처음으로 술을 마시고 토했다. 뒷골목의 전봇대를 붙들고 토사물에 둘러싸였다가 그 냄새 때문에 또 토했다. 토해도 토해도 그치지 않는 구역질에 괴로워하며 그곳에서 도망치고 싶은 마음으로 기타는 소리쳤다. 몸을 부축해주는 친구를 냅다 밀치고 계속 소리쳤다.

"멍청한 놈! 그따위 여자, 죽어버려!"

소리치며 울었다. 웃기도 했다. 마음속 어딘가에 가족과의 헤어짐을 슬퍼하는 자신이 있다. 가슴에 빠끔히 커다란 구멍이 뚫렸다. 그것이 분해서 견딜 수 없었다. 비틀거리는 기세로 몸을 콘크리트에 내동댕이치고 친구를 때리고 또 콘크리트에 몸을 부딪치며 길바닥에 내던졌다. 피투성이가 되면서도 소리치고 있었다. 혼자 길 위에서 남겨져도 계속 '젠장, 젠장' 하며 소리치고 있었다.

그때 한 번뿐이었다, 집안 일로 술을 마시거나 토한 적은.

부모니 뭐니 하며 허세를 부려봤자 그저 한낱 약해빠진 인간이 아니던가.

지금이라면 그런 생각이 들어도 자포자기하고 내버려둘 수 있지만, 그것을 너무 빨리 알아버렸다. 머리로 이해할 수 없는 분노가 공허한 마음을 허세라는 금박 간판으로 꾸며 기타를 끝까지 버티게 했다.

다쓰미도 비슷한 이야기를 할 수 있을지도 모른다. 초등학교에 올라가기 전 아버지와 사별하고 어머니가 변두리에서 일품 요릿집을 꾸려서 근근이 생계를 이어가고 있다. 손님과의 구설수도 한두 번이 아니었던 것 같다. 귀가는 언제나 늦은 밤이었기 때문에 다쓰미는 어린 시절에 매일 밤 울면서 혼자 이불로 기어 들어갔다고 한다. 엉뚱하게 밝은 성격은 천성이 아닌 것이다.

두 사람과 비교하면 다치바나는 나무랄 데 없는 가정에서 자랐다. 아버지는 구청에 근무하고 어머니는 피아노 강사를 하고 있어 아무런 어려움도 없다.

그러나 '그런 비교는 누가 하는 걸까' 하고 기타는 생각한다. 어떻게 하면 행복하고, 어떻게 하면 불행하다는 건가. 어디에 선을 긋는다는 말인가.

유복하고 부모가 다 있는 가정에서 자란 다치바나의 언동에서 새빨갛게 찢어진 상처와 깊고 어두운 구멍을 볼 때가 많다. 그것은 오히려 기타나 다쓰미의 것보다 생생하고 딱한 현실로 보인다. 바닥이 보이지 않아 도저히 구원이 힘든 구멍, 바꾸어 말하면 과격하고 가차 없는 자기 파괴욕과도 같은 것이다. 치기 어린 불행에 대한 동경이라면 어차피 '도련님'으로 되돌아갈 수도 있지만, 다치바나라는 인간에게 장난기 어린 면이라고는 없었다.

그런 생각까지 들면 언제나 그렇지만 다치바나에게 희미한 공포를 느낀다. 공포와 동시에 불행 속에서 금박 간판도 없이 끝까지 버티는 다치바나에 대한 의심인지 질투인지, 아무튼 굴절된 감정이 가슴에 끓어오른다.

"다치바나, 너는 졸업하면 어쩔 거야?"

기타는 다소 마음이 어두워졌다. 이제부터 말하려고 하는 것은 뻔하다.

"어쩔 거야……라니?"

다치바나는 고개를 갸웃했다.

"대학에 갈 거야?"

"설마. 이제 와서 붙을 수 있을 리 없잖아."

"재수할 수도 있잖아."

"그럴 생각 없어."

"부모님이 허락하지 않을 텐데, 너네 집은."

결국 거기까지 말해버린 기타는 자기혐오에 부풀어올랐다.

"상관없어."

다치바나는 세븐스타를 흔들어 꺼내어 불을 붙였다.

"벌써 포기했으니까."

제대로 된 가정의 불량 학생은 대체로 그렇게 말한다. 기타는 다시 굴절된 사념에 사로잡혔다.

"그러면 어떻게 할 거야, 너? 어딘가에 취직이라도 할 생각이냐?"

"아니."

다치바나는 고개를 흔들었다.

"지금 하는 빌딩 청소를 계속하려고."

"뭐?"

기타는 기가 막혔다.

"아르바이트를 계속한다고?"

"응."

다치바나는 살짝 고개를 끄덕이더니, 이번에는 기타를 향해 되받아쳤다.

"너는?"

"나는……."

기타는 불쾌했다.

"나는 아직 결정 안 했어."

"기타로 너는 대학에 가는 편이 좋을지도 몰라."

기타는 귀를 의심했다.

"뭐라고?"

설마설마하던 대사였다. 다치바나에게 들은 것이 화가 났다.

"무슨 의미야? 어째서 내가?"

"왠지 모르게 말이지."

"반쪽짜리 불량 주제에 사람 놀리지 마!"

기타는 뾰족한 아래턱을 쑥 내밀었다.

"그렇다면 네가 가면 되잖아. 원래 부잣집 도련님이니까!"

다치바나는 입을 다물었다. 갑자기 쓸쓸한 듯이 웃음을 짓고 1층 홀 쪽으로 시선을 돌렸다.

기타도 묵묵히 홀 쪽으로 시선을 떨어뜨렸다. 분노는 잦아들지 않지만 애초에 불씨를 지핀 건 자신이었다.

다쓰미는 두 곡, 세 곡 마구 춤추고 있었다. 어느새 홀에는 사람들로 넘쳤고, 다쓰미가 흑인처럼 리듬을 잘 타서 주도권을 쥐고 있는 듯했다.

그러나 다쓰미에게 불운하게도 진짜 흑인과 백인 이인조가 홀에 나타나 정력적인 춤을 선보이기 시작했다. 차림새로 보아 요코스카 橫須賀 근처에서 온 미군이다. 솔직한 말로, 분위기는 눈 깜짝할 사이에 두 사람을 중심으로 돌아가기 시작했고 다쓰미도 난파선처럼 그 소용돌이에 휘말려갔다.

오 분도 지나지 않아 다쓰미가 맥없이 3층 박스석으로 돌아왔다.

"치사해, 저쪽은 소울의 본고장인데."

일단 우는 소리를 하고 그때부터 다쓰미는 두 사람의 얼굴을 번갈아 보았다.

"어떻게 된 거야? 둘 다 언짢은 표정인데."

"아무것도 아냐."

다치바나가 빈 의자를 통통 두드린다.

"아무튼 앉아, 밤은 기니까."

"그래그래, 녀석들도 곧 돌아갈 거야."

기타가 다치바나의 말에 동조한다. 자기 말이 지나친 걸 알고 있으니까 다쓰미를 이용해서 원래의 분위기를 되찾고 싶은 것이다.

하지만 다쓰미는 스타 자리를 빼앗긴 것이 어지간히 분한지, 선 채로 이마의 땀을 소매로 닦고 부아가 난 얼굴로 홀을 째려보고 있다.

초조해진 기타가 됐으니까 앉으라면서 다쓰미의 발을 차자, 다쓰미가 '아야!' 하고 소리를 질렀다.

"오버하지 마, 짜식."

“그게 아니야!”

낯빛을 바꾼 다쓰미가 홀을 가리킨다.

“저거 보라고!”

기타와 다치바나가 각자 시선을 떨어뜨린다.

졸지에 다쓰미의 라이벌이 된 미군 이인조가 1층 테이블석의 여자를 홀로 끌어내려고 하고 있다. 그것도 두 사람이나.

“저거 심한데.”

기타가 혀를 차고 다치바나도 불쾌한 듯이 고개를 끄덕인다.

“아니, 잘 봐봐.”

다쓰미가 세차게 땅을 구른다.

“저기 저 여자, 우리 학교 글래머!”

“뭐?”

기타가 시선을 집중했다.

“어라, 진짜로 글래머야!”

“그런 것 같군.”

다치바나는 몸을 앞으로 내밀었다.

“아아! 다른 한쪽은 음악의 아유미잖아!”

“어째서 아유미가…….”

기타는 휘둥그레졌지만 바로 눈을 번뜩였다.

“어이, 싫다잖아.”

“우리 학교 여자를 노리다니 잘 만났다!”

이럴 때만은 애교심 같은 것이 갑자기 머리를 쳐든다. 싫은 아이라도 다른 학교 학생에게 맞으면 기운이 용솟음쳐 갚아주러 간다. 교사도 물론 '우리 여자'가 되는 것이다.

"패버려!"

기타가 소리치자마자 세 사람은 워터슬라이더를 타는 것처럼 나선계단을 내려가 홀로 뛰어나갔다.

틀림없다. 역시 마이코와 아유미이다.

"노! 노! 아이 세이…… 정말 싫어! 그만 하라니까!"

마이코는 집요하게 집적거리는 흑인의 손을 뿌리치는 데 필사적이어서 평소의 유창한 영어도 힘을 못 썼다. 아유미 쪽은 완전히 겁에 질려 목소리도 내지 못했다. 금발의 백인에게 손목을 잡힌 채 울상을 지으며 도리질하고 있다. 스무 살 전후의 미군 콤비는 언뜻 보기에도 상당히 취해 있어서 사정을 봐주지 않았다. 찢어지는 기성을 지르며 유혹의 손길을 조여들어, 이윽고 아유미의 허리가 의자에서 떠서 털북숭이 녀석의 가슴으로 끌려갔다.

"시, 싫어."

찢어지는 비명 속에 맨 먼저 쳐들어간 것은 의외로 다치바나였다.

"헤이, 유!"

소리를 지르는 동시에 아유미를 안은 금발의 옆구리에 달려들어 무방비 상태인 녀석의 옆구리에 정확하게 돌려차기를 했다.

"으악!"

금발이 신음하며 아유미를 내팽개쳤다.

"꺼져!"

몇 발 늦은 기타는 비틀거리는 금발의 안면에 체중을 실은 오른 주먹을 때려 박았다. 거기에 다시 다치바나의 팔꿈치 지르기, 기타의 발차기가 멋진 콤비네이션을 이루어 눈 깜짝할 새에 금발을 바닥에 쓰러뜨렸다.

다쓰미는 더더욱 호쾌했다.

마이코와 흑인 사이에 스르르 몸을 밀어넣나 했더니, 히죽 웃고는 흑인의 목에 양손을 두르고 천천히 날카로운 각도로 무릎차기를 선사했다. 계속해서 두 방, 세 방 먹인 다음, 상대의 멱살과 사타구니를 꽉 움켜쥐고 '퍽유!' 하는 소리와 함께 머리 위로 들어올려 그대로 콘크리트를 발라놓은 벽으로 내던졌다. 그 대단한 흑인 미군도 이 충격은 제대로 버티지 못했다. 머리를 세게 부딪치고는 칠칠치 못하게 2미터에 가까운 키가 바닥에 뻗어버렸다.

"쳇, 약해빠져서는."

다쓰미가 비웃는 투로 말하며 손끝으로 '쿡쿡' 하고 흑인의 배를 찔렀다.

검은 옷의 무리가 뛰어 들어왔다. 입장할 때 얌전하게 굴라고 못을 박았던 티켓 담당도 있었지만, 다들 헤라클레스 다쓰미에게 겁을 먹은 듯 불평 한 마디 없이 미군 콤비를 짊어지고 허둥지둥 사라졌다.

멀찍이 둘러싸고 있던 손님들 속에서 마이코가 뛰어나왔다. 그대로 가속을 붙여 '고마워!' 하고 다쓰미의 목에 매달린다.

"앗, 별거 아닙니다."

“아냐, 대단했는걸. 다쓰미 군, 최고!”

착한 청년의 얼굴이었지만 다쓰미의 시선은 마이코의 가슴골에 확실히 안착해 있었다.

“고마움의 표시로 내가 낼게. 응, 여기, 여기.”

마이코가 다쓰미의 손을 잡고 테이블석으로 끌고 간다.

“이봐, 기타 군도 다치바나 군도.”

마이코가 맹렬하게 손짓하며 부른다.

“좋아하는 거 시켜. 뭐든 다 사줄 테니까.”

마이코는 터무니없이 기분이 좋았다. 새빨간 울 원피스가 굴곡이 심한 몸에 휘감겨 있는 데다가 덤으로 다리까지 꼬아서 원래도 짧은 옷자락이 당겨 올라가다 보니 보라색 팬티스타킹에 둘러싸인 허벅지 대부분이 드러나 보였다. 교내에서도 전혀 교사답게 행동하지 않지만, 여기에 있는 마이코는 정말로 남자를 찾는 듯이 보인다. 게다가 주변 테이블의 여자들에 비해 상당히 미인으로 보인다. 미군 콤비가 노는 데 딱이라고 눈독을 들인 것도 무리가 아니었다.

마이코는 다쓰미에게 찰싹 붙어앉아, 이쑤시개를 꽂은 사과를 입으로 가져갔다.

“자, 아아.”

“앗, 앗…… 맛있어요.”

“미네 선생님!”

기타도 지나친 농담을 했다.

“다쓰미는 1학년 때부터 선생님을 동경해서 매일 밤 선생님 사진 보면서 마스터베이션을 했답니다."

"거짓말!"

마이코가 기쁘다는 듯이 소리를 질렀다.

"저, 정말이에요."

다쓰미가 아주 진지하게 쓸쓸한 듯 내리깐 눈매를 기민하게 만들어냈다.

"저저저전, 선생님을 주욱 좋아했습니다."

반쯤은 사실이다. 다쓰미는 연상의 여자라면 누구나 좋아한다.

"그러면 오늘 밤 삼 년 동안의 사랑을 이루어줄까."

마이코가 요염한 목소리를 내자 다쓰미가 반사적으로 자신의 사타구니를 누르는 바람에 테이블은 웃음바다를 이루었다.

불쌍한 쪽은 아유미이다.

마이코에게 끌려온 것인지, 어쨌거나 디스코장에 온 것이다. 평소보다 화장이 진하고 옷도 노출이 심하다. 지금 그 모습을 가장 보여주고 싶지 않았던 삼인조에게 들켜버리고 말았다. 그 정도라면 괜찮지만 치한으로부터 구출받은 한심한 입장이 되어 교사의 권위도 자부심도 바닥에 떨어졌다. 눈앞의 세 사람은 디스코장에 출입해 명백하게 교칙을 위반했지만, 그것을 나무랄 수도 없어서 허리를 꼿꼿하게 세우고는 그저 악몽이 지나가기를 기다리는 듯한 얼굴이었다.

"아유미 씨도 고맙다고 해."

마이코가 무심하게 말하자, 그 한 마디를 두려워하고 있는 게 틀림없는 아유미가 단단히 굳은 표정으로 고개를 푹 숙였다.

"왜 그래, 무슨 일이야."

마이코가 더욱더 다그친다.

"정말, 음, 멋졌어 다치바나 군. 헤이 유! 라니. 그런데 발음이 좀, 내 수업을 듣지 않았나."

어디까지나 스스럼없이 행동하는 마이코에게 다쓰미와 기타는 신나게 맞춰줬지만 아유미는 눈을 내리깐 채 가끔 맞장구를 칠뿐이었다. 다치바나는 어느새 '망연자실 병' 상태에 빠져들어 테이블 구석에서 조개처럼 입을 다물고 있었다. 다치바나의 정신 구조는 도무지 알 수가 없다.

'메리제인'의 요염한 인트로가 흐르자 실내 조명이 어두워지고 블루스 타임이 시작되었다.

"선생님, 부탁드립니다."

다쓰미가 기다렸다는 듯이 일어났다. 여전히 사타구니에 손을 댄 채로.

"이제 그 선생님이란 말 그만해, 학교도 아니고…… 응, 그럼 마이 짱이라고 불러."

마이코가 제법 취해서 혀도 잘 돌아가지 않는다.

"OK! 레츠고 마이코."

"아, 지금 반말했어."

마이코는 장난스럽게 웃으면서 다쓰미의 팔에 기대고 일어났다. 다쓰미는 잘록한 허리에 손을 두르고는 기타에게 '나 오늘 밤 따로 나갈지도 모르겠어'라고 귓속말을 하고 어두운 홀로 사라졌다.

순간 기타는 흥이 깨졌다. 어쨌든 테이블에는 '망연자실 병'을 앓고 있는 다치바나와 고집스럽게 눈을 감은 아유미뿐이다. 마치 장례식 밤 같다.

"아유미 선생님."

기타는 속이 타는 듯이 말했다.

"선생님도 춤춰요."

아유미는 시선을 올려다봤지만 눈은 맞추지 않고 말없이 고개를 가로저었다.

"하지만 선생님도 남자 찾으러 여기 왔잖아요."

미군을 때려눕힌 흥분의 여운과 두 잔째의 코크하이가 그런 대사를 아무렇지도 않게 내뱉을 수 있게 만들었다.

"그, 그런 게 아니야. 이상한 소리 하면 용서 못 해!"

"이런 곳에서 선생 노릇하려 들지 마."

기타는 화가 났다.

"뭐가 달라, 우리랑 당신들이랑. 응?"

"너희는 학생이잖아? 공부하는 게 일이야. 그렇잖아?"

"그런 말은 초등학생한테나 해."

"그렇지만 학생이야. 학생은 학생인걸."

아유미는 자신도 무슨 말을 하는 건지 헷갈리는 듯했다.

"학생은 공부, 선생님은 노는 게 일이라는 건가?"

"아니야. 나, 나는……."

아유미의 눈동자가 순식간에 젖어든다.

"앗, 왜, 왜 우는 거야."

아유미는 양손으로 얼굴을 가려버렸다. 이래선 정말로 장례식 밤이다.

기타는 크게 한숨을 쉬고 입에 문 담배를 촛불의 불꽃에 쑥 내밀어 뻐끔뻐끔 빨아들이고는 얼굴을 들었다.

"아유미 선생님, 남자친구는?"

"……."

아유미는 어깨를 가늘게 떨고 있다.

"이거 진심으로 하는 이야기인데, 좋은 남자 찾아서 빨리 결혼하는 편이 좋아. 선생 따위 어울리지 않아."

기타 나름대로 신경 써서 한 말이었다. 불량 학생뿐 아니라 모범생들에게도 무시당하고, 저항도 못하고, 꼼짝 못하게 만들 힘도 없는 아유미야말로 가장 비참하고 애처로운 존재라는 생각이 들었던 것이다.

아유미는 훌쩍훌쩍 계속 울었다. 그런 손님의 사정 따위는 상관없이 블루스 타임이 최고조에 달한 그때, 어둠 속에서 또각 또각 또각 하이힐 소리가 들려왔다.

마이코였다. 파트너는 없다.

"아유미 씨, 돌아가자!"

돌변해서 화가 머리끝까지 치민 것 같다. 아유미도 당황한 것 같았지만, 이때를 놓치지 않으려는 듯이 재빨리 일어났다.

조금 뒤에 다쓰미가 머리를 긁적이면서 머뭇머뭇 돌아왔다. 마이코는 다쓰미에게 눈길도 주지 않고 한층 더 신경질적으로 또각 또각 하이힐 소리를 내며 곧바로 출구로 향했다. 아유미가 종종걸음으로 그 뒤를 따랐다.

어리둥절한 기타가 다쓰미의 어깨를 쳤다.

"어떻게 된 거야, 글래머."

"어떻게고 뭐고 없어."

다쓰미도 어이없는 얼굴이다.

"어어, 엄청 좋은 분위기였는데, 갑자기……."

"갑자기 뭐?"

"아니, 나한테 막 몸을 밀착시키기에 나도 뭐 엉덩이도 더듬고 가슴도 만졌거든."

기타가 몸을 뒤로 젖혔다. 어째서 이렇게나 앞뒤를 생각하지 않는 걸까.

"그런 표정 짓지 마. 글래머도 꽤 기분 좋아 보였다고."

"그러면 어째서 그렇게 화가 난 건데?"

"그게 말이지, 키스하려고 했는데……."

"키스?"

"그렇다니까. 가슴 만지는 것보다 별 거 아니잖아, 응? 그런데 입술이 닿는 순간 철썩 하고."

"철썩이라니? 어이, 맞았어?"

"그래, 짝 하고."

다쓰미는 손바닥으로 따귀를 맞는 장면을 재현하면서, '짝'을 강조했다.

"하하하핫!"

'망연자실 병'이었을 다치바나가 갑자기 큰 소리로 웃음을 터뜨렸다.

"그렇게 이상해?"

생각지도 못한 이야기가 먹혔기 때문인지 다쓰미는 더더욱 흥분해서 '짝' '짝' 하고 되풀이하면서 좌우로 몸을 날린다.

"너, 입냄새 난 거 아냐?"

"바늘 같은 머리카락이 찔러서 그런 거야."

기타와 다치바나가 연이어 촌평을 남기고 배를 감싸쥐며 웃었다.

"하지만 그저께 반도에게 '짝' 하고, 오늘 밤은 글래머에게 '짝'이잖아. 얼굴 모양이 변할 것 같아."

"어쩔 수 없잖아. 그래도 좋았으면서."

"그래그래, 엄청난 가슴이었거든. 아앙, 싫어엉"

다쓰미는 자신의 가슴을 마구 주무르면서 허리를 산들산들 흔들어 보인다. 거기에 기타와 다치바나의 발차기가 날아간다.

밖으로 나오니 거리는 안개비로 부예져 있었다. 개처럼 부르르 하고 몸을 떤 다쓰미가, 큰 소리로 추위를 쫓아버렸다.

"짠! 루팡 작전, 내일 결행!"

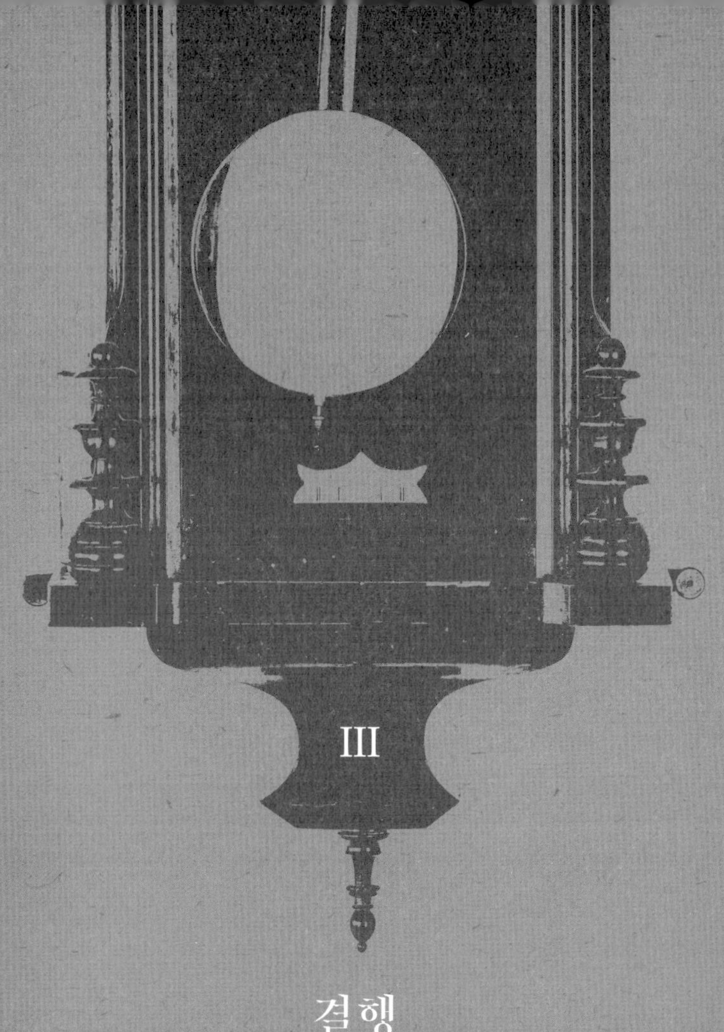

III

결행

1

기타의 진술이 디스코장의 소동으로부터 루팡 작전의 결행일로 옮겨가려는 참에 다른 조사실로 다쓰미 조지로가 연행되어 왔다.

가와고에의 지인 집에서 밤새 마작을 하고 그대로 잠들어 있던 참을 덮쳤지만 기타처럼 쉽사리 끌려올 다쓰미는 아니었다. 막 잠에서 깨어 기분이 나빴는지 한 형사는 강렬한 펀치를 맞아 앞니가 나갔고 다른 형사 한 명은 와이셔츠의 단추가 세 개나 뜯어졌다. 그 결과 다쓰미는 상해와 공무집행 방해 현행범으로 체포되어 수갑이 채워져 연행되었다.

— 이래서야 앞일이 걱정이군.

그 수갑마저 마구 부숴버릴 것 같은 다쓰미의 퍼런 서슬에 수사진 모두가 그렇게 생각했다.

하지만 다행히도 예상은 빗나갔다. 조사실에 들어오자마자 다쓰미의 관심은 양옆의 형사에서 창가에 선 초로의 남자에게 갑자기 옮겨갔다.

"어라…… 도쿠 씨? 역시 그렇군! 도쿠 씨잖아요!"

다쓰미는 다부진 남자들을 어려움 없이 뿌리치고 달려가서, 형사의 양손을 꽉 쥐고 흔들었다. 십오 년 전과 변함없다. 다쓰미는 기쁜 일이 있으면 사람들에게 악수 공격을 한다.

"살아 있었군요, 도쿠 씨!"

"네 마음대로 죽이지 마."

관할서의 도쿠마루 미쓰오德丸三雄가 코웃음을 쳤다.

다쓰미가 고교 시절 레코드를 훔치다가 경비원에게 발각되어, 딱 지금처럼 마구 날뛰면서 경찰서로 끌려온 적이 있었다. 그때 레코드점에 변상하고 잔소리만 들은 다음 무죄 방면하게 해준 은인이 도쿠마루이다. 그렇다고 해서 다쓰미를 특별 취급한 것은 아니다. 도쿠마루는 초범인 소년이라면 누구에게도 그렇게 했다. 그렇지만 경찰을 학교의 앞잡이라고 단정했던 다쓰미는 엄청나게 좋은 사람이라며 뼈저리게 감격했고, 보기와 달리 의리가 있는 구석도 있어서 볼일도 없는데 이따금 경찰서에 얼굴을 내밀고는 도쿠마루의 안부를 살폈다.

졸업 후에도 때로 다쓰미는 과자상자를 들고 도쿠마루를 찾았지만 그것도 끊겨, 약 십 년 만의 재회였다. 당시 소년계였던 도쿠마루는 몇 군데쯤 서를 돌아 작년에야 옛집인 이 관할서로 돌아와 형사과에 배속되었다. 미조로기가 구태여 강력계 부하를 쓰지 않고 다쓰미의 심문을 관할 형사에게 맡긴 이유는 그런 경위에 입각한 것이었다.

"여전히 팔팔한 것 같군."

도쿠마루는 연행해온 형사의 얼굴 상처에 눈부신 듯이 시선을 돌린다.

"그야 팔팔할 수밖에. 무슨 사건인지 말도 않고 억지로 끌고 오잖아. 완전히 악덕 경관이야, 이 녀석들."

어이없어하는 형사들에게 물러가라고 지시하고 도쿠마루는 다쓰미를 앉혔다.

"그런데 너 땅 투기 한다며? 늙은이를 퇴거시키려고 집에 불을 질렀는지 여부로 신주쿠新宿에서 조사받았다고 하던데."

"농담하지 마, 도쿠 씨! 내가 아냐. 나는 말이지, 양아치를 쫓아내는 역할이야. 질 나쁜 것들이 엄청 많거든. 새끼들, 살 생각도 없으면서 낡아빠진 집에 떡하니 눌러앉아 값이 올라가기를 기다린단 말이야."

다쓰미는 자신의 처지는 차치하고 험한 소리를 했다.

"뭐, 됐어."

도쿠마루는 그렇게 말하더니 의자를 앞으로 뺐다.

"오늘은 그 이야기가 아니야. 너, 루팡 작전이라는 거 기억하겠지?"

"루팡 작전……?"

다쓰미는 잠시 생각하다가 느닷없이 괴상한 소리를 질렀다.

"아앗, 그거야, 고등학교 때 한……. 엇, 그거 결국 들켜버렸어?"

"들켰어, 완전히. 게다가 미네 마이코 살해 건도."

"살해?"

다쓰미는 눈이 휘둥그레졌다.

"아니지. 그 사건은 분명 자살이었어."

"속일 생각 하지 마. 미네 마이코는 살해당했어. 너, 알고 있잖아?"

"뭐야 그 말은."

다쓰미는 호전적인 눈동자로 도쿠마루를 쳐다보았다.

"내가 의심받고 있다는 소리야?"

4층 수사대책실에 두 번째 스피커가 설치되어, 도쿠마루와 다쓰미의 대화가 흘러나오기 시작했다.

미조로기는 한 귀로 그것을 들으면서 머리로는 아까부터 다른 일을 생각하고 있다. 우쓰미 가즈야의 심문이다. 미네 마이코 살해 사건의 참고인으로 우쓰미를 경찰서로 부를 것인가 말 것인가.

마이코가 살해당한 날 밤, 세 사람은 우쓰미가 경영하는 카페 루팡에 있었다. 아니, 그날 밤만이 아니라 세 사람은 루팡에 틀어박혀 안쪽 소파에서 연일 계획을 다듬었던 것이다. 그렇다면 대의명분은 선다. 세 사람의 계획을 알고 있었는지 어떤지 물을 목적만으로도 충분히 우쓰미를 여기로 부를 이유가 될 수 있다. 그러나…….

불순물이 섞여 있다.

미조로기는 '삼억 엔 사건의 우쓰미와 만나고 싶다'는 생각이 더 절실했다. 지휘관인 자신이 그러한 잡념을 내면에 숨기는 것이, 밤을 샐 태세로 마이코 사건에 임하는 수사원들에게 어딘가 떳떳하지 못해서 조사의 절차상 당연히 행해야 할 '우쓰미 심문'을 지시하기가 망설여졌다.

— 녀석에게 뭐라고 말을 거나?

그렇게 자문했을 때 요란한 고함 소리가 스피커의 검은 커버를 진동시켰다.

"농담이 아니라니까! 나는 살인 따위 하지 않았어! 아무리 도쿠 씨라고 해도 헛소리 지껄이면……."

다쓰미가 도쿠마루를 향해 속사포처럼 욕설을 퍼부어댔다. 그 압도적인 음량에 가려지면서, 또 한쪽의 스피커에서도 때때로 기세가 꺾인 목소리가 가늘게 새어나온다. 기타의 목소리이다.

— 땅 투기꾼에…… 회사원인가.

미조로기는 한숨을 쉬었다.

동떨어진 두 목소리. 결코 화음이 될 수 없는 그 두 울림에서 가정을 꾸리고 정착한 기타와, 앞뒤 생각 없이 날뛰던 고교 시절 성향 그대로 거친 투기 일을 하고 있는 다쓰미의 삶의 방식의 차이를 보고 있었다. 아니, 삶의 방식 같은 거창한 게 아니다. '이렇게 살자'라는 다짐을 하는 인간의 의사와는 무관하게 시간은 지나간다. 어느 때 문득 정신이 들면 각각 다른 길에 있었다, 그런 정도의 일일 뿐이다.

도쿠마루가 이러저러한 말로 어떻게든 다쓰미를 달래고 얼러, 다치바나의 소식으로 화제를 돌렸다.

"다치바나? 아아, 녀석은 이미 끝났어, 노숙자가 되어버렸으니까. 우에노上野 역에서 다 떨어진 걸레 꼴을 해가지고는……. 내가 말을 걸었는데 썩은 생선 같은 눈으로 대답도 하지 않더라고."

"노숙자라고? 최근에는 그런 식으로 부르는군. 그래서 다치바나가 왜 그렇게 됐나?"

"이유는 몰라, 아무튼 난 기타로도 다치바나도 졸업하고 나서는 거의 만난 적 없어. 기타로 자식은 좀스럽게 재수학원 같은 데 들어가더니 이듬해에 삼류 대학에 들어가버렸지, 잘 지내고 말고 할 게 없었어. 다치바나는 말이야, 그 녀석은 너무 생각이 많았던 것 같아. 옛날부터 골똘히 생각하는 타입이었어. 왜냐하면 취직도 하지 않고 빌딩 청소 아르바이트를 계속했거든. 하지만 그 뒤로는 몰라. 완전히 인연이 끊겼으니까."

미조로기는 천천히 스피커 옆을 떠났다. 왠지 가슴이 답답하다.

다치바나도 다른 길에 있었다. 그것도 막다른 길 끝에…….

세 사람은 같은 길에서 만났다. 같은 것을 바라보고 같은 일을 맞닥뜨리고 마치 운명 공동체처럼 하나의 시간을 공유했지만, 지금은 그 여운조차 남지 않았다. 그야말로 이번처럼 당시의 인연으로 경찰에게라도 불려서 모이지 않는 한, 세 사람이 함께 걸었던 푸른 길은 영원히 떠오르지 않았을 것이다.

미조로기와 우쓰미의 관계도 이와 비슷하다.

삼억 엔 사건이라는 길에서 우연히 만나, 지금은 서로의 소식을 알 수도 없다. 지난 봄 퇴직한 선배 형사가 수갑을 채우지 못한 용의자는 교제가 끊긴 옛 친구 같다고 조용조용 말했다. 그런 것일지도 모른다. 때로 그 얼굴이 그립게 떠오르다가도, 관계가 끊긴 뒤 지나가버린 방대한 시간을 깨닫고는 오싹해지고 그러다 가슴 언저리가 희미하게 답답해지는 것이다.

쨍그랑.

스테인리스 재떨이가 책상에서 굴러 떨어지더니 멈추기 직전의 팽이처럼 바닥에서 커다랗게 흔들리며 윙윙거리는 소리를 냈다.

"죄송합니다."

당황한 듯 허둥지둥 재떨이를 주워 올린, 그 젊은 형사의 피로에 절은 옆얼굴이 눈앞을 스쳐갔다.

미조로기에게 갑자기 어떤 생각이 떠올랐다.

— 아니야.

친구와는 다르다. 친구일 리가 없다. 수갑을 채우지 못한 용의자가, 그 후의 방대한 시간 동안 과거를 그리워하며 보냈을 리가 없다. 다음 사냥감을 찾아 들판을 달렸다. 그리고 아마도 잡았을 것이다. 한 마리일지, 두 마리일지, 그 이상일지. 모든 것은 수갑을 채우지 못했기 때문이리라.

"우쓰미 가즈야를 찾아와."

미조로기는 말했다.

바닥의 담배꽁초를 줍고 있던 젊은 형사는 제대로 듣지 못했고, 다른 수사원들은 각자 담당 부서에서 각자의 일에 파묻혀 있었다.

그러나 딱 한 사람이 반응을 보였다.

"우쓰미를 부르는 건가."

조용히 대책실에 머물러 있던 후지와라 형사부장이었다. 잠자는 듯이 눈을 감고 있지만 씰룩하고 경련이 일어난 볼이 긴장된 내면을 전해준다.

"예. 부릅니다."

미조로기가 대답했다.

"그것도 좋아."

후지와라는 그렇게만 말하고 이내 침묵했다.

그렇다. 미조로기만이 연연해하는 것은 아니다. 경찰 역사상 굴욕의 흑역사를 남긴 삼억 엔 사건. 그 '최후의 용의자'인 우쓰미 가즈야의 이름은 뇌 주름의 일부로 변해 후지와라의 의식 깊숙이 아직 남아 있을 것이다.

미조로기는 새삼 우쓰미의 이야기를 들어보겠다고 말했다. 금세 주위에 의욕 충만한 얼굴이 늘어섰다.

"삼억 엔의 우쓰미지요?"

"그렇다. 그러나 이번 사유는 단순한 미네 마이코 사건의 참고인으로서다. 그 부분을 명심해."

미조로기는 가벼운 말투를 유지했지만, 흥분했을 때의 버릇대로 오른손은 빈번하게 콧수염을 쓰다듬고 있었다.

형사들은 그 콧수염에 관심이 높다. 규율이 엄격한 경찰 조직 안에서 조직의 '얼굴'인 본청의 중견이 수염을 기르려면 그 나름의 배짱이랄까 반골 정신 같은 게 필요하다. 입에 발린 말이라도 '시민에게 사랑받는 경찰'을 표방하고 있다 보니 상부의 높은 사람들은 기회가 될 때마다 '깎는 게 어떤가'라고 제안한다. 그것은 즉 명령이다. 대다수는 승진 소식이 살짝 들릴 때쯤 함락되지만, 미조로기는 '얼굴이 너무 단조로워서'라는 식으로 받아넘기며 완고하게 면도칼을 대지 않는다. 그런 점이 일선 형사들은 후련했다. 또한 어떻게든 깎지 않고 있는 현실을 미조로기의 수사 역량 때문이라고 생각하여, 일종의 상징이라고도 할 수 있는 콧수염에 내심 경의를 표하고 있다.

하물며 미조로기가 콧수염을 쓰다듬기 시작했을 때에는 반드시 수사가 크게 움직인다. 우쓰미의 임의 동행을 명령받은 형사는 다들 술렁거렸다.

"가!"

구호와 함께 우쓰미에 대한 집착도 부하의 등에 내던지고, 미조로기는 이번이야말로 미네 마이코 살해 사건과 정면으로 마주했다.

"기타 쪽 볼륨을 키워봐."

다쓰미의 목소리에 가려, 진술 청취도 뜻대로 되지 않고 있다.

"디스코장에서 실컷 마신 다음 새벽녘까지 오락실에서 놀았으니까, 모두 죽은 듯이 잠들어서……. 일어난 것은 정오가 조금 안 된 시간이었습니다. 물을 꿀꺽꿀꺽 마시고 기합을 넣었습니다. 드디어 오늘 밤이라고."

2

12월 5일.

루팡 작전 결행의 날이 왔다.

기말시험은 내일이 첫날로, 일요일을 끼고 나흘간 치러질 예정이다. 세 사람은 열두 개의 전과목 시험지를 훔쳐내려고 마음먹었다.

기타네 고등학교에서는 시험 전날에 교내 인쇄실에서 찍어 교장실 금고에 하룻밤 보관한다. 루팡 작전은 그 시간 차를 노리는데, 이틀째 이후의 시험지는 각각 전날이 되지 않으면 찍지 않기 때문에 범행은 한 번만으로는 끝나지 않는다. 오늘 밤을 포함해 총 네 번을 학교에 숨어들 계획이다.

일단 오후에 세 사람은 학교에 얼굴을 내밀고 시간 차를 두고 수업에서 빠져나와 루팡에 모였다. 지정석에는 벌써부터 긴장감이 돌았다.

"드디어구나."

다치바나가 말을 꺼냈다.

"으응."

기타가 고개를 끄덕인다.

"정말로 빼낼 수 있을까."

다쓰미가 마음 약한 소리를 했지만, '쫄았냐, 너?' 하고 기타가 째려보니 음냐음냐 묘한 소리를 내며 고개를 가로로 흔들었다.

"그것보다 기타로."

다치바나가 말했다.

"첫날 선발대 멤버를 정하자."

"으응. 어떻게 할까."

"사다리 타자, 사다리."

다쓰미가 신난 듯이 말하고 노트를 한 장 찢어 연필로 긴 세로줄을 긋기 시작했다.

'선발대'는 미리 교내에 숨는 길잡이 역할이다. 선발대니, 멤버니, 라고 해도 실제는 달랑 혼자이다. 잠복 장소인 자료실은 좁아서 혼자 숨기에도 벅차다.

다쓰미가 야단스레 사다리를 그린 다음, 각자 한 줄씩 더 그려넣으라고 내밀었다. 기타와 다치바나는 그 말을 무시하고 오른쪽과 가운데를 골랐다.

"따다다따 — 안!"

다쓰미는 엉터리 '운명 교향곡'을 입으로 연주하며, 가려진 부분을 펼치고는 선을 따라 굵은 손가락을 아래로 움직였다.

"넵, 다치바나로 결정!"

다쓰미는 소리를 지르고, 비아냥거리듯 이렇게 덧붙였다.

"한 줄씩 그려넣었으면 좋았을 텐데."

다치바나는 혀를 찼지만, '영광이군' 하고 말하며 작게 웃었다.

"잘해."

기타가 다치바나의 어깨를 두드린다.

"선발이 실수하면 후발대는 들어갈 수 없으니까."

사전 조사는 만전을 기했다. 하이드 모키치는 오후 10시와 오전 0시에 두 번 교내를 구석구석 순찰한다. 한 바퀴 도는 데에 약 한 시간, 잠이 들기까지 삼십 분으로 보고 '후발대' 즉 기타와 다쓰미 두 사람의 도착은 오전 1시 반으로 정해놓았다.

젠틀랜드의 파친코에서 시간을 죽이고 지하 식당에서 필라프를 욱여넣은 뒤 다시 루팡으로 돌아가 커피를 주문하자 벌써 8시가 넘었다.

"그러면 가볼까."

다치바나가 시동을 걸자 기타와 다쓰미는 몸에 잔뜩 힘이 들어갔다. 드디어 루팡 작전이 시작됐다. 이 순간을 얼마나 애타게 기다렸던가. 그러나 첫날 선발이라는 중차대한 역을 맡은 다치바나는 훌쩍 아르바이트라도 나가는 느낌으로, 별 의욕이 없다. 그런 인간인 것이다.

"부탁해."

기타의 응원에 힘입어 다쓰미도 '자면 안 돼' 하고 드물게 진지한 얼굴로 말했다.

"기회가 있으면 또 만나자."

준비한 것 같은 대사를 남기고 다치바나는 가게를 나갔다. 야간반 학생 틈에 섞여 학교로 들어가 그대로 4층 지리실 안에 있는 자료실에 숨어들 것이다. 그곳에서 혼자 다섯 시간을 넘게 대기하고 있어야 한다.

루팡에 남은 두 사람은 도저히 침착할 수 없었다. 기타는 주간지를 읽어볼까 했지만 같은 줄을 몇 번이나 되읽을 뿐, 문맥은 전혀 머릿속에 들어오지 않는다. 다쓰미는 다쓰미대로 카운터의 사장을 상대로 디스코 이야기를 하고 있지만 오버하는 동작도 상스러운 웃음도 다소 가라앉아 있었고, 때때로 멍해져서 사장에게 다음 이야기를 재촉받았다.

— 다치바나는 제대로 숨어들었을까.

시곗바늘은 느릿느릿 좀처럼 앞으로 가지 않는다. 초조함이 절정에 달했을 때, 기타와 같은 반의 오타 케이太田ケイ가 불쑥 나타났다.

"안녕."

"어라라, 케이가 웬일이야."

다쓰미가 새된 소리를 질렀다.

"뭐야, 조지도 있었어?"

"있어서 죄송하네요."

"별로 죄송할 건 없지만……."

케이의 목표는 주간지에서 얼굴을 들지 않는 기타이다.

삼인조가 용돈벌이로 주최한 작년 크리스마스 파티에서 케이는 꽤 눈에 띄는 존재였다. 스타일도 뛰어나고 화장도 이미 한두 해 한 솜씨가 아닌 듯 세련되었다. 원래 커다란 눈동자에 검정 사마귀가 포인트인 깜찍한 생김새로, 춤 스텝도 그런대로 괜찮아서 여흥의 파티퀸에 만장일치로 뽑혔다.

파티가 끝난 다음 기타는 케이에게 호텔로 가자고 꾀었다.

케이가 멋진 여자로 비친 건 분명했고 전에 루팡에서 몇 번쯤 이야기를 나눈 적도 있었다. 그 위험한 듯한 분위기도 끌렸다. 파티티켓이 뜻밖에도 대량으로 팔려서 기분이 좋아 과음한 이유도 컸다. 다쓰미, 다치바나와 삼등분하고도 일만 엔쯤 남았기 때문에 호텔비도 신경 쓰지 않고 취한 김에 억지로 케이의 손을 끌었다.

잘 놀기로 평판이 높던 케이의 순진한 몸짓과 순종적인 태도가 의외였다. 그간 잘못 봤다는 생각이 든 기타는 기분이 좋았고, 케이의 살결에 이상할 정도로 마음이 편안해졌다. 좀더 빨리 이렇게 되었으면 좋았을걸. 기타는 그렇게 생각했다.

서로의 몸에 탐닉하는 나날이 이어졌다. 그것이 케이의 안에서 어떻게 축적되어 어떤 변화를 가져왔는지는 차치하고, 한 달도 채 지나지 않아 케이는 지독히도 끈덕지고 질투심에 절은 얼굴을 드러냈다.

어쨌든 기타가 없으면 밤도 낮도 없다. 어디에 가도 함께 데려가 달라고 조른다. 아르바이트 때문에 만나지 못한다고 하면 부모에게 받는 돈을 아낌없이 뿌리며 아르바이트 따위 그만두라고 억지를 부린다. 기타에게 다가오는 여자가 있으면 아무 데서나 욕설을 퍼부어서, 결국은 다쓰미나 다치바나까지도 기타에게서 멀어지려고 했다.

기타는 질려서 케이를 찼다. 운이 없게도 3학년 때 같은 반이 되어서 싫어도 매일 얼굴을 맞대게 되었지만 기타는 더는 말도 걸지 않았고 케이 쪽에서도 해볼 건 다 해봐서 진이 빠졌는지, 다가가기를 피하는 것 같았다. 그러는 사이에 듣기로 B반 기타 동아리의 잘생긴 학생이 케이에게 고백해서 사귀고 있다는, 기타로서는 안심이 되면서도 어딘가 신경 쓰이는 소문이 흘렀다.

그런 케이가 갑자기 루팡에 나타났다.

"기타로, 잘 지내?"

아무 일도 없었던 것처럼 케이가 밝은 목소리로 말을 걸었다.

"네 마음대로 부르지 마."

기타는 아래를 향한 채 짜증을 담아 연기를 뱉어냈다.

"그럼 됐어, 기타 군, 오늘 밤 한가해?"

"뭐라고?"

"오늘 밤 같이 공부하지 않을까 해서."

케이는 물러서지 않는다.

"내일부터 시험이잖아."

"그건, 섹스하자는 건가?"

모른 척하면 될 텐데 다쓰미가 훼방을 놓는다. 기타가 불이 붙은 담배를 내던졌다.

"입 다물어. 기타로에게 말하고 있으니까."

케이도 다쓰미를 노려보았다. 이번에는 기타가 케이를 쏘아보며 고함쳤다.

"네 맘대로 부르지 말랬지."

"그래도……."

케이의 목소리가 잦아든다.

"공부라면, 그 메밀 같은 머리의 기타 치는 놈이랑 하면 되잖아."

"벌써 헤어졌는걸."

케이가 정색하듯 말했다.

"그런 애, 처음부터 좋아하지도 않았고."

"그래서 또 나냐? 웃기지 말라 그래."

케이는 묵묵히 고개를 숙였다. 아픈 곳을 찔린 얼굴이지만, 네가 차갑게 대했기 때문은 아니라고 호소하는 듯 보였다.

"어차피 오늘 밤은 선약이 있어. 공부할 시간 따위 없어."

"하지만……."

케이는 걱정스러운 표정으로 얼굴을 들었다.

"이대로 졸업할 수 있겠어? 성적도 너무 안 좋고 수업에도 전혀 나오지 않고……."

기타는 주간지를 바닥에 내동댕이쳤다.

"그래서 어쩌라고? 네가 뭔데 걱정이야."

"하지만……."

케이는 빠르게 말했다.

"이번 기말고사 성적이 좋으면 졸업할 수 있을지도 모르잖아."

잠시 틈이 있었다.

"……누가 그런 말 했어?"

기타가 낮은 목소리로 되묻는다.

"……."

"누가 말했냐고!"

"……숙부님이."

꺼져드는 목소리로 케이가 대답했다.

"허!"

기타가 소파에 나뒹굴었다.

"그러면 그거 진짜겠군."

기타는 웃음을 터뜨리고 더는 상대하지 않겠다고 말하는 듯이 손을 흔들었다.

그래도 케이는 '같이 공부하자, 졸업하는 게 좋잖아'라며 잠시 들러붙었지만, 기타가 계속 잠든 척하니까 '바보!' 하고 한 마디 내뱉고는 가게를 나갔다.

"케이도 변했군."

케이가 사라진 문을 보면서 다쓰미가 말했다. "중학교 때는 차분해서 귀여웠어, 저 녀석."

다쓰미는 케이와 같은 중학교에 다녔고, 한때 반했던 적도 있었던 것 같다. 케이에게 깨끗이 차여서 연상의 여자에게 눈을 뜬 거라는 영문 모를 말을 들은 적도 있다.

"앗, 그것보다 말이야."

다쓰미가 딱 하고 손뼉을 쳤다.

"역시 진짜였잖아, 그 소문!"

"으응."

케이는 무섭고 커다란 목소리를 내는 미쓰데라 교장의 조카딸 같다고 전에 다쓰미가 말한 적이 있었다. 케이의 집에서 일하던 가정부가 다쓰미 모친의 일품요리점 단골인가 그래서 거기서 들은 이야기였다.

"역시."

다쓰미는 응응 하고 거듭거듭 고개를 끄덕인다. 중학교 때에 '중간에서 아래'였던 케이의 성적이 고등학교에서 갑자기 오른 것은 그 때문이라고 말하고 싶은 것이다. 분명히 디스코장이니 콘서트니 쇼핑이니 그만큼 놀고 다니면서도 케이의 성적은 언제나 최상위권으로 벌써 대학교 추천 입학도 결정되었다. 교장과의 관계 때문에 성적이 올랐다고 의심받아도 어쩔 수 없었다.

"그래, 그래. 그래서 생각이 났는데." 다쓰미가 몸을 내밀며 말을 이었다. "그 가정부 아줌마가 또 가게에 와서 교장은 숙부가 아니라 케이 친아버지일지도 모른다고 했대. 뭔가 질척질척한 집안 같아. 하지만 그건 위험한 거지. 루팡 작전 따위 하지 않아도 시험 답안 같은 거 알 수 있잖아? 부모 자식인걸, 응, 응, 기타로, 어떻게 생각해?"

큰 스캔들임에는 틀림없지만, 기타는 이제 케이를 화제로 올리는 것도 싫어서 다쓰미가 일방적으로 지껄이는 말이 유달리 귀에 거슬렸다.

—빌어먹을!

첫날을 맞은 루팡 작전에 마가 낀 것 같아 기타는 변덕스러운 케이의 방문을 아무래도 용서할 수 없었다.

3

기타와 다쓰미가 일어선 것은 오전 1시가 조금 지나서였다. 다쓰미 나름대로 신경을 쓴 듯, 케이의 방문으로 완전히 언짢아진 기타를 폐점 직전의 파친코로 데려갔다. 그러나 갖고 온 돈을 죄다 잃고 루팡으로 돌아와서 커피를 두 잔, 세 잔 리필하다 보니 슬슬 루팡도

문을 닫을 시간이었다.

"삼억 씨, 내일 봐!"

하품을 삼키며 컵을 씻고 있는 사장에게 다쓰미는 명랑하게 말을 걸었다.

"아, 고마워. 조심해."

기타와 다쓰미는 그 '조심해'에 쓴웃음을 지으면서 가게를 나섰다. 차가운 기운이 몸을 스친다.

학교까지는 걸어서 이십 분 정도이지만 두 사람은 국도로 나가서 택시를 잡았다. 점퍼와 바지 주머니에 손전등, 가죽장갑, 작은 칼이라는 '도구 세트'가 숨겨져 있었다. 만일 경찰의 불심 검문에라도 걸리면 둘러댈 수가 없다. 아니, 설사 잘 넘기더라도 그곳에서 시간을 잡아먹으면 한 달 걸려 연구하고 다듬은 계획이 엉망이 되어버린다. 파친코에서 돈을 잃은 건 계산 밖이었지만 택시요금은 사장에게 충분히 빌려놓았다.

니시스가모西巣鴨에서 택시를 내리자 다쓰미가 '몇 시?' 하고 물었다. 목소리는 한껏 죽인 채.

"1시 17분."

"딱 좋네."

두 사람은 분담하듯 등을 맞대고 사방을 둘러본 뒤 아무 일도 없는 듯한 태도로 세탁소 모퉁이를 꺾어 골목으로 들어갔다. 그곳부터 빠른 걸음으로 묘지 옆을 지나서 학교 뒷문으로 돌아 들어갔다. 주변에는 주택이 빼곡이 들어차 있었지만 시간이 시간인지라 이미 불은 꺼졌고 도로에도 사람 기척은 없었다.

교정 저편으로 학교 건물의 실루엣이 떠올랐다. 언젠가 본 영화의 거대한 요새를 연상시킨다.

두 사람은 눈짓을 교환했다. 다쓰미가 고개를 끄덕이고 가볍게 도움닫기를 해서 철책 문으로 뛰어 매달렸다. 소리가 나지 않도록 발은 걸지 않고 팔만 써서 몸을 끌어올려, 배로 회전하듯 넘은 다음, 건너편에 착지했다. 다쓰미 정도의 역동감은 없지만 기타도 재빨리 뒤를 따라 교정에 내려서서 어둠에 묻혀버릴 것 같은 역삼각형의 거대한 등을 쫓았다.

담 안쪽을 따라서 조금 더 나아가자 동동 뒤쪽으로 연결되었다. 곧 가정실 앞 복도가 나왔다. '침입구' 창문이다. 두 사람의 가슴은 고동쳤다.

"몇 시?"

다쓰미가 물었다.

"28분……."

'랑데부'까지 이 분 남았다. 건물의 불은 전부 꺼져 있다. 하이드 모키치가 기숙하는 수위실은 서동 1층, 교무실 바로 아래에 해당한다. 그 수위실도 캄캄하다. 모든 것은 예정대로이다. 두 사람은 침입구 창문 아래에 달라붙어 오로지 다치바나의 등장을 기다렸다.

그러나 나타날 기색이 없다. 랑데부 시간이 지났다. 그런데도 다치바나는 모습을 드러내지 않는다.

— 다치바나 녀석, 늦는데.

어둠 속에서 기다리는 시간은 터무니없이 길었고, 그 긴 시간이 훨씬 전에 봉인한 두려움을 기타에게 되살아나게 했다. 어쩌면 우리는 엄청나게 위험한 짓을 감행한 건지도…….

랑데부 시간에서 오 분 지났다. 문자판을 딱딱 지나가는 초침이 완벽한 계획을 침식해간다.

"기, 기타로……."

마음 약해진 다쓰미의 목소리이다.

"시끄러워, 닥치고 있어."

"들킨 게 아닐까……?"

"그럴 리 없잖아."

말하면서도 기타 또한 선생에게 얻어맞으며 소년과에 넘겨지는 다치바나의 모습을 어둠의 끝에서 보고 있었다.

— 제발, 다치바나.

그렇게 마음속으로 빌 때였다. 머리 위에서 드륵 하고 작은 소리가 났다. 기타는 몸을 움츠렸다. 다쓰미는 땅바닥에 몸을 엎드렸다.

창유리에 검은 그림자가 비쳤다.

드르륵. 창이 열리고 속삭이는 목소리가 들렸다.

"지겨웠어."

다치바나의 첫마디였다.

기타와 다쓰미가 '휴' 하고 크게 숨을 내쉬었다. 한편 다치바나는 기가 막힐 정도로 계속 웃음을 짓고 있다. 혼자 컴컴한 작은 방에 다섯 시간 이상이나 갇혀 있었다. '지겨웠어'라는 말은 마음속 깊은 곳에서 나온 대사일 것이고, 분명 불안했음에 틀림없다.

수고했다는 표현으로 기타가 다치바나의 등을 툭 두드렸지만, 바로 진지한 얼굴로 돌아가 '하이드는?' 하고 속삭였다.

"괜찮아. 이미 잠들었어."

두 사람을 불러들이고 다치바나는 다시 드르륵 창문을 닫았다. 기타와 다쓰미는 재빨리 구두를 벗어 점퍼 주머니에 쑤셔넣고 가죽 장갑을 꺼내 양손에 꼈다. 지문과 발자국은 확실하게 지운다.

"레츠고……."

다쓰미가 애써 익살을 부려 보였지만, 그 목소리는 꽤나 잠겨 있었다.

낮 동안의 북적거림이 먼 옛일로 생각될 정도로 교내의 정적은 철저했다. 어둠이 모든 떠들썩함을 삼키고 먹어치워 소화해버렸다. 그런 착각을 강요한다. 복도나 벽, 문에는 거리감도 질감도 없었고, 소화전에 번진 빨간 등만이 어둠을 지배하는 정체 모를 생물의 눈 혹은 심장으로 존재했고, 그 고동은 아니겠지만 바람 때문에 창문이 탕 울렸을 때에는 마주 보는 서로의 얼굴에 핏기도 없었다. 한겨울인데 땀이 양말에 스며나와 복도, 계단 그리고 또 복도에 젖은 동그란 발가락 자국을 남겼다.

서동 3층 복도에 도착하기까지 아무도 말을 하지 않았다. 드디어 바로 밑이 목표인 교무실이다.

"서둘러."

"알았어."

"빨리."

"응."

다쓰미가 복도 창문을 열었다. 고개를 쑥 내밀어 잠금장치를 부순 위치를 확인한다. 기타와 다치바나는 가까운 교실로 들어갔다. 붉은 글씨로 '피난 사다리'라고 적힌 나무상자에서 줄사다리를 끄집어낸 다음, 짊어지고 창가로 옮겼다. 그리고 기타가 끄트머리를 조금씩 풀어내어 아래층으로 사다리를 늘어뜨렸고, 그사이 다치바나가 줄의 다른 쪽 끝을 창살에 단단히 잡아맨다. 이미지트레이닝대로, 약 팔십 초의 작업이다.

세 사람은 '좋아' 하고 서로를 보며 작게 고개를 끄덕였다.

드디어 내려간다.

계획은 완벽하지만 정작 실행하면 이 작업은 식은땀이 나는 일이다.

'스티브 매퀸Steve McQueen 팀'이라고 명명한 강하降下 역할은 다쓰미다. 잠금장치를 부쉈다고 해도 평소에 여닫기를 하지 않은 사물함 뒤의 창문이 그렇게 간단히 열리지는 않을 것이다. 흔들리는 사다리 위에서 한 손으로 열려면 다쓰미의 괴력이 필요하다는 계산이었다.

"다녀올게."

다쓰미가 창틀에 발을 올렸다.

기타가 조심하라고 소곤거리고, 다치바나가 천천히 하라고 당부했다.

다쓰미가 창틀을 넘어 사다리에 손을 얹고 조용히 강하를 시작했다. 그때…….

쿵쾅쾅.

절망적인 소리가 울렸다. 다쓰미의 체중 때문에 줄사다리의 아래쪽이 크게 흔들려, 모르타르 외벽에 사다리판이 두 번, 세 번 부딪힌 것이다.

기타와 다치바나, 아니, 공중에 대롱대롱 매달린 다쓰미도 모두 움직임을 멈추었다.

하지만, 그뿐이었다. 접촉음은 그대로 어둠으로 빨려 들어갔고, 다음은 다시 귀가 아플 정도의 정적이 주위를 감쌌다.

비참한 얼굴로 얼어버린 다쓰미에게 괜찮다며 가라고 다치바나가 명령했다.

다쓰미가 강하를 재개했다. 흠칫흠칫 하며 세 단, 네 단…… 여섯 단 정도 내려간 위치에서 다쓰미는 왼손을 줄사다리에서 떼고 창문으로 손을 뻗었다. 사다리는 제법 흔들리고 있어서 다쓰미는 손이 창문에 닿았다가 떨어졌다가를 반복한다. 가로로 흔들리던 것이 이번에는 세로로 흔들리고, 그것이 꼬여서 엉망진창으로 흔들린다.

"어이 괜찮냐."

참지 못하고 기타가 말을 걸었지만 대답은 없었고, 그 직후에 덜컹 하고 철제 도르래가 움직이는 소리가 들려왔다. 위의 두 사람은 다시 몸을 움츠렸다. 하지만 아래쪽 다쓰미는 어떤가. 어둠 속에서 맹렬하게 승리의 브이 사인을 연신 내보내고 있지 않은가.

— 창문이 열렸다!

기타와 다치바나는 기뻐서 덩실덩실 춤을 추었다.

다쓰미의 거구가 사다리에서 천천히 건물 안으로 사라져간다. 완전히 사라지는 모습을 지켜본 두 사람은 허둥지둥 줄사다리를 끌어올렸다. 교실의 나무상자에 그것을 쑤셔넣고 경쟁하듯이 계단을 내려가 복도를 단숨에 가로질러 교무실 문 바깥쪽에 달라붙었다.

기다리고 있었다는 듯 문손잡이가 회전하며 슥 하고 문이 열리고 당장에라도 큰 소리로 웃음을 터뜨릴 듯한 다쓰미의 얼굴이 나타났다.

"별것 아니었습니다."

"훌륭해."

다치바나가 악수를 청했고 기타는 '역시 매퀸'이라며 치켜세우고는 다쓰미의 단단한 배에 가벼운 펀치를 먹였다.

최대의 난관을 돌파한 세 사람은 이미 루팡 작전의 성공을 예감했다.

교무실은 안쪽으로 깊다. 그 막다른 곳에 세 개의 방이 있는데, 왼쪽부터 국어준비실, 영어준비실 그리고 목표인 교장실 순으로 늘어서 있다.

세 사람은 천천히 걸음을 옮겼다. 성공은 의심하지 않았지만 긴장은 극에 달했다. 무엇보다 바로 밑 수위실에서 자고 있는 하이드 모키치가 걱정이었다. 이 고요함 속에 발소리가 어느 정도 아래층에 전해지는지 전혀 짐작이 가지 않았고, 지금 모키치는 정말로 자고 있을까, 과연 깊이 잠들었을까, 보이지 않는 적에 대한 불안은 부풀어갈 뿐이었다. 희미한 달빛도 지독히 마음에 걸린다. 교무실 왼쪽 창문은 운동부 부실의 건너편이라서 그곳에서라면 세 사람의 행동이 훤히 보인다. 이 시간에 부원이 있을 리 없다. 있을 리 없지만 실제로 이렇게 아무도 있을 리 없는 심야의 교무실에 자신들이 있다.

누구라 할 것 없이 등을 웅크리고, 허리를 숙인 채 결국에는 네 발로 기는 자세를 취하고는 앞으로 나아갔다.

교무실로 불려간 횟수가 횟수인 만큼 교무실은 익숙했지만, 한밤중에, 게다가 기어서 전진하는 부자연스러운 시야는 교무실의 모습을 완전히 바꾸어버렸다. 책상 밑에는 너덜너덜한 샌들이나 공기 빠진 축구공이 아무렇게나 처박혀 있고, 오 년이나 지난 직원 연수 자료 다발이 제멋대로 흩어져 있었다. 먼지를 뒤집어쓴 의자에서 방석이 떨어져 있고, 반쯤 열린 서랍에서는 곰팡내 나는 수건이 보인다. 마침내 바닥에서 담배를 밟아 끈 흔적까지 발견하자 세 사람의 긴장은 조금쯤 풀렸다.

"선생들도 동물이군."

다치바나가 쿨하게 웃고, 다쓰미가 농담으로 되받아쳤다.

"특히 반도가 그러네."

선두에서 기고 있던 기타가 드디어 교감의 책상에 도착했다. 무릎으로 서서 바깥으로 돌아서 들어가 살짝 중앙의 서랍을 열었다.

"있어?"

다쓰미가 쉰 목소리로 물었다.

기타는 획 돌아보고 걱정스러운 얼굴로 다가오는 두 사람의 눈 앞에 은색 열쇠를 손에 들어 최면술처럼 살랑살랑 좌우로 흔들었다. 열쇠에 달린 비닐 표찰에 '12'라는 번호가 보였다. 교장실 열쇠이다.

"와우"

"쉿!"

세 사람은 교장실 문에 달라붙었다.

"연다."

열쇠구멍에 확실한 감촉이 있었다. 문이 열린다. 세 사람은 몸을 둥글게 웅크리고 컴컴한 교장실로 굴러들었다. 정지하고 있던 공기가 사르르 휘감긴다. 두꺼운 카펫의 감촉이 뇌에 전해진다.

다른 세계로 들어왔다. 그런 감개가 있었다. 결국 여기까지 왔다. 학교라는 요새의 최중심부에 침입을 완수한 것이다.

기타가 손전등을 꺼내어 스위치를 올렸다. 둥 하고 벽에 빛의 원이 생긴다. 창에는 두꺼운 커튼이 쳐져 있어서 밖에서 보일 걱정은 없었다.

빛의 원을 이동시킨다. 커다란 회색 금고가 떠올랐다. 이 안에 내일 시험지가 몽땅 들어 있을 것이다. 금고라고 해도 사물함을 다소 튼튼하게 만든 듯한 구조로 다이얼은 없다.

그 오른쪽에 한 사이즈 작은 짙은 녹색의 금고가 놓여 있었다. 이쪽은 본격적인 구조지만, 상당히 고풍스럽다. '1회 졸업생 기증'이라 쓰인 하얀 글자도 겨우 읽어낼 수 있을 정도로 손잡이 부근 등에는 칠이 벗겨져 곳곳에 달 표면의 분화구를 연상시키는 둥근 녹이 군데군데 슬어 있다. 전등을 계속 돌려보니 우승컵이나 상장이 들어간 장식장, 높은 책장, 호화로운 가죽 소파가 있고 마지막으로 깊이 있는 멋진 책상이 비춰졌다. 교장의 책상이다.

서랍에 금고 열쇠가 있다.

세 사람은 동시에 숨을 삼키고 동시에 내뱉어, 같은 호흡으로 책상을 향해 걸어갔다. 어깨를 나란히 하고 가장 위의 서랍을 연다. 있다. 가는 알루미늄 파이프를 중간에서 턱 잘라낸 듯한 허술한 열쇠가 눈에 들어왔다. 기타가 히죽 웃으며 그것을 가장 아래 서랍의 열쇠구멍에 밀어넣는다. '꿀꺽'과 '찰카닥'이 겹쳤다. 다쓰미가 마른 침을 삼켰고 열쇠가 회전한 것이다. 기타가 자기 앞으로 당겨 열자, 그곳에 두 개의 열쇠가 숨겨지지도 않은 채 아무렇게나 놓여 있었다. 또 다쓰미가 침을 꿀꺽 삼켰다.

한쪽은 은색으로 희미하게 빛나고 있다. 또 한쪽은 거무스름한 놋쇠로 광택도 없다. 주저 없이 은색 열쇠를 집어 세 사람은 되돌아가서 새 금고 앞에 얼굴을 나란히 했다.

이렇게나 가슴이 두근거리는 순간이 과거에 있었던가.

매번 사람을 선별하고 무력감을 강요하고 부모를 탄식시키고 교사를 거만하게 만든 시험이라는 괴물이 이 금고 안에 있다.

다쓰미가 기타의 소매를 끌었다.

"역시 기타로가 열어. 뭐니 뭐니 해도 루팡 작전의 총지휘관이잖아.”

“그래, 네가 열어, 기타로.”

“응, 그러면 열어볼까.”

기타는 열쇠에 ‘하’ 하고 입김을 불고, 열쇠구멍에 밀어넣고 휙 회전시켰다. 저릿한 느낌이다.

문을 연다.

찰칵, 찰칵.

그것은 세 사람이 그리던 것과는 아주 동떨어진 천하고 경박한 금속음이었다. 그러나 뭔들 어떠랴, 다음 순간 세 사람은 잉크 냄새에 숨이 막히면서, ‘오옷!’ 하고 감탄의 소리를 질렀다.

갱지 다발이 빽빽이 들어차 있다.

“있다, 있어! 영어랑 고문古文!”

다쓰미가 소리 질렀다.

“봐! 물리도 다 있어!”

기타가 다쓰미의 장기보다 더하게 두 사람의 팔을 잡고 흔든다. ‘쉿!’ 하고 다치바나가 경고했지만, 그 역시 평소의 다치바나가 아니다. 상기한 듯 환희에 찬 표정을 바닥에 뒹구는 손전등의 약한 반사광 속에서도 충분히 읽어낼 수 있었다.

금고 안은 칸막이 판자로 삼단으로 나뉘어 위에서부터 ‘1학년’ ‘2학년’ ‘3학년’이라고 적힌 종이가 늘어져 있었다. 시험지 다발은 또한 교과별, 반별로도 나뉘어 교사가 그대로 각 교실로 옮기면 되도록 구분되었다.

세 사람은 경쟁적으로 시험지 다발을 꺼냈다. 잠시 뒤 다쓰미가 괴상한 목소리를 냈다.

"현대 국어가 없잖아!"

"어라?"

기타도 고개를 갸웃거린다.

분명 현대 국어 시험지가 보이지 않는다.

내일은 네 과목 시험이 예정되어 있다. 1교시가 영어, 그다음이 고문, 물리에 이어, 마지막으로 현대 국어이다.

그 현대 국어가 없다.

"낡은 쪽 금고가 아닐까?"

다치바나가 평소의 모습답게 말했다.

"봐. 위의 1, 2학년에 비해 3학년용 공간이 약간 좁잖아."

다치바나의 예감은 적중했다. 놋쇠 열쇠를 꺼내어 낡은 금고를 열자 중간보다 더 위쪽에 칸막이가 껴 있고, 그곳에 현대 국어 시험지 다발이 들어 있었다. 칸막이 아래는 비었는데, 역시 새 금고에 다 못 넣은 분량을 낡은 금고에 넣은 것 같았다.

"이걸로 완벽해."

"그러면 작업 개시다."

기타가 품 안에서 노트를 꺼냈다. 분담해서 문제를 베껴 쓴다. 루팡 작전은 마침내 최고조에 달했다.

그러나 이 단계에서 생각지도 못한 함정이 있었다. 일단 먼저 주변이 어둡다. 교장실 불을 켜고 당당하게 할 수는 없으니까, 의지할 것은 손전등 불빛뿐이다. 그러나 그 주황색 빛은 거무스름한 갱지에 빽빽이 적힌 글자를 판별하기에는 전혀 도움이 되지 않았다. 게다가 현대 국어, 영어, 고문 등 어느 것을 보아도 출제 예문이 길다. 영어를 고른 다쓰미는 의미를 종잡을 수 없는 것도 있어, 한 문제도 베껴내지 못한 채 애원하며 다치바나에게 돌려버렸다. 기타는 물리에서 고전하고 있었다. 자세한 그림, 숫자, 알파벳이 너무 많아서 시간만 잡아먹는다. 즉 이 지극히도 단순하게 생각되는 베끼기 작업도 그럭저럭 학력이 요구되는 것이다.

예상 외의 관문이었다. 기분만 초조해지고 작업은 전혀 진척되지 않는다.

"지금 몇 시야?"

다쓰미가 비참한 목소리로 물었다.

"2시 20분."

다치바나가 사무적인 목소리로 대답했다.

"큰일인데."

기타의 목소리에 조바심이 묻어 있었다.

다쓰미가 '에잇' 하고 볼펜을 집어던졌다.

"야, 차라리 가져가는 게 어때?"

"뭐라고?"

기타가 말했다.

"문제를 집에 가져가는 게 편하잖아."

"바보냐 너는!"

"아니."

다치바나가 무슨 생각이 들었는지 제지했다.

"시험지에 여분이 있으면 그편이 나을지도 몰라."

"있어?"

"아마도……."

과연 세어보니 한 학급분의 시험지 매수는 어느 과목도 학생수보다 대여섯 장 많다. 교사가 예비용 여분을 찍는다. 생각해보면 있을 수 있는 일이다.

"야, 야, 문제와 해답 용지 둘 다 여분이 있잖아."

그렇게 말하는 다쓰미는 당장에라도 품에 시험지를 쑤셔넣을 기세다.

"하지만 여분의 매수를 기록하지 않을까."

기타가 걱정스러운 투로 말했다.

"거기까지 머리가 돌아가는 선생이 있겠냐, 우리 학교에."

다치바나는 비꼬는 듯이 대응했고, 다쓰미도 맞장구를 치며 기타의 팔을 잡아당겼다.

기타도 바로 고개를 끄덕였다. 한시라도 빨리 학교에서 도망치고 싶은 기분은 마찬가지이다.

"그냥 해답 용지도 가지고 가자, 세 장씩."

다치바나가 제안했다.

"왜?"

"밤에 집에서 답을 써넣고 내일 학교에 가져오는 거야. 시험이 시작하기 전에 책상 안에 감춰두고 끝났을 때 바꿔서 제출하면 돼."

"그렇구나. 그렇게 하면 완벽해."

기타는 내심 혀를 내둘렀다. 상황이 악화하면 그만큼, 아니, 악화되면 될수록 다치바나의 머리는 명석해진다. 분명 이제 돌아가서 문제를 푸는 것도 큰일이지만, 그 답을 제대로 외워 시험 중에 술술 써내려갈 수 있을까 생각해보면 역시 자신이 없다. 시험 중에 깜빡 졸기라도 한다면, 아니 다쓰미라면 90퍼센트 이상의 확률로 그렇게 될 것이다.

각 과목별로 문제 용지를 한 장, 해답 용지를 세 장씩 빼내어 품에 넣었다.

끝났다. 세 사람은 눈으로 말하며 동시에 움직였다.

교장실을 나와 문을 잠그고 자물쇠를 채운 것을 확인하고 나서 열쇠를 교감 책상에 돌려놓았다. 네 발로 기어 교무실을 빠져나와 문손잡이의 버튼을 눌러 문을 잠그고, 거기서 또 잠겼는지 확인한 다음, 복도를 조용히 나아가 계단을 내려가서 1층 침입구 창문을 통해 밖으로 나왔다. 교정 구석을 한 줄로 걸어가서 철책 문을 차례로 뛰어넘어 학교 밖으로 빠져나와 시계를 보았다.

2시 42분이다.

뛰어가고 싶은 마음을 억누르며 아무 일도 없었던 것처럼 온 길을 되돌아갔다. 큰길로 나오니 대로는 깊은 잠에 빠져 있었다. 보도에 반쯤 올라와 있는 택시가 보였다. 창을 두드리니 좌석을 완전히 젖혀서 선잠을 자고 있던 운전기사가 튕기듯이 몸을 일으켰다. 잠에서 잘 깨는 훈련이라도 한 건지, 아무튼 '어서옵쇼' 하고 붙임성 있게 세 사람을 불러들였다.

택시는 빨간불이 번지는 파출소 옆을 스치듯 지나가 택시만이 눈에 띄는 국도를 달리기 시작했다.

"그 국사무쌍으로 이긴 거야."

다쓰미가 당돌하게 말을 꺼냈다.

"하지만 한 번뿐이야."

다치바나가 말을 받았다.

—아아, 그랬다.

"마지막에 바이만이 치명타였어."

기타가 이야기에 끼어들었고 다쓰미와 다치바나가 만족스러운 듯 고개를 끄덕인다.

"학생들은 좋겠어."

운전기사가 웃으며 말했다.

"매일 밤 마작을 하면서도 밥을 먹을 수 있으니까."

그 대사야말로 세 사람이 애타게 기다리던 작전 종료를 울리는 종소리였다. 루팡 작전은 성공했다.

4

아침의 잡다한 소리와 공기가 조사실에도 전해왔다.

오전 8시 5분이다.

무리 지어 학교를 향하는 아이들의 새된 재잘거림이 멀리서 계속되자, 십오 년 전 이야기에 빠져들었던 기타를 문득 창으로 유혹했다.

"작전은 성공했고……."

이야기로 되돌리려는 듯이 데라오가 말을 꺼냈다.

"그런 다음 어떻게 됐어?"

약간 피곤해 보이는 기타가, 여전히 고분고분한 태도를 유지한 채 입을 열었다.

"택시에서 저희 집으로 가 셋이서 맥주로 건배했습니다."

"시험지는?"

"일단 교과서를 보고 답을 써넣었지만, 너무 졸려서……. 비교적 쌩쌩한 다쓰미에게 뒷일을 맡기고 나와 다치바나는 잠들어버렸습니다."

"맡겼다고?"

"해답 용지에 적당히 답을 써넣어달라고 부탁했습니다. 원래 루팡 작전은 좋은 점수를 받으려고 짠 계획은 아니었으니까요."

"그렇군. 그래서 다음 날 시험은 어떻게 됐어?"

"다쓰미가 만든 해답 용지를 교실로 들고 가서 거둘 때에 바꿔치기 했습니다."

"잘 되었나?"

"네, 들키지 않았습니다. 설마 해답 용지를 처음부터 들고 있을 거라고 선생들도 생각 못 했겠죠."

그렇게 말한 기타의 입가에 희미하게 웃음이 떠올랐다. 루팡 작전을 성공시켰던 때의 그 펄펄 끓어오를 듯한 기쁨이 시간을 초월해 가슴에 번져 한순간이지만 지금 자신이 처한 철 격자 안의 구속조차 잊어버리게 만든 것이다.

데라오도 내심 감탄하고 있었다. 계획의 치밀함도 그렇고 솜씨가 좋은 것도 그렇고 프로 범죄자도 두 손 들 정도의 일이다. 그러나 본론은 어떤가. 여전히 세 사람이 미네 마이코를 살해해야 할 이유는 떠오르지 않는다. '사건의 냄새'라고 할 것이 털끝만큼도 없는 것이다. 기타의 기억을 더듬는 것 외에는 당장 방법이 없다고 해도, 이렇게 일방적으로 진술만 듣고 과연 사건의 핵심에 다가갈 수 있을지 어떨지. 그 보증은 어디에도 없었다.

데라오는 취조관으로서의 계산을 허락하지 않는 이 건에 대해 급속하게 흥미를 잃어가고 있었다. 그렇다고 해서 일단 손안에 들어온 눈앞의 먹이를 풀어줄 생각 따위 떠오를 리도 없었다. 그래서 데라오의 내면에서 발생한 작은 자기 모순은 기타에게 약간의 휴식을 주는 정도에 지나지 않았다.

"자랑은 그만하고."

"네에……?"

"미네 마이코의 시체 이야기를 해."

한 대 맞은 듯이 기타가 고개를 숙인다.

"봤잖아?"

"……."

"하나라도 거짓말하면, 너는 끝이야."

"……."

교착 상태를 깬 것은 연락팀이었다.

"주임님, 잠시만요."

연락 담당 직원은 반쯤 열린 문에서 '밖으로'라는 얼굴을 했지만, 데라오는 들어오라며 안으로 불러들였다.

"뭐야?"

"그게……."

연락 담당 직원은 기타에게 힐끗 눈길을 던지고는, 목소리가 새지 않도록 양손을 확실히 모아서 데라오에게 귀엣말을 했다.

"다쓰미 쪽의 진술입니다만, 미네 마이코의 시체가 움직였다고 했습니다."

"움직였다?"

데라오는 기타를 똑바로 보면서 말했다.

"무슨 말이야?"

연락 담당 직원은 소곤소곤 이어간다.

"시체는 학교 건물 옆에서 발견되었습니다만……."

"습니다만?"

"그런데 다쓰미는 마이코의 시체가 다른 장소에 있었다고 하는 말을 슬쩍 흘렸다고 합니다."

"어디?"

"아직 말하지 않습니다. 다만 시체를 기타와 다치바나와 함께 본 것 같습니다."

"알았어. 수고해."

연락 담당 직원을 돌려보내고 데라오는 다시 기타의 눈동자를 지그시 응시했다. 본의 아니게 형사끼리의 밀담 현장을 목격한 기타의 얼굴에는 새로운 불안이 들러붙었다. 그 심리 상태를 분석하면서, 데라오의 마음속은 분노로 물결치고 있었다. 연락 담당 직원의 보고는 다쓰미의 진술이 기타의 진술을 앞질러버렸다는 것을 알려주었다. 즉 도쿠마루의 심문이 데라오의 심문을 앞서갔다.

—무능한 관할 놈이 주제넘게 나대기는.

관할에 추월당하는 일 따위 있어서는 안 된다. 긴 본청 생활로 관할을 향해 멸시하는 에너지가 더욱 심해진 탓에 데라오는 조사관으로서의 계산과 용의자와의 흥정이라는 '게임'의 측면을 완전히 놓치고 있었다.

천천히 입이 움직인다.

"미네 마이코의 시체를 어디에서 봤나."

깜짝 놀란 기타의 시선이 고정되지 못한다.

"봤지?"

"……."

기타는 괴로운 듯이 턱을 당기고, 목에 손을 댄 채 꿀꺽 침을 삼켰다. 데라오가 찻잔을 밀어낸다.

"저기……."

"뭐야?"

"집에 전화 좀 해도 되겠습니까."

기타는 조심조심 말했다.

"아내가 걱정할 거고, 회사에도 늦는다고 연락하지 않으면……."

익숙한 학교 종소리가 바람을 타고 들려왔다.

데라오가 한 번 고개를 끄덕였다.

"부인 이름은?"

"가즈요입니다."

데라오는 고개를 돌려 문에 기대고 있던 젊은 형사에게 명했다.

"어이, 가즈요 부인에게 전화를 해. 남편은 해야 할 이야기만 다 하면 돌아갑니다, 걱정마세요, 라고."

기타는 방을 나가는 젊은 형사에게 매달리는 시선을 보냈고, 그 모습이 사라지자 커다란 한숨을 토해내며 데라오와 마주 보았다.

해야 할 이야기만 다 하면……. 데라오는 그렇게 말했다.

기타는 이번에야말로 단단히 각오하고 입을 뗐다.

"이틀째, 사흘째도 마찬가지로 시험지를 잘 훔쳐냈습니다. 시체를 본 것은 마지막 날 밤입니다."

5

12월 9일 밤. 비가 내렸다.

기말시험은 마지막 하루를 앞두고, 루팡 작전도 드디어 대단원을 맞이하고 있었다.

4층 자료실에 숨는 '선발대'는 기타의 차례였다. 첫날은 다치바나, 둘째날, 셋째날은 아르바이트가 없는 다쓰미가 연달아 했고, 그래서 기타는 이날 밤이 첫 선발이었다.

오전 8시, 소형 포트에 진한 커피를 담아들고 살짝 탐험하는 기분으로 학교에 들어갔지만, 다치바나와 다쓰미로부터 들었던 대로 그것은 무섭게도 지루하고 힘든 역할이었다.

몇 번이나 손목시계에 눈을 돌려도 시곗바늘은 조금도 나아가주지 않았다. 자료실은 겨우 다다미 두 장 정도의 숨 막히는 공간으로, 곰팡내가 심했고 바닥은 얼음장같이 차가웠다. 제자리걸음을 해도 힘껏 문질러도 몸은 차가워질 뿐, 엉덩이와 발의 뒤쪽에 저릿한 아픔이 느껴졌다.

— 교내 순찰이라도 해볼까.

추위와 지루함에다, 연일 대담한 범행을 성공한 여유가 기타에게 그런 마음이 들게 했다. 하이드 모키치가 처음으로 순찰을 도는 시간은 10시 반쯤이다. 아직 두 시간 남았다.

요의尿意를 계기로 기타는 행동에 나섰다. 발소리를 죽이고 살금살금 걸어 자료실을 빠져나왔다. 바로 옆 화장실에서 일을 보고 어두운 지리실을 손으로 더듬어 걸어가서 창가에 몸을 기댔다. 흠칫흠칫하며 밖의 상황을 살폈다.

눈이었다.

나풀나풀 신통치 않게 내리고 있다.

— 어쩐지 춥더라.

기타는 목도리를 고쳐 매고 가죽점퍼의 지퍼를 가슴까지 끌어올렸다.

야간조명이 켜진 교정에는 눈도 추위도 아랑곳없이 야간반 학생이 환성을 올리며 럭비를 즐기고 있었다. 지긋한 연배도 제법 있다 보니 학생과 교사를 구분할 수 없었다. 잠시 멍하게 게임을 지켜보고 있다가 그것도 질려, 또다시 심심풀이 탐험 욕구가 머리를 쳐들어 아래층으로 발을 돌렸다. 3층에는 기타네 교실이 있다.

천천히 교실 문을 열었다. 순간 기타의 신경에 경계경보가 울렸다. 창밖이 희미하게 밝다. 조명이 있는 교정은 건물 뒤쪽이라서 이쪽까지 들어오지 않는다. 그런데 교실 밖이 묘하게 밝은 것이다.

기타는 허리를 구부리고 창가 쪽으로 가서 커튼에 몸을 숨기고 밖으로 눈길을 주었다. 그 빛의 정체를 보았다. 농구코트를 사이에 두고 서동 2층 교무실에 교교하게 불이 켜 있다. 그곳을 사람 그림자가 지나갔다.

— 아직 누군가 있다.

기타는 움츠린 목을 다시 한 번 신중하게 늘였다. 3층에서 2층을 비스듬하게 내려다보는 것은 정찰하면서 전부터 익숙해진 일이었다.

여자의 발이 보였다. 빨간 하이힐이다.

— 글래머다.

여자는 교무실 안쪽에 있었고 그래서 각도가 나빠 상반신이 끊어져버렸지만 그 하반신, 아니, 그렇다기보다 몸에 착 휘감긴 핑크 스커트, 육감적인 각선미, 새빨간 하이힐은 분명히 영어교사인 미네 마이코 것이었다.

— 혼자서 뭘 우두커니 서 있는 거야.

하지만 혼자가 아니란 것을 바로 알아챘다.

마이코의 발치에 또 다른 하얀 구두가 다가왔기 때문이다. 다만 마이코보다 더 안쪽에서 걷고 있어서 기타는 구두와 발목밖에 보지 못했다.

구두의 굽은 낮지만 복사뼈가 보이니까 여자가 틀림없었다.

— 저건…….

순간적으로 아유미라는 이름이 머리를 스친다. 두 사람이 함께 있던 디스코장의 광경이 떠올랐다. 확증은 없었다. 학교에는 여교사도 많이 있고, 무엇보다 이날 아유미가 하얀 구두를 신었는지 어떤지도 확실하지 않다. 양말은 신지 않은 듯했지만 발목은 가늘었고, 마이코의 다리와 비교하자면 어딘가 미성숙한 분위기를 띠었다. 학생일지도 모른다고 생각했다. 시험기간 중에 학생은 교무실에 들어갈 수 없는 게 규칙이지만, 어차피 마이코니까 다른 교사가 돌아가버린 것을 핑계로 잠시 도와달라는 소리를 했을지 모른다.

— 선생일까……? 학생일까……?

기타는 기분이 들떴다. 어떻게든 하얀 구두의 주인을 확인하려고 시선을 고정하고는 최선을 다해 내려다봤지만 아무리 애써봐도 거리가 있고 흩날리는 눈이 시야를 더욱 불확실하게 가려버려 잘 보이지 않았다. 차라리 2층으로 내려가서 정면에서 봐줄까, 하고 시선을 돌린 참에 시야의 한 끝에서 흔들리는 빛이 보였다.

교무실의 왼쪽 20미터 정도의 계단이다. 빛이 흔들흔들 2층으로 올라와서는 올라간 곳에서 다시 왼쪽으로 꺾였다.

— 위험해.

하이드 모키치이다. 손전등을 손에 든 모키치가 기타가 있는 동동으로 통하는 복도를 걷고 있는 것이다.

기타는 튕기듯이 교실을 뛰어나가 계단을 두 단씩 올랐다. 지리실을 달려서 곰팡내 나는 자료실로 도망쳐 들어갔다. 무릎을 안고 숨을 죽인 채 귀에 모든 신경을 집중시켰다.

아무 소리도 나지 않았다. 정숙이 건물을 지배하고 있다. 아무 일도 일어나지 않았다.

오 분, 십 분이 지났지만 모키치의 발소리는 들려오지 않았다. 드디어 오후 9시가 지났다. 역시 소리는 없다.

— 순찰이 아니었나.

결론은 나왔지만 기타는 완전히 맥이 빠져서 더는 밖에서 걸어다닐 기력도 잃어버렸다. 무기력한 모키치일지라도 입장이 이렇다 보니, 꽤 위협적일 거라고는 생각지도 못했다.

커피를 홀짝이며 마음을 가라앉히고 기타는 고지도 다발에 기대어 눈을 감았다.

눈꺼풀 안에 교무실의 잔상이 떠올랐다.

글래머는 무엇을 하고 있었을까. 또 한 사람의 여자는…… 아유미일까, 다른 여교사일까, 아니면 학생일까. 애당초 어째서 이런 시간에…….

생각을 하는 사이에 기타에게 어느새 졸음이 덮쳐왔다. 연일 계속된 심야 외출이 화근이 되어, 커피 효과도 이 정도가 한계인 것 같았다. 당황해서 뛰는 바람에 몸이 뜨거워진 탓도 기타를 꿈속으로 끌어들이는 데 일조했다.

잠이 들었다는 자각은 없었다. 갑자기 깬 기타가 바로 자신의 위치를 확인한 것은 긴장이 풀린 이유도 있었지만 역시 신경의 어딘가가 깨어 있었던 탓일 것이다.

소리가 들린다.

소리…… 음악…… 아니, 노래이다. 누군가가 가요를 부르고 있다. 남자 목소리, 그것이 점점 다가온다.

"저건가……?"

기타는 속으로 웅얼거렸다.

두 사람의 경험담이 생각났다. 모키치는 노래를 부르면서 순찰한다고 했다. 다쓰미는 '야시로 아키八代亞紀잖아' 하고 큰 소리로 웃었었다.

손목시계를 보니 딱 10시 반이었다.

모키치가 순찰을 도는 시간이 10시, 자료실을 지나가는 시간이 10시 반. 이것도 두 사람에게 들었다.

— 딱 들어맞네.

기타는 잡동사니 그늘에서 몸을 웅크렸다.

노랫소리가 점점 다가왔다. 음정은 틀리지만 대히트한 캔디스의 '연하의 남자 아이'란 것은 알 수 있었다.

— 나이는 먹어가지고.

마음속에서 매도하면서도 기타는 모키치의 다른 얼굴을 슬쩍 훔쳐본 것 같은 느낌이 들었다. 칠판에 지렁이 같은 글씨를 늘어놓는 것과 심야 순찰만을 취미로 생각하고 있지만, 분명 모키치가 기숙하는 수위실에는 군대 무전기 같은 멋없는 카세트가 자리 잡고 있었다.

모키치는 더더욱 흥에 겨워 소리를 높였다.

"~그 녀석은 그 녀석은 귀여워~ 연하의 남자 아이~"

덜커덩.

지리실로 들어오는 기척이 들렸다. 그 한구석에 기타가 숨어 있는 자료실이 있다. 발소리가 다가온다. 문틈으로 손전등의 빛이 두 번, 세 번 들이비쳤다.

"~외로움 타고 건방진~ 얄밉지만 좋아한다고~~"

문 손잡이가 찰칵찰칵 하고 거칠게 회전하고, 이어서 눈부신 빛이 실내를 훑었다. 그러나 그것은 한순간일 뿐, 탕 하고 문이 닫히자 원래의 어둠이 돌아왔다.

노랫소리가 멀어져갔다.

기타는 크게 한숨 돌리며 숨을 내뱉고 손발을 뻗었다.

—수명이 줄어들었잖아.

다음은 0시 반의 순찰을 보내면 된다. 1시 반에는 후발대인 다치바나와 다쓰미가 올 계획이다. 차분함을 되찾은 기타는 신선한 공기를 들이마시러 자료실에서 나갔다. 야간조명은 꺼졌고 교정은 컴컴했다. 뒤쪽 창문으로 다가간다. 교무실의 불빛도 꺼져 있었다. 마이코와, 그리고 또 한 사람의 여자도 돌아가버렸을 것이다. 눈도 금방 그칠 것 같았다.

기타가 후발대를 불러들인 시각은 랑데부 예정 시간에서 한참이나 늦은 오전 2시 반이었다.

"어떻게 된 거야, 기타로."

다쓰미가 딱한 얼굴을 내밀었고, 다치바나도 무슨 일 있었냐며 진지한 얼굴로 물었다.

"곤란한 일이 있었어."

기타가 내뱉었다.

"하이드 녀석이 두 번째 순찰에 오지 않는 거야. 1시 넘어서 상황을 살피러 내려가보니 수위실에 불이 켜 있었어."

"그래서?"

걱정스러운 듯 다쓰미가 물었다.

"십오 분쯤 전에 겨우 불이 꺼졌어. 잠들었겠지."

"할배, 순찰 빼먹었군."

기분이 싹 바뀐 다쓰미가 유쾌한 듯이 말했지만 다치바나의 표정이 딱딱하게 굳었다.

시간에 쫓겨 세 사람은 바로 행동에 들어갔다. 시험은 내일로 끝, 남은 것은 한문과 윤리 두 과목뿐이다. 재빨리 훔쳐내고 느긋하게 자고 싶었다.

세 사람은 순서대로 관문을 돌파하여 이십 분쯤 걸려 교장실로 미끄러져 들어갔다. 최단 기록의 갱신이다. 선두인 다치바나가 금고 열쇠를 꺼내 곧바로 낡은 금고를 향했다. 익숙한 손놀림으로 열쇠를 꽂아 휙 돌렸다.

문이 열렸다. 바로 기타가 손전등을 댔다.

"아앗!" 하고 세 사람이 동시에 소리를 질렀다.

믿을 수 없는 광경이 펼쳐졌다.

여자다. 금고 안에 여자가 들어가 있었던 것이다.

스르륵…….

문을 지지하고 있던 여자의 몸이 움직이기 시작해, 무릎으로 서 있던 다치바나에게 안기듯이 기대어왔다.

"우와아아아아!"

다치바나가 소리를 질렀다.

"히익!"

다쓰미는 비명을 지르고 손발로 파닥파닥 바닥을 긁더니 기타의 몸을 냅다 밀치고는 교장실에서 구르듯이 뛰쳐나갔다. 밀쳐진 기타는 그대로 허리에 힘이 빠져서 말도 못 꺼냈다.

얼굴이 흙빛이다. 반쯤 뜬 눈은 탁하고 단정치 못하게 벌어진 입

주위에 몇 줄기 타액이 흐르고 있다. 기타는 오들오들 떨었지만 뭔가에 홀린 듯이 여자로부터 시선을 떼지 않고 있었다.

버둥거리면서 겨우 다치바나가 여자의 몸을 밀어서 치웠다. 구부정하게 몸이 꺾여 머리가 쿵 하고 바닥을 찧고 하얀 손이 아무렇게나 뻗었다.

핑크 원피스에 빨간 하이힐, 밤색 머리카락, 뾰족하게 높이 솟은 코…….

"글래머야."

기타가 멍하니 말했다.

"주, 죽었어……."

다치바나의 목소리가 쉬어서 꺼져 들어갔다.

두 사람은 얼굴을 마주 보았다. 서로의 표정이 그 공포의 크기를 비추었다.

"싫어, 이런 거!"

교장실 밖에서 정신이 혼란스러운 듯한 다쓰미의 목소리가 들렸다. 문틈으로 빼꼼 들여다보며 "빨리!" 하고 격렬한 손짓으로 부른다.

"도, 도망가자, 다치바나."

말하면서 기타는 허둥지둥 일어났다.

그러나 다치바나는 움직이지 않았다.

"어이, 다치바나."

"좋아……."

다치바나는 자신에게 말하는 것처럼 중얼거리더니 벌떡 일어섰다. 크게 숨을 들이켜고 또다시 무릎을 꿇은 다음, 얼굴을 돌린 채 마이코의 겨드랑이 밑에 양손을 넣었다.

기타는 눈을 커다랗게 떴다.

"다, 다치바나, 너."

"원래대로 해두는 게 좋겠어."

"하지만……."

"무조건 원래대로 해두는 게 루팡 작전의 규칙이야."

그렇게 말하고 다치바나는 마이코의 몸을 안아 올렸다. 흙빛 얼굴이 다치바나의 어깨에 부딪혀, 툭 하고 목이 흔들렸다.

—어떻게 된 놈이야.

기타는 시체를 본 공포와는 또 다른 두려움을 눈앞의 남자에게 느꼈다.

다치바나는 낮게 신음하며 마이코의 몸을 힘껏 금고에 밀어넣었다. 그렇게 하는 동안 마이코의 옷에서 얇은 봉투가 스르르 떨어졌다. 다치바나는 그것을 눈치채지 못한 채, 비어져 나온 다리를 구부려 단단히 누른 다음, 한쪽 손으로 금고의 문을 쥐고 악마를 봉인하는 듯 세차게 닫았다. 문소리에 제정신이 든 기타는 바닥에 떨어진 봉투를 가리키며 두 번 다시 금고는 열지 않겠다는 듯 잽싸게 주워 점퍼 주머니에 쑤셔넣었다.

다치바나는 어디까지나 냉정했다. 금고 열쇠를 교장의 서랍에 돌려놓고 서랍을 잠근 뒤, 주변을 빙 둘러보았다.

“어떻게 되든 상관없잖아, 어떻게 되든!”

다쓰미의 비통한 목소리가 들렸다.

“어이!”

기타도 재촉했다.

다치바나가 끄덕 고갯짓을 하더니 가자고 말한 그때였다.

드르륵드르륵.

교무실에 우레와 같은 소리가 울렸다.

세 사람은 그야말로 총탄을 피하는 것처럼 순식간에 몸을 엎드렸다. 뇌가 ‘창문을 여는 소리’라고 판단했다. 하지만 방향 감각이 어둠에 삼켜진 탓에 어느 곳의 창문이 열렸는지 짐작할 수 없었다. 시야 안의 창문에는 사람 그림자도 없었다.

—누구야!

숨을 멈추고 바닥에 달라붙어 있는데 이번에는 밖에서 ‘털썩’ 하고 무거운 것이 떨어지는 듯한 소리가 났다. 어둠에 온 신경을 집중했기 때문에 이번에는 소리의 방향도 알 수 있었다. 안쪽 국어준비실, 아니 바로 옆 영어준비실이다. 그 정도로 소리가 가까웠다.

탁탁탁탁.

뛰어가는 구두 소리. 누군가가 2층 창문에서 밖으로 뛰어내렸고 달아난 것이다.

세 사람은 얼굴을 마주하고 동시에 결심한 듯 영어준비실로 걸음을 옮겼다.

어수선한 작은 방의 정면 안쪽 창이 열려 있었다. 세 사람은 앞다

투어 창밖으로 몸을 내밀어 소리가 들려오는 쪽을 눈으로 좇았다. 사람의 등을 본 것 같았다. 그러나 그것은 한순간의 일로 눈 깜짝할 사이에 담묵의 어둠에 빨려 들어갔다.

"봤어?"

다치바나가 물었다.

"전혀."

다쓰미가 고개를 흔들었다.

"누굴까…… 대체?"

기타가 혼잣말하듯 내뱉었다.

멀리서, 챙, 챙 하고 금속 떨리는 소리가 들렸다. 정문을 뛰어넘어 학교 밖으로 달아난 것이다. 이제 정체를 확인할 방법도 없다.

"녀석이 글래머를……. 정말 그런 걸까?"

기타는 떨리는 소리로 말했다.

말해놓고 깨달았다. 시체는 스스로 금고에 들어갈 수 없다. 누군가가 마이코를 죽여서 금고에 밀어넣었다.

"몰라."

다치바나가 말했다.

"됐으니까 도망가자."

기쁠 턱이 없는 다쓰미가 기타와 다치바나의 팔을 격렬하게 흔들었다.

두 사람도 바로 고개를 끄덕였다.

달아난 검은 그림자가 마이코를 죽였을지도 모른다. 분명 그럴지도 모르지만 세 사람도 시험지 도둑인, 어엿한 범죄자인 것이다. 도망자가 뛰어내린 요란한 소리로 모키치가 일어나서 나올지도 모른다. 시체가 발견되면 어떻게 될까. 살인자의 누명을 뒤집어쓸 가능성도 있다. 어쨌든 달아나야 한다, 한시라도 빨리.

기타가 영어준비실 창문을 닫았다. 그 소리를 신호 삼아 세 사람은 쏜살같이 뛰기 시작했다. 손으로 더듬어 책상을 피하고 의자를 물리쳤지만 교무실을 나오기 직전에 다치바나가 푹 고꾸라지며 굴렀다.

복도로 뛰어나온 두 사람이 힘껏 손짓을 해서 다치바나가 비틀비틀 뒤를 따랐지만 다치바나는 걸음을 멈추고 안쪽 문손잡이에 손을 대고 있었다.

—자물쇠인가.

다치바나의 냉정함에 마음속 깊이 질리면서, 기타는 앞서가는 다쓰미의 등을 쫓았다.

내일 아침 마이코의 시체가 발견된다. 대체 어떤 일이 벌어질 것인가. 꼬이는 다리를 열심히 풀면서 기타는 심야의 복도를 뛰어서 빠져나갔다.

침입구에서 다쓰미가 조급하게 제자리걸음을 하면서 기다리고 있었다. 기타가 창틀을 뛰어넘었고, 곧바로 절하는 자세로 다치바나도 따라잡았다.

루팡 작전 마지막날, 세 사람은 빈손으로 학교를 나왔다. 택시에 몸이 흔들렸지만, 아무도 마작 이야기를 꺼내지 않았다.

오전 3시를 넘어 하늘은 비로 바뀌어 있었다.

6

미네 마이코의 시체는 금고 안에 있었다. 그리고 교무실에 숨어 있던 누군가가 창문에서 뛰어내려 달아났다.

기타의 진술은 경악스러웠다. 스스로 금고에 들어갈 수는 있어도 금고를 잠그는 것은 불가능하다. 이제는 수사에 관여한 모든 스태프가 확실히 인식했다. 이것은 틀림없이 살인 사건임을.

조사실의 데라오는 물론 '범인'을 쫓고 있었다.

"달아나는 녀석을 봤나."

"아니오. 등이 잠깐 보였을 뿐, 바로 어둠에 묻혀버렸습니다."

"남자야, 여자야?"

"아, 아니 2층에서 뛰어내렸잖아요, 여자라고 생각한 적도 없었습니다만……. 실제는 어느 쪽일지 모릅니다."

"키 같은 건?"

"전혀 모릅니다. 어쨌든 너무 순간적이어서……."

데라오는 쓸데없이 파고들기를 멈추고 기타가 화장실 가는 것을 허가했다. 그 등을 보며 천천히 담배를 흔들어 꺼냈다.

의외의 전개이기는 하다.

마이코는 살해당한 다음 일단 금고에 넣어졌고, 그 후에 건물 옆의 수풀로 옮겨졌다. 그리고 범인은 마이코의 유서를 준비해서 투신자살이라는 위장 공작을 폈다. 물론 지금까지의 진술을 단순히 연결시키면 그렇게 된다는 이야기이다.

그러나 의문은 산더미처럼 널려 있다.

어디서, 언제, 왜 살해당했나. 마이코 필적의 '유서'를 어떻게 범인이 손에 넣었나. 그리고 잊어서는 안 될 것이, 당시 작성된 시체 검안서와 들어맞느냐 하는 것이다.

감찰의는 마이코의 직접 사인을 경추골절과 뇌좌상, 즉 목뼈가 부러지고 머리를 세게 부딪쳤다고 단정했지만 그 외에도 전신 타박의 소견을 기록에 남기고 있었다. 경추골절과 뇌좌상을 범인의 살해 수단으로 본다고 하면 전신 타박은 어떻게 생각하면 좋을까. '4층 건물의 옥상에서 떨어져서 생겼다'고 감찰의가 판단했을 정도로 강하고 엄청난 숫자의 타박 흔적이 시체에 남기는 쉬운 일이 아니다.

머리와 목을 노려서 죽이고, 금고에 감추고, 그 뒤에 옥상으로 나른 다음 던져버렸다…… 그런 순서일까?

— 아니.

사후에 생긴 상처에는 생활 반응이 없다. 시체에는 그러한 특성이 있었다. 감찰의의 소견은 어디까지나 경추골절과 뇌좌상으로 죽기 전, 혹은 동시에 생긴 타박상이라는 것을 나타내고 있다. 죽인 다음, 시간을 두고 던져버렸다는 추론은 성립하지 않는다.

— 던져서 떨어뜨렸을 때의 상처가 아니라면, 대체 뭘까?

문득 데라오는 전에 들은 초동수사의 대실패를 떠올렸다. 범인에게 몇십 번이고 짓밟혀 사망한 피해자를 대형트럭에 의한 뺑소니 사건으로 판정해버렸던 것이다. 사건 발생으로부터 한 달간이나 엉뚱하게 차를 중심으로 수사가 행해졌고, 범인의 자수로 인해 비로소 수사 실수가 밝혀졌다.

마이코도 힘껏 짓밟혔을까. 둔기로 못살게 괴롭히다가 죽였을까. 그렇다면 상당히 강렬한 원한으로 생각해야 한다. 게다가 더 나아가, 투신자살로 생길 수 있는 상처를 작위적으로 마이코가 몸에 만들었다면, 완전범죄를 노린 고도의 지능범, 거기에 상당히 굴절되고 만만치 않은 범인을 상정할 필요가 나온다.

거기까지 생각하다가 데라오는 굉장히 소박한 의문으로 되돌아갔다.

어째서 마이코의 시체가 금고 안에 있었던 걸까.

먼저 이 수수께끼를 풀지 않으면 안 된다. 아니, 이 수수께끼를 푸는 것이 모든 의문에 답을 내는 지름길로 보인다. 그것이야말로 '미네 마이코 교사 살해 사건'의 진짜 해결자로서 조서의 구석에 이름을 남길 필수 조건이라고 바꿔 말할 수 있다.

조사실의 문을 열었다. 기타가 완전히 죄인 같은 포즈로 머뭇머뭇 자리로 간다. 그 기타가 아침께 '먹통'으로 단정지은 두 형사가 다시 확인하듯이 탕 하고 문을 닫으니 다시 밀실이 완성되었다.

데라오는 불확실한 사건의 골조를 머릿속 구석으로 옮기고, 얼마간의 사실을 확인하기 시작했다.

"당신이 교무실을 내려다볼 때, 마이코의 다린지 하반신인지를 본 것은 몇 시였나."

기타는 잠깐 생각하더니 '8시 반경일 겁니다'라고 답했다.

"잠깐 봤던 거지."

"네. 하이드 모키치를 보고 자료실로 도망가기 전까지 십 분 정도는 보고 있었을 겁니다."

"8시 40분 정도까지 확실히 선생은 살아 있었다. 미네 마이코가 틀림없겠지."

"그렇다고 생각합니다."

"금고에서 시체를 발견한 시간은?"

"오전 2시 반, 아니 40분경입니다."

"그렇다면, 마이코는 오후 8시 40분에서 오전 2시 40분까지의 여섯 시간 사이에 살해되었다는 말인데."

데라오가 동의를 구하자 기타는 한 호흡을 둔 다음, 머리를 가로 저었다.

"그게 아닙니다."

데라오는 내심 침착하지 못한 스스로를 느꼈지만, 억양이 없는 소리로 무슨 말이냐고 되물었다.

"그것이……."

기타는 기억을 더듬어 이야기하는 말투로 변했다.

"다쓰미와 다치바나가…… 분명 오전 1시쯤이었는데, 루팡에서 글래머가 사는 아파트에 전화를 걸었다고 합니다. 그랬더니 본인이

받아서…….”

“미네 마이코가 집에 있었다는 말인가.”

“졸린 목소리로 본인이 전화를 받았다. 다쓰미가 그렇게 말했습니다.”

마이코가 일단 귀가했다?

데라오의 사고가 흐트러졌다. 두뇌가 바로 골조를 수정하기 시작한다.

마이코는 오후 8시 40분에 교무실에 있었다. 오전 1시에는 집에서 전화에 받았고, 2시 40분에는 금고 속에서 죽어 있었다. 그리고 새벽녘에 수풀 속에 버려졌다. 수정한 골조는 그러했다.

하지만 새롭게 포함된 ‘일단 귀가’의 정보는 그 토대가 꽤나 불안정했다. 분명 그것은 ‘모키치의 10시 반 순찰 후 교무실에 불이 꺼져 있었다’고 하는 기타의 진술에 부합한다. 하지만 한편으로 사건의 연속성이라는 관점에서 보면, ‘일단 귀가’는 상당히 터무니없는 일이다.

교무실에 늦게까지 있었던 마이코가 교장실 금고에서 발견되었으니까, 살해 현장은 일단 교내일 거라고 데라오는 짐작하고 있었다. 그러나 마이코가 일단 집에 돌아갔고, 게다가 잠잘 채비를 했다면 순식간에 이야기는 복잡해진다. 학교를 살해 현장으로 삼으려면 마이코를 다시 외출시켜야 한다. 호출을 받았는지, 스스로 나갔는지, 어느 쪽도 이해할 수 없는 행동이다. 목욕을 하고 침대에 들어간 여자란 외출 따위 하지 않는다는 것을 데라오는 수많은 심문을 통해 알고 있다. 게다가 오전 0시를 지난 후에 볼일이라니, 여교사 신변에 자주 있는 일이라고는 생각할 수 없다.

요컨대 마이코의 분방함을 고려하더라도 일단 귀가는 사건의 연속성으로부터 심하게 일탈한, '뜬' 정보라고 봐야 한다.

데라오는 사고를 중단하고 다른 질문을 했다.

"선생의 옷에서 봉투가 떨어졌다고 했지, 뭐였나?"

기타가 목소리를 죽였다.

"그게…… 시험문제의 답이었습니다."

"시험문제의 답? 해답이라는 건가?"

"그렇습니다. 우리도 돌아온 다음에 셋이서 보고는 깜짝 놀라서…… 봉투 안에 갱지가 한 장 들어 있고, 그곳에 다음 날 보는 한문과 윤리 답이 쓰여 있었습니다."

"한 장의 종이에 두 과목의 답……."

데라오는 머릿속에서 납득이 가는 설명이 떠오르지 않았다. 눈앞의 기타가 멀게 느껴졌다.

— 이런 건 심문이 아니야. 그냥 대화잖아.

기타는 '전면 자백'이다. 두드리면 두드릴수록 정보가 나온다. 그러나 이 남아도는 정보가 모두 즉시 벽에 부딪혔고 하나의 평면상에 늘어놓을 수 없다. 그것이 답답했다. 예상을 훨씬 넘은 난제 사건의 냄새를 풍긴다는 느낌도 있다. 대체 뿔뿔이 흩어진 정보의 점을 과부족 없이 꺼내어 그 점을 이어서 사건의 전모를 그려낼 수 있을까?

불안의 그림자가 데라오의 마음을 엄습했다. 그것은 다른 조사실에 앉아 있는 도쿠마루라는 얼빠진 얼굴의 관할 형사의 역량에 대한 막연한 불안에 다름없었다.

바로 그때 연락팀의 젊은이가 다쓰미의 조사실로 달려가고 있었다. 데라오의 기분은 아랑곳없이 수사의 절차로서 조사실 간의 캐치볼이 이어지고 있다.

연락 담당 직원의 귓속말에 흠흠 하고 고개를 끄덕인 도쿠마루는 다시 천천히 다쓰미에게로 향했다.

"사건 당일 밤, 선생 집에 전화를 했다고?"

"오옷, 그런 좋은 정보를 어디서 들었어."

콜라를 내어주자 한껏 기분이 좋아진 다쓰미는 조사를 즐기고 있는 것 같다.

"했나."

"했지, 했어. 했지요. 저기, 제대로 이야기할 테니 도쿠 씨, 너무 핏대 세우지 마."

"서론은 됐어. 얼른 말해."

"네, 네, 자."

다쓰미는 술술 그 경위를 말했다.

전화를 건 계기는 루팡 작전 사흘째 밤에 있었다. 연이은 성공으로 여유가 생긴 세 사람은 시험지를 훔쳐낸 다음, 교장 책상 안을 반쯤 재미로 휘저어보았다. 사무서류 아래에 가죽커버의 두꺼운 수

첩이 있었다. 팔랑팔랑 넘기는 동안, 주소란에 'MM'이라고 이니셜이 붙은 전화번호를 발견했다. 그 외에는 전부 보통 이름이 기입되어 있었기 때문에 다쓰미가 교장의 애인일지도 모른다고 떠들어서 다치바나가 전화번호를 적어놓았다고 했다.

"그래서 말이지, 'MM'이 대체 누구일까 하는 말이 나와서."

다쓰미가 마구 지껄였다.

"제일 먼저 떠오른 사람이 미네 마이코야."

"분명 'MM'이군."

도쿠마루가 고개를 끄덕인다.

"으응. 어쨌든 섹시했으니까 그 여자, 교장과 사귄다고 해도 하나도 이상하지 않잖아. 게다가 교장 쪽 집안은 여자 관계가 엉망이라고 들었고."

"조사해봤나?"

"그게 말이야, 직원 명부가 없어서 몰랐어. 그래서 다음 날 밤, 직접 다이얼을 돌려 확인해봤지."

"네가 걸었나?"

"그래, 루팡의 공중전화에서."

"몇 시쯤이야?"

"으어, 처음에 기타로가 선발대로 나간 바로 다음이었으니까…… 8시경이었나. 하지만 없었어. 글래머는 혼자 살았으니까, 아무튼 그때는 아무도 없었어."

"그래서, 다시 걸었나?"

"그래그래, 일단 다치바나와 헤어졌다가 다시 11시쯤에 루팡에서 합류해서, 으음, 후발대로 루팡을 나가기 직전이었으니까 오전 1시 조금 전인가."

"있었나?"

도쿠마루의 목소리가 약간 긴장했다.

"있었어. '미네입니다' 하고 졸린 목소리로 받았어. 내가 '여보세요' 하고 말했더니 바로 '다쓰미 군이지?' 하고 들켜버리는 바람에 당황해서 끊었어. 위험했어."

웃음을 짓는 다쓰미가 갑자기 불쾌한 얼굴이 되어서는 '정말이지' 하고 의미 있는 듯이 말하고 흘끗 도쿠마루를 보았다.

"뭐가 정말이야."

"아무것도 아니야. 이 이야기는 이걸로 끝."

—아직 뭔가 감추고 있군.

도쿠마루는 그렇게 직감했다.

오전 1시가 지나서 마이코는 집에 있었다.

교장은 마이코의 전화번호를 이니셜로 수첩에 적어놓았다.

두 개의 정보는 커다란 수확이었다. 하지만 악동의 얼굴로 돌아와 도쿠마루의 담배를 슬쩍하려는 눈앞의 다쓰미는 더더욱 중요한 뭔가를 알고 있다. 가슴의 고동을 기억하면서 도쿠마루는 다음 조사의 단면을 찾고 있었다.

7

기타와 다쓰미의 진술이 단번에 핵심 부분으로 들어가자, 4층 수사대책실은 더욱 어수선해졌다. 기자의 눈을 속이기 위해, 형사과에 있던 수사원도 대부분 4층으로 소집했기 때문에 총 서른 명이 꽉 들어찬 상태로 밀치락달치락하는 형세이다.

스피커 앞에 버티고 앉아 있던 후지와라 형사부장의 모습은 이미 없었다. 수면 아래에서 진행되던 연속보험금살인 용의자 체포의 출발 신호를 낼지 말지를 검찰청과 최종적으로 회의하기 위해 본청으로 돌아갔을 것이다.

후지와라는 돌아가는 길에 수사 지휘를 하는 미조로기에게 이렇게 말했다.

"반드시 밝혀주게."

미조로기는 당혹스러웠다. '밝혀내'가 아니라 '밝혀주게'였기 때문이다. '수사의 귀신'으로 남들이 두려워하고, 지금도 여전히 현장의 경외심을 마음대로 이용하고 있는 후지와라가 그런 말을 내뱉는 걸 들어본 적이 없었다.

물론 미조로기는 오로지 '밝혀내'기 위해서 지시를 계속 내리고 있었다.

우선 당시 교장이었던 미쓰데라 오사무의 소재 확인과 인물 조사를 행하도록 몇 명의 조사원을 내보냈다. 미쓰데라가 어째서 미네 마이코의 전화번호를 'MM'이라고 이니셜로 써넣었는가 하는 점만은 꼭 밝혀내야 한다. 다쓰미가 억측한 대로 만일 마이코와 애인관계였으면 미쓰데라는 단순한 관계자에서 단번에 용의자로 승격하게 된다.

다만 그렇다고는 해도 상대는 고등학교 교장까지 올라간 사회적 지위가 있는 남자이다. 거리의 양아치 땅투기꾼이 진술한 'MM'의 정보만으로, 쉽사리 연행해올 수는 없다. 어제오늘의 사건이라면 러브호텔에 방문 수사를 하며 불륜의 증거라도 찾겠지만, 어쨌든 십오 년 전 이야기이다. 당당히 미쓰데라를 연행하기에는 기타와 다쓰미의 진술에서 하나, 아니 둘이나 셋은 근거 있는 보강 재료가 나오지 않으면 어렵다.

미조로기는 미쓰데라 건을 보류하고 머리를 비웠다. 개개의 정보 분석도 중요한 것은 틀림없지만, 수사지휘관의 직무는 하나의 사건에 얼마나 많은 단면을 주는가이다. 바꿔 말하면 얼마나 넓게 그리고 부감俯瞰해서 볼 수 있는가이다.

제일 먼저 해야 할 것은 시체의 상황과 감식의 재검토였다. 일방통행으로 나아가는 기타와 다쓰미의 진술을 물증 면에서 점검하고 결정적인 진술을 끌어내기 위한 유효한 정보를 조사실로 보내고 싶다. 미조로기는 그렇게 생각했다.

그러나 기대는 간단히 배신당했다. 당시의 수사보고서는 기대 이상으로 상태가 좋지 않았다.

"사망 추정 시각을 정확히 모른다는 게 치명적이군."

미조로기는 보고서의 먼지를 털면서 어이없는 얼굴로 말했다. 옆에서 둥그스름한 어깨의 몸집 작은 남자가 백발머리를 북북 긁으면서 고개를 끄덕인다.

이 관할의 감식반 고참, 야나세 지사쿠簗瀨次作이다.

너저분하게 걸친 제복에 두 팔에는 반들반들 빛나는 어두운 색 팔토시를 하고 있다. 감식 외길만 걸어온 깐깐한 남자로, 시체를 '읽는' 눈의 정확함은 본청도 인정하는 바이다.

야나세가 '맙소사' 하는 얼굴로 말한다.

"이건 처음부터 자살이라고 믿고 수사다운 수사를 하지 않았군. 애당초 현장에 검시관이 오지 않았어."

"그러게."

미조로기가 어이없다는 표정으로 볼을 부풀렸다.

"대체 어떻게 된 거야, 이거."

"어쨌든 십오 년 전이잖아. 경찰도 지금과는 다르지."

"어이어이 야나 씨, 이 사건은 쇼와, 그것도 50년(1975년)에 일어났다고, 방 안에서 목을 매달았다면 몰라도 적어도 교사가 학교 부지 내에서 변사한 거야. 그런데도 검시관이 현장 검증하러 오지 않았다니 말이 안 되잖아."

"그날따라 끔찍한 변사체가 도내 여기저기 많이 나와서 대성황이었다든지……."

야나세가 멍청한 얼굴로 대꾸한다.

"삼억 엔 사건이 시효가 된 직후로 경시청 전원이 삐쳐서 자버렸다든지……."

"좀 봐주셔."

"아마 유서가 나왔으니 자살이 틀림없다고 단정 짓고는 부르지 않았을 거야. 옛날에는 가끔 그랬어. 시시한 자살로 검시관의 손을 번잡스럽게 하면 미안하다고 일부러 부르지 않았거든."

"그렇지만……."

"게다가 검시관은 현장검증도 하지 않았지만, 어쨌든 일단 관할 경부가 시체를 본다고. 법적으로도 문제없잖소."

"경부에도 여러 종류가 있지."

미조로기는 거친 숨을 내뱉었다.

관할 내에서 변사체가 나오면 본청으로 연락이 간다. 검시관은 현장으로 가서 시체를 조사하고 감찰의의 의견을 참고로 자살인지 타살인지 판별한다. 검시관이 '타살'로 판단하면 최소 백 명의 수사원이 일제히 움직이기 시작한다. 가령 검시관이 자살을 타살로 잘못 보면 쓸데없는 '유령수사'가 전개되는데, 바꿔 말하면 타살 시체를 자살이나 사고사로 오인하면 그야말로 사건은 발생 즉시 미궁에 빠지고 만다. 사건을 일으키는 것도 잠재우는 것도 오로지 검시관의 눈에 달렸다고 할 수 있다.

미네 마이코 사건은 처음부터 검시관을 부르지 않았다. 자타살 판정의 기회를 포기한 채 '자살'로 단정해버렸기 때문에 수사 자료에 '타살'을 유추할 흔적이 남아 있을 리도 없었다.

"사법해부도 소용없겠군."

그렇게 말하고 미조로기는 보고서를 책상 위에 내팽개쳤다.

"그렇겠지. 의학의 진보에는 조금 공헌했을지도 모르지만."

말투는 비아냥거리는 듯했지만 야나세의 얼굴에는 분노가 어려 있다.

"잠시 괜찮겠나."

어느새 등 뒤에 나타난 서장 고칸이 두 사람의 대화를 들으며 근질근질했는지 불쑥 끼어들었다.

"지문은 어떤가? 투신자살로 생각했으니 옥상의 난간 같은 데를 조사하지 않았을까."

"시체의 손가락에서는 채취했는데 다른 데서는 하나도 채취하지 않았더군요."

야나세는 양손을 벌리고 어이가 없다는 몸짓으로 몹시 불쾌한 듯이 덧붙였다.

"빵점입니다, 이 감식은."

"그렇다면, 기타나 다쓰미의 진술 내용을 법의학이나 감식 쪽에서 흔들 재료는 없다는 말인가?"

수사에 어두운 고칸이 듣기에도 괴로운 소리를 한다. 찡그린 얼굴의 미조로기가, 하지만 귀찮아하는 기색도 없이 고칸에게로 얼굴을 돌린다.

"서장님, 뭐 그렇게 결론부터 서둘러 내지 말고 조금 더 생각해 보죠."

고칸은 무심코 눈초리를 아래로 향했다. 함께 생각하자고 하는 것이다. 그런 사람이기에 고칸은 전부터 미조로기에게 호감을 품어왔다. 새벽에 본청에서 '미조로기 팀을 보냅니다'라는 전화를 받았을 때 순간적으로 '고맙네' 하고 대답했던 것이다. 주임인 데라오에게는 말하지 않았지만, 적어도 미조로기와 이야기하면 형사 콤플렉스를 자극받지 않는다.

야나세는 '다음은 두 분께서 그럼' 하고 말하는 듯이 아랫입술을 쑥 내밀고 다시 보고서를 넘기기 시작했다. 형사 콤플렉스라면 야나세도 다른 의미에서 그 비슷한 것을 갖고 있을지도 모른다. 사건을 해결로 이끄는 것은 형사의 직감이나 솜씨가 아닌, 정선되어 확실한 물적 증거뿐이라는 감식맨의 숨겨진 프라이드가 가슴속에 있다. 그런 만큼 이 건과 같은 엉터리 감식에 맞닥뜨리면 지독하게 화를 내고, 내년 봄 정년퇴직할 나이라는 게 거짓말처럼 매일매일 젊은 감식과 직원을 붙들고 '형사에게 얕보이려면 감식 따위 그만둬버려'라며 기합을 넣었다.

생각에 잠긴 표정을 지어 보이던 고칸이 야나세도 들어달라는 얼굴로 입을 뗐다.

"사망 추정 시각의 범위 한정은 포기한다고 치고, 전신 타박의 소견은 어떻게 보면 좋을까."

"타박상은 등 전반에서……."

미조로기가 야나세의 자료를 힐끗 보면서 말을 이었다.

"마이코는 하늘을 보고 누워 죽어 있었으니까, 옥상에서 떨어질 때의 상처로 특별히 의문점은 없었겠지요."

"하지만 미조로기 군, 두 사람의 진술이 정말이라면 시체는 금고 안에 있었을 거야. 옥상에서 밀려 떨어졌다는 편보다 학교 건물 안 어딘가에서 살해되었다고 생각하는 편이 자연스럽겠지. 짓밟혔다거나 그와 유사한 가격을 현장에서 떨어질 때의 전신 타박이라고 착각했을 가능성도 있지 않겠나."

고칸 나름의 상식적인 생각이 조사실에 있는 데라오의 추리와 가깝게 선이 닿았다.

"아니……."

야나세가 자료에서 얼굴을 들고 말했다.

"감찰의라고 하면 검시관에게는 선생입니다. 그야 자타살의 판단이라면 몰라도, 시체 그 자체를 보는 눈은 검시관 따위와 비교할 수 없죠. 다른 방법으로 생긴 타박상과 4층에서 떨어진 전신 타박을 구별하지 못한다는 것은 있을 수 없는 일입니다."

고칸은 낙담하지 않고 알았다며 고개를 끄덕인다. 수사에 참가한 걸 실감하는 얼굴이다.

미조로기는 한 번 신음하고 입을 열었다.

"그렇다면 마이코는 옥상에서 밀려 떨어진 뒤 금고에 넣어진다. 그리고 또다시 범인은 떨어진 장소로 마이코의 시체를 나른다…… 정말 맥락 없는 범행이 되는구먼."

"그렇군요."

야나세가 순순히 받아들인다.

고칸은 이번엔 약간 곤란한 듯이 고개를 끄덕였다. 곧 대화가 끊어졌다. 결국 이 세 사람도 데라오와 같은 딜레마에 빠져버렸다.

고칸이 결재 때문에 아래층으로 내려간 것을 계기로 미조로기는 다시 머릿속을 비웠다. 현 단계에서 사건의 세포 하나에 너무 가까이 다가가는 것은 위험하다, 잠시 전체를 조감해보자.

"오토모!"

"네."

서류들로 이뤄진 산 저편에서 대답이 들리더니 가냘픈 오토모의 상반신이 보였다. 아기가 태어났는지 어땠는지 판별 불가능한, 여전한 포커페이스이다. 어차피 병원에 전화도 안 했을 테니 부인의 출산 이야기는 제쳐두고, 미조로기는 용의자 리스트 작성을 오토모에게 명했다.

용의자라고 해봐야 기타의 진술에서 언급된 인물을 쓰는 정도에 지나지 않는다. 미조로기의 지시로 젊은 형사 두 사람이 벽에 갱지를 대고 네 모서리에 압정을 박는다.

준비가 되었다. 오토모가 '기타 조서'의 복사본에서 뽑아낸 이름을 차례차례 읽고, 젊은 형사가 그것을 슥슥 매직으로 적어넣는다.

기타, 다쓰미, 다치바나 세 사람의 바로 아래에 이름이 적힌 것은 체육교사인 반도 겐이치였다. 마이코에 반했지만 허망하게 차였다고 한다. 살인의 동기가 될 지도 모른다. 이어서 교장인 미쓰데라 오사무도 적는다. 물론 'MM'의 이니셜 건이 신경 쓰인다. 한 단 내려가 화학 교사인 하이드 즉 가네코 모키치의 이름이 적혔다. 모키치는 사건 당일 밤에도 학교에서 잤다고 하니까, 말하자면 아침까지 시체 가장 가까이 있던 인물이다. 게다가 기타의 말로는 사건 당일 밤, 0시의 순찰을 빼먹었다고 한다. 대체 무엇을 하고 있었을까.

게다가 성명 미상이기는 하지만 창문에서 뛰어내려 달아난 인물. 8시 30분쯤 마이코와 함께 있던 하얀 구두의 여자. 그것은 음악교사인 히다카 아유미일지도 모른다. 괄호를 치고 아유미의 이름도 써넣었다. 그 외 참고인으로 삼억 씨 즉 우쓰미 가즈야와 마작을 좋아하는 소마 히로시, 기타와 관계 깊은 오타 케이 등등 진술을 통해 알게 된 등장인물이 한 명도 빠짐없이 적혔다.

"계장님!"

오토모가 미조로기에게 얼굴을 돌린다.

"당시의 교직원 명부를 가지러 보냈으니 도착하는 대로 동료 교사 전부를 더해 쓰겠습니다."

"응."

미조로기가 대답한다.

"교장 이외의 모든 인물들을 언제라도 서에 부를 수 있도록 전원 소재를 파악해둬."

"알겠습니다."

"그리고……."

미조로기는 결심한 듯이 말했다.

"미네 마이코의 젊은 시절의 얼굴, 사람을 좀 풀어서 찾아와."

"교사 시절보다 전이라는 말씀입니까."

오토모의 얼굴에 조심스럽지만 저항의 빛이 엿보였다. 피해자의 경력을 거슬러 올라가는 것은 보통의 수사법임에 틀림없지만, 본 사건은 오늘 밤이 시효 만료라는 특수한 케이스이다. 태평하게 경력을 수사하고 있을 시간적 여유 따위 없고, 게다가 분배할 인력도 없다. 마이코는 교사 생활을 한 지 팔 년 가까이나 지났으니까, 수사 대상은 교직 시절로 한정해야 하는 게 아닌가 하고 말하는 얼굴이다.

미조로기는 툭하고 오토모의 어깨를 두드렸다.

"한두 장이라도 좋으니까. 어떻게든 해줘."

"알겠습니다."

오토모는 내뱉는 숨으로 말했다.

"교사가 되기 전부터 구하면 되는 겁니까?"

"응, 대학 친구부터 시작해서, 가능하면 고등학교까지 내려가줘. 남자 관계는 물론이고 당시 마이코의 성격이라든지 생활이라든지 세세한 에피소드도 찾아내줘."

그다지 확실한 이유는 없었다.

다만 미조로기는 진술에서 떠오른 미네 마이코라는 여교사의 존재에 위화감을 느꼈다. 기타의 진술은 십오 년 전의 일이라고 생각할 수 없을 정도로 생생했다. 기타, 다쓰미, 다치바나의 악동 짓은 질릴 정도로 생생했고 폭력 교사인 반도나 교직에 대한 고민으로 흔들리는 아유미 등, 어느 학교에도 있을 것 같은 존재감이 든다. 미조로기 자신의 아득히 먼 기억 속에도 그런 교사들이 있었다.

그러나 마이코는 어떤가.

거의 교사라고 생각할 수 없는 분방함 그 자체 아닌가. 노출광 같은 옷차림으로 학교든 디스코장이든 가리지 않고 출몰하며 잔뜩 술을 마시고 결국은 자기 학교 학생과 블루스까지 춰버린다. 창부처럼 교태를 부리고 터무니없는 큰 소리로 마음껏 웃으며, 소낙비처럼 격앙한다.

시대가 어떻게 변하건 미조로기가 아무리 상상력을 부풀리려고 해도 그런 교사의 모습은 떠오르지 않는다. 석연치 않은 것은 그 부분이다. 생생한 기타의 과거 세계에서, 마이코는 너무 지나치다 싶게 싱싱하다. 맥락도 없이 과격함만이 두드러지니까, 오히려 종잡을 수 없고 실제로 그 시절을 산 인간으로서의 존재가 희박하다.

그 이상 생각하는 것은 피했다. 사건의 중요한 부분일지도 모르고, 그저 미조로기의 개인적인 흥미로 끝날지도 모른다. 아무튼 손을 썼으니 그것으로 됐다.

미조로기는 벽에 붙은 갱지로 눈을 돌렸다. 죽 늘어선 이름 속에서 범인을 특정해야 한다. 물론 범인은 학교와는 무관한 인물일지도 모르지만, 이 단계에 이르러 더 큰 그물을 치면 수사는 수습할 수 없어진다. 오토모는 미조로기가 고개를 끄덕이기를 기다리며, 방금 건네받은 교직원 명부를 펼쳐 이름을 추가로 써넣었다.

"오토모, 다치바나는 아직 못 찾았나?"

다쓰미의 진술에 따르면 다치바나는 노숙자가 되어 역의 통로인지 대합실인지에서 기숙하고 있을 것이다.

"역과 중앙광장을 중심으로 찾고 있지만, 아직 찾아내지 못했습니다."

"그런가."

미조로기는 혀를 끌끌 차더니 한 박자 쉬었다가 다른 이름을 입에 올렸다.

"우쓰미 쪽은 어때."

"그쪽도 아직입니다."

오토모는 약간 죄송한 듯 대답했다.

삼억 엔 사건의 우쓰미를 제외하면, 갱지를 노려봐도 미조로기의 눈을 고정시킬 이름은 없었다. 기타와 다쓰미의 진술은 시체 발견에 이르렀지만 용의자 한정은 아직 시작 지점에서 한 걸음도 내딛지 못했다. 당시의 감식자료는 쓰레기나 마찬가지이고, 게다가 다치바나나 우쓰미 등 주요 인물도 다 모이지 못했다.

미조로기는 십오 년이라는 세월에서 오는 벽의 높이를 우러러보는 심정이었다. 오랫동안 방치된 사건은 완전히 비뚤어져버려서, 이제 와서 상냥하게 말을 걸었다고 쉽사리 그 모습을 드러낼 턱이 없다.

— 그 외에 해둘 일은 없을까?

자문한 미조로기의 귀에 스피커 소리가 훌쩍 들어왔다. 이미 완전히 익숙해진 기타의 목소리이다.

"아침이 되어 벌벌 떨며 학교에 갔는데, 금고에서 시체가 나왔다는 소동은 없었습니다. 그런데 다음 날이 되어 금고가 아니라 수풀에서 시체가 발견되었다니, 여우에 홀린 기분이었습니다. 더 놀란 것은 그날 석간 기사였습니다. 경찰이 자살로 단정했다고 쓰여 있어서, 셋이서 거짓말이라며 굉장히 놀랐습니다."

"그래서?"

데라오가 다급하게 물었다.

"그러면 우리가 범인을 찾자는 말이 나왔습니다. 경찰에 익명으로 전화를 할까 하는 말도 나왔지만 이미 자살이라고 단정한 마당에, 만일 경찰이 수사를 다시 해서 루팡 작전이 들키기라도 하면 곤란하다는 생각이 들어서……. 그래서 결국 셋이서 조사하기로 했습니다."

지긋이 귀를 기울이던 미조로기의 얼굴에 희미한 웃음이 떠올랐다.

"그 녀석이 있었군."

셋이서 범인 찾기를 하고 있었다니. 혹시 세 사람이 범인이 아니라면, 고교생이라고는 해도 마이코의 죽음을 살인으로 알고 움직였다면, 뭔가 중요한 사실을 포착했을지도 모른다. 아니 거기까지는 바라지 않는다고 해도, 힌트인지 계기인지 아무튼 벽에 부딪힌 현재 상태에 작은 돌을 던져넣는 정도의 정보를 얻을 가능성은 충분했다.

오전 10시 반을 넘겼다. 더디게 진행되는 수사가 답답하기도 했지만, 현 단계에서 쓸 수 있는 수는 전부 썼다. 부하의 보고가 올라오기를 기다리며, 미조로기는 잠시 기타의 진술에 참여하기로 했다.

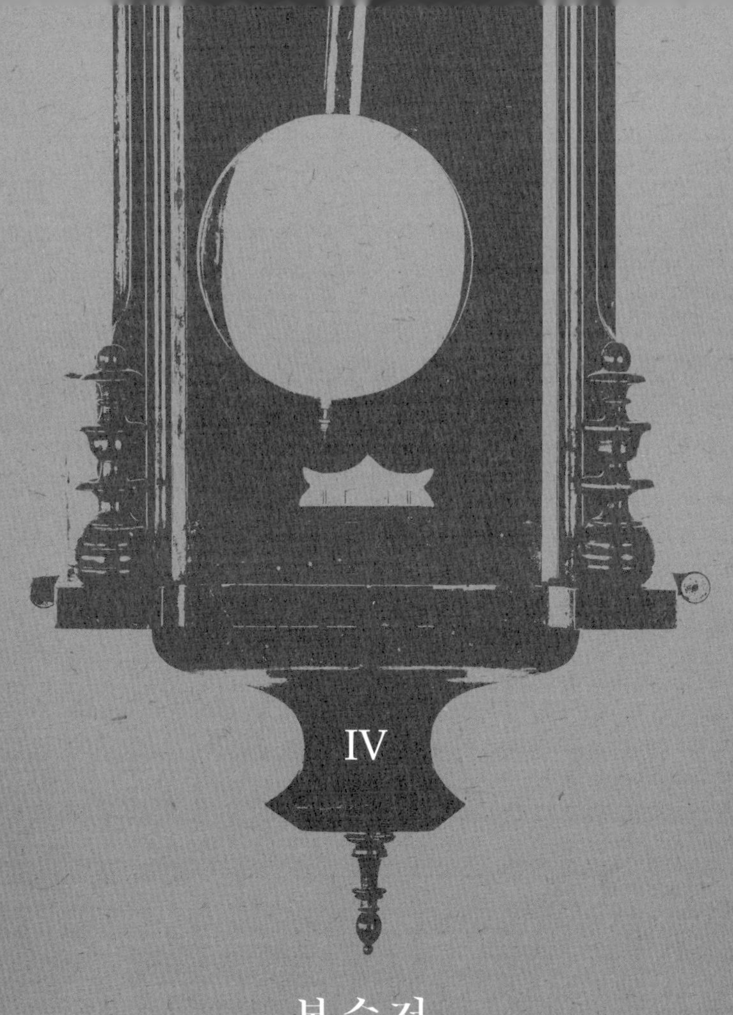

IV

복수전

1

12월 11일.

카페 루팡의 지정석에서 기타, 다쓰미, 다치바나 세 사람은 석간 신문의 사회면을 탐독하고 있었다.

지면의 대부분은 전날에 이어 삼억 엔 사건의 시효에 관한 기사로 채워져 있다. 그러나 세 사람이 몇 번이고 되풀이해 읽고 있는 것은 그게 아니라 한쪽 구석에 작게 실린 미네 마이코의 사망 기사였다.

제목은 '여교사 투신자살'이라고 되어 있다.

기사는 짧게, 시체가 학교의 산울타리에서 발견되었다는 사실을 전했고, 하단 부분에 "……옥상에 남겨진 구두 안에서 유서 같은 메모가 있었기 때문에, 동 경찰서는 미네 씨가 실연으로 괴로워하다 투신자살한 것으로 판단, 조사중이다"라고 끝맺었다.

"어이, 자살이래."

기타가 나직이 말했다.

"말도 안 돼! 글래머는 금고에서 죽어 있었어. 범인도 달아났는걸. 자살일 리 없잖아."

다쓰미가 다 아는 내용을 정색하고 말하자, 주위를 의식한 기타가 쏘아보자 이번에는 한층 더 목소리를 낮추어 계속했다.

"하지만, 유서가 있었다니 어떻게 된 거지. 살해당했는데……. 게다가 실연을 괴로워했다고 쓰여 있지만 누구에게 실연당한 거야?

너무 이상해, 이 기사."

"범인이 위장 공작을 폈을지도 몰라."

그렇게 말한 사람은 다치바나였다.

"위장 공작……?"

기타와 다쓰미가 동시에 되물었다.

"으응, 글래머의 필적을 흉내 내서 유서를 썼을지도 모르지."

"그런 거, 경찰에서 조사하면 바로 들키잖아."

"그렇다면 이 기사는 대체 뭐야, 조지. 실제로는 금고 속에서 살해당했는데 밖에서 자살한 걸로 되어 있잖아."

"아, 응."

"경찰은 엉터리야. 제대로 조사하지도 않았어."

다치바나의 냉정한 해석에 다쓰미가 감탄하여 고개를 끄덕인다.

"그래도 경찰이 자살로 단정해버렸으니까, 사실을 아는 건 우리 세 사람뿐이라는 말이군."

기타가 말하자, 이번은 다치바나가 깊숙이 고개를 끄덕였다.

다쓰미가 위세 좋게 끼어들었다.

"그렇다면 우리가 범인 찾기를 하자. 응? 어이, 글래머는 가슴도 만지게 해줬고 여러 모로 신세를 졌다고."

"바보, 만진 건 너뿐이잖아."

"기타로, 그러지 말고, 뭐라고 하더라, 그…… 부추전이 아니라, 에또……."

"복수전 말이냐?"

다치바나가 거들었다.

"그래그래, 그 복수전이라는 거! 하자, 응, 응!"

"그러게……."

기타가 생각에 잠긴 얼굴로 고개를 끄덕였다. 신세를 졌는지 어떤지는 차치하고, 이대로는 아무래도 기분이 개운치가 않다. 미묘한 조바심도 있었다. 사람이 이렇게 간단히 죽어도 되는 것일까. 게다가 경찰은 자살이라는 무책임한 소리를 한다.

다치바나도 '소용없을지도 모르지만' 하고 조심스레 동의하여, 어쨌든 복수전 이야기는 그 자리에서 결론이 났다.

"일단, 어떻게 할까?"

기타가 말을 꺼냈다.

"우선 체육의 반도야" 하고 다치바나가 말을 이었다. "뭐니 뭐니 해도 반했으니까, 글래머에 대해서는 잘 알 거야."

역시 작전을 짜는 면에서 다치바나가 빼어나다. 두 사람은 '좋았어' 하며 두말없이 찬성하고 일어났다. 다쓰미는 "돋보기 같은 게 필요할까"라며 완전히 탐정 기분을 내고 있다.

카운터에 동전을 놓고 안쪽 주방에 말을 걸었더니 사이펀siphon을 손에 든 사장이 커튼을 제치고 불쑥 얼굴을 내밀었다.

"학교, 난리났지?"

"동요하지 말래. 그래서 수업도 클럽활동도 평소대로. 그런데 그렇게 말하는 선생들이 허둥거려."

다쓰미가 우습다는 듯이 대답한다.

"신문에 나왔더군. 실연이라며?"

"그건 잘 몰라" 하고 다쓰미는 말을 흐렸다. 그러나 곧바로 "앗, 그것보다 삼억 씨, 신문이라면, 그 삼억 엔 사건. 시효 만료 축하합니다" 하고 깊숙이 고개를 숙였다.

"아, 별말씀을."

사장은 익살맞게 고개를 숙이며 세 사람을 즐겁게 해주었다. 과장스럽게 배까지 두들기던 다쓰미가, 순간 뚝 멈추더니 사장의 얼굴을 말끄러미 응시했다.

해는 이미 기울고 차가운 바람이 불었다. 노면에는 갈 곳 없는 마른 잎이 소용돌이치고 있었다. 상점가는 때 이른 크리스마스 장식으로 요란하게 꾸며 있었다. 다치바나는 평소대로 걸어왔고 다쓰미의 마하500도 수리를 보낸 터라 기타는 '그러면 지하철이네' 하고 역 쪽으로 걸음을 향했다. 추위를 많이 타는 다쓰미는 한발 늦게 가게를 나섰지만, 두 사람을 앞질러 역으로 내려가는 계단으로 가장 빨리 도망쳐 들어갔다. 그러나 휙 돌아본 얼굴은 의외로 진지했다.

"기타로, 난리통에 말한다는 걸 잊고 있었는데."

"뭐야, 갑자기."

"들어봐. 그저께 밤의 일이야."

"글래머의 시체…… 본 그날 밤 말이야?"

"그래, 그래. 마지막 날 밤, 기타로 네가 선발대로 학교에 갔잖아."

"응."

"네가 루팡을 나간 다음, 형사가 다섯 명이나 왔었어."

"정말이냐?"

기타가 창백해졌다.

"으응, 우리 일이 아니라, 있잖아, 삼억 씨 쪽 때문에. 그날 밤에 시효가 끝난다며, 마지막으로 다시 한 번 물어보고 싶다고 했던가 뭐라던가."

기타는 깊은 한숨을 토해내더니 바로 다쓰미를 향해 얼굴을 돌렸다.

"그래서, 삼억 씨 갔어?"

"응, 끌려갔어. 근데 그때……."

"왜?"

질문받은 다쓰미가 복잡한 부분은 다치바나 몫이라는 듯이 턱짓했다.

다치바나가 이야기를 이어받았다.

"아니, 끌려가기 전 삼억 씨가 형사에게 '잠시 가게를 정리하겠습니다' 하고 말했어. 그러고는 우리 쪽으로 와서 테이블을 닦더니 슬쩍 열쇠를 내밀었어."

"열쇠?"

그때 멋드러지게 교복을 걸친 불량 학생 두 명이 계단을 올라왔다. 탈색한 갈색머리를 차양 같은 리전트 스타일로 마무리하고 자몽이라 불리는 통이 넓은 바지를 펄럭펄럭 나부끼는 차림이다. 반사적으로 다쓰미가 앞을 가로막는 시늉을 해 보인다. 순간적으로 창백해진 두 사람은 게걸음으로 벽 쪽을 빠져나가 탁탁탁 하고 계단을 뛰어올라갔다. 언뜻 보기에도 강해 보이는 다쓰미는, 아니 실제 싸움에서 진 적도 없지만, 대개는 싸우지 않고 이겨버린다.

"어린애들은 내버려둬."

기타가 감질나듯이 말하고, 다치바나에게 얼굴을 돌렸다.

"열쇠라니 어디?"

"삼억 씨가 '돌아갈 때에 문 좀 잠그고 가줘'라고 말했어. 그러니까 당연히 가게 열쇠라고 생각했지."

"아니었나."

"응, 오전 1시를 지나 랑데부 시간이 다가와서 둘이서 가게를 나와 자물쇠를 잠그려고 했어."

"그런데 말이야……."

중요한 부분만은 자기가 이야기하고 싶다는 기세로 다쓰미가 끼어들었다.

"전혀 맞지 않는 거야 이게. 열쇠가 너무 굵어서 열쇠구멍에 들어가지 않더라고."

"열쇠가 맞지 않았다……?"

기타가 고개를 갸우뚱했다.

다치바나가 다시 이야기를 이어받았다.

"나랑 조지가 가게 앞에서 어슬렁거리고 있는데 심문이 끝난 삼억 씨가 마침 돌아왔어. 열쇠가 맞지 않는다고 하니까 '미안 미안,

잘못 건네줬네' 그렇게 말했어."

다치바나는 거기서 이야기를 멈추고 기타의 얼굴을 지그시 보았다. 자기 가게의 열쇠를 착각하는 일 따위가 있을까 하고 그 눈은 말하고 있다. 기타가 '그럴리 없겠지' 하고 중얼거렸다.

"그렇지?"

"으응, 그래서 어떤 열쇠였어?"

기타는 두 사람을 번갈아 보았다.

"아무튼 두꺼워. 오토바이 키 같은 작고 깔쭉깔쭉한 느낌이 아니라, 교장실 낡은 금고 열쇠 같은 거."

다쓰미의 말에 기타는 흠칫했다. 아니, 문득 떠오른 생각을 내뱉어버린 다쓰미가 제일 놀라 그대로 입을 다물어버렸다.

"……비슷하지 않을 것도 없어."

다치바나는 미묘한 말투였다.

—그 낡은 금고의 열쇠를 사장이 갖고 있다.

단순한 상상에 지나지 않는다. 다쓰미도 다치바나도 같은 열쇠라고 말했을 리 없었다. 하지만 기타는 정체를 알 수 없는 어둠의 세계를 들여다본 듯 등줄기에 바깥 공기와는 다른 싸늘한 기운을 느꼈다.

"그게 뭐가 되었든…… 경찰에 알려지고 싶지 않은 열쇠라는 거로군."

기타가 중얼거리며 천천히 개찰구를 향해 걷기 시작했다. 다치바나가 묵묵히 뒤따랐다. 다쓰미는 아직 계단 위에 버티고 서 있었다.

"조지, 얼른!"

"아, 응."

허둥지둥 내려온 다쓰미의 배에 기타의 주먹이 꽂혔다.

"아, 아파, 기타로……."

"일단은 반도야."

자신에게 그렇게 말하고 기타는 표 자판기에 동전을 집어넣었다.

2

교문을 통과한 세 사람은 체육관으로 향했다. 자전거 주차장 옆을 지나 '만남의 오솔길'을 빠져나가면 체육관이 나온다.

이미 하교시간이 지나 학생은 별로 없었다. 축구부 무리가 하얀 숨을 토하며 앞질러 갔지만, 3학년은 이미 클럽 활동을 졸업해버렸기 때문에 세 사람에게 말을 거는 사람도, 필요 이상 겁내는 사람도 없었다.

짐작한 대로 반도는 배구부 연습을 보고 있었다. 말할 것도 없이 독사 감독이다. 속사포같이 연이어서 코트에 볼을 꽂아넣고, 머리카락을 흐트러뜨린 여자부원이 짐승 같은 소리를 내면서 땀투성이의 몸을 대굴대굴 구르고 있다. 이런데도 공식전 성적이 전패라니 황당하기 이를 데 없다.

"쳇, 별 재미 없네."

시시하다는 듯 다쓰미가 내뱉으며 주머니에서 담배를 꺼내다가 당황하며 쑤셔넣었다.

"어떻게 할 거야. 연습 끝날 때까지 기다릴까?"

기타가 물었다.

"그래야지" 하고 다치바나가 고개를 끄덕였지만, 다쓰미는 그냥 부르자며 떼를 쓰듯 말했다.

분명 공식전 첫 승리를 목표로 연습을 계속하는 게 틀림없다. 말을 걸어야 할지 어떻게 해야 할지 망설이면서 문 옆에 털썩 주저앉자, 때마침 반도 쪽에서 세 사람을 발견하고 다가왔다.

"어이, 다 같이 웬일이야."

다쓰미가 벌떡 일어서서, '어서오세요' 하는 표정을 짓는다. 지금은 우선 다쓰미에게 맡기자. 기타와 다치바나는 그럴 심산이다.

"아니, 말이죠."

다쓰미는 금세 정말로 슬픈 얼굴이 되었다.

"선생님, 기운 없으신 게 아닌가 해서……."

갑자기 반도의 얼굴이 일그러졌다. 감정을 숨기는 것과 같은 융통성을 발휘할 사람이 아니다.

"마이코 씨의 일인가…… 정말 자살이라니, 믿을 수가 없어."

"그렇죠, 우리도 거짓말같아요."

기타도 다치바나도 반도에게 시선을 향한 채 깊숙이 고개를 끄덕였다. 반도 쪽도 누군가와 이야기하고 싶어하는 눈치이다. 공을 엉덩이 아래에 대고 앉더니 '너네도 앉아' 하고 세 사람에게도 권했다. 반도의 뒤로 여자부원들이 물 마시는 곳으로 슬쩍 이동한다. 저러니 이길 턱이 없다.

"그래서 말이죠."

다쓰미가 슬쩍 말을 꺼냈다.

"글래머…… 아니, 마이코 선생님이 실연했다고 신문에 쓰여 있었잖아요. 혹시 상대가 선생님입니까?"

반도가 고개를 떨구며 말했다.

"그것 때문에 말이지, 오늘 경찰에서 질문을 잔뜩 받았어. 분명히 몇 번 데이트한 적이 있었으니까."

"그러면, 역시?"

"어이어이, 지레짐작하지 마. 그녀의 상대는 내가 아니야."

"그러면 누굽니까?"

평소대로 이야기는 완전히 다쓰미가 주도하고 있다.

"나는 몰라. 뭐, 너희니까 말하는 건데, 알겠냐, 아무한테도 말하지 마."

"당연하죠, 저흰 친구도 없잖아요."

다쓰미가 묘한 구실을 댔지만 반도는 납득했다는 표정으로 목소리를 낮췄다.

"내가 차였어. 지난달에 결혼하자고 프러포즈했는데…… 깨끗하게 거절당했지."

"결혼!"

다쓰미가 큰 소리를 지른 뒤 당황해서 자기 입을 막고 주위를 둘러보았다. 물을 배터지게 마신 여자 부원들은 담소에 빠져 있다.

"충격이었지" 하고 반도가 이어간다. "매력 있잖아. 엄청 밝고, 완전 반했었지……."

반도는 흘끗 봐도 딱할 정도로 풀이 죽어 있었다.

"그런데 어째서?"

다쓰미가 물었다.

"어째서라니, 그러니까 좋았어, 그 천진난만한 점이."

"그게 아니라, 안 된다는 이유 말입니다. 어째서 거절당했어요?"

"그야 뭐, 마이코 씨는 좋아하는 남자가 있었어."

"누군데요, 그게?"

"그건 몰라."

반도는 그렇게 말하고는 먼 곳을 바라보았다.

"그녀는 이렇게 말하더군. '당신의 호의는 정말 기뻐. 하지만 나는 안 돼'라고 말이지."

반도는 무릎을 꽉 끌어안고, 그 무릎에 턱을 괴었다. 이래서는 어느 쪽이 학생인지 모르겠다. 다쓰미가 곤란하다는 몸짓을 보이자, 대신에 기타가 말을 이었다.

"하지만 선생님, 그 말뿐이라면 마이코 선생님이 애인이 있었는지 어땠는지 알 수 없잖습니까?"

"그런 느낌이 들었어. 따로 좋아하는 사람이 있으니까 안 된다는 느낌. 게다가 뭐, 유서도……."

그렇게 말하고 반도는 체육복 주머니에 손을 쑤셔넣었다. 세 사람은 '헛' 하고 얼굴을 마주 보았다. 이어 다치바나가 모두를 대표하듯 물었다.

"선생님, 유서를 가지고 계셨습니까?"

"응, 옥상에서 구두와 유서를 찾아낸 건 나니까. 복사했어."

그는 주머니에서 두 번 접은 종이를 꺼냈다. 그러더니 주저 없이 '어이' 하며 다쓰미에게 내밀었다. 서둘러 다쓰미가 펴보니 휘갈겨 쓴 듯 조잡한 글씨가 나타났다.

당신을 사랑해서는 안 되는 것을
처음부터 알고 있었습니다
하지만 잊을 수 없어
당신의 목소리, 따스함
차라리 당신을 죽이고 나도 죽고 싶어
하지만 그것은 이룰 수 없는 것
나는 자신을 죽입니다

"뭐야 이거? 정말로 유서?"

기타가 김빠진 목소리를 내며 반도를 보았다.

"그래, 유서잖아" 하고 반도가 울컥해서 되받아쳤다.

"그런데, 글래머가 이런 걸 쓴다고? 믿을 수 없어. 거짓말 같아, 이거."

다쓰미도 왠지 인기 없는 노래 가사 같다며 어이없어했고, 다치바나는 만취한 여자의 망상이라며 신랄하게 비평했다.

"멍청아!"

반도는 눈썹을 치켜세우더니 말을 이었다.

"여자라는 건 말이야, 여러 가지 면이 있어. 그래 봬도 마이코 씨는 꽤 성실한 여자였어. 나 외에도 몇 명쯤 선생들이 사귀자는 걸 전부 거절했다고. 겉보기로 판단하지 마. 실제로는 아주 순진하고 남자에게는 소극적이라고."

반도가 그렇게 말하고 싶은 마음은 알겠지만, 세 사람의 머릿속에는 디스코장에서 흐트러진 마이코의 모습이 남아 있다.

기타가 말했다.

"하지만 이 유서, 글래머의 이름이 아무데도 쓰여 있지 않고, 누구 앞으로 온 건지도 알 수 없잖아요. 봉투라든가 뭔가에 담겨 있었습니까?"

"아니, 이것만 한 장."

반도는 그렇게 말하며 유서를 손에 들었다.

"이게 빨간 하이힐 안에 처박혀 있었지. 그래도, 아까 또 형사가 와서 마이코 여사의 필적이 틀림없냐고 물었어."

세 사람은 동시에 '허엇' 하고 놀랐지만 기타가 바로 무리에서 빠져나와 "그 선은 뭡니까?" 하고 종이를 가리켰다.

자세히 보니 유서 복사본에는 옅은 세로선이 평행하게 무수히 그어져 있었다. 간격은 1센티미터 정도일까. 자세히 응시해보니 세로선에서 대각선으로 엇갈리는 선도 몇 개쯤 발견했다.

"아 그거."

반도가 말한다.

"그건 말이지, 원래 유서가 여러 번 접혀 있어서 그래. 게다가 비틀려 꼬깃꼬깃해졌던 탓에 종이 주름이 복사에 찍힌 거야."

"무슨 소리죠?"

다쓰미가 물었다.

"모르겠냐? 그러니까, 유서가 제비뽑기 종이처럼 접혀 있었다고."

반도는 혀를 차고 복사지를 가늘고 길게 접어 보인 다음, 그것을 이번에는 걸레를 짜듯이 꾹꾹 비튼다. 보는 동안에 복사 종이는 아이가 장난으로 만든 종이칼처럼 되어버렸다.

"이런 식으로 되어 있었어."

반도는 몸을 일으키면서 빠르게 말했다. 배구부의 매니저가 '선생님, 선생님!' 하고 맹렬히 불렀다. 고자질하는 매니저를 모든 부원이 노려보고 있다.

"앗, 선생님, 이거."

다쓰미가 비틀린 복사지를 내밀었지만, 반도는 버려달라고 말하고는 등을 돌려 코트 쪽으로 걸어가버렸다. 복사를 하긴 했지만 갖고 있기가 힘들어진 것일지도 몰랐다.

이런 때에 가는 곳은 정해져 있다. 세 사람은 옥상의 급수탱크 위에 올라가, 라이터를 누름돌 삼아 유서의 복사본을 펼쳤다.

"어떻게 생각해, 이거?"

기타가 물었다.

다쓰미는 새빨간 윈드브레이커의 깃을 세우면서 대답했다.

“경찰이 글래머 글씨라고 말했으니까 틀림없는 게 아닐까.”

맥이 빠진 느낌이다.

“하지만 이상하잖아. 살해당했는데 유서라니.”

“정말로 자살이 아닐까?”

“조지!”

기타의 목소리가 거칠어졌다.

“그러면 금고에 들어 있었던 건 누구야?”

“그건…….”

“뭐가 그건이야, 이 자식! 애당초 네가 범인을 찾자고 했잖아. 장난치지 말라고.”

다쓰미는 딱따구리처럼 몇 번이고 작게 고개를 끄덕이고 반성의 뜻을 나타냈지만, 얼굴 표정만큼은 ‘너무 어려워서 나는 몰라’ 하고 말하는 듯했다.

“바보 자식!”

기타는 다시 한 번 고함치고 이번에는 다치바나에게 물었다.

“너는 어떻게 생각하냐.”

“…….”

조금 전부터 눈치채고 있었다. 반도와 헤어지고 나서 다치바나는 한 마디도 말을 하지 않았다.

“어이, 다치바나, 무시하지 마. 어떻게 생각하는지 묻잖아.”

평소라면 '망연자실 병'에 걸린 다치바나에게 시비를 걸지 않았을 테지만, 기타는 무척 흥분해 있었다.

"기타로, 그만해!"

화나게 만든 장본인이 자기라는 것도 잊고 다쓰미가 끼어든다. 그러자 다치바나가 불쑥 얼굴을 들었다. 미간에 잔뜩 주름을 잡은 데다 눈초리도 험악하다. 아무래도 뭔가 골똘히 생각하는 것처럼 보인다.

"기타로……."

다치바나가 말을 꺼냈다.

"뭐야?"

기타는 퉁명스레 대답했지만, 다치바나의 박력에 약간 주눅 들어 있는 자신을 느꼈다.

"어차피 인간 따윈 말이지……."

다치바나가 나직이 말을 이었다.

"말로 제대로 듣지 않으면 믿을 수 없어. 자기 귀로 들은 것밖에 믿지 않아. 내 말이 틀리냐?"

"뭐야, 갑자기?"

정신이 돌아온 다치바나의 대사는 이해할 수가 없다.

"말이야, 말."

다치바나는 그렇게 말하고는 곧바로 다쓰미를 쳐다보았다.

"뭐, 뭐야?"

다쓰미가 놀라 물었다.

"조지, 너 그날 밤에 토시 암호 썼지."

"그, 그날 밤이라니 무슨 말이야?"

기타가 "무슨 소리야, 토시라니" 하며 끼어들었지만, 다치바나는 개의치 않고 다쓰미를 몰아세웠다.

"썼지?"

다쓰미가 눈을 돌리고 그대로 입을 다물었다. 몸이 떨리는 것은 불어오는 찬바람 탓이라고만은 할 수 없을 것 같았다.

"계속 생각했어."

다치바나가 조용히 계속 말을 이었다.

"그날 밤 일을 몇 번이고 다시 생각해봤지. 금고에서 시체가 굴러나왔을 때 너는 교장실에서 달아났어. 그 후 너, 뭐라고 소리 질렀어?"

"……."

"어떻게 되든 상관없잖아, 어떻게 되든. 그렇게 소리쳤지."

기타는 무의식중에 '앗' 하고 작게 소리를 높였다. 앞에 '어'가 붙는 토시는 '도망쳐!'라는 뜻이다.

다치바나는 다쓰미로부터 시선을 떼지 않았다.

"참 기묘한 대사였어. 그래서 귀에 남았지. 너 마작할 때도 좋은 단어를 찾을 수 없으면 이상한 토시를 자주 쓰잖아. 바로 그거였어……. 조지, 내 말이 틀렸냐?"

다쓰미는 대답하지 않는다.

"어떻게 된 일이야, 대체……."

다치바나가 말하려는 요점을 짐작할 수가 없자 기타가 또 끼어들었다.

기타의 말에는 대답하지 않고 다치바나는 잠시 다쓰미의 반응을 살피다가, 결국 다시 입을 열었다.

"그 토시는 나나 기타로에게 말했던 게 아니야. 영어준비실에 있던 녀석을 향해서 말한 거지. '도망쳐!' 라고. 그래서 그 녀석은 창문에서 뛰어내려 도망친 거야."

"잠깐만 기다려봐, 다치바나."

기타가 혼란스러운 듯 말을 끊었지만, 다치바나는 손으로 제지하고 이야기를 계속했다.

"시체를 보고 너는 교장실 밖으로 튀어나갔어. 그때 너 영어준비실에 있던 녀석을 본 거야. 그 녀석을 도망치게 하기 위해서 순간적으로 토시를 썼어. 그렇지?"

윈드브레이커의 깃에 얼굴을 묻은 다쓰미가 희미하게 고개를 끄덕였다.

"조지, 너!"

기타가 목소리 톤을 올렸다.

"너, 정말이야? 그 녀석이 누구야?"

"소마지."

다치바나가 대신 대답했다.

"그 토시를 아는 건 우리 세 사람 외에는 녀석뿐이잖아."

기타가 커다랗게 뜬 눈을 다쓰미에게 돌린다.

"소마인지 누군지 모르지만……."

다쓰미가 신음하듯이 말했다.

"정말이야. 소마인지 누군지 몰랐어. 사람 그림자가 슥 하고 문쪽을 가로질렀을 뿐이니까."

"정말이냐?"

다치바나가 물었다.

"거짓말 따위 안 해."

"그러면 왜 토시를 쓴 건데?"

기타도 추궁하는 쪽에 섰다.

"그야 우리 외에 학교에 숨어들려고 생각하는 녀석은 소마 외엔 없다고 순간 생각이 들어서. 그래서 그만 습관적으로 토시를 써버렸어."

기타는 낯빛을 바꾸고 다쓰미의 멱살을 잡았다.

"조지 너 이 자식! 소마에게 루팡 작전 얘기했구나!"

"마, 말 안 했어! 정말이야, 정말이라니까, 믿어줘."

다쓰미는 믿어달라고 연발하며 구원을 바라는 듯 다치바나에게 시선을 던졌다.

"놔 줘, 기타로."

다치바나가 말했다.

"이 녀석 우리에게 감추는 게 있었어. 그때 달아난 녀석이 글래머를 죽였을지도 모르잖아."

"이봐, 응, 응, 역시 그렇게 생각하잖아!"

다쓰미가 억울하다는 듯 기성을 질렀다.

“분명히 그렇게 생각하잖아. 그래서 오히려 더 말할 수 없었어. 잘못 말하면 소마가 죽였다고 생각할 게 뻔하니까.”

“실제로 그럴지도 모르지.”

“그야 그렇지만……. 그래도 소마인지 누군지는 정말로 못 봤다니까.”

“토시를 듣고 달아났다면 소마가 분명해.”

“아니. 나는 조지가 소마를 봤다고 생각했어. 하지만 그게 아니라니까 소마인지 어떤지 모르지.”

다치바나의 말에 기타가 반박하고 나섰다.

“어째서? 달리 그 토시를 알아듣는 녀석이 있어?”

“토신지 뭔지 몰라도 달아났을 거야. 조지의 큰 목소리를 듣고 위험하겠다면서 뛰쳐나갔다면…… 어때?”

‘과연 그럴까’ 하고 기타는 생각했다.

누가 어떤 목적으로 숨어들었는지는 모르지만, 어차피 장소는 한밤중의 교무실이다. 다른 사람에게 보이는 것이 곤란한 용무였음에 틀림없다. 토시 따위 상관없이, 단지 세 사람의 목소리에 겁을 먹고 달아나버렸을 가능성도 분명 있다.

“저기, 그러니까 그냥 됐잖아. 알 수 없으니까.”

다쓰미는 달아날 태세이다.

“아니.” 다치바나가 품에서 담배에 불을 붙이면서 말했다.

“어쨌든 소마에게 물어볼 필요가 있겠군.”

"으응."

기타가 고개를 끄덕인다. "이대로는 기분이 찜찜해."

다쓰미는 부르르 하고 고개를 옆으로 흔들었다.

"싫어, 나는."

"네가 시시한 토시 따위 쓰니까 복잡해져버렸잖아."

기타가 눈을 부라리며 신경질적으로 말했다.

"제발 좀 봐줘라. 꼭 물어보려면 둘이서 가. 난 계속 녀석과 콤비로 마작을 해왔어. 차마 괴롭힐 수는 없다고."

"괴롭히겠다는 게 아니야."

"어쨌든 나는 패스, 음, 패스니까."

"이 자식!"

기타는 당장에라도 다쓰미에게 달려들 기세였지만 다치바나가 소매를 잡아당기면서 물었다.

"조지, 소마는 어디에서 하고 있다고 했지?"

"오쓰카 역 바로 앞의 마작장 같은데, 야, 진짜로 갈 거야?"

주저하는 다쓰미를 질질 끌며 세 사람은 역으로 향했지만 다쓰미는 백과사전 판매 아르바이트에 간다고 우겨댔고, 결국 괴력을 발휘해서 두 사람을 뿌리쳤다.

"죽여버린다, 조지!"

기타는 주위를 아랑곳 않고 고함쳤지만, 다쓰미는 두 손 모아 비는 시늉을 몇 번이고 해대며 플랫폼을 달려나가 마침 미끌어져 들어온 반대방향 전철에 타버렸다.

3

오쓰카 역 개찰구를 나온 기타와 다치바나는 바로 눈에 들어온 역 앞 마작장 '론'에 들어갔다. 쉰 살쯤 되어 보이는 무뚝뚝한 사장에게 물어보니, 분명 그곳이 소마의 홈그라운드라는 것을 알았지만, 공교롭게도 소마의 모습은 보이지 않았다.

"집에 있는 게 아닐까?"

기타가 말했다.

"대충 어딘지 알아. 바로 뒤쪽 아파트야."

얼굴을 돌린 방향으로 다치바나가 걷기 시작했다.

드문드문 불이 켜지기 시작한 술집 거리를 빠져나와 좁은 골목길로 들어서서 구불구불 걸어가니 다 썩어들어가는 듯한 2층짜리 낡은 목조아파트가 나타났다. 뒤쪽 일대는 담이 높은 고급주택이 늘어서 있어, 그 낙차가 심했다. 싸우고 헤어진 오타 케이의 집은 그 고급주택가의 한 모퉁이에 있어, 소마의 아파트 앞에 눈에 익은 3층 주택의 꼭대기가 보여 깜짝 놀랐다. 그 저택에서 케이의 얼굴이 불쑥 나타날 것만 같아 기타는 침착하게 있을 수 없었다.

주변은 이미 어두웠고 가로등이 없는 아파트 일대는 더욱 캄캄했다. 그 어둠 속에서 구식 세탁기를 탈탈 돌리고 있는 중년 여자가 눈에 들어왔다. 그녀는 두 사람을 흘끗 보았지만, 바로 얼굴을 돌리고 방금 아이들한테서 벗겨낸 듯한 더러운 옷을 소용돌이치는 물살에 던져 넣었다.

"실례합니다, 소마 씨는 몇 호실입니까?"

기타가 예의를 갖춰 물었지만 여자는 대답할 의향이 없다는 듯 안쪽 방을 턱으로 가리켰다. 기타가 그 무뚝뚝한 등짝에 발길질하려는 시늉을 해보이자, 다치바나가 '어이!' 하고 불러서 얼굴을 돌렸다.

문 앞에 선 다치바나의 눈이, 예삿일이 아니라고 말하는 듯했다. 기타도 숨을 꿀꺽 넘겼다.

—지독하군.

베니어판을 바른 듯한 조잡한 문에 초인종도 우편함도 없고 문패도 걷어버렸는지 장방형의 하얀 흔적만이 있다. 대신에 야단스럽게 갈겨쓴 낙서와 종이가 문을 점령하고 있었다. '도둑' '돈 갚아' '죽여버린다' 등등.

"사채업자들인가."

기타가 혐오를 잔뜩 담아 말했다.

"그런 것 같아."

다치바나가 나직이 대답하고, 손잡이에 손을 댔다.

"잠겨 있어."

"아무도 없나."

"그런데……."

다치바나가 뜸을 들이며 왼쪽 창문에 눈길을 줬다. 불투명유리의 창문이 어슴푸레 밝다. 기타가 한 번 고개를 끄덕하더니 문을 두드렸다.

응답이 없다.

결국 문이 삐걱거릴 정도로 두드려보았지만 역시 응답이 없었다.

"역시 없나봐."

다치바나가 체념하듯 말했다.

"헛걸음인가."

기타가 혀를 차고 문을 떠나려 했지만 그때 안에서 덜거덕 하는 소리가 났다.

두 사람은 얼굴을 마주 보았다.

다시 한 번 기타가 문을 두드린다.

"누구 없습니까?"

되돌아오는 목소리가 없다.

"확실히 소리가 났지?"

기타가 확인하려는 듯 물었다.

"들어가볼까?"

다치바나도 고개를 끄덕이며, 중얼거렸다.

"들어가다니, 어떻게?"

"간단해, 보고 있어."

다치바나는 발치에 있던 빈병이 가득 든 골판지 상자에 손을 댔다. 세탁하는 여자가 방에 들어가는 것을 보고, 기민하게 상자 끝을 찢었다. 그 잘린 조각을 문틈으로 억지로 밀어넣어 자물쇠의 위치를 확인하고, 아래쪽을 향해 힘을 담아 한손으로 손잡이를 돌리면서 톱질을 하는 요령으로 잘린 조각을 확 끌어당겼다.

찰칵.

다치바나가 말한 대로, 문은 아주 간단히 열렸다.

놀란 기타에게 다치바나는 이를 씩 드러내 보였다.

"옛날에 친구 집이 이랬거든. 익숙해."

"깜짝이야. 그렇다면 너, 교무실 문도 손으로 열면 됐잖아."

"그건 안 돼, 문틈이 거의 없잖아. 여기처럼 엄청 낡지 않으면……. 됐으니까 들어가자."

"응."

문을 연 순간 악취가 코를 찔렀다. 음식물 쓰레기가 썩은 것 같은 냄새이다.

"어이, 여기 정말 사람이 사는 거야?"

기타는 얼굴을 돌렸다. 다치바나도 코에 손을 댔지만, 그러면서도 안으로 얼굴을 들이밀어 상황을 살폈다.

들어가서 바로 좁은 부엌이 있고 안쪽에 방이 하나 자리하는 듯했다. 집의 구조가 그뿐인 것 같았다. 부엌과 방을 구분하는 맹장지가 찢어질 만큼 찢어져 있어서 그 틈으로 빛이 새어나왔다.

"실례합니다."

"아무도 안 계세요."

두 사람은 번갈아가며 말을 걸었지만 역시 대답이 없었다. 그러다 다치바나가 갑자기 신발을 벗기 시작했다.

"어, 어이…… 그만해 다치바나."

"어쩐지 사람 기척이 나는데."

다치바나가 중얼거리며 기타가 말리는 것도 듣지 않고서 부엌으로 향했다. 천천히 신중하게 나아갔지만 바닥이 흩어져 있던 맥주병에 발이 걸렸다.

데구르르. 두 사람은 목을 움츠렸다.

"아버지는 없어요."

안에서 작은 목소리가 났다.

기타는 깜짝 놀랐지만, 그 놀라움은 바로 다른 놀라움으로 변해서 머리로 치고 올라왔다.

—그 아이다.

기타는 구두를 벗어던지고 쿵쾅쿵쾅 걸어가 다치바나를 밀어젖히고는 맹장지를 열었다.

역시 그랬다. 그때의 소녀, 마작장에서 만난 소마의 여동생이다. 고타쓰탁자 모양 틀에 난방장치를 넣고 그 위에 이불 등을 씌운 것의 이불을 푹 뒤집어쓰고, 다다미와의 틈으로 얼굴만 내밀고 있었다.

"아빠는 없어요……."

소녀는 말했다. 표정 없는 얼굴에서 희미한 두려움의 빛을 느낄 수 있었다.

"엄마도 없어요……. 돈 없어요……."

테이프에 녹음한 듯한 목소리였다. 그것을 몇 번이고 재생하면서 쓰레기에 파묻힌 고타쓰 안으로 조금씩 숨어들었다.

기타는 네 발로 기는 듯한 자세로 소녀와 시선을 마주쳤다. 목소리가 상기되었다.

"아니야. 돈 같은 거 필요 없어."

"죄송합니다, 죄송합니다, 정말로 돈이 없어요. 죄송합니다."

"그게 아니야, 돈을 받으러 온 게 아니라니까. 진짜야."

"아무도 없어요, 죄송합니다."

소녀는 우는 소리가 되었다.

기타는 격렬하게 솟아오르는 뭔가를 힘껏 참으면서, 이를 악물듯이 말했다.

"아니. 소마…… 네 오빠 친구야. 아주 사이가 좋은 친구야."

"……."

고타쓰에 완전히 숨어버린 소녀가 눈과 코만 밖으로 내밀고는 기타의 얼굴을 가만히 바라보았다.

"기억하지? 요전에 마작하는 곳에서 만난."

"응."

"다행이네, 그럼 나와봐."

"……돈…… 괜찮아?"

"괜찮다니까."

기타는 세차게 양손을 흔들고, 무언가 생각난 듯이 말했다.

"밥은? 밥은 먹었어?"

"……."

"먹었어?"

"……아직."

소녀는 꺼져 들어가는 듯한 목소리로 말했다.

"그렇다면, 오빠들이랑 먹으러 가자. 뭐가 좋아? 카레? 햄버거?"

기타는 열심이었다. 다치바나의 관심이 소녀에서 기타로 옮겨갈 정도로.

"밖에 나가면 안 된다고 해서……."

소녀가 대답했다.

"누가 그렇게 말했어?"

"오빠."

"오빠는 어디 갔어?"

"몰라. 하지만 돌아올 때까지 밖에 나가면 안 된다고……."

그렇게 말한 소녀의 배가 꼬르륵 하고 울렸다.

"그러면 이렇게 하자!"

기타가 기세 좋게 말했다.

"배달을 시켜서 여기서 같이 먹자. 응, 그러면 되겠지."

"응."

"뭐가 좋아?"

"……라면."

소녀는 약간 수줍은 듯이 말했다. 조그마한 얼굴에 옅은 미소가 퍼진다.

"좋아, 라면이다!"

기타는 일어나서 방 안을 두리번두리번 둘러보았다. 전화가 안 보인다.

"어이, 다치바나!"

"응, 길모퉁이에 가게가 있었어. 달려가서 주문하고 올게."

"미안."

간청하는 듯이 말한 기타의 목소리는, 전에 없이 생기가 넘쳤다.

눈치 빠른 다치바나는 그냥 라면이 아니라, 차슈멘조미된 돼지고기를 얹은 라면을 시켰다.

"자, 먹자."

"응."

소녀는 전속력으로 덤벼들듯이 면을 빨아들였다. 눈이 휘둥그레지는 두 사람을 흘끗 보고는 눈 깜짝할 사이에 일 인분을 다 먹어치웠다. 어지간히 배가 고팠던 모양이다. 작은 손으로 그릇을 들고 국물까지 꿀꺽꿀꺽 마시기 시작해, 마지막에는 얼굴이 가려질 정도 그릇을 기울이는 바람에 입에서 국물이 흘러내렸다. 기타가 재빨리 그릇을 받아주자, 소녀는 당황해서 무릎 위에 있던 그림책을 고타쓰의 이불에 문질렀다.

"책, 젖었니?"

"아니, 괜찮아."

소녀는 그 그림책을 소중하게 다시 무릎에 놓았다. 표지는 가족인지 세 마리의 곰이 초원에 앉아 샌드위치를 먹고 있는 그림으로 장식되어 있었다.

기타는 갑자기 기억이 떠올랐다.

마작장에서도 소녀는 이 그림책을 들고 있었다.

"이 그림책 좋아하는구나."

기타가 웃는 얼굴로 봐주자, 소녀도 기쁜 듯이 '후후훗' 하고 웃었다.

"엄마가 사줬어."

'으응' 하고 고개를 끄덕이는 기타에게, 다치바나가 살짝 귀띔을 한다.

"라면집에서 들었는데……. 아버지도 어머니도 반년 전에 증발해버렸대. 역시 사채 때문인 것 같아."

기타는 할 말을 잃었다.

— 이 아이는 모르는 걸까?

부모는 소마와 여동생을 남기고 사라져버렸다고 한다. 그런 어머니가 사준 그림책을 보물처럼 안고서 '돈은 없어요'라고 하다니.

— 말도 안 돼.

기타는 속으로 고함쳤다. 부모의 사정 때문에 아이를 버렸다. 그런데도 이 소녀에게는 여전히 좋은 부모로 남아 있다니, 용서할 수 없었다.

다치바나는 다시 과자를 사러 나갔다 왔고, 기타는 덤으로 주는 스티커를 소녀의 얼굴에 붙이고 웃어주면서 이래저래 한 시간쯤 소마의 귀가를 기다렸다. 그렇다고 해도 그것은 이미 소녀의 옆에 있어주는 구실에 지나지 않았다. 소마를 추궁하는 것 따위는 기타의 머릿속에 없었다.

곧 소녀가 자는 숨소리를 내기 시작했다.

"기타로, 우리가 해줄 수 있는 건 아무것도 없어."

잠자는 얼굴을 바라보며 다치바나가 말했다.

"으응, 알고 있어."

그렇게 대답하고 기타는 소녀의 이불을 고쳐 덮어주고 결심한 듯이 일어났다.

"얘네 부모, 죽여버리고 싶어."

"으응."

다치바나도 수긍하며 기타의 등을 두드렸다.

두 사람은 방에 있는 쓰레기를 모조리 비닐봉지에 채워넣어, 그것을 양손에 들고 발소리를 죽이며 방을 나섰다. 자물쇠는 다시 다치바나가 걸었다.

바람도 없고 유달리 눈부신 달빛이 터벅터벅 걷는 두 사람의 그림자를 만든다.

"오늘 일…… 소마에게 알려지면 또 두들겨맞을걸."

다치바나가 불쑥 말했다.

"괜찮아, 얼마든지 맞아주지."

"그래."

"그래."

두 사람은 오쓰카 역에서 헤어졌다.

기타는 혼자 있고 싶은 기분이었다. 덜컹거리는 전철에 올라 흔들리는 몸을 손잡이에 의지한 채 곧장 집으로 향했다.

어슴푸레한 거실 안 창백한 빛을 발하는 텔레비전에 아버지의 멍한 옆얼굴이 비쳐 보였다.

아무런 말도 걸지 않고 2층으로 올라가 길쭉한 막대기가 쓰러지듯 침대에 몸을 던졌다. 마이코의 유서, 다쓰미의 토시, 그리고 소마의 여동생…….

눈을 감자 바로 잠에 빠졌다.

식은땀을 흘렸다.

여동생인 하쓰코가 울면서 도망쳐 돌아오는 꿈을 꾸었다.

4

다음 날.

예기치 못한 일이 세 사람을 기다리고 있었다.

마이코 사건도 마음에 걸려서 기타는 드물게 아침부터 교실에 얼굴을 내밀었다. 이 날은 기말고사 시험지 반환일로, 1교시에는 현대 국어 시험지를 돌려주었다. 담임인 후지오카藤岡가 출석부순으로 한 명 한 명 이름을 불러 교단에서 시험지를 건넸다.

"오시마尾島, 열심히 했군. 가타오카片岡, 음, 그런대로야……."

'가타오카' 다음이 기타이다. 기타가 반쯤 허리를 들어올렸다.

"구마노熊野."

기타의 이름이 빠졌다.

고개를 갸웃한 구마노가 흘끗 기타를 보고 서둘러 교단으로 향했다.

"선생님!"

기타가 위협적인 목소리를 냈다.

"제 시험지는요?"

후지오카는 못 들은 척하고, 구마노의 머리에 꿀밤을 주면서 '좀 더 노력하지 않으면 입시가 위험해' 따위 잔소리를 하고 있다.

"어이, 어떻게 된 거야."

반 전체에 들리도록 말을 했지만 기타는 약간 불안해졌다. 무시는 언제나 있는 일이지만, 시험지를 돌려받지 못한 것은 처음이다.

—혹시 조지나 다치바나도……?

기타의 나쁜 예감은 잘 들어맞는다.

종이 울려 복도에 나가자 다쓰미가 숨이 끊어질 듯 달려왔다.

"기타로, 시험지 돌려받았어?"

"역시 그랬군."

바로 다치바나에게 가보았다. 예상대로 당황한 것처럼 보이지만 표정은 딱딱하다. 역시 시험지를 돌려받지 못했다고 한다.

"들켰을까?"

"들켰을 리가 없어."

"그러면 어째서 우리만……."

대화가 겉돌았다. 이렇게 되면 이미 학교 측의 반응을 기다릴 수밖에 없다. 그만큼 주도면밀하게 다듬은 루팡 작전인데 그렇게 쉽게 간파당할 리가 없다. 어떻게 되더라도 끝내 시치미를 떼자고 셋이서 입을 맞춘 다음 각자 교실로 돌아갔다.

2교시에도, 3교시에도 시험지는 돌려받지 못했다. 반 녀석들도 무엇인가 소곤소곤하면서 기타를 훔쳐보았다. 기타는 의자에 몸을 뒤로 젖히고 될 대로 되라는 얼굴로 평정을 가장했지만 내심 침착할 수가 없었다.

—들킬 리가 없어.

염불이라도 외듯이 중얼거리고 있는 참에 교단에서 갑작스런 목소리가 날아왔다.

"기타, 끝나면 교무실로 와."

그렇게 말한 후지오카의 얼굴은 엉뚱한 쪽을 보고 있다. 골치 아픈 학생을 무시하는 방법이야말로 수업을 원활하게 진행하는 유일한 기술인 것을 잘 알고 있었고, 그래서 기타의 얼굴을 제대로 본 적이 없다. 초봄부터 계속 그렇게 하는 동안 언제부턴가 반 녀석들도 기타의 언동에 무관심을 가장하게 되었으니 아무런 장점도 없는 무사안일주의의 교사라도 하나 정도의 가르침은 학생에게 주는 것 같다.

그렇기 때문에 기타가 '뭐가 교무실이야?' 하고 덤벼들어도 후지오카는커녕 모두 '없는 사람'으로 여기며 각자 잡담에 열중하고 있었다.

아니, 단 한 사람 오타 케이는 달랐다. 자리는 앞에서 두 번째지만, 몸 전체를 돌려서 눈 밑의 검은 점이 유난히 띄는 얼굴에 걱정스러운 표정을 가득 짓고는 곧장 기타에게 향했다. 시험 결과는 좋지 않았던 듯 돌려받을 때마다 얼굴을 찡그려 보였지만 그보다 지금은 기타를 걱정하고 있었다.

수업이 끝나자 케이가 종종걸음으로 다가왔다.

"기타로, 무슨 일 있어?"

"네 맘대로 부르지 말랬지."

"미안……. 그래도 걱정돼서……."

"쓸데없는 참견이야."

"바보, 걱정했는데."

"기타쟁이 걱정이라도 하지 그래."

"헤어졌다고 했잖아!"

"그렇다고 나한테 달라붙지 마! 관계없어, 너하고는!"

케이를 거칠게 뿌리치고 교무실로 향했지만 발걸음은 점점 느려졌다. 아무리 '단골'이라고 해도 역시 호출은 마음이 무겁다. 시험 이야기로 한창인 녀석들이 마치 다른 세계의 생물처럼 눈앞을 지나쳐 간다. 사실 숫자로 보자면 다른 생물이란 분명 기타 쪽이었다.

점심시간의 교무실은 지독하게 눈부셨다.

역시 호출은 다쓰미와 다치바나도 함께였고, 두 사람은 이미 교감 책상 옆의 응접소파에 얌전히 앉아 있었다. 들킬 리 없다는 눈짓을 교환하고 기타가 소파에 앉자 곧바로 교무주임인 니사토 부키치新里武吉가 나타나 세 사람 앞에 털썩 앉았다. 손에는 몇 장의 갱지를 들고 있다.

"너희, 커닝했지?"

처음부터 고압적이었다. 교장의 아첨꾼 같은 니사토는 세 사람에게 무서운 대상도 무엇도 아니다. 니사토도 그런 사실쯤은 잘 알고 있겠지만, 짐작하건대 가까이에서 상황을 살피는 교장이나 교감의 눈을 의식해서 허세를 부리는 것이다. 그래도 세 사람이 가만히 있었던 이유는 시야 한 구석에서 반도의 모습을 포착했기 때문이다. 섣불리 건방진 소리를 했다가 교무실 한복판에서 따귀 공격을 받는 것은 참을 수 없다. 실제로 반도는 당장에라도 뛰어들듯한 무서운 얼굴이다.

"왜 입 다물고 있어? 했지! 응? 확실히 말해!"

우위에 있다는 것을 확신하자마자 니사토는 목소리를 한층 거칠게 냈다.

"무슨 말입니까."

다치바나가 냉정하게 반문했다.

"버럭하지 마시고 제대로 설명해주시죠."

이러한 대화는 다치바나에게 맡겨야 한다. 그것도 쉬는 시간에 말을 맞춘 계획 중 하나였다.

니사토는 혀를 차고 흘끗 교장을 훔쳐보았다.

"너희가 커닝한 건 다 알고 있다. 빨리 털어놓는 편이 이익이야."

"이익이라니 누구의 이익입니까? 선생님 쪽 이익입니까?"

"뭐라고!"

니사토가 금은투성이의 이빨을 드러냈다.

"시치미를 뗄 작정이냐? 나중에 후회하게 될걸!"

"커닝도 후회도 하지 않습니다."

지체 없이 말대답하는 다치바나에게 니사토는 말문이 막혔지만 세로로 기다란 얼굴에 예상 외로 웃음을 머금었다.

—아직 뭔가 있군.

기타는 그렇게 직감했다.

"좋아, 알았다."

니사토는 여유를 듬뿍 담은 말투로, '그러면, 이걸 봐' 하고 탁자 위에. 갱지를 펼쳤다.

시험의 해답 용지가 세 장. 현대 국어이다.

"여기다."

니사토의 손가락은 '문제 7'을 가리키고 있다.

이른바 장문長文 문제다. 예문을 근거로 글의 뜻이나 요약, 한자 받아쓰기 등을 출제하고 있는데 '문제 7'은 그 예문의 작자를 묻고 있다.

기타는 무심코 '앗' 하고 작은 목소리를 냈다.

세 장의 해답란에 나란히 '다니자키 준이치谷崎潤一'라고 쓰여 있었기 때문이다. 다쓰미의 '조지'가 아닌데도, '로郞'가 빠져 있다. 현대 국어는 시험 첫날이었다. 기타와 다치바나는 잠들어서 다쓰미가 혼자 교과서를 뒤적이며 답을 써넣었다. 잠결이었는지 자기 이름 쓰는 버릇이 나와 '로'를 빠뜨리고 썼을까. 아니 다쓰미라면 '다니자키 준이치'라고 믿었을지도 모른다. 어느 쪽이든, 세 명 다 '준이치'라면 커닝을 의심받아도 어쩔 수 없다.

— 이런 바보 멍청이가.

기타는 고개를 숙이면서 곁눈으로 다쓰미를 째려보았다. 하지만 본인은 그다지 놀라지도 않고, 의아한 듯이 눈을 끔뻑거리고 있다. 역시 그런 것이다. '다니자키 준이치'가 맞다고 생각하는 모양이다.

"어때. 셋이서 이런 바보 같은 실수를 똑같이 할 수가 있냐?"

"당연합니다."

다치바나는 눈썹 하나 까딱이지 않고 대답했다. 다양한 질문을 상정해서 대응을 다듬은 듯, 변명도 막힘없이 나온다.

"전날 밤에 셋이 모여서 공부했습니다. 착각도 셋이 같이 한 겁니다."

"뭐, 뭐라고?"

니사토가 다시 이를 드러냈다.

다쓰미와 기타는 다시금 감탄했고, 이것으로 무죄방면이라고 생각했다.

그러나 진짜 위기는 이다음이었다.

"그렇다면 묻겠다."

니사토가 위엄 있게 말했다.

"셋 다 필적이 똑같은 것은 어떻게 된 거냐?"

이번엔 다치바나가 말문이 막혔다.

니사토의 공격이 계속되었다.

"어이, 어떻게 된 거야? 함께 공부하면 글씨까지 닮는 거냐?"

— 당했다.

기타는 눈앞이 캄캄해지는 것을 느꼈다. 다쓰미가 혼자서 세 장을 써넣었으니 필적이 전부 똑같을 것이다. 게다가 다쓰미의 글씨는 심하게 오른쪽이 끌려 올라가는 듯 보인다. 그 특징 있는 글씨가 이 위기에서는 참으로 원망스럽다.

"안 비슷하잖아."

궁한 나머지 다쓰미가 지껄였다.

그것이 마침내 니사토의 분노를 부채질하고 말았다.

"그러냐? 그래? 안 비슷하다고?"

니사토는 섬뜩하게 말하면서 세 장의 시험지 이름 부분을 뒤쪽으로 접어 감추고, 트럼프라도 하듯이 무릎 위에서 위아래를 몇 번쯤 섞어서, 역시 트럼프처럼 탁자 위에 늘어놓았다.

"자기 시험지를 골라봐."

세 사람은 얼굴을 마주 보았다. 어느 용지나 그저 다쓰미의 악필이 늘어서 있을 뿐이다.

"자기 글씨를 모르는 녀석 따위 없겠지. 자 빨리 자기 걸 집어."

— 확률 삼분의 일.

'에잇' 하고 기타가 중간을 골랐다. 펼쳐보니 '다쓰미 조지'라고 되어 있다. 다쓰미는 '다치바나 소이치'를 뽑아버렸고, 다치바나가 고를 것도 없이 삼전 전패가 결정되었다.

니사토의 의기양양한 웃음소리가 교무실 전체에 울렸다. 기타와 다쓰미는 몹시 기가 죽었고 다치바나도 뭔가 말하면 불리해지는 듯 입을 다물기로 작정했다. 적당히 웃은 니사토가 다시 흘끗 교장의 안색을 살피고 세 사람에게 살짝 말했다.

"그런데 어떻게 한 거야?"

순간 세 사람은 얼굴을 들었다.

니사토는 감질나는 듯이 몸을 앞으로 내밀었다.

"어이, 이제 항복해. 어떻게 커닝을 했어?"

니사토의 얼굴은 이제 웃고 있지 않았다.

세 사람은 일단 고개를 다시 숙이고 서로 눈빛을 교환했다.

커닝의 수법을 알지 못해서 니사토도 곤란해하고 있다. 부정은 확실했지만 어떻게 해서 부정이 행해졌는지 그것을 모른다. 반이 다른 세 사람은 다른 교실에서 시험을 쳤으니까 일반적으로 말하는 커닝은 할 수가 없다. 하물며 같은 필적의 해답 용지가 제출된 것 따위 있을 수 없는 일이다. 당연히 생각해보면 세 사람이 미리 시험용지를 들고 있다는 사실에 다다를 테지만, 오랜 교사생활로 딱딱해진 니사토의 머리에는 아무리 해도 그 '설마의 행동'이 떠오르지 않은 것 같다. 학교 측의 관리 불찰 따위 처음부터 머릿속에 없다.

— 말하지 않으면 들키지 않아.

기타의 생각을 다치바나가 대변했다.

"필적도 비슷했을지 모릅니다."

"뭐……?"

니사토의 얼굴이 자신감을 잃었다.

"어쨌든 저희, 나쁜 짓은 전혀 하지 않았습니다."

"결국은 밝혀질 일이야."

"그게 누명이라는 겁니다."

"그만 됐어!"

니사토가 너무나도 분한 듯 이를 드러냈다.

"방법을 알아내면 연락할 테니. 이삼 일 집에서 근신하고 있어."

"아무것도 안 했으니까, 아무것도 모릅니다."

일어서면서 다치바나가 말했다.

"이제 가!"

"빨리 시험지 돌려주세요. 어머니가 기대하고 있으니까."

다쓰미가 농을 던지며 자리를 일어났고, 기타와 다치바나도 처음 들어설 때와는 달리 가벼운 발걸음으로 뒤를 따랐다. 등 뒤로 '근신 중에는 아무 데도 나다니지 마!' 하는 니사토의 성난 목소리가 들려왔다.

다쓰미가 날름 혀를 내밀었고 기타와 다치바나는 크게 숨을 토해냈다. 예상 외로 추궁당했고 뜻밖에 역습도 당했다. 1라운드는 쌍방 잽의 응수로 보아야 할 상황이었다.

5

사흘 뒤 학교에서 호출이 있었고 교장이 직접 처분을 선고했다.

무기정학.

"어엇!"

다쓰미가 펄쩍 뛰었다.

다치바나도 납득이 가지 않는다는 듯 앞으로 나아갔다.

"교장선생님, 무기라니, 언제까지입니까?"

교장인 미쓰데라는 넘쳐서 떨어질 듯한 큰 눈으로 세 사람을 연달아 바라보며 끙 하고 입을 열었다.

"형무소와 같지. 모범수라면 빠르지만, 태도를 고치지 않으면 평생이야. 뭐 너희의 경우는 졸업식까지라고나 할까? 그렇게 되면 유급이 틀림없겠지."

미쓰데라는 세 사람을 죄수에 비유하며 코웃음을 쳤다. 그렇긴 해도 학교 측에서는 사형선고라도 내리고 싶은 낙오자 트리오인 것이다.

"정학의 이유는 뭡니까?"

이번에는 기타가 덤벼들었다.

"커닝이지만, 그것만이 아니야. 태학, 흡연, 무신고 아르바이트, 수상쩍은 곳에 출입……. 전부 다 합쳐서다."

"말도 안 돼!"

"다 합치다니 비겁하잖아!"

격분한 두 사람을 다치바나가 제지하고 미쓰데라에게 말했다.

"언제 우리가 커닝을 했습니까?"

"그래, 분명 너희가 어떻게 해서 커닝을 했는지 결국 알 수 없었다. 그래서 흡연이나 그 외 여러 가지를 덧붙였지."

"쳇, 치사해!"

다쓰미가 몸을 기역자 모양으로 구부리고 쥐어짜듯이 말했다.

순간 미쓰데라의 엷은 웃음이 가셨다.

"치사한 건 너희다! 시궁창의 쥐새끼 같은 놈들, 학교 따위 얼른 그만둬버려!"

"헛."

다쓰미가 묘한 소리를 내고는 고개를 움츠렸다.

"학교라는 곳은 말이야, 너희 같은 쓰레기가 노는 곳이 아니야!"

자랑스러워하는 목청 좋은 목소리는 지저분한 대사를 토해낼 때도 박력 있었다. 대학 체조부 출신이라면 체육교사인 반도와 같은 코스를 밟았을 것이다. 원래 기품이 있을 리 만무했지만, 학교에서 으뜸가는 불량 학생을 앞에 두고 무심코 본성을 드러내고 말았다. 책상 위에는 여봐란 듯이 무거워 보이는 덤벨을 놓아두고, 너희 따위에게 지지 않는다는 어린애 같은 경쟁심을 엿보이는 그런 남자인 것이다.

"잘 알겠습니다. 하지만 우리가 학교를 그만둘 때는 교장선생님도 함께일 겁니다."

무슨 생각을 했는지 다치바나가 으름장을 놓았다.

"뭐라고!"

미쓰데라의 주먹이 탕 하고 책상에서 튀었다.

"무슨 뜻이야, 말해!"

기타는 다치바나의 진의를 읽지 못해 내심 당황했다. 이 이상 화나게 하면 정말로 퇴학이 되어버린다고. 다쓰미의 눈은 그렇게 말하고 있다. 하지만 다치바나는 평소대로 냉정 그 자체이다. 한 호흡 두고, 놀랄만한 말을 토해냈다.

"MM입니다."

기타는 흔들 하고 가벼운 현기증을 느꼈다. 아니, 실제로 다리가 휘청거렸다.

하필이면 다치바나는 교장실 책상 서랍에 있던 수첩의 메모 이야기를 꺼낸 것이다. 'MM'의 이니셜이 미네 마이코인 것은 다쓰미와 다치바나가 전화로 확인을 끝냈다. 교장과 마이코는 특별한 관계에 있었을지도 모른다. 분명 그럴지도 모르지만, 그러나 'MM'을 폭로하는 것은 '우리가 교장실에 숨어들어갔습니다' 하고 자백하는 거나 마찬가지 아닌가. 게다가 'MM'의 메모가 아무리 수상하다고 해도 미쓰데라의 아킬레스건이 될 수 있을지 어떨지, 확증은 없다. 교장실에 숨어든 사실이 발각되면 바로 퇴학이니, 다치바나는 주사위의 눈에 따라 결정되는 큰 도박을 한 셈이다.

"MM……? 뭐야 그건, 확실히 말해!"

"MM은 여자의 이니셜입니다."

다치바나는 수수께끼를 풀듯이 말하고, 다시 한 번 으름장을 놓았다.

"정말로 확실히 말해버려도 됩니까?"

미쓰데라의 큰 눈이 더 휘둥그레졌다. 새빨갛던 얼굴이 순식간에 창백해져갔다.

"뭐, 뭐야, 대체 너희는……."

미쓰데라의 낭패는 분명했다.

"무기정학 건, 재고 부탁합니다."

그렇게 말하고 다치바나가 머리를 숙인다.

"돌아가! 빨리 나가버려!"

주사위의 눈은 다치바나 쪽으로 기울었다고 봐도 좋았다.

세 사람은 쫓겨나듯이 교장실을 나왔다. 교무실을 힘차게 가로지르면서 기타는 다쓰미나 다치바나의 옆구리를 살짝 찔렀다. 눈이 '으헤헤' 하고 웃고 있다. 기타도 교사들이 알아채지 못하게 손으로 얼굴을 가리면서 웃음을 참고 있었다.

그 당황한 모습, 수첩에 메모되어 있던 글래머의 전화번호는 단순히 교장과 교사의 연락 용도가 아니었던 게 틀림없다. 역시 불륜인가. 아니, 더 중요한 무언가 중대한 비밀이라도? 혹시……. 생각의 선이 뻗어나가는 동안, 기타의 웃음이 가셨다.

— 교장이 글래머를 죽였다?

"정말 다치바나, 너무 세게 나간 거 아냐? 갑자기 MM을 터뜨리다니."

복도로 나가자 다쓰미가 깡충깡충 기쁜 듯이 뛰어 돌아다니면서 말했다.

"심장이 멈추는 줄 알았다니까, 나는."

생각에 잠긴 얼굴이었던 기타도 쓴웃음으로 돌아가 덧붙였다.

"미안, 미안. 갑자기 번뜩 떠올라서."

"번뜩?"

기타가 물었다.

"그 봉투 말이야. 금고를 열었을 때 글래머의 주머니에서 떨어진 걸 기타로가 주웠잖아."

"응, 시험 답이 쓰여 있었던 거 말이지?"

"그래, 아마 교장이 글래머에게 건넸을 거야."

다쓰미가 깡충거리는 것을 멈추었다.

"어째서 그렇게 추측하는 건데?"

기타가 눈을 동그랗게 뜨고 물었다.

"어째서인지는 나도 몰라. 단지 시험 답은 한문과 윤리 둘 다 한 장의 종이에 쓰여 있었지."

"으응."

"글래머는 영어야. 아무리 생각해도 한문이나 윤리 답을 알고 있다니 이상해. 그래서 생각했지. 다른 과목 교사가 만든 시험 답을 고스란히 사전에 알 수 있는 인물은 누구일까."

"과연……. 교장이라면."

기타의 말에 다쓰미도 순순히 고개를 끄덕인다.

"그렇다면 말이지. 어떤 이유로 교장이 글래머에게 시험 답을 흘렸다고 하면, 수첩에 MM 따위로 의미심장하게 이니셜로 쓰여 있던 일도 납득할 수 있고. 그런 생각을 하는 동안에 교장의 반응이 보고 싶어져서, 그만 입에 올려버렸어."

다치바나의 말에 기타와 다쓰미가 신음했다. 다치바나의 추리가 정통으로 핵심을 찔렀다는 생각이 들었다.

"하지만 말이야, 다치바나. 어째서 교장이 글래머에게 시험 답을 흘려야 했을까?"

다쓰미가 궁금한 듯 물었다.

"그걸 모르니까 머리를 짜내고 있잖아."

기타가 초조해하고 있는데, 그때 뒤에서 '어이!' 하는 소리가 들렸다.

체육교사 반도였다.

대화의 내용이 내용인 만큼, 세 사람은 깜짝 놀라 등줄기를 폈다. 하지만 뜻밖에 반도의 표정은 신통치 않다. 세 사람을 급수탱크로 불러 담배에 불을 붙이더니, 이내 세 사람에게 담배를 권했다.

다쓰미가 쭈뼛쭈뼛 손을 뻗으면서 묻는다.

"하실 말씀이 뭡니까?"

"너희 운이 좋았어."

반도가 뜬금없는 소리를 했다.

"농담이 심하시네요, 저희는 무기정학이라고요."

세 사람은 반쯤 웃으면서 일제히 입을 삐죽거렸다. 하지만 반도는 떫은 표정인 채로 계속 말을 이었다.

"소마, 있잖아, 마작 좋아하는……. 녀석이 말이야, 퇴학 처분을 먹었어."

"에엣!" "언제!" "어째서!"

세 사람이 소리를 지르며 반도를 다그쳤다.

"어이, 기다려봐, 보채지 말고. 차근차근 말할 테니."

반도가 양손을 들었지만, 다쓰미는 멈추지 않았다.

"아니, 어째서요? 왜 소마가 퇴학입니까?"

"출석부 위조한 게 발각됐어. 오늘 오전 교무회의에서 문제가 되어서, 소마는 퇴학, 너희는 그래도 소마보다는 낫다고 해서 무기정학으로 결정됐어. 그래서 말한 거야, 너희 운이 좋았다고."

"위조라니 어떻게요?"

다쓰미가 떨리는 목소리로 물었다.

"잘 모르겠지만, 소마 녀석은 출석부의 결석 표시를 지각으로 고쳐 써서 출석일수를 늘렸나 봐."

"어엇!" 하고 다쓰미가 놀라고, "그런 게 가능해?"라며 기타가 날카롭게 물었다.

"간단해, 결석 마크는 사선이지. 지각은 가위표니까, 선을 한 줄 더 그어서 결석을 지각으로 처리해버리면 돼. 그거면 그냥 지각으로 처리되니까. 영어, 현대 국어, 수학, 세계사……. 소마는 전부 위조했던 것 같다."

"하지만, 어째서 들킨 겁니까?"

"그거야. 녀석도 대담한 짓을 한 것치고는 얼이 빠져가지고." 반도는 쓴웃음을 지으며 말을 이었다. "수학 히로세広瀬 선생은 파란 펜으로 출석을 체크하는데, 소마 녀석이 검은색으로 고쳐버렸어. 바로 들킨 거지."

거기까지 들은 세 사람은 전부 이해되었다.

그날 밤 교무실에 있던 사람은 역시 소마였다. 교무실에 숨어들어 출석부 위조를 하고 있었던 것이다. 그러나 어두운 곳에서 작업했기 때문에 파란 잉크와 검은 잉크가 구분되지 않아 치명적인 실수를 범했다. 창문에서 뛰어내려 도망친 사람도 소마였다. 세 사람이 교무실에 들어갔을 때, 소마는 마침 영어준비실에서 위조를 하고 있었다. 그리고 다쓰미의 토시를 듣고 당황해서 창문에서 뛰어내렸다. 그러고 보니 전부 이치에 들어맞는다.

다른 수수께끼도 풀렸다. 학교에 거의 모습을 보이지 않는 소마가 계속해서 순조롭게 진급해온 이유 말이다. 여태까지 몇 번이나 학교에 숨어들어 왔던 게 틀림없다.

반도가 말을 이었다.

"그렇지만 녀석이 언제 위조했는지 모르겠어. 교무실에 마음대로 들어왔다고 하면 얼빠진 쪽은 교사들이지. 소마만의 책임으로 끝나지 않게 돼."

세 사람은 말없이 고개를 숙였다. 반도는 소마에게 동정적이다. 세 사람에 대해서도, 역시 지금은 적으로 보지 않는다. 그렇다고 해서 반도에게 진실을 말할 수도 없다.

"그건 그렇고, 너희도 대소동이었어. 커닝이 아니라 시험문제를 훔친 게 아닌가 하고."

세 사람의 호흡이 멈추었다.

"설마, 어디에서 훔친다는 말입니까?"

잠시도 틈을 만들지 않겠다는 듯이 다쓰미가 새된 목소리를 냈고, 세 사람이 동시에 반도의 대답에 마른침을 삼켰다.

"인쇄실. 잘못 인쇄된 걸 쓰레기통에서 훔치지 않았어?"

"그런 짓 안 했어요."

다쓰미가 부르르 하고 고개를 옆으로 흔들더니 이내 자신 없는 소리로 덧붙였다.

"그래서 어떻게 된 겁니까?"

"결국 알 수가 없어서 인쇄실 자물쇠를 엄중히 단속하자고 결론 내렸지."

순간 긴장이 풀려서 세 사람은 일제히 웃음을 터뜨렸다. 발각의 위기는 완전히 지나가버렸다. 영문을 모르는 반도도 말려들어 붉은 잇몸을 드러냈다.

"그래서 선생님, 진상을 캐내 오라는 교장 선생님 말씀대로 우리를 여기로 부른 겁니까?"

기타가 한껏 웃음을 참으면서 물었다.

"아냐, 아냐."

반도는 얼굴 가까이에 대고 손사래를 쳤다.

"앞으로 몇 개월만 있으면 졸업하는 너희를 추궁해봤자 무슨 소용이야. 그게 아니라, 소마를 위로해주라는 거야. 네 놈들에게 그걸 부탁하고 싶었다."

순식간에 웃음이 가셨다.

"녀석도 여기까지 와서 중졸이라니. 취직도 취소되어버릴 거고……."

"취직…… 결정됐어요?"

다쓰미가 물었다.

"으응. 퍼시픽 전장電裝에. 소마도 좋아했던 것 같은데. 하지만 이걸로 끝이지."

반도의 말은 세 사람의 가슴에 무겁게 울렸다.

6

그날 밤, 기타는 아래층에서 계속 울리는 전화벨에 잠이 깼다. 한쪽 눈을 가늘게 뜨고 시계를 보았다. 이미 새벽 2시가 넘었다.

혼잣말로 '시끄러워, 시끄러워' 하면서 계단을 뛰어 내려가니 침실의 맹장지 문이 반쯤 열리고 아버지의 숱이 빠져가는 머리와 어깨가 힘없이 복도로 비어져 나왔다.

그것을 무시하고 기타는 전화기 쪽으로 가서 냉큼 수화기를 집어들었다.

"네, 기탑니다!"

"여보세요, 나…… 케이."

수화기를 귀에서 떼고 우선 쏘아본 뒤 기타는 복도 쪽으로 머리를 홱 돌리고 다시 노려보았다. '엄마 아니야' 하고 전할 생각이다. 머리가 스르륵 들어가고, 덜컹 하며 맹장지 문이 닫힌다.

"여보세요, 있잖아……."

기타는 숨을 한 번 쉬고 수화기를 향했다.

"뭐야, 이 시간에."

"미안. 근데 큰일이 있어서……."

케이의 목소리는 떨리고 있었다.

"그러니까 뭐냐고."

"소마가 죽었대."

기타는 다시 수화기를 뗐다가, 바로 거세게 덤벼들었다.

"죽었다고?"

"그래……. 아파트에서 목을 매고……."

케이의 눈물 섞인 목소리가 귀를 찌른다.

"자살했어? 소마가?"

"그런 것 같아. 초등학생인 여동생이 오빠가 죽었다고 아파트 사람에게……. 그래서 경찰차와 구급차가 계속 와서, 우리 집이 소마 집 근처잖아. 아버지가 가서 물었더니 소마가 자살했대. 나 너무 놀라서, 그래서……."

눈앞이 흐느적거리며 일그러졌다.

소마가 죽었다. 자살했다.

실감이 나지 않았다. 죽음에 대한 실감은 없었지만, 한편으로 괴로운 감정이 가슴에 퍼졌다.

—갔으면 좋았을걸.

낮에 소마를 위로해주라고 체육교사인 반도에게 부탁을 받았다. 물론 그럴 생각이었지만, 세 사람도 무기정학을 받은 충격으로 소마를 찾아가는 일은 내일로 미룬 것이다. 녀석도 하루 지나면 조금은 차분해질 거라는 그럴듯한 이유를 멋대로 붙이고 학교에서 헤어졌다.

하지만 내일은 없었다. 소마는 죽었다.

"여보세요, 여보세요……."

"고마워, 알려줘서."

어른스럽게 감사를 표하고 전화를 끊자마자, 기타는 바로 다쓰미의 집으로 다이얼을 돌렸다.

"나다."

"아아, 기타로냐, 왜?"

졸린 목소리이다.

한 박자 두고 기타는 입을 뗐다.

"소마가 자살했어."

"거짓말."

"거짓말이 아냐, 죽었어."

'죽었어'라는 말을 입으로 내뱉고 나니 처음으로 소마의 죽음이 현실로 와 닿았다. 다리가 희미하게 떨리고 칼칼하게 마른 목구멍이 쓰리다.

다쓰미가 우는 목소리를 냈다.

"아니, 아니, 나 말이야, 아까 소마랑 만났거든."

"만났어?"

"그렇다니까, 12시쯤까지 같이 있었어. 거짓말이지? 죽다니, 응?

거짓말이지?"

"진정해, 조지! 아무튼 소마네 아파트에 가보자."

다치바나에게도 오라고 전하고 기타는 집을 뛰어나와 새빨간 RD350에 급하게 시동을 걸었다.

찬바람이 몸을 찔렀다. 풍압 탓에 헬멧을 쓰지 않은 얼굴이 뒤쪽으로 당겨진다. 개의치 않고 스로틀을 끝까지 당겨 국도를 질주하여 오쓰카 역 앞을 지나 엔진 브레이크 소리를 내뿜으며 골목으로 미끄러져 들어갔다.

순간 눈부신 사건 현장의 광경이 눈앞에 펼쳐졌다. 경찰차가 두 대 있다. 아파트 주변을 수많은 야경꾼이 둘러쌌고, 더러운 벽에는 카메라 플래시와 방송국의 강한 조명이 비쳐 깊은 어둠 속에서 그곳만이 떡 하니 드러나 보였다.

몇 초 뒤 다쓰미의 마하500이 달려 들어왔다.

"정말 진짜잖아."

다쓰미는 울음을 터뜨리려 했다. 기타는 다쓰미의 배에 펀치를 날렸고, 그때 사람들 속에서 케이의 얼굴을 찾아내어 뛰어갔다.

"기타로……."

케이의 상체가 흔들 하고 중심을 잃으며 기타의 가슴에 쓰러졌다. 몸이 차갑다. 그 몸을 떠받치며 기타는 자세히 말해달라고 요구했다.

다치바나도 닥스로 바로 도착했다. 창백한 세 사람의 얼굴이 케이를 둘러쌌다.

케이의 이야기는 기타에게 전화한 내용의 영역을 넘지 않았다. 다만 한 가지 추가된 내용이라면, 경찰차가 온 시각이 오전 1시경이었다고 한다.

"그러면 나와 헤어지고 나서 바로잖아!"

다쓰미의 목소리는 비명에 가까웠다.

"조지, 정신 차려, 정신 차리고 얘기해봐."

기타의 목소리도 침착함을 잃었다.

"내일 위로하자고 결정했지만, 나는 아무래도 소마가 마음에 걸려서……."

다쓰미는 일단 집에 돌아갔지만 10시 정도에 소마의 아파트를 찾아갔다고 한다. 응답이 없어서 역 앞의 마작장을 들여다보았지만 그곳에도 보이지 않더란다. 할 수 없이 돌아가려고 바이크에 올라탔을 때 역 개찰구를 나오는 소마를 발견하고 찻집에서 한 시간 정도 이야기를 나누었다고 했다.

"어떤 얘길 했어?"

기타가 물었다.

"퇴학당한 거냐고 물었어."

"그랬더니?"

"'으응' 하고 대답했어. 그다지 실망하는 모습도 아니더라고. 그래서 말이야, 그 이야기를 했어."

그렇게 말하고 다쓰미가 케이를 흘끗 보았다.

기타가 케이에게 양해를 구한 다음 세 사람은 담 쪽을 향해서 걷기 시작했다.

"'너 학교에 숨어들었지, 내가 너 같은 녀석을 봤어, 토시를 듣고 달아났잖아. 글래머가 죽은 것과는 관계없겠지' 하고 이것저것 물어봤어."

기타의 눈이 날카로워졌다.

"우리 일도 말했냐?"

"말 안하면 이야기가 통하지 않잖아. 소마도 숨어들었고……. 어차피 학교 잘렸으니까 상관없다고 생각해서."

기타는 고개를 끄덕였다.

"그건 됐어. 그래서 그날 밤, 도망간 건 역시 소마였었냐?"

"아니, 자기가 아니었대. 숨어 들어간 건 맞지만 시간이 다르다면서……."

"무슨 말이야?"

"소마의 말로는, 그날 밤 8시쯤에 탈의실로 숨어들어서, 그대로 계속 사물함 안에서 버티고 있었대. 있잖아, 교무실 옆에 있는 여교사 탈의실 말이야. 그러다 하이드가 10시 순찰로 교무실에 들어갔을 때 뒤로 살짝 따라 들어갔대. 그렇게 해서 하이드가 나가고 난 다음에 출석부를 위조했고, 11시에는 학교를 빠져나갔다고 말했어."

기타와 다치바나는 경탄의 얼굴을 마주했다.

여교사 탈의실이라…….

교무실 창문의 잠금장치를 부쉈을 때, 반도와 맞닥뜨릴 뻔한 다쓰미와 다치바나가 순간의 기지로 도망쳐 들어간 곳이다. 루팡 작전에서는 온갖 방법을 다 찾아봤다고 생각했지만, 탈의실에 숨어서 순찰 시간을 기다린 다음, 모키치를 열쇠 대신으로 이용해 교무실에 침입한다는 신선한 방법에는 생각이 미치지 못했다. 이런 상황만 아니라면 소마의 기지를 격찬했을 것이다.

"탈의실에는 사용하지 않는 사물함이 두 개 있어서, 절대 열릴 걱정도 없다고 했어. 소마는 1학년 때부터 그 수법으로 출석부 위조를 했대."

진급을 위해서이다. 마지막 범행은 졸업하기 위해서였음에 틀림없다. 그런데 어째서 소마는…….

다치바나가 이야기를 되돌렸다.

"요컨대, 그날 밤, 영어준비실의 창문에서 뛰어내려 도망간 용의자는 소마가 아니었다는 말이군."

"응, 소마는 그렇게 말했어."

"그리고……."

기타가 재촉했다.

"그리고 무슨 말을 했어?"

"그것뿐이야."

"그것뿐이라니, 아니, 그다음에 소마가 자살했다고!"

"하지만 정말로 그 이야기만 하고 헤어졌어. 평소와 하나도 다른 게 없었다고 설마 죽다니……. 알았으면 나도……. 하지만 몰랐어……. 혹시, 글래머를 의심했기 때문인가? 그래서 그 녀석……."

다쓰미의 눈이 새빨갛다. 다치바나가 다쓰미의 어깨를 쥐듯이 두드리며 '네 탓이 아니야' 하고 조용히 위로했다.

기타도 동조하다가, 갑자기 주위를 둘러보았다.

"어이, 다치바나 여동생은 어디에 갔어? 봤어?"

"아니."

기타는 허둥지둥 야경꾼 쪽으로 돌아가, 케이를 붙잡았다.

"소마 여동생 몰라?"

"으응, 나 못 봤어."

"그렇군……."

큰맘 먹고 경찰차 옆에 있던 제복 경관에게 물었다. 젊은 경관은 체육복 차림의 기타에게 수상쩍다는 표정을 지어 보였으나, 소마의 친구라고 이름을 대고 여동생이 걱정이라고 하자 갑자기 태도가 부드러워졌다.

"아까 구청 사람이 와서 아동상담소에 데리고 갔어."

"아동상담소라……."

— 그렇다면 밥은 먹을 수 있겠군.

우선은 그런 생각이 들었다. 그리고 약간이지만 다행이라는 생각도 들었다. 죽은 소마에게는 미안하지만, 여동생에게는 제3자의 구원의 손길이 필요했음에 틀림없다.

경찰차와 보도진이 철수하자 야경꾼도 하나둘씩 줄어, 이윽고 케이를 포함한 네 사람만 오도카니 현장에 남았다.

그곳을 떠나기 어려운 심정이었다.

'도둑' '돈 갚아' '죽여버린다'는 글씨가 크게 쓰여 있는 문이 바람에 콰당, 콰당 소리를 내었다.

소마가 죽었다는 사실이 온몸으로 느껴졌다.

다쓰미는 얼어붙은 아스팔트에서 무릎을 껴안고 있었다. 옆에서 다치바나가 침울한 시선을 아파트에 던지고 있었다. 기타와 케이는 바싹 달라붙어 역시 무언으로 찬바람에 몸을 방치하고 있었다.

소마를 죽게 내버려두었다는 자책감이 기타의 가슴에 박혀들었다.

드디어 주위가 밝아지기 시작해 네 사람은 집으로 향했다.

기타는 오토바이를 놔두고 갔다. 케이의 어깨를 끌어당겨 좁은 골목길을 빠져나가서는 모두가 잠들어 조용한 케이의 집 계단을 올라가 희미하게 좋은 향기가 나는, 한 면이 핑크색인 방에서 케이를 안았다.

두 사람 다 이가 덜덜 떨릴 정도로 얼어붙어서, 그렇게 할 수밖에 없었다. 좋고 싫고도 없이 그저 동화되었다. 어떻게도 할 수 없다는 서로의 심정을 떨치려고 발버둥쳤다. 이미 스스로 찾으려 해도 찾아낼 수 없는, 어디까지나 깊이 가라앉아 존재 자체를 잃어버린 마음의 파편을 구하려고 버둥거렸다.

—죽게 내버려둔 게 아니야. 그런 게 아니야.

안아도, 안아도 케이의 몸은 차가웠다.

기타는 울음을 터뜨리고 싶은 심정으로 힘껏 살을 맞댔다. 케이는 상냥했다. 그 첫날밤처럼.

창문이 아침노을에 오렌지색으로 물들었다.

"……기타로는 따뜻하네."

기타의 품에서 잠시 졸던 케이가 중얼거린다.

—몸? 아니면 마음?

눈과 코 사이가 시큰했지만, 눈물은 나오지 않았다. 눈부신 아침 햇살을 받으며 기타는 자신을 부수고 싶은 충동에 시달렸다.

다음 날도 케이와 만났다.

케이는 변했다. 교제가 끊겼던 이 년 정도 사이에 변했다. 예전처럼 언제나 기타에게 착 달라붙지도 않고, 나름의 간격을 두고 루팡에 얼굴을 내밀어 다치바나나 다쓰미와도 잘 지냈다.

케이로부터 소마의 여동생이 아동 보호시설에 맡겨졌다는 소식을 들은 것은 얼마 후의 일이었다.

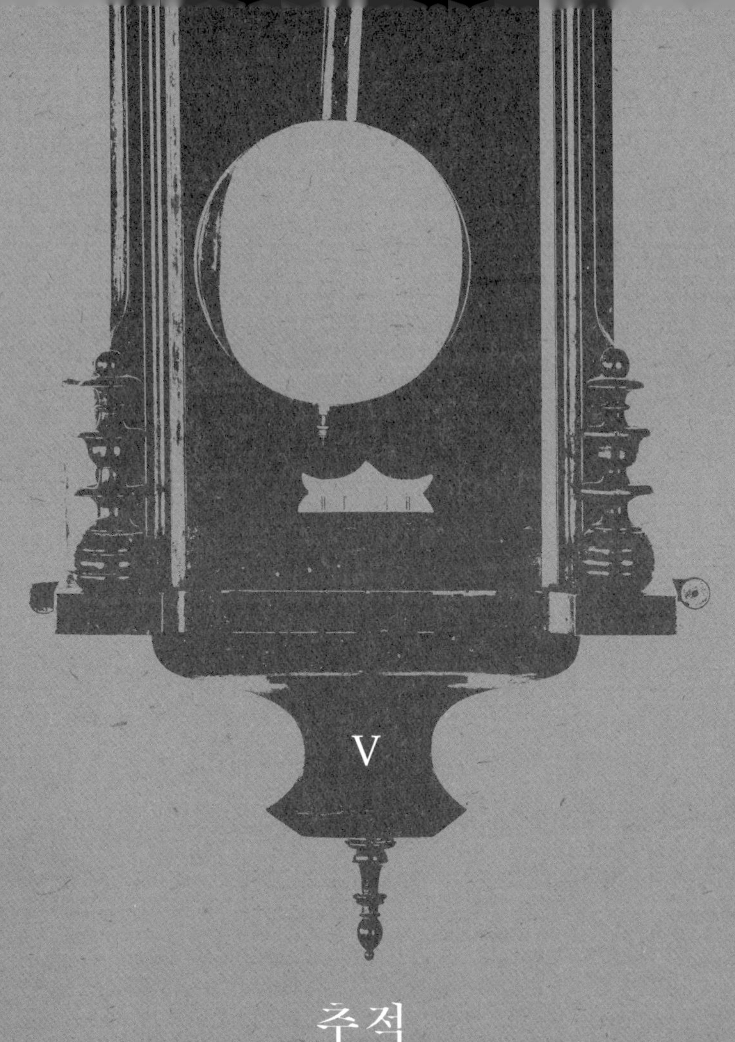

V

추적

1

— 시효는 앞으로 열세 시간인가.

다치바나 소이치의 수색을 명받은 다니가와 유지는 우에노 역 뒷골목 안에서 손목시계를 보았다. 같은 조인 신참 형사 닛타 도시오新田敏夫도 그 모습을 보고 자기 시계에 시선을 떨어뜨리며 '찾을 수 있을까요' 하고 내키지 않는 목소리로 말했다.

"찾을 때까지 찾는 거다."

대졸인 닛타와 나이 차이는 얼마 나지 않지만 올해로 형사 삼 년 차인 다니가와가 선배이다. '미조로기 팀'의 말석에 이름을 올린 지 이 년, 이날 처음으로 같은 조가 된 관할의 닛타로서는 다소 거북할 정도로 다니가와는 직무에 열심이다.

다쓰미의 진술에 따르면 다치바나는 고등학교를 졸업하고 오 년 정도 빌딩 청소 아르바이트를 계속하다가 어느새 그것도 그만두고 집을 나가 이 근방 노숙자 무리에 섞여 생활한다고 했다.

다니가와와 닛타는 여기로 오기 전 다치바나의 본가에 들렀다. 그들을 맞은 모친은 '벌써 십 년 전에 집을 뛰쳐나가 어디에 있는지 짐작도 안 갑니다' 하고 쌀쌀맞게 말했다. 모친은 집을 나간 이유도 모른다면서 총총히 쇼핑을 나가는 참이었지만, 그들이 뒤쫓아간 결과, 가출 전 다치바나가 '인간이 달에 갔으니 이 세상도 끝이다' '태어날 시대를 잘못 택했다'라는 말을 허튼소리처럼 되풀이했다는 정도는 들을 수 있었다.

우에노로 향하는 차 안에서 닛타는 '저런 사람이 부모냐' '걱정도 안 되나' 하며 분개했다.

— 걱정 안 하는 부모가 어디 있어, 눈물마저 다 말라버린 거지.

나이보다 열 살은 들어 보이던 다치바나 모친의 얼굴을 떠올리며 다니가와는 마음이 무거워졌다.

수색 대상자는 역 구내 통로의 구석진 곳에 떼 지어 있었다. 더러워진 옷을 몇 겹이고 걸쳐 입은, 수염이 텁수룩한 남자들이 각자 자유롭게 술을 마시고, 아무 데서나 쓰러져 자고, 골판지 상자로 만든 집에 틀어박혀 있었다.

그 얼굴을 하나하나 확인하면서 걸었다. 다치바나의 나이는 서른 셋. 십 년이나 지났지만 일단 사진도 본가에서 빌려서 들고 왔다.

하지만 다니가와의 눈에는 어느 얼굴도 똑같아 보였다. 흐리멍덩하고 패기라고는 없는 얼굴, 얼굴, 얼굴들. 머리카락에 파묻힌 눈동자는 초점을 잃었고, 나이 역시 분명치 않다. 노인처럼 보이다가도 자세히 보면 젊은 것도 같다.

"무리입니다, 다니가와 씨."

엉거주춤 다니가와를 뒤따르던 닛타가 벌써부터 소리를 높였다.

"찾아야 해."

"이렇게 다 똑같아 보여서야 어디 구분이라도 하겠습니까?"

"자네는 돌아가도록 해."

뿌리치듯 말하고 다니가와는 노숙자의 영역에 발을 들여놓았다. 주머니에서 다치바나의 사진을 꺼내어, '이 사람 모르십니까?' 하고 옆에서부터 보여주면서 돌고 있다.

반응은 느렸다. 무시하고 술을 계속 마시는 사람, 잠시 들여다보다가 바로 관심 없는 듯 옆으로 고개 돌리는 사람, 몸을 흔들거리며 한쪽 눈밖에 뜨지 못하는 사람……. 아는 건지 모르는 건지, 그런 느낌조차 얻을 수 없다. 한 시간 정도 필사적으로 노숙자 사이를 헤집고 다녔지만 수확은 전무했다.

"역시 무리예요, 이런 거."

닛타가 노숙자들의 등을 두리번거리면서 말했다. 독기에 질려 완전히 위축된 모양이다.

다니가와는 경찰의 무력함에 직면한 심정이었다. 아니, 조직이라든가 형식처럼, 사회가 인정하는 무형의 것들에 대한 무력함일지도 모르겠다. 여기 떼 지어 있는 남자들에게 판에 박은 위협이나 어르기 따위는 통하지 않는다. 세속적 욕망이니 보신은 이미 오래전 어딘가에 버렸고, 애당초 형식적인 틀에서 도망쳐 왔기 때문에 여기서 이러고 있는 것이다. 그래서 멍한 듯 있으면서도 몇 초의 속박조차 허락하지 않는 고집스러움이 어느 얼굴에나 드러났다. 이곳에서 양복 차림으로 직무에 종사하는 다니가와는 분명 이단자였다. 사회에서 거절당한 인간들은, 그 이상의 에너지로 사회를 거절하고 있다.

역의 대형 시계는 정오를 넘겼다.

다니가와와 닛타는 매점에서 캔커피를 사 들고 홀짝홀짝 마시며 노숙자 무리에 원망스러운 시선을 내던졌다.

"어떻게 하실 겁니까?"

"다시 한 번 저 안으로 들어가봐야지."

"소용없다니까요, 서에 연락을 넣읍시다."

"'우리는 형사를 그만둡니다'라고 말이냐?"

놀리듯 말하고 다니가와는 캔을 쓰레기통에 버렸다. 그때 개찰구에서 나오는 사람들의 무리가 둘로 갈라졌다.

—뭐지?

그 사이에 생긴 길을 한 노숙자가 뚜벅뚜벅 걷고 있다. 하얀 턱수염의 노인은 곧바로 이쪽을 향했다. 닛타는 신변의 위협이라도 느꼈는지 다니가와를 방패 삼아 몸의 반을 숨겨버렸다.

노인은 다니가와 앞에 멈춰 서서 후들거리는 손을 내밀었다. 거무스름한 때가 얼룩처럼 달라붙었고, 까슬까슬한 피부는 사막에 생식하는 파충류처럼 딱딱했다.

"무슨 일이십니까?"

다니가와는 정중히 물었다. 어쨌든 우에노에 온 이후로 첫 번째 나타난 반응이다.

"아아, 저기 아까……."

노인의 손가락은 다니가와의 양복 안주머니를 가리키는 듯했다.

"사진 말입니까? 앗, 이겁니다. 잘 봐주십시오."

다니가와는 허둥지둥 다치바나의 사진을 꺼내어 노인에게 내밀었다. 노인이 지긋이 바라보며 알겠다는 듯 얼굴을 들었다.

"아십니까?"

"……알아."

"정말입니까, 어디에 있습니까?"

"에에……."

노인의 시선이 다니가와의 어깨 너머로 뒤쪽 매점을 향하는 듯한 느낌이 들었다.

"아, 술 드시겠습니까, 아니면 뭔가 다른 거라도?"

다니가와는 정신없이 말했다. 기분 좋게 이야기를 들을 수 있으면 그걸로 그만이다. 그를 위해서라면 가진 돈 전부를 털어도 아깝지 않은 심경이었다.

"……아니야."

노인이 중얼거렸다.

"아니라뇨?"

노인이 처음으로 다니가와와 시선을 맞추었다.

"아아, 나도 말이지……. 옛날, 아주 옛날이지만 형사를 했어."

다니가와는 등 뒤에서 거대한 둔기로 얻어맞은 듯한 충격을 느꼈다. 다니가와가 직무를 열심히 수행하는 것을 보고, 형사 출신의 노인이 마음을 움직여 협력해주려고 무거운 몸을 끌고 찾아왔다. 그런데도 그는 물욕에서 비롯된 가난한 근성이라고 단정해버린 것이다. 돌이킬 수 없는 실수를 저질렀다는 생각에 얼굴은 물론이고 목까지 새빨갛게 물들었다.

"정말 죄송합니다."

다니가와는 깊숙이 머리를 숙였다.

"괜찮아."

노인은 말했다. 그 눈동자에는 낙담도 분노도 없다.

다니가와는 몇 번이고 사과했다. 노숙자에게 고개를 숙이는 양복쟁이를 향해 의아해하는 시선이 쏟아졌지만 다니가와는 개의치 않았다.

노인은 조용히 말했다.

"그보다 그 남자 말이지, 공원에 있어. 언제나 점심때는 제일 안쪽 벤치에서 자고 있지."

"공원이요?"

다니가와는 붉어진 채 얼굴을 들었다.

"빨리 가보는 게 좋아."

"우에노 공원 말이지요?"

노인은 고개를 끄덕였다. 그 얼굴에 얼핏 웃음기가 보였다.

다니가와는 노인의 양손을 잡아 단단히 쥐고 몇 번이고 감사를 표하고 나서, 닛타와 함께 뛰기 시작했다. 뛰면서 돌아보니 인파의 소용돌이 속에서 이미 노인의 모습을 찾아볼 수 없었다.

어두운 구내에서 얻은 단 하나의 정보는, 마치 작금의 혼돈스러운 정보의 홍수를 조소하듯 정확했다. 우에노 공원의 안쪽, 가장 끄트머리 벤치에서 자는 노숙자의 모습이 두 사람의 눈에 들어왔다.

다니가와와 닛타는 깊숙이 고개를 끄덕였다. 닛타도 조금 전과는 달리 긴장된 표정이다.

"다치바나 씨!"

주저 없이 다니가와는 말을 걸었다.

반응이 없다.

닛타가 돌아 들어가서 누더기 천 속을 들여다보고는 곧장 고개를 들었다. 틀림없다는 눈빛이다.

다니가와는 되도록 조용하게 말했다.

"다치바나 씨, 다치바나 소이치 씨이시죠?"

누더기 천 덩어리가 꿈틀하고 움직였다. 수염으로 뒤덮인 텁수룩한 얼굴이 천천히 올라와 두 사람을 향했다. 눈곱이 달라붙은 힘없는 눈동자에 눈물이 보여 다니가와는 깜짝 놀랐다.

"함께 가주셨으면 좋겠습니다."

다치바나는 저항하지 않았다. 권하는 대로 차에 올라탔고 거기서도 잠이 든 것처럼 있다가 곧바로 서의 조사실로 들어갔다.

형사과의 세 조사실이 다 찼고 4층 수사대책실 스피커도 한 대 추가되었다. 그러나 그 스피커는 소리를 내지 않았다. 다치바나의 눈은 너무나 공허했고 이름이나 주소를 물어도 대답이 없었다. 그것은 묵비라는 의사 개진과는 상관없는, 태아의 침묵이라고도 할 순수한 모습이었다.

2

"드디어 배우가 다 모였군."

미조로기는 일단 기뻐하면서도 씁쓸한 듯 작게 중얼거렸다.

"그렇다고는 해도 인생 가지가지야……."

아내와 아이를 염려하면서 얌전하게 심문에 응하는 기타. 고교 시절 그대로 칠칠치 못한 다쓰미. 그리고 인생에 등을 돌리고 웅크리고 앉은 다치바나. 지금 세 사람은 공통점을 찾기조차 어렵다.

오후 1시를 지나 세 사람을 위해 늦은 점심을 준비한 미조로기는 첫번째 전체 수사회의를 소집했다.

4층 수사대책실.

미조로기를 좌장으로 기타 담당 취조관인 데라오, 다쓰미 담당인 도쿠마루, 다치바나의 심문을 명받은 구루와 고지曲輪幸二. 거기에 서장인 고칸, 화재 현장에서 겨우 돌아온 형사과장 도키사와, 내근 정리역인 오토모 등등 총 스무 명 정도이다. 말석에 기타의 조서를 쓰고 있는 여경의 얼굴도 보였다.

미조로기가 제일 먼저 말을 꺼냈다.

"좋아, 데라오부터 느낌을 말해봐. 아무튼 시간이 없으니까. 짧게 부탁하지."

옆에 있던 데라오가 일어났다.

"기타는 잘 떠들고 있지만, 수다스러운 만큼 아직 뒤가 더 있을 듯합니다. 여태까지의 진술을 믿는다면 기타는 결백……. 요컨대 기타의 진술을 신뢰하고 그것을 토대로 수사를 진행할지, 아니면 진술의 세부를 깊이 파고들어 기타를 공격할지, 둘 중 하나라고 생각합니다."

"자네 느낌은 어때? 기타는 결백한가?"

"현 단계에서는 결백하다고 할 수밖에 없습니다."

"알았다. 다음, 도쿠마루!"

"네."

도쿠마루가 일어선다.

"다쓰미는 그런 남자입니다. 자신에게 유리한 것이나 해가 되지 않는 것은 뭐든 말하지만, 아수라장 같은 땅 투기판에서 제법 굴러먹어서인지 속마음을 끌어내기가 상당히 어렵습니다."

데라오가 도쿠마루에게 냉정한 눈빛을 던졌다. 그걸 캐내는 게 네 일이라는 눈빛이다.

"다쓰미에 대한 느낌은?"

"역시 결백하다고밖에 할 수 없습니다. 적어도 거짓말하는 것 같지는 않습니다."

"좋아, 그러면 내가 하나 말해두겠다."

미조로기는 늘어선 얼굴들을 둘러보았다.

"스피커로 듣고 있었는데, 기타와 다쓰미의 진술에는 이제까지 모순 같은 모순은 없다. 모순이 없는 이상, 두 사람에 대한 유무죄 판단은 일단 보류하고 진술에 따른 선에서 뒷받침되는 수사를 진행할 수밖에 없겠지. 아무튼 기타, 다쓰미, 지금 들어온 다치바나까지 세 사람에게 당시의 일을 물어서 알아내도록 해."

취조관 세 명이 고개를 끄덕인다.

"그리고 아무쪼록 오늘이 시효라는 사실은 녀석들이 눈치채지 못하게 하고."

도쿠마루와 구루와가 고개를 끄덕인다. 데라오는 '뭘 이제 와서' 하는 차가운 표정이다.

"그런데 미조로기 군……."

고칸 서장이 인물 리스트를 뒤적이면서 말을 꺼냈다.

"다른 관계자는 어떻게 됐는가?"

미조로기가 재빨리 리스트를 손에 든다.

"에, 루팡의 사장이였던 우쓰미 가즈야는 현재 거처를 찾고 있습니다. 교장인 미쓰데라는 예전에 교직에서 은퇴해 유유자적한 삶을 살고 있습니다. 'MM' 이니셜 건은 신경이 쓰이지만 세 사람의 이야기를 좀더 듣고 나서 부를지 여부를 결정하고 싶습니다. 어쨌든 교장까지 지낸 사람이니까 녀석들의 말만 듣고 바로 연행해올 수도 없고. 일단, 오늘은 집에 있을 테니 두 사람 정도 붙여놓겠습니다."

"그렇군."

고칸은 감탄한 듯 보였다.

"이제부터 말씀드릴 인물은 음악교사인 히다카 아유미입니다만, 사건 이듬해 학교를 그만두었습니다. 녀석들 같은 짓궂은 학생들에게 무시당해온 게 이유 같습니다. 지금은 닛포리日暮里의 아파트에서 혼자 살면서 클럽이나 카페에서 피아노를 치고 있답니다. 집과 근무처를 돌며 동태를 파악하고 있습니다. 그리고 녀석이 하이드라고 부르던 화학교사인 가네코 모키치는 십 년 전에 퇴직해서……

에, 어떻게 됐더라, 오토모?"

질문받은 오토모가 미조로기의 이야기를 이어받았다.

"가네코는 일단 하치오지八王子의 아들 부부가 모시고 있었습니다만, 마음이 잘 맞지 않았던 것 같습니다. 다만 아들 부부가 잇달아 병사해서 연고가 없어지는 바람에 지금 어떻게 지내고 있는지 확인할 수 없습니다."

"……그렇게 됐습니다" 하고 미조로기가 말을 되받았다. "그 외에 체육교사인 반도를 비롯해 당시의 학교 관계자 모두 차례대로 쫓고 있습니다. 진술이 필요한 순서대로 서에 불러 이야기를 듣겠습니다."

"잘 부탁하네. 시효까지 이제 열 시간쯤 남았어."

고칸은 당부를 잊지 않고 자리에서 일어났다. 어젯밤 송년회에서 함께했던 몇몇 기자가 감사 인사를 전하러 아래에 와 있다는 연락을 받았다. 사건 지휘는 전부 미조로기에게 맡기고 고칸은 기자 무리가 사건을 눈치채지 않도록 한담이라도 나눌 작정이다.

고칸의 퇴석을 계기로, 미조로기는 무릎을 두드려 일동에게 회의 종료를 알렸다.

수사원이 일어나 각자 흩어졌다.

그러나 미조로기는 그대로 자리에서 일어나지 않았다.

뭔가 찝찝한 기분도 있지만, 딱 오 분만이라고 자신에게 말하며 눈을 감았다.

머릿속은 우쓰미 가즈야의 일로 가득 차 있다. 심문중에 새로운 사실이 떠올랐기 때문이다.

열쇠 건이다.

미네 마이코 사건과 무관하다고 생각해서 수사 회의에서는 일부러 언급을 피했지만 미조로기 개인에게는 경악할 사실이었다. 기타와 다쓰미의 진술에 따르면 십오 년 전의 그날, 미조로기가 카페 루팡에 갔을 때 우쓰미는 다쓰미에게 굵은 열쇠를 맡겼다고 한다.

삼억 엔을 숨긴 장소의 열쇠라는 생각이 자꾸만 밀려들었다.

다쓰미는 교장실의 낡은 금고가 연상되었다고 했다. 그렇다면 우쓰미는 어딘가의 금고에 삼억 엔을 감추고 있었을지도 모른다. 세 시간 후가 시효였다. 그래서 우쓰미는 숨긴 장소로 가기 위해 금고 열쇠를 갖고 있었다. 그때 마침 미조로기가 들어왔고, 우쓰미는 다급해져서 다쓰미에게 살짝 열쇠를 건넸다.

미조로기는 그 광경을 보지 못했다.

후회가 되어 견딜 수 없었다. 가게 안에 들어간 다음, 계속해서 우쓰미를 향한 감시의 눈을 거두지 않았다. 하지만 그 눈은 옹이구멍이었다는 말을 들어도 할 말이 없다. 만일 그때 열쇠를 압수해서 그것으로 다쓰미를 추궁했다면…….

문득 미조로기의 사고가 정지했다. 양손 주먹을 아플 정도로 세게 쥐고 있는 자신을 발견했다.

—십오 년 전에 끝나버린 일이다.

일 년 전에 끝난 일, 삼 년 전에 끝난 일, 십 년 전에 끝난 일, 고비고비마다 그렇게 자신을 타이른 지 십오 년이 지났다.

과거는 이미 과거일 수밖에 없다. 각인처럼 새겨진 대사를 반추하면서 미조로기의 사고는 다시 열쇠라는 존재로 끝없이 빠져들었다.

금고는 어디에 있었을까. 아니, 만일 그 열쇠가 다쓰미의 말처럼 학교에 있는 낡은 금고의 열쇠였다면? 낡은 금고는 1회 졸업생이 기증했다고 기타가 진술했다. 우쓰미도 그 1회 졸업생 중 한 사람이 아니었던가. 기묘한 우연이 자꾸만 미조로기의 마음을 흐트러뜨렸다. 그러나…….

약속한 오 분이 지났다.

등 뒤에서 오토모가 통화용지 서류철 두 개를 내밀었고, 미조로기는 미네 마이코 살해 사건으로 다시 주의를 돌렸다.

"계장님, 미네 마이코의 대학 시절 친구로부터 심문한 내용 메모입니다."

"빠르군" 하며 미조로기가 잡아챘다.

오토모의 목소리에서 왠지 흥분한 기색이 느껴졌다. 역시 통화용지에는 놀랄 만할 사실이 기록되어 있었다.

대학 시절의 친구 오무로 요시코大室良子는 첫마디로 미네 마이코를 '성격이 밝고 순정적이며 외곬으로 생각하는 타입이었습니다'라고 진술하고 있다.

— 외곬으로 생각한다고?

미조로기는 다음을 탐독했다.

개요는 이렇다.

미네 마이코는 부모가 나란히 교사인 엄격한 집안에서 자라 대학 4학년 때까지 연애 경험이 없었다. 그러나 교생 실습 차 모교를 찾았을 때, 당시 마이코 반의 담임이던 교사와 재회하여, 마이코의 말을 빌리자면 '운명적인 재회'가 되어 두 사람은 급격히 가까워졌고 결국 연인 사이로 발전했다. 처자식이 있는 전 담임은 반년 정도 불륜 관계를 이어나갔지만, 마이코가 임신하자 일방적으로 관계를 청산했고, 어쩔 수 없이 마이코는 낙태했다.

오무로 요시코는 계속해서 이렇게 진술하고 있다.

'그와 사귀던 무렵의 마이코는 생동감 있게 반짝였어요. 불륜의 그늘 따위는 조금도 없었죠. 한결같이 그를 신뢰하고 존경하며 헌신했습니다. 그런데 그렇게 되는 바람에 마이코는 완전히 풀이 죽었고 주변에서는 말도 걸 수 없었죠.'

미조로기는 신음하며 용지를 뒤적였다.

'그로부터 삼 년 후, 딱 한 번 마이코와 만났어요. 마이코한테서 전화가 왔지요. 만나고는 전 무척 놀랐습니다. 엄청나게 화려해져 있었거든요. 화장도, 옷도. 교직에 있는 걸 아니까 정말로 놀랐습니다. 이야기를 하다가 그 사람이 화제로 등장했는데, 마이코는 웃어넘기더군요. '벌써 잊었어, 그런 옛날 일은'이라고. 그리고 '남자 따위보다 즐거운 일이 세상에 많이 있잖아'라며 윙크했습니다. 전혀 다른 사람이었습니다. 대학 때는 제 쪽이 언니 같았지만 이제는 아예 견줄 수도 없는 느낌이었고, 그 후에도 몇 번쯤 전화를 받았지만 어쩐지 무섭다는 생각이 들더군요. 이런저런 핑계를 대어 만남을

피했습니다.'

다 읽은 미조로기는 용지를 오토모에게 되돌려주었다.

마이코는 삼 년 동안 변모했다. 과거의 친구가 '어쩐지 무섭다는 생각이 들더군요'라고 말할 정도로. 씁쓸한 사랑을 극복한 여자의 강인한 성숙이라고 봐야 하는지, 단순히 열린 사고로 바뀐 것인지, 혹은 마이코 말대로 '남자보다 즐거운' 뭔가를 찾아낸 것인지 모를 일이다.

"계장님, 슬슬 부탁드립니다."

오토모가 수화기를 내밀었다.

"알았어."

마이코라는 인간이 살아온 길에 얼마간의 추론을 더해 미조로기는 수화기를 들고 수사 지휘관으로서의 단순하지만 결코 빠질 수 없는 호령을 했다.

"시작."

미조로기의 호령이 전해지자 2층 형사과에서 대기하던 데라오, 도쿠마루, 구루와 세 취조관이 각자 조사실로 동시에 들어갔다. 조서 담당 여경과 젊은 형사가 뒤를 따른다.

오후 2시, 심문이 재개되었다.

중간 스피커에서 벌써 다쓰미의 웃는 소리가 울렸다. 오른쪽에서는 도호쿠東北 지방 사투리가 남아 있는 구루와의 목소리가 희미하게 들려왔다. 그 방에 있을 다치바나는 아무 말이 없다. 아직 서 내에서 누구 한 사람 다치바나의 육성을 듣지 못했다.

조금 지나 왼쪽 스피커에서 데라오의 냉정한 목소리가 울리기 시작했다.

"그러면, 그다음을 들려주겠나? 무기정학을 먹고 소마가 자살하고 나서, 그때부터 어떻게 됐나?"

"일주일 정도 지나서……."

말을 시작한 기타가 심하게 콜록거렸다.

미조로기는 다시 기타의 진술에 귀를 기울였다.

마이코가 기이하게 변모한 이유가 사건에 중대한 연관성이 있을 거라는 예감이 들었다.

3

교장에게 'MM' 협박이 잘 먹힌 건지 정학은 불과 일주일 만에 풀렸다.

누구도 기뻐하지 않았다. 세 사람에게는 소마의 죽음에 큰 타격을 받은 일주일이었다. 다쓰미는 마지막 대화에서 소마의 심정을 읽어내지 못했기 때문에 원통해했고, 기타는 기타대로 소마 여동생 일로 싸운 걸 풀지 못한 채 소마가 죽어버린 사실에 정말 괴로운 나날을 보냈다. 다치바나는 '망연자실 병'도 아닌데 멍하게 지내는 때가 많았고, 때때로 입을 열어 '미국에서 몇백 명 죽었다고 해도 재미있게 죽었으면 웃을 수 있는데……' 같은 소리를 읊어댔다.

그런 다치바나의 대사가 또한 기타의 마음을 후벼팠다. 교제의 친밀도에 관계없이 가까운 사람이 선택한 자살이라는 행위는 주위의 누구에게도 똑같은 부채감을 강요한다.

하지만 마음이 정리되지 않고 답답함이 풀리지 않는 데에는 또 하나의 이유가 있었다.

—소마가 글래머를 죽인 게 아닐까.

막연한 의심이지만 아무래도 떨쳐낼 수 없었다.

소마는 자살하기 직전에 다쓰미와 이야기를 했다. 세 사람이 시체를 본 그날 밤에 '오후 11시에는 학교를 빠져나갔다'는 말을 남겼다. 하지만 기타는 영어준비실 창문에서 달아난 검은 그림자와 소마가 자꾸 겹쳐졌다. 아니, 소마가 아니라면 대체 누가 그곳에 있었다는 말인가. 한밤중의 교무실이 그렇게 북적이는 장소였나. 다쓰미와 다치바나도 그런 생각을 적잖이 품고 있는 듯했다. 일주일 만에 집합한 루팡에서 사건이 화제로 오를 때마다 서먹한 공기가 감돌았다.

"이렇게 됐는데 말이야, 어쨌든 글래머를 죽인 범인을 밝혀낼 수밖에 없잖아."

참을 수 없다는 듯이 다쓰미가 말을 꺼냈다. 소마의 의혹을 떨치고 싶은 마음에서이다.

"나는 소마를 믿어. 달아난 것은 다른 녀석이야. 글래머 일도 모른다고 분명히 말했어. 죽기 전에 말했는걸. 그런 상황에서 한 말이

거짓일 리 없잖아. 그렇잖아, 응?"

기타와 다치바나는 묵묵히 고개를 끄덕일 수밖에 없었다. 그러나 그렇게 본심을 감추고 있는 시간이 길어지면 길어질수록 소마에 대한 의혹이 깊어져가는 것 같았다.

기타가 무겁게 입을 열었다.

"근데 소마는 왜 자살했을까?"

"퇴학이니까 그렇지."

"학교 잘리면 죽을 거냐, 조지?"

"나는 안 죽어. 하지만 소마는 취직도 결정됐고 여동생도 돌봐야 하니까 마작에서 손을 씻고 성실하게 살 작정이었겠지. 그런데 퇴학으로 취직도 날아갔잖아. 녀석이 너무 심각하게 생각한 거야, 분명."

"하지만 퇴학은 별로 신경 쓰지 않는 것 같다고 네가 말했잖아."

다쓰미가 소파에 몸을 묻고 얼굴을 돌렸다.

"그러니까 그건 내가 소마의 마음을 읽지 못해서……. 내가 나빴어."

"그만해 조지, 너를 탓하려는 게 아니야. 다만 나는 소마가 글래머 사건 때문에 고민했을 가능성이 있는 게 아닌가 해서. 출석부를 위조하고 있는데 글래머가 왔다든지……. 가능성이 없는 것도 아니잖아."

어려운 말을 내뱉은 기타는 온몸에 독이 퍼지는 느낌이었다.

기타 한 사람을 나쁜 놈으로 만들지 않겠다는 건지 다치바나가 이야기에 끼어들었다.

"어이 조지, 기타로나 나나 너와 같은 마음이야. 소마의 마지막 말은 믿고 싶어. 하지만 확증이 없으니까 힘든 거지."

"그렇다면 말이야" 하며 다쓰미가 벌떡 몸을 일으켰다. "진짜 범인을 밝혀내자고. 그렇게 하면 소마가 무죄라는 걸 확실히 알 수 있잖아."

"소마가 범인이라고 확인하게 될지도 몰라."

기타의 말에 다쓰미가 반박했다.

"절대 아니라니까!"

다치바나가 끼어들었다.

"그만해. 조지가 말한 대로 해보자. 어느 쪽으로 밝혀질지 모르지만, 응, 기타로."

"그래."

전에도 범인을 찾으려고 결심한 적이 있었지만 이번에는 장난이 아니라는 마음이 세 사람 안에 생겨났다. 그 근저에는 소마에 대한 부채가 있다.

"일단 어떻게 하지?"

기타의 물음에 다치바나가 대답했다.

"글래머로 돌아가자. 우리는 글래머에 대해 너무 모르잖아."

기타와 다쓰미는 깊숙이 고개를 끄덕였다.

확실히 세 사람은 마이코의 생활에 대해 무엇 하나 알지 못했다. 학교 밖에서 마이코가 어떤 사람과 사귀고 어떻게 생활했을까. 체육교사인 반도는 마이코에게 남자가 있다고 봤다. 누구일까. 일단 주변을 파악할 필요가 있다. 또한 어째서 죽은 마이코가 시험 답안을 갖고 있었을까, 건넨 것은 정말로 교장일까, 그것까지 알아낼 수 있으면 사건의 윤곽이 보일 것 같았다.

다치바나는 빌딩 청소 아르바이트 시간이 되어서 일단 기타와 다쓰미 둘이 마이코의 아파트에 가보기로 했다.

"좋아" 하고 자리를 일어날 때였다. 짤랑 하는 소리가 나고 음악교사인 아유미가 가게에 들어왔다.

"또 걸렸군."

다시 자리에 앉은 다쓰미가 혀를 찼다.

기타는 담배를 주머니에 쑤셔넣으려다가 손을 멈추었다. 아유미의 상태가 이상했다. 다리는 휘청거렸고 무척 초조해하는 것 같았다.

"역시 모두 있었구나."

세 사람은 묵묵히 아유미를 바라보았다. 평소의 가시가 전혀 없다. 눈은 멍하니 공허하다.

"소마 군, 너무 안됐어……."

"무슨 일이라도?"

기타가 경계를 늦추지 않고 물었다.

"무슨 일이 없으면 교사는 카페에도 못 들어와?"

평소의 아유미라고 생각할 수 없는 말투이다.

다쓰미가 기타의 옆구리를 찔렀다. 글래머에 대해 캐낼 찬스가 아니냐고 말하고 있다. 기타의 얼굴에도 디스코장에서의 광경이 떠올랐다. 아유미라면 마이코의 사생활을 이것저것 알고 있을 것 같았다.

"앉으세요."

기타는 자기 자리를 옆으로 옮겼다.

하얀 구두 일도 있다. 그날 밤 교무실에서 마이코와 함께 있던 하얀 구두의 주인은 아유미일지도 모른다. 사건 후에 기타는 여교사의 신발을 주의해서 보았지만 아유미는 한 번도 하얀 구두를 신고 오지 않았다. 그 점이 오히려 마음에 걸렸다. 사건 당일에 신고 있었는지 어떤지는 제쳐놓고라도, 전에는 하얀색을 신고 교실에 온 것 같았기 때문이다.

아유미는 소파 구석에 걸터앉았다. 자연히 기타가 묻는 역할을 하게 되었다.

"선생님, 저희는 모르는 것투성이입니다. 이야기 좀 해주세요."

아유미는 고개를 끄덕이지도 가로젓지도 않고 모호하게 시선을 움직였다.

됐으니까 얼른 말하라며 다쓰미가 기타를 콕 찌른다.

"죽은 마이코 선생님 일인데……." 기타는 눈치를 살피며 말을 이었다. "사귀던 남자가 있었나요?"

"난 몰라."

아유미의 표정이 굳어지고 살짝 벌어진 입술이 희미하게 떨렸다. 새삼 가까이에서 보니 피부도 거칠었고 눈도 부어 있었다. 많이 운 듯한 얼굴이다.

“시험 전날 밤, 마이코 선생님이 늦게까지 학교에 남아 있었습니까?”

“그런 것 같은데……. 정말 나, 아무것도 몰라.”

“선생님은 몇 시쯤에 퇴근하셨습니까?”

“나? ……모르겠어. 빨리 퇴근한 것 같은데.”

기타는 몸을 내밀고는 날카롭게 물었다.

“선생님, 그날 하얀 구두를 신고 계셨습니까?”

다소간 침묵이 흘렀다.

“하얀…… 구두?”

아유미가 자신의 구두에 시선을 떨어뜨렸다. 오늘은 갈색이다.

“네, 하얀 구두 말입니다. 굽이 낮은.”

아유미는 겁에 질린 눈을 기타에게 향했다.

“왜 그런 걸 물어?”

“그럼, 나 간다.”

아유미의 이야기를 가로막듯이 말하면서 다치바나가 일어섰다. 빌딩 청소 아르바이트는 우치사이와이초이기 때문에 여기서 지하철로 이십 분 정도 걸린다.

“어디 가?”

아유미가 매달리는 듯한 눈으로 물었다.

“아르바이트요.”

“그래.”

평일 아르바이트는 교칙으로 금지되어 있다. 평소의 아유미라면 새된 목소리를 내질렀겠지만 그럴 기미조차 없이, '다치바나 군, 다음 수업은?' 하고 이상한 소리를 했다. 이미 수업은 끝났다. 사실 오늘 아유미의 언동 전체가 이상했다.

그대로 아유미가 침묵에 빠져버려서 어쩔 수 없이 기타와 다쓰미도 아유미를 남겨두고 루팡에서 나왔다.

"어떻게 된 거지, 저 히스테리가?"

가게를 돌아보며 다쓰미가 맹렬하게 고개를 갸우뚱거린다.

"글래머가 죽었으니까 그렇겠지."

"엄청 충격이었다는 건가?"

"아마도."

"그래서 저렇게 망가진 거야?"

"몰라."

기타가 침을 뱉었다.

"말하는 게 전부 모호해. 신발도 얼버무리던데, 의외로 사건과 관계 있을지도 몰라."

"맞아."

두 사람은 이야기하며 루팡 뒤편으로 향했다. 마하500과 RD350이 사이좋게 늘어서 있다.

"내 걸로 갈래?"

다쓰미가 물었다.

"응."

기타는 그렇게 대답하고는 가기 전에 모퉁이의 공중전화 부스를 가리켰다.

"전화번호부에서 주소를 알아놓자."

"머리가 좋아, 기타로는."

다쓰미까지 들어가니 부스 안은 움직일 수가 없었다.

"으음, 분명 이케부쿠로였는데."

기타가 두꺼운 전화번호부를 넘겼다.

"미네, 미네…… 꽤 많네……. 어라, 마이코라는 이름은 없어."

"여자 이름이면 장난전화가 오기 때문이겠지."

다쓰미가 눈치 빠른 소리를 한다.

"그런가? 이름이 나와 있지 않으면 알아낼 수가 없는데."

"아, 그래도, 내 사촌은 부모님 이름으로 계약했다고 했어."

"그래서 뭐?"

"유명하잖아! 마이지하고 마이키!"

"뭐?"

"마이코 패밀리 말이야. 아버지가 마이지이고 오빠가 마이키. 영어 수업에서 말했잖아, 마이 파더 네임이 이러니저러니."

'아!' 하고 기타도 생각난 듯 탄성을 질렀다. 수업에 대한 기억은 없지만 1학년 때였나, 다쓰미와 다치바나가 그 이야기로 엄청 달아올랐었다.

기타는 전화번호부에 눈을 돌렸다.

"마이지하고 마이키라. 으음, 마이…… 마이……. 앗! 이건가? 미네 마이지嶺舞司라는 이름이 있어."

"그거, 그거! 한자는 모르지만, 분명히 그거야!"

"번호는 어때?"

"뭐?"

"너, 루팡 작전 때, 밤중에 글래머에게 전화 걸었잖아? 이 번호였어?"

들여다보는 다쓰미가 고개를 갸우뚱한다.

"두 번 밖에 안 걸었으니 잊어버렸지만 왠지 아닌 것 같은데……. 아, 다치바나에게 물어볼걸."

일단 그 주소를 베껴 쓴 후 마하500에 둘이 올라타고 이케부쿠로로 향했다. 서쪽 출구 방향일 거라 짐작하고 파출소에서 물어보니 역시 미네 마이코의 아파트는 전화번호부에 있던 '미네 마이지'의 주소가 틀림없었다.

"딱 맞혔잖아."

기타가 다쓰미의 말투를 흉내내며 말했다.

"럭키, 럭키."

신나게 떠들면서 다쓰미가 육중한 마하500에 가볍게 손을 올리고 기타가 뒤에 타자마자 샛길을 향해 급발진했다.

화려한 것을 좋아하던 마이코의 이미지상 두 사람은 맨션 같은 집을 상상하고 있었지만 아파트 외관은 아주 허름했다. 전날 방문했던 소마 집 쪽이 차라리 낫다는 느낌이었다.

바깥 계단을 올라가니 바로 '미네'라고 손으로 쓴 표찰이 있었지만, 문손잡이를 쥔 다쓰미가 '역시 잠겨 있어'라며 아랫입술을 내밀었다.

"관리인에게 부탁해볼까?"

"안 열어줄 거야, 분명."

그 문은 해변가의 샤워실을 연상시킬 정도로 허술했다. 다치바나라면 두꺼운 종이라도 써서 당장 열었겠지만 두 사람은 그런 기술이 없다.

"옆집에 물어볼까?"

기타가 다짜고짜 옆집을 노크했다. 잠시 뒤 기세 좋게 문이 바깥쪽으로 열리더니 문 안에서 통로 난간 쪽을 향해 앞으로 내밀듯 여자가 얼굴을 드러냈다.

"쉿! 아들이 내년에 중학교 입시야."

"네?"

기타가 대꾸했다.

"사립이라고."

"예에?"

"사립 입시."

서른 언저리로 보이는 여자는 이야말로 세계의 중대사라는 듯한 얼굴로 목소리를 낮췄다.

"소리가 나면 정신이 산만해지잖아."

"앗! 알겠습니다. 죄송합니다."

엉겁결에 기타도 목소리를 낮춰 말하고 꾸벅 고개를 숙였다. 딱히 소란스럽게 하지도 않았지만 여자의 기세에 휩쓸린 모양이다.

"그나저나, 무슨 일인데?"

여자는 등 뒤로 문을 닫고 두 사람을 번갈아 보면서 말했다.

"저어, 옆집 미네 선생님의 일로……. 저희는 학교에서 선생님께 영어를 배웠습니다."

"제자라는 말이야?"

"네. 그런데 선생님이 자살해버려서……."

"맞아, 맞아. 엄청 시끄러웠어."

"학교도 대소동이었습니다. 그래서 그…… 자살의 이유를 알고 싶어서."

기타가 전부 말하고 있다. 다쓰미는 왠지 머뭇머뭇하면서 끼어들지 않았다.

"이유라……. 하지만 어째서 너희가 그런 걸?"

"아주 밝은 선생님이셨습니다. 도저히 자살이 믿겨지지 않아서."

"사실은 자살이 아니라고?"

여자의 눈에 호기심의 빛이 떠올랐다.

"아니, 그건 모르지만 어쨌든 자살이라면 뭔가 이유가 있을 테니까요."

"호오, 대단하네. 선생님 죽음에 대한 의혹에 접근할 생각을 다 하고."

여자가 농담처럼 말하더니 두 사람을 다시 유심히 살펴보았다. 혹시 서른이 안 됐을지도 모른다고 기타는 생각했다. 화장기 없는 얼굴이 봐줄 만했다.

"그래서 뭘 묻고 싶은데?"

"남자가 출입하지 않았습니까?"

"어머나, 상당히 되바라진 소리를 하는구나."

여자가 이번에는 소리 높여 웃었다. 안에 수험생이 있는 게 아니었나.

"아니, 저희가 존경하는 체육선생님이 차였다고 하셔서."

아주 진지하게 말하자 여자도 진지한 얼굴로 돌아갔다.

"그렇구나. 남자라……. 아니, 한 번도 본 적 없어."

"한 번도요?"

"그래, 한 번도 없어. 뭐, 나도 이상하다고 생각했어. 그렇게 젊고 예뻤잖아. 하지만 이런 꼬질꼬질한 아파트에 남자를 데리고 올 사람이 있을까? 밖에서 만났겠지."

기타는 고개를 끄덕이고 질문을 바꿨다.

"평소 선생님의 귀가는?"

"시간 말이야? 그래, 대체로 8시쯤이었을 거야. 나도 퇴근해서 7시쯤 돌아오는데 항상 그보다 조금 늦었거든."

"그날 밤, 선생님이 죽은 날 밤의 일입니다만, 몇 시 정도에 돌아왔습니까?"

"아, 죽은 날 밤 말이지? 그건 잘 기억하고 있어. 9시 반쯤이었어."

"9시 반……. 확실한가요?"

"이봐, 이렇게 낡아서 벽이 얇잖아, 훤히 다 들리거든. 선생님이 그날 밤 돌아와서 뭔가 뒤엎었는지 와르르 하는 큰 소리를 내는 바람에 창문으로 조용히 해달라고 말했어. 저기, 우리 아들이 입시잖아, 사립 말이야. 이제 얼마 남지도 않았는데 화가 나더라고."

기타는 초조해져서 이야기를 되돌렸다.

"9시 반쯤, 와르르 소리가 났다고요?"

"자주 그래, 그 사람. 하지만 평소에는 죄송하다며 바로 사과하더니만, 그날 밤은 아무 말 없었어."

그렇게 말하고 여자는 갑자기 눈살을 찌푸렸다.

"그 후에 선생님이 다시 외출했지 않나요? 몇 시쯤에 나갔어요?"

"그래, 그거, 그걸 몰라. 경찰도 묻던데 나는 텔레비전도 틀지 않고, 아니, 우리 아들이 입시니까, 사립, 그래서, 계속 뜨개질하고 있었는데 나간 걸 몰랐어."

"몰랐다?"

"그래. 그러다가 11시 넘어 선잠이 들어버렸으니까."

여자는 안타깝다는 듯한 얼굴을 했다.

두 사람은 정중히 감사의 말을 하고 아파트를 나왔다.

"남자가 없었다라……."

계속 가만히 있던 다쓰미가 침묵이 거짓말이었던 것처럼 가벼운 어조로 말했다.

"꼭 그렇다고 확정적인 건 아니야."

나무라는 듯이 말하고 기타는 마하500에 기댔다.

"그것보다 기타로, 9시 반에 돌아왔다는 거랑 큰 소리를 내놓고도 사과하지 않았다는 점이 마음에 걸리는데."

기타는 허공을 바라보며 말했다.

"음, 어쩌면 돌아온 건 글래머가 아니었을지도 모르겠어. 누군가 다른……."

"다, 다른 누구?"

다쓰미가 괴담이라도 들은 듯한 얼굴이 되었다.

"그건 모르지."

"그렇더라도 역시 글래머였던 게 아닐까. 왜냐하면 나와 다치바나가 새벽 1시에 전화했을 때, 글래머가 있었거든. 응, 9시 반에 아파트에 돌아왔다고 해도 별로 이상할 것도 없잖아."

"음, 그건 그래."

"하지만 그 후의 일은 종잡을 수 없어. 글래머가 언제 나갔다거나……."

"어쩔 수 없어. 그 아줌마도 선잠이 들었다니까."

"아줌마?"

다쓰미가 갑자기 괴상한 소리를 질렀다.

"옆집 아줌마 말이야, 좀전의……."

"아줌마는 심하잖아, 젊고 깜찍하던데."

기타는 입을 딱 벌리고 다쓰미의 얼굴을 보았다. '깜찍하다'는 귀엽다, 혹은 미인이라는 의미이지만, 서른 살 여자에게 그런 말을 한 사람은 아마 다쓰미가 전국에서 유일할 것이다. 분명 다쓰미는 여대생이나 직장인 등 연상의 여자를 좋아하지만, 마침내 그 취향이 더 거슬러 올라가는 것 같다.

"여자 혼자 몸으로 수험생을 뒷바라지하다니 힘들 거야, 저 사람."

다쓰미는 상상 속에서 멋대로 여자의 남편을 죽여버렸다. 큰길까지 오토바이를 끌면서 걷자고 한 것도 다쓰미이다. 오토바이 소리가 수험생에게 폐가 된다면서.

기타는 더는 다쓰미를 신경 쓰지 않고 네온의 거리로 향하는 좁다란 뒷길에서 혼자 추리에 골몰했다.

—글래머는 대체 뭘 한 거지?

오후 8시 40분까지 마이코는 분명히 교무실에 있었다. 기타는 제 눈으로 보았다. 그 하반신은 틀림없이 마이코의 것이었다. 약 한 시간 후인 9시 반, 마이코는 아파트에 돌아갔다. 시간적으로는 무리가 없다. 학교에서 마이코의 아파트까지는 지하철에서 야마노테 선을 갈아타고, 걷는 시간이나 기다리는 시간을 더해도 삼십 분이 채 걸리지 않을 것이다. 그리고 새벽 1시에 다쓰미가 건 전화를 방에서 받았다. 문제는 그다음이다. 마이코가 다시 학교로 갔다는 건 아무리 생각해도 이해할 수 없는 행동이다.

기타는 하얀 구두를 떠올렸다. 그 하얀 구두의 여자와 함께 있던 마이코는 일단 아파트로 돌아갔다가 다시 학교에 돌아와서 살해당하고 금고에 넣어졌다. 그 모든 것이 기타가 학교 안에 있던 시간에 일어났다. 게다가 범인은 새벽녘에 시체를 수풀 안으로 옮기고 가짜 유서까지 준비해서 경찰의 눈을 흐려놓았다.

이런 귀신 같은 범행이 과연 가능한 것인가.

그때였다.

혼돈스러운 머릿속에 섬광이 지나갔다.

'앗!' 하고 기타는 작게 소리 질렀다.

섬광은 순식간에 사라졌다. 하지만 전부를 보았다. 그런 느낌이 들었다.

사건의 수수께끼를 풀 열쇠였다. 모든 수수께끼를 해명할 방정식처럼 생각되었다. 분명히 보았다. 하지만 그것이 무엇인지 알 수가 없다.

"아……."

다시 기타는 경직되었다.

기시감이 덮쳐온 것이다.

전에도 같은 섬광을 보았다.

무릎이 떨렸다.

— 언제지? 언제 봤더라?

답은 바로 나왔다.

그날 밤이다. 교장실에서 마이코의 시체와 맞닥뜨렸을 때이다.

같은 섬광이었다. 그때는 그것을 본 자각조차 없이 지워져버렸다. 하지만 분명히 보았다. 아까와 같은 섬광을.

"기타로? 어떻게 된 거야?"

다쓰미의 목소리에 기타는 제정신으로 돌아왔다.

전신이 굳어 있었다. 가슴이 갑갑하고 조금씩 구토감이 솟아올랐다.

"아무것도 아냐."

기타는 겨우 말했다.

가슴에 남은 것은 혐오감이었다. 악마의 속삼임을 들은 듯한, 보아서는 안 되는 뭔가를 봐버렸다.

섬광은 모든 수수께끼에 답을 주었다.

누군가가 지금 섬광의 근원을 아주 조금만 자극해준다면 기타는 혐오감을 깨부수고 사건의 전모를 술술 말할 수 있을 것 같았다.

그러나 서른 먹은 여자에 들뜬 다쓰미의 수다 속에 그런 기미는 전혀 없었다.

4

마이코의 남자 관계는 아무리 조사해도 떠오르지 않았다. 아파트 주민 대부분을 찾아가보았고, 마이코의 사진을 가지고 근처 찻집이나 상점가를 돌기도 했다. 체육교사인 반도에게도 다시 물어보았다. 마이코에게 차인 다른 젊은 교사에게도 우회적으로 물어보았다. 그러나 마이코의 '연인'은 묘연했고, 복수전은 싸울 상대를 찾아내지 못한 채 자연 소멸중이었다.

그런데…….

2학기 종업식을 하루 앞둔 오후, 다쓰미가 뜻밖의 정보를 가지고 루팡에 급하게 뛰어 들어왔다.

"기타로, 다치바나, 이것 좀 봐!"

"시끄러워."

낮잠 중이던 기타가 면박을 줬다.

"시끄러울 수밖에 없어, 어쨌든 이것 좀 보라니까!"

다쓰미가 흥분해서 내민 것은 별것 아닌, 기타가 아르바이트하는 곳에서 제본한 야한 잡지였다. 얼마 전까지는 건전한 잡지를 찍었지만, 출판 불황인가 뭔가로 요 한 달 정도는 야한 잡지 일만 들어왔다. 처음은 나름 들떠서 훑어보았지만 일상적인 일이 되니까 얼마 안 가 질렸고 결국 싫증이 나서 최근에는 들춰보지도 않고 달라고 조르는 다쓰미에게 주고 있었다.

'레이디 클럽.'

분명 지난주에 찍은 잡지였다. 오로지 레즈비언을 다룬 무허가 잡지로 표지도 야하다.

다치바나가 노골적으로 싫은 얼굴을 했다.

"너 이런 것까지 보냐?"

"기타로가 억지로 줬단 말이야."

"뭐야, 이 자식이!"

"아니, 그럴 때가 아니라니까. 여기 봐, 여기."

다쓰미가 팔랑팔랑 잡지를 넘겼다. 외설스러운 사진이 애니메이션처럼 상하좌우로 움직였다. 녀석은 중간 정도에서 책장 넘기기를 멈추고, 재떨이로 눌러놓았다.

펼친 페이지에는 알몸의 여자들이 뒤얽힌 사진이 대여섯 장 배열되어 있었다. 다른 페이지에 비해 사진의 질이 떨어지지만 '독자투고 특집'이라는 제목을 보고 기타가 고개를 끄덕인다. 자동카메라로 찍었는지 초점이 맞지 않고 앵글도 엉망이다. 게다가 여자들의 얼굴은 신원이 밝혀지지 않도록 뒤를 향하거나 검은 선으로 가려져 있어서 상당히 어둡고 음습한 인상을 주었다.

"이게 어쨌다고?"

기타가 대꾸했다.

"정말, 어쨌다고가 아니야. 이거야, 이! 거!"

다쓰미는 사진 한 장에 딸린 글을 가리켰다.

기타와 다치바나가 웅얼웅얼 읽기 시작했다.

"당신을 사랑해서는 안 되는 것을…… 처음부터 알고 있었습니다…… 하지만 잊을 수 없어……."

거기까지 읽은 두 사람이 동시에 "아앗!" 하고 소리를 질렀다.

기타는 말문이 턱 막혀버렸다. 다치바나도 눈이 휘둥그레졌다.

마이코가 남긴 '유서'와 완전히 똑같은 글이었다. 첫 부분만 다르다. 아니, 다른 게 아니라 이쪽이 몇 행 많은 것이다.

당신을 사랑해서는 안 되는 것을

처음부터 알고 있었습니다

하지만 잊을 수 없어

당신의 목소리, 따스함
차라리 당신을 죽이고 나도 죽고 싶어
하지만 그것은 이룰 수 없기에
나는 자신을 죽입니다
어차피 남자에게는 이길 수 없네요
당신을 신에게 돌려보냅니다
남자를 만든 증오스러운 신에게

☆두 사람의 마지막 기념사진입니다.

(공무원, 29세)

'어차피 남자에게는……' 이하는 유서에 없었다. '나는 자신을 죽입니다'까지만 있었기 때문에 남자에게 보낸 실연의 유서로 변해버렸다. 원래 글의 진의는 전혀 다르다. 섹스 파트너를 남자에게 빼앗긴 한恨인지 감상感傷인지를 엮은 것이었다.

—어떻게 된 거야!

기타는 너무 놀랐다. 마이코가 레즈비언이라니. 정말 믿기 힘든 일이다. 호흡이나 심장 고동, 근육의 작은 움직임까지 훤히 보이는 얇고 딱 달라붙는 옷차림으로 이래도 가만히 있을 수 있겠냐는 듯이 요염한 여자의 매력을 주변에 흩뿌리고 다녔다. 그런 그녀의 존재는 분명 남자들의 욕망의 대상이었고, 그녀 자신도 그것을 바라고 있다고 다들 생각했다.

하지만 착각이었다는 말인가. 진짜 마이코는…….

"앗, 그러니까" 하고 다쓰미가 짚이는 데가 있다는 듯이 말했다. "전에, 그거, 디스코장에서 따귀 말이야."

"그렇군……."

기타는 천천히 고개를 끄덕였다.

그날 밤 마이코는 미군에게서 구해준 다쓰미와 블루스를 추고 좋을 대로 몸을 만지게 했다. 그런데 다쓰미가 키스를 하려던 순간 벌컥 화를 낸 것이다. 남자가 진짜로 다가온다고 느껴 거부 반응을 일으켰다. 그 순간에 취기도 감사한 마음도 날아가버려 반사적으로 뺨을 때린 것일지도 모른다.

체육교사인 반도가 싱겁게 차인 것도 설명이 되었다. 마이코는 '저는 안 돼요'라며 프러포즈를 거절했다고 한다. 반도는 따로 남자가 있다고 받아들였지만 실제로는 '저는 남자는 안 돼요'였다. 반도뿐만 아니라 구애한 '남자들'은 모조리 냉대받았다. 마이코가 레즈비언이라면 전부 납득이 간다.

'아니!' 하고 기타는 생각을 떨쳐냈다.

더더욱 중요한 사실을 알았다. 그 유서이다. 마이코를 죽인 범인은 마이코가 쓴 잡지 투고 글을 이용해 가짜 유서를 만들었다. 경찰이 마이코의 필적이라고 단정하고 있다. 범인은 실물이나 초고를 손에 넣었다고 볼 수 있다.

—누구라면 그렇게 할 수 있을까?

만일 실물이라면 잡지 '레이디클럽'의 관계자를 의심할 필요가 있다. 하지만 그런 사진을 잡지에 투고할 때 자신의 신원을 명백히 밝힐까. 마이코의 이름도 주소도 알 수 없다면 이 사건에 관여할 수가 없다.

그러면 초고일까.

— 어디에서 손에 넣었지?

학교에서는 아니겠지. 쉽게 생각하면 아파트이다. 범인은 마이코의 아파트에 숨어들어 초고나 쓰다가 버린 글을 훔쳐냈다.

갑자기 다른 정보로 신경이 쏠렸다.

소리. 옆집 부인이 그 사건 날 밤에 들었다고 하는 소리 말이다.

그런 것이다. 오후 9시 반에 아파트에 있었던 사람은 마이코가 아니라 범인이었다. 방에 숨어들어 '유서'가 될 만한 것이 없는지 집을 뒤졌다. 잘못해서 물건을 넘어뜨려 큰 소리를 냈다. 옆집 부인이 나무랐지만 대답을 하지 않았다. 아니, 할 수 없었을 것이다. 범인이었으니까.

기타는 확신하고 추리의 선을 넓혀갔다.

범인은 휴지통 안에서 쓰다 버린 것을 발견했다. 똘똘 뭉쳐서 버린 바람에 종이는 쭈글쭈글하다. 종이의 주름을 펴기 위해 애를 쓴다. 하지만 완전히는 없어지지 않는다. 범인은 어떤 계책을 궁리해냈다. 원래의 주름을 감추기 위해 종이를 제비뽑기 종이처럼 접어서 배배 꼬아 마이코의 구두에 쑤셔넣었다. 기묘한 유서의 상태는 그렇게 만들어졌다. 범인의 고육지책이었던 것이다.

기타는 비로소 범인의 숨결을 들은 듯한 느낌이 들었다.

그러나 누굴까. 가장 중요한 사실을 알 수가 없다.

"어떻게 된 거야, 둘 다 멍하니."

다쓰미가 기타와 다치바나나의 어깨를 끌어당겼다.

"문제는 이 사진이잖아."

막 꿈에서 깨어난 듯이 두 사람이 잡지에 시선을 떨어뜨렸다. 그렇다, 유서의 글뿐만이 아니다. 증거사진이라고 할 것이 실려 있다. 마이코와 누군가가 얽혀 있는 사진. 그 '누군가'를 알면 복수전은 크게 전진한다.

세 사람은 머리를 한데 모았다.

침대 위에 전라의 여자 두 사람이 무릎을 꿇은 포즈로 얽혀 있다. 한 여자는 몸을 뒤로 젖혀서 턱 끝을 보이고 있다. 또 한 명은 카메라에 등을 돌리고 상대 여자의 가슴에 혀를 대고 있는 것 같다. 즉 둘 다 얼굴이 찍히지 않았다.

"……이래서는 어느 쪽이 글래머인지 모르겠는데."

다쓰미가 말했다.

"등이 글래머잖아."

기타가 말했다.

"뭐? 기타로, 본 적 있어?"

"바보, 없지. 없지만 어쩐지 그렇잖아, 머리 모양이라든지."

사진은 흑백이고, 화질도 인쇄 상태도 나쁘다. 하지만 등에서 허리에 걸쳐 육감적인 선이나 중간 길이의 머리 모양으로 보아 등을 돌린 여자가 마이코라고 하면 마이코로 보였다.

문제는 상대 여자이다.

단서는 극히 적었다. 얼굴은 완전히 천장을 향했고 내민 턱만으로는 얼굴 윤곽조차 파악할 수 없었다. 머리카락은 어두운 배경에 묻혀 길이나 모양이 불명확했고, 몸은 바로 앞의 마이코가 거의 다 덮어서 살이 쪘는지 어떤지도 알기 어렵다. 어깨와 가슴 주변의 느낌으로 보아 마른 게 아닌가 하고 추측할 뿐이다.

"어린 것 같은데……."

기타가 모호한 인상을 말했다.

"음악의 아유미인가."

방금 깎은 미군 같은 머리를 북북 긁으면서 다쓰미가 자신 없다는 듯이 말했다. 기타도 아유미 몸의 선을 사진의 여자와 겹쳐보던 참이었다.

확실히 아유미는 날씬하고 스타일이 좋다. 디스코장에서도 마이코와 함께 있었고 전날 루팡에서 보여준 초췌한 모습도 마음에 걸렸다.

의심하려면 의심할 수 있다. 그러나 눈앞의 사진에서는 '그렇다'고 할 만한 근거를 찾아내지 못했다.

"이 사진 가지고는 뭐라 할 수 없어."

다치바나가 불쑥 말했고 기타가 아쉽다는 듯이 고개를 끄덕이며 동의했다.

그때 다쓰미가 몸을 내밀고 말했다.

"아파트에 확인해보자."

"뭘?"

기타가 물었다.

"그러니까, 글래머의 아파트로 가서 이웃 누나에게 물어보자고."

"누나? 아줌마잖아!"

기타가 코웃음을 치며 내뱉었다.

"그런 건 아무래도 상관없어!"

"아아, 좋아, 좋아. 그런데 누나에게 이제 와서 뭘 묻자는 건데. 저번에 실컷 물었잖아."

다쓰미는 다시 별안간 기쁜 표정을 지어 보였다.

"그거야……. 그 누나가 말이야, 남자는 오지 않았다고 했어, 남자는. 하지만 우린, 여자에 대해서는 물어보지 않았잖아."

완전히 축 늘어져 듣고 있는 기타와 다치바나가 얼굴을 마주 보았다. 다쓰미는 눈을 끔뻑끔뻑하며 칭찬을 기다리고 있었다.

"똑똑한걸, 조지."

기대한 반응을 얻어낸 다쓰미는 기분이 좋아져서, "머리를 깎아서 그런가" 하고 웃으면서 시원스럽게 커피 리필을 주문했다.

"하지만, 그 아줌마……가 아니라 누나, 7시 넘어야 퇴근한다고 했어."

"그래서 커피를 주문했잖아. 그걸 좀 알아줘."

커피가 테이블에 도착했을 때 케이가 가게로 들어왔다. 엠블럼이 달린 블레이저로 한껏 멋을 부리고, 가는 허리를 자랑하며 유행하는 타탄체크 치마를 입고 있었다.

기타가 '어이' 하고 손을 들었고, 다쓰미가 '얼레리꼴레리' 하고 시끄럽게 떠들면서 손으로 불렀다. 다치바나도 살짝 웃으며 기타의 옆자리를 내주었다.

"또 수상한 의논 중이야?"

케이는 애교를 듬뿍 담아 말했다. 눈가의 점이 눈에 띄지 않을 정도로 즐겁게 웃으며 세 사람을 순서대로 둘러보고 기타의 옆에 앉았다.

"정말 아이비리그 스타일로 멋지게 차려입었네. 데이트야? 응, 데이트야?"

바로 다쓰미가 농담하는 투로 말을 건넸다.

"여기에 오는 게 데이트인걸."

케이는 기쁜 듯이 말하고는 물컵을 들고 카운터를 나온 사장에게 미안하다며 면전에서 손을 흔들었다.

"어디 가?"

기타가 물었다.

"응. 엄마랑 쇼핑 약속. 밤에는 돌아올 테니까……."

"으응, 전화할게."

"응, 기다릴게."

케이는 윙크하고 일어났다.

"벌써 가냐?"

다치바나 물었다.

"응, 잠시 얼굴만 보려고."

그 말에 다쓰미가 소란을 피웠다.

"꺄아! 아잉, 정말 달콤해서 녹아버리겠어."

기타가 발차기를 날렸다. 그 소란을 보고 웃으면서 케이는 가게를 나섰다. 하지만 삼십 초도 지나지 않아 뒷골목으로 돌아가 가게 밖에서 지정석의 창문을 콩콩 두드렸다. 왼손을 귀에 대고 오른손 검지를 작게 회전시키고 있다. 꼭 전화하라는 신호이다.

기타가 쓴웃음을 지으며 고개를 끄덕였다. 그러자 흥분한 다쓰미가 안 그래도 되는데 '레이디클럽'의 사진을 펼쳐 '짠!' 하고 창에 밀어붙였다.

기타가 이번에는 제대로 찼는지 다쓰미가 소파에 굴러 떨어졌다.

"아파!"

"진짜로 죽여버린다, 조지."

"아앙, 오늘 밤에 자극이 될 거라니까."

"죽어, 조지로."

"아! 하지 마, 그거."

뒤엉킨 사진을 봤는지 못 봤는지 이미 창문 저편에 케이의 모습은 없었다.

5

저녁 7시를 지나 세 사람은 오토바이를 타고 이케부쿠로의 아파트로 향했다. 길이 막혔지만 다쓰미가 차와 차 사이로 요리조리 달려서 놀랄 정도로 빨리 도착했다.

다쓰미가 부랴부랴 앞장서서 계단을 오르더니 두 사람에게 이를 씩 드러내면서 손을 등 뒤로 돌려 마이코의 옆방 문을 노크했다.

여자가 바로 얼굴을 내밀었다.

"네……. 어라, 다쓰미 군 또 왔구나, 정말 열심이네."

기타가 다쓰미의 옆얼굴을 노려보았다. 전에 찾아왔을 때에는 둘 다 이름도 대지 않았다.

다쓰미는 여자에게 그 이상 말을 못하게 하려고 허둥지둥 검지를 입술에 댔다.

"쉬, 수험생이 있잖아요, 사립의."

"괜찮아, 지금 밥 먹고 있으니까."

기타와 다치바나가 입을 다문 채 웃었다.

"아앙, 그런 건 아무래도 상관없지만."

다쓰미의 친근한 태도로 보아 그 후 여기에 한두 번 찾아온 게 아닌 것 같았다.

"잊어버리고 물어보지 않은 게 있어서 왔어. 저기, 선생님 집에 여자가 오지 않았어?"

"아, 여자라면 자주 왔어."

여자는 시원스레 말했다. 기타와 다치바나의 웃음이 싹 가셨다. 다쓰미는 원하는 대답을 듣고 말투가 빨라졌다.

"정말? 왔었어?"

“으응, 이따금씩 여러 여자가.”

“와서, 뭘 했어?”

“뭐라니? 그러고 보니…….”

여자는 초점 없는 눈동자를 깜빡거리다가 약간 자신 없어하는 투로 말했다.

“음악을 들었나, 클래식 같은 거. 그렇게 큰 소리는 아니어서 나도 불평한 적은 없지만.”

기타와 다치바나가 확신의 눈짓을 교환했다. 마이코는 내밀한 소리를 클래식으로 감추고 있었다.

“그래서 어떤 여자가 왔어?”

“어떤 여자라고 해도, 많이 왔으니까…….”

“그러니까, 그중에서도 자주 왔던 여자.”

“그래, 얼굴이 희고 예쁜 사람이 가끔 왔어. 남자가 입는 것 같은 베이지색 코트를 입은. 그게, 뭐더라?”

“트렌치코트?”

“맞아, 맞아, 트렌치코트.”

음악의 아유미이다. 역시 마이코의 상대는 그녀인가.

“아아, 하지만 그보다…….”

이제 생각났다는 식으로 여자가 계속 말을 이었다.

“어린 아가씨가 노상 왔었어. 커다란 눈을 한 귀여운 여자 애였는데. 학생인가?”

“학생?”

"그렇게 보였는데. 이쪽에 점이 있고."

여자의 손가락은 오른쪽 눈 밑을 가리켰다.

깜짝 놀란 다쓰미가 잠시 후 머뭇머뭇 고개를 뒤로 돌렸다. 다치바나도 곤혹스러운 얼굴로 기타를 보았다.

―설마…….

기타는 흥분해서 이성을 잃었다. 말리는 두 사람을 뿌리치고 계단을 뛰어 내려가 RD350의 후미를 회전시켜 폭음과 함께 어둠을 갈랐다.

오쓰카의 케이 집까지는 몇 분밖에 걸리지 않았다.

조바심에 클러치 페달을 밟아대며 3층짜리 호화 저택 앞에 도착해서 기타는 펄펄 끓어오르는 속을 토해내듯이 격렬하게 엔진을 공회전시켰다.

부앙, 부앙.

태코미터의 바늘이 레드존을 왔다 갔다 했다.

2층 창문이 덜컹 열렸다. 케이가 반가워하며 손을 흔들었다. 바로 나갈게, 라고 몸짓으로 전하고 얼굴을 도로 감춘 지 일 분도 되지 않아 현관에서 뛰어나왔다.

티셔츠 위에 가죽점퍼를 걸치고 몸에 딱 맞는 진 바지를 입고 있었다. 기타에게 맞춘 것이다.

"완전 해피!"

케이는 오토바이에 올라타 뒤에서 기타를 안았다. 전화가 오려나 했는데 그가 직접 왔다. 덕분에 케이는 잔뜩 기분을 흥분하여 기타의 무뚝뚝한 태도도, 데리러 와서 수줍어하는 거라고 좋을 대로 해석해버렸다.

노면을 스치듯 코너를 빠져나가는 기타는 마음속이 혼란스러웠다. 등 뒤에서 케이의 따스함이 전해왔다. 하지만 그것은 그런 정사 장면을 연출하던 여자의 가슴이다. 온몸의 신경이 뾰족한 것으로 마구 찔리는 것 같았다. 폭음에 섞인 순진한 웃음소리를 들으며 기타는 자신이 어떻게 하고 싶은지 알 수 없었다.

요요기代々木 공원 앞에서 오토바이를 세웠다.

케이는 기타에게 팔을 감고 깡충거리듯이 걸었다. 기온이 꽤 내려갔지만 주위는 젊은 커플로 넘쳐났다. 난잡한 행위를 척척 연출해대는 통에 아무것도 하지 않고 걷는 쪽이 오히려 가벼운 수치심을 느낄 정도였다.

어제까지는 기타와 케이도 이 공원 커플 중 한 쌍이었다.

하지만 지금은…….

케이가 인기척이 없는 한구석을 찾아내어 보채듯이 기타를 끌고 갔다. 엉키듯이 잔디에 굴렀지만 기타는 바로 몸을 일으켰다. 무릎을 끌어안고 험악한 표정으로 먼 곳의 수은등을 쏘아보았다.

끼고 있던 케이의 팔이 느슨해졌다.

"……왜 그래?"

"……."

"왜 그러냐고."

케이는 작은 불안을 드러냈지만 아직 응석이 남은 눈빛으로 기타의 얼굴을 아래에서부터 살폈다.

"기타로……."

"……."

"무슨 일 있었어?"

기타는 망설이고 있었다. 화가 끓어올라 머리까지 왔지만 어떻게 해도 말이 나오지 않았다.

"말해봐, 기타로……."

케이는 진지한 표정이 되었다.

추궁할 생각이었는데 추궁을 당했다. 뭔가 말하지 않으면 안 된다. 학교 이야기든 친구 이야기든 자상한 말이든. 아니, 묵묵히 당겨 안으면 여태까지처럼 잘 지낼 수 있을 것이다.

— 케이와는 이대로도 괜찮아.

이명과 같은 소리가 울렸다. 그것이 본심이다. 그렇기 때문에 끓어오른 분노를 마음속 깊은 곳에 묶어둔 채, 여기서 이렇게 케이와 둘이 있을 수 있다.

하지만…….

앞으로 계속 그 사진을 떠올리며 케이를 바라보고, 이야기하고, 안는 일이 가능할까? 마음이 흔들린다.

— 잊을 수 있을까?

"무리다……."

대답이 희미하게 입에서 비어져 나왔다.

"뭐가 무리야, 응?"

"……너와의 관계."

기타는 체념한 듯이 말했다. 말하면서도 이미 후회하고 있었다.

"나와의 관계라니……. 헤어지겠다는 거야? 어째서?"

'글래머와 잤으니까'라고 말할 수 없다. 그런 걸 말할 수 없다. 기타는 눈을 내리깔았다.

"확실히 말해. 응, 기타로."

기타는 더는 한 마디도 하지 않겠다고 얼굴을 돌렸지만, 일그러진 얼굴이 심상치 않았는지 케이는 집요하게 추궁했다.

"부탁이야, 이야기해줘. 응, 부탁이야."

케이가 기타의 소매를 계속 당기면서 졸라댔다. 그렇게 하는 동안 케이는 갑자기 동작을 멈추고 뭔가 무서운 것이라도 본 듯 '헉' 하고 숨을 삼켰다.

기타가 눈동자를 살폈다. 입술이 떨리고 있다.

"아까……? 아까 그 사진?"

허를 찔린 듯 눈이 휘둥그레진 기타가 천천히 케이에게 시선을 돌렸다.

아까의 사진이라면, 루팡의 창문 너머로 다쓰미가 보여준 레즈비언 사진이다.

케이는 두 손을 입에 대고 괴로운 듯이 숨을 쉬었다. 울상이 되었다. 그런 표정을 지으니 오른쪽 눈 아래의 점이 유난히 슬퍼 보였다.

기타는 멍하니 수은등을 올려다보았다. 분노 따위는 어딘가로 사라져버리고 불쾌한 후회의 심정만이 가슴속에 답답하게 남아 있었다.

무너져내릴 듯한 케이의 몸을 끌어당겼다. 작은 등에 팔을 둘러 힘을 주었다. 케이의 눈물이 기타의 손목을 스쳤다. 소매에 스며들어 차가웠다.

케이는 기타의 가슴에 얼굴을 묻고 신음했다.

"미안해……. 전부 말할게. 전부 말할 테니…… 들어줘."

"으응……."

케이는 격렬하게 흐느끼면서도 열심히 말하려고 애썼다.

"나 있지……. 마이코 선생님이 시험 답을 가르쳐줬어……. 오래전부터야……. 1학년 때 시험 전날에 마이코 선생님에게 불려갔어. 공부를 가르쳐줄 테니 집에 오라고 해서. 그래서 밤에 가봤거든. 그랬더니 다음 날에 볼 시험 답을 보여줬어……. 거절하면 좋았겠지만 나……."

기타는 묵묵히 듣고 있었다. 옛날이야기라도 듣는 것 같은 묘한 기분이었다. 그 초현실적인 세계에서 사건의 수수께끼가 천천히 풀려갔다. 마이코가 시험 답을 갖고 있었던 것은 케이에게 보여주기 위해서였다. 어디쯤에서인가 예감하고 있었다. 하지만 이제 아무래도 좋다는 생각이 들었다.

"……시험 때마다 선생님 댁에 갔어. 이러면 안 된다고 생각했지만, 난 공부를 못하니까……. 그랬더니 선생님이…… 2학년 기말시험 때……."

거기까지 말하고 케이는 한층 더 격렬하게 흐느꼈다.

"이제 됐어."

기타는 속삭이고, 눈을 감았다.

다음은 듣지 않아도 안다. 마이코는 시험을 미끼로 케이를 독니로 물었던 것이다. 중학교 때 케이는 별로 성적이 좋지 않았다. 마이코가 답을 가르쳐준 덕에 고등학교 때 갑자기 성적이 올랐다. 한 번 오른 성적을 떨어뜨리고 싶지 않은 일념으로 케이는 선생이 시키는 대로 해야 했다. 그런 것이 틀림없었다.

기타는 케이의 어깨에 두른 팔에 더욱 힘을 줬다.

케이는 말을 멈추지 않았다. 멈출 수 없다고 말하는 것 같았다.

관계가 점점 고조되어 러브호텔에 끌려간 일, 수치스러운 장면을 사진 찍힌 일, 교사들이 퇴근한 교장실이나 영어준비실에서도 관계를 강요당한 일, 그리고 기타를 좋아하게 되었다고 말해서 마이코에게 맞은 일 등 모조리 기타에게 털어놓았다.

케이에 대한 혐오는 끓어오르지 않았다. 단지 마이코라는 여자가 증오스러워 견딜 수 없었다.

사실을 털어놓고 마음이 놓였는지 케이는 기타의 품 안에서 안정을 되찾고 숨도 고르게 쉬고 있었다.

"나 말이야."

케이는 울며 웃는 얼굴로 말했다.

"선생님이 죽었다고 들었을 때, 펄쩍 뛰어오를 만큼 기뻤어. 앞으로도 계속 선생님의 노예가 될 거라고 생각했으니까."

"내 손으로 죽였으면 좋았을 텐데."

기타가 낮게 중얼거리자 케이는 한숨을 흘렸다.

"하지만 어째서 마이코 선생님은 자살했을까? 연인이 있었다니 믿을 수 없어."

"사실은 자살이 아니야."

"뭐?"

"글래머는 누군가에게 살해당했어. 잘됐지만."

"그, 그래도……."

"흥, 경찰 따윈 다 엉터리야."

케이는 고개를 들었지만 울어서 통통 부은 얼굴이 부끄러운 듯이 다시 기타의 가슴에 얼굴을 묻고는 '훗' 하고 가볍게 웃었다.

"그럼, 내가 의심받겠네."

"뭐?"

"선생님을 죽일 동기가 충분하잖아."

"말도 안 되는 소리 하지 마."

"하지만 사실 그렇잖아. 게다가 선생님이 죽은 날 밤도 선생님 아파트에 갔고……."

기타는 케이의 머리에 시선을 떨어뜨렸다.

"몇 시쯤?"

"10시쯤. 항상 그쯤이었어."

"글래머 있었어?"

"아니. 없었어."

마이코는 역시 집에 돌아오지 않았다.

"그래서 어떻게 했어?"

"한 시간 정도 기다렸는데 너무 추웠어. 그래서 과감하게 택시를 타고 학교에 가봤지."

"왜?"

"선생님이 아직 학교에 있는 게 아닐까 하고. 하지만 교문은 닫혀 있고, 안쪽도 컴컴했어. 어떨 수 없이 선생님 아파트로 다시 돌아갔지."

"다시 돌아갔다고?"

"으응. 집도 여전히 컴컴했어."

"몇 시쯤?"

"12시 조금 전이었어. 거기서 또 한 시간 정도 기다렸지만 돌아오지 않아서……. 그래서 전화했어, 작은아버지 댁에."

"작은아버지이라면 교장 말이야?"

"응."

케이는 조금 겸연쩍은 듯한 얼굴을 했다.

"작은아버지께 물어보면 선생님이 간 곳을 알까 했는데. 작은아버지도 전혀 모르시고, 얼른 집에 들어가라고 화를 내셔서."

"그렇게 말하겠지, 보통은."

맥락이 없는 케이의 행동에 기타는 점점 질려갔다. 어린아이의 보호자도 아닌데 아무리 교장이라고 해도 교사 한 명 한 명의, 그것도 학교 밖에서의 움직임을 파악하고 있을 리 없다.

하지만 그렇다고 해도 마음에 걸린다고 할지 신기한 것은 케이가 두 번이나 마이코의 집을 찾아갔고 두 번이나 부재라고 생각한 점이다. 첫 번째는 괜찮다. 오후 9시 반에 아파트에 있었던 것은 범인이니까 10시에 케이가 방문했을 때 마이코가 없었다고 해도 이상하지는 않다. 마이코는 그 시각에 아직 돌아오지 않았다고 볼 수 있다.

하지만 두 번째는 어떤가. 케이는 오전 1시경까지 아파트 앞에서 기다렸는데 '돌아오지 않았다'고 한다. 그러나 비슷한 시각, 다쓰미가 아파트로 전화를 걸어 마이코와 이야기를 나눴던 것이다.

"기타로."

"응?"

"나, 이제 집에 가야 할 것 같아."

"알았어."

기타는 케이의 눈동자를 응시했다.

"괜찮아?"

"기타로는……?"

"괜찮아."

그렇게 말할 수 있었다.

기타가 자리에서 일어났다. 케이도 뒤이어 일어나 둘은 공원 출구로 향했다.

"있잖아, 기타로. 선생님 정말로 살해된 거야?"

"으응."

"누구한테?"

"그건 몰라."

기타는 케이의 옆얼굴을 훔쳐보았다.

확실한 것은 마이코가 케이에게 알려주기 위해 매번 시험 답안을 입수했다는 사실이다. 마이코의 시체가 금고에서 굴러 나왔을 때 주머니에서 답을 넣은 봉투가 떨어졌다. 즉 마이코는 그날 밤도 케이에게 시험 답안을 보여줄 생각으로 미리 준비해놓았다.

그러나 케이에게 그것을 보여주지 못하고 살해되었다.

기타는 다치바나의 추리를 떠올렸다.

시험 답안을 마이코에게 건넨 사람은 교장인 미쓰데라였다고 치자. 케이는 미쓰데라의 조카딸이다. 친딸이라는 얘기도 있다. 그 조카딸인지 친딸인지의 성적을 올리기 위해 마이코를 통해 시험 답안을 흘린다.

선은 이어진다. 시험 답안의 목적지는 케이인 것을 알고 나니, 미쓰데라와 마이코를 연결 지은 다치바나의 추리는 한층 설득력이 높아진 셈이다.

하지만 사건 자체는 여전히 깊은 안개 속에 있었다.

—범인은 누구지?

시험 답안이 누설된 것을 누군가 다른 사람이 알게 되어, 그것이 살인으로 발전한 것일까.

교내 사정에 밝은 인물이라면 제일 먼저 하이드 모키치가 떠올랐다. 모키치는 0시의 순찰을 빼먹었다. 아니, 그저 미쓰데라와 마이코의 사이가 멀어진 결과로 인한 사건일지도 모른다. 마이코가 시험 답안을 미끼로 케이를 우롱한 것을 미쓰데라가 알면…….

그러나 어째서 마이코의 시체가 금고 안에 들어가 있었을까. 게다가 밤늦게 마이코와 교무실에 함께 있던 것은 하얀 구두의 '여자'였다.

— 모르겠어.

기타는 양손으로 얼굴을 철썩 때리고는 오토바이에 올라탔다. 그제서야 정신을 차리고 돌아보니 어느새 케이가 멀찍이 떨어져 오도카니 서 있다.

"타."

케이는 고개를 저으며 괜찮다고 말했다.

그 슬픈 표정을 보고 알았다. 기타가 사건을 생각하면서 걷는 동안, 케이는 두 사람의 앞일을 생각하고 있었다는 것을.

"전철 타고 갈게."

꺼질 듯한 목소리였다.

"됐으니까 타."

케이는 갑자기 뒤를 돌아서 달려가기 시작했다.

"어이, 케이!"

기타는 그 자리에서 오토바이를 눕혀두고 케이에게 달려가려다가 기름 탱크에 다리를 부딪쳤다. 푹 고꾸라져서 무릎을 세게 찧었지만, 그래도 허둥지둥 일어났다. 다시 달렸지만 점점 다리의 움직임이 둔해졌다.

— 그만두자.

기타는 발을 멈추었다. 쫓는 것이 잔혹하게 느껴졌다.

고통스러운 일을 당한 쪽은 케이였다.

당연한 사실을 겨우 깨달았다. 자신은 케이를 용서한 스스로에게 취해 있었다. 그저 동정일 뿐이라고, 케이는 그렇게 느꼈을지도 몰랐다.

시야가 어두워진 느낌이었다. 하지만 이렇게 끝낼 수는 없다고 마음속으로 되새기면서, 기타는 빠르게 멀어지는 케이의 등을 지켜보았다.

6

루팡에 돌아가니 다쓰미와 다치바나가 걱정스러운 얼굴을 하고 있었다. 혼자 있고 싶은 기분이었지만 두 사람은 그 아줌마 이야기를 들어버렸다. 케이가 피해자라는 것을 전하고 싶은 마음에 기타는 자초지종을 설명했다.

마지막에는 다쓰미가 눈시울을 붉혔다.

"지독하군, 글래머."

"그래, 다시 한 번 죽이고 싶어."

증오를 담아 말한 기타는 소파에 몸을 내던졌다.

"케이와는 어떻게 할 거야?"

다쓰미가 눈을 맞추지 않고 말했다.

"헤어질 거야?"

"……난 끝낼 생각 없어. 케이는 잘못이 없으니까."

"응."

"그렇지."

다치바나가 드물게 이를 드러냈다.

"케이는 약점을 잡혔을 뿐이야. 아무 잘못도 없어. 나쁜 건 글래머지. 그 음란한 여자가 모든 악의 근원이야."

기타는 케이 생각을 했다.

—잘 들어갔을까. 지금 어떤 심정일까.

"좀더 조사해보자."

기타는 낮게 말했다. 다쓰미와 다치바나는 대답을 하지 않았다. 마이코의 복수전 따위는 이제 해줄 수 없다는 얼굴이다.

"이대로 참을 수 있다는 거냐?"

기타는 테이블을 탁 쳤다.

사건이 공연히 짜증스럽게 느껴졌다. 짜증이 해초처럼 온몸에 착 달라붙었지만, 그런데도 전혀 진상이 보이지 않았다. 알게 된 거라고는 알고 싶지도 않았던 케이의 비밀뿐이다. 이 사실이 너무나도 분했다. 글래머를 위해서, 소마의 무죄를 증명하기 위해서가 아니라 자신들을 괴롭히는 이 사건을 두들겨 부수고 싶었다. 그런 흥분된 생각이 가슴속에 자리했다.

"여길 봐, 조지."

"뭐?"

우울한 목소리로 다쓰미가 물었다.

"그날 밤의 전화 말인데, 받은 게 정말 글래머였어?"

'흠' 하고 다쓰미가 얼굴을 들었다.

"였어라니? 그야 당연하잖아."

"목소리는?"

"졸린 듯한 목소리였으니까. 하지만 뭐, 술에 취했는지 요염해서……. '다쓰미 군이지'라는 말을 하던데. 글래머 말곤 없잖아, 그런 사람."

"글래머라고 단언할 수 있어?"

기타가 쏘아보는 바람에 다쓰미는 당황했다.

"화, 화내지 마, 기타로."

"화내는 게 아니야. 왜냐하면 이상해서. 케이는 12시부터 1시까지 아파트 앞에 있었어. 글래머는 방에 없었고 돌아오지도 않았다고 했어."

"하지만 케이는 도중에 학교에 갔잖아. 그사이에 돌아와서 잠들었을지도 모르지."

"글래머는 시험 답안을 케이에게 보여주려고 갖고 있었어. 돌아왔다면 일어나서 기다렸겠지."

"그, 그런 거 몰라 나는" 하고 다쓰미가 소리를 지르더니, 이번에는 작게 항의했다. "그럼 기타로는 어떻게 생각하는데?"

"다른 여자가 방에 숨어들어서 전화를 받았다."

말한 것은 다치바나였다.

기선을 제압당했지만 강한 어조로 기타도 입을 열었다.

"나도 그렇게 생각했어."

"다, 다른 여자라니 누구?"

다쓰미는 또다시 괴담을 듣는 듯한 얼굴이 되었다.

기타가 대답했다.

"몰라. 하지만 글래머는 8시 40분까지 교무실에 있었어. 내가 이 두 눈으로 봤으니까. 그리고 시체 주머니에는 시험 답안이 들어 있었어. 이 두 개를 이으면 글래머는 아파트에 돌아가지 않고 내가 본 다음에 학교에서 살해되어 그대로 금고에 넣어졌어. 그렇게 생각하는 편이 자연스럽지않아?"

"그야 분명히 그렇지만."

"글래머는 아파트에 돌아가지 않았어. 대신 누군가 다른 여자가 숨어 있다가 조지가 건 전화를 받았다……."

말한 찰나, 기타는 경직되었다.

섬광.

그 섬광이 다시 스쳤던 것이다.

물론 사라졌다, 순식간에. 하지만 섬광은 확실한 암시를 남겼다.

부정否定이었다.

다른 여자가 숨어 있었던 게 아니다. 섬광은 기타의 사고를 정면으로 부정하고 있었다.

— 뭐가 다른 거지?

"기타로, 왜 그래?"

기타는 마른침을 삼켰다.

다시 다쓰미였다. 녀석은 단번에 현실 세계로 끌어내려버렸다.

"기타로."

"으응."

"뭔가 안 거야?"

다치바나가 물었다.

"아니…… 아무것도 아니야."

기타는 소리 없는 한숨을 쉬었다. 섬광의 정체는 생각한다고 해서 알 수 있는 게 아니라고 막연하게 느끼고 있었다.

"그러면 잠시 정리해볼까."

기타는 기분을 새롭게 가다듬고 말했다.

"우선은 조지의 귀를 의심하는 건 아니지만, 전화에 대해선 무시하고 생각해보자. 글래머는 내가 교무실에서 본 8시 40분부터 우리가 교무실에 들어간 2시 반 사이에 학교 안에서 살해되었어. 그렇다면 수상한 건 누구지?"

다치바나가 바로 대답했다.

"수상할지 어떨지는 제쳐놓고, 학교 안에 있던 사람은 하이드 모키치, 그리고 소마, 나머지는 기타로가 본 하얀 구두의 여자, 창문에서 뛰어내려 달아난 녀석. 우리가 알고 있는 건 이 네 명이다."

네 명이라는 말을 들은 다쓰미가 '에엣!' 하고 억울해했다.

"좋아. 그러면 이번에는 조지의 전화 통화 내용을 믿어보자. 글래머는 오전 1시까지 아파트에 있었고 그 후에 바로 학교로 갔다. 만일 1시 반에 도착했다고 하자. 2시 반까지 한 시간 동안에 죽일 수 있었던 건 누구지?"

"그렇다면……."

바로 다쓰미가 되받았지만 다음 말은 이어지지 않았고, 이번에도 다치바나에게 화제를 빼앗겼다.

"그렇게까지 시간이 늦어지면 하얀 구두의 여자는 지워도 될 거야. 소마도. 녀석의 마지막 이야기를 믿는다면 11시에는 학교를 나왔어."

다치바나가 '소마 범인설'을 부정적으로 말했으므로 다쓰미는 기분이 좋아져 '응, 응' 하고 고개를 끄덕였다.

기타가 말을 받았다.

"요컨대 어느 쪽 상황에서도 남는 것은 하이드와 창에서 뛰어내린 자, 이 둘이라는 거군."

"으응" 하고 고개를 끄덕이는 다치바나가 문득 얼굴을 들었다. 두 사람도 함께 얼굴을 들었다.

사장의 발소리가 다가오고 있었다. 손에 든 쟁반에 커피가 세 잔 놓여 있다.

"내가 사는 거야."

사장이 미소 지으며 말했다.

"잘 먹겠습니다!"

다쓰미가 경례했다.

기타와 다치바나도 잘 먹겠다며 머리를 숙였다.

“가끔은 뭐. 그나저나 뭔가 열띤 논쟁이라도 벌이는 분위기로군.”

“그렇습니다.”

다쓰미가 말을 받았지만 마땅히 꾸며낼 이야깃거리가 생각나지 않았다. 열쇠 건이 있고부터 세 사람과 사장 사이에 아주 조금 거리가 생겼고 다쓰미도 어딘가 태도가 어색했다. ‘열쇠를 잘못 건네줬다’고 사장이 말한 이상 선뜻 물어보기도 그렇고, 사장 쪽도 요즘 멍하니 있는 일이 많아 잡담에도 별로 끼지 않았다. 오늘도 커피잔을 내려놓고, ‘천천히 놀다 가’라는 말만 남기고는 카운터로 가서 돌아오지 않았다.

“입막음 비용인가.”

다쓰미가 커피에 시선을 떨어뜨리고 머뭇머뭇 말했다. 하지만 괜찮은 대사를 날렸다고 생각했는지 갑자기 기분이 좋아져서, ‘야, 야, 아니야?’ ‘응, 응, 아닌가?’ 하며 기쁜 듯이 두 사람의 얼굴을 번갈아 쳐다보았다.

“그럴지도.”

다치바나가 툭 하고 던졌다.

“무슨 입막음?”

기타가 다쓰미를 쳐다보며 물었다.

“아, 그런 거 갑자기 물어봐도 몰라.”

“그렇다면 엉뚱한 소리 하지 마. 자, 그럼 수상한 건 누구지?”

명예를 만회라도 하겠다는 듯 다쓰미가 잽싸게 말했다.

"역시 제일 수상한 건 하이드야. 12시 순찰도 빠지고, 우리가 학교에서 나온 다음 유유히 시체를 옮길 수 있잖아. 어느 쪽이든 하이드 모키치는 수상해."

기타도 같은 의견이었다. 무엇보다도 창문으로 달아난 인물에 관해서는 단서의 '단' 자도 찾지 못했으니. 모키치에게 관심을 기울일 수밖에 없었다.

"좋아, 그러면 하이드를 조사하자."

셋이 동시에 일어났다.

루팡을 나갈 때 기타는 공중전화를 썼다.

'자고 있습니다'라고 말하는 케이 모친의 목소리는 평소보다도 한층 더 차가웠다.

7

루팡 작전 정도의 긴장감은 없었다. 익숙한 몸놀림으로 뒷문을 뛰어넘어 벽을 따라 달려 곧바로 세 사람은 서동 뒤쪽으로 돌아들어 갔다.

오후 9시 50분.

1층 수위실에는 불이 켜 있었다.

세 사람이 수풀에서 살짝 고개를 들었다.

"있다, 있어."

다쓰미가 말했다.

방 안이 훤히 보였다. 정말 모키치가 있었다. 군대 무전기 같은 카세트 앞에 앉아서 작은 등을 웅크리고 귀에 헤드폰을 대고 있는 모습이 눈에 들어왔다. 푸석푸석한 백발과 정말 안 어울렸다.

"야시로 아키의 신곡인가."

다쓰미가 쿡쿡 하고 웃었다. 기타가 선발로 숨었을 때에는 캔디스를 부르면서 순찰했었다.

모키치가 순찰 준비를 시작했다. 기타가 손목시계로 시선을 돌렸다. 정확히 10시였다. 모키치는 열쇠 다발과 손전등을 꺼내고 트레이드마크인 흰 가운을 휘날리며 훌쩍 방을 나갔다.

손전등 불빛이 복도를 지나 흔들흔들 2층으로 올라갔다.

"으스스해, 저거."

"그러게."

기타와 다쓰미가 눈으로 쫓고 있는데 '어이' 하고 등 뒤에서 의외의 목소리가 들려왔다.

다치바나가 수위실 창문에 손을 걸치고 있었다.

"창문이 열려 있어."

"진짜네."

다쓰미가 대꾸했다.

"바보 아냐, 하이드 녀석. 자기 집 창문을 열어놓다니, 순찰 따위 의미 없잖아."

"됐고, 들어가보자."

기타의 말에 다치바나가 3층으로 올라간 손전등을 힐끗 확인하고는 고개를 끄덕였고, 다쓰미도 '오케이' 하며 신발을 벗기 시작했다.

세 사람은 잇달아 방으로 들어갔다. 순찰은 거의 한 시간 소요된다는 것을 이미 알기 때문에 마음의 여유가 있었다.

"역시 엄청나구나."

다쓰미가 그렇게 말하며 카세트를 만지작거리기 시작했다.

"어이, 건들지 마."

일단 주의를 주고 기타는 방 안을 둘러보았다.

휴대용 텔레비전과 작은 냉장고, 둥글고 낮은 밥상에 차 깡통, 찻주전자, 찻잔, 라면그릇……. 그것뿐이다. 벽에는 야시로 아키의 캘린더가 붙어 있었다. 무척 낡아 자세히 보니 삼 년 전 캘린더였다. 그 비스듬한 포즈가 마음에 들어서 포스터를 대신해 붙인 걸까.

다치바나는 부스럭부스럭 열쇠함 속을 휘저었다. 다쓰미는 귀에 헤드폰을 대고, 스위치를 마구 만지작거렸지만 소리가 나지 않는지 연신 고개를 갸웃거렸다.

기타는 벽장을 열어보았다. 납작한 이불 세트가 놓여 있었다. 그 안을 들여다보니 카세트테이프가 산처럼 쌓여 있는 게 아닌가. 백 개, 아니 이백 개 정도는 됨직했다.

"안 되겠어, 아무것도 안 들리네."

다쓰미가 급한 성질에 헤드폰을 내던졌다.

"조지, 이것 봐."

기타가 벽장 안을 가리키자 다쓰미는 흘끗 들여다보고 시시하다는 듯이 말했다.

"아무리 많아도 소용없어, 카세트가 고장 났으니까."

"안 들려?"

"응. 테이프는 돌아가지만."

기타도 헤드폰을 대어봤다. 역시 음악이 울리지 않는다. 지지직 테이프 감기는 소리만 날뿐이다.

"아무것도 녹음하지 않은 걸까?"

"그러면 하이드는 아까 뭘 듣고 있었지? 모드는 분명 테이프로 되어 있었어. 그런데 되감아도 빨리 돌려도 아무 말도 나오지 않는데."

"그러면 이걸 틀어볼까."

기타는 벽장에 머리를 들이박고 산처럼 쌓인 테이프에 손을 뻗었는데, 그때 콧구멍에 갑자기 자극이 느껴졌다.

향수?

곰팡이 냄새와 노인 특유의 체취에 섞여 있지만 어렴풋이 좋은 향기가…….

그때 다치바나가 '쉿!'이라고 했다. 기타와 다치바나도 움직임을 멈췄다.

발소리가 들려왔다. 복도이다.

"크, 큰일이다."

다쓰미가 허둥거렸다.

다시 '쉿!' 하고 다치바나가 말하고는 턱으로 기타에게 달아나라고 재촉했다. 기타는 허둥지둥 벽장에서 머리를 뺐지만 과감히 제일 위의 테이프를 낚아채어 주머니에 쑤셔넣었다.

모키치가 수위실로 돌아왔을 때 세 사람은 벽 한 장을 사이에 둔 창문 아래 몸을 웅크리고 있었다. 모키치는 아무것도 눈치채지 못한 듯 선반 안을 뒤적거려 새 건전지를 손전등에 갈아 끼워넣고 다시 훌쩍 방을 나갔다.

"위험했어."

다쓰미가 연신 가슴을 쓸어내리며 말했다.

"돌아갈까. 방 안에 다른 시체도 없고."

다치바나의 제안에 기타도 고개를 끄덕였다. 향수 냄새와 소리 없는 테이프. 그 외에 모키치의 방에 비밀은 없는 것처럼 보였다.

가지고 돌아온 테이프를 기타는 집에서 재생해보았다.

일 분, 이 분……. 음악은 울리지 않았다.

"역시 아무것도 안 들어 있군."

다쓰미가 지쳤다는 듯이 누워서 뒹굴었다. 그러자 희미한 소리가 스피커에서 흘러나왔다.

덜컹!

"어라?"

다쓰미가 놀랐다. 다치바나는 묵묵히 귀를 기울이고 있었다.

또각, 또각, 또각…….

구두 소리……?

"뭐야 이거? 응, 기타로."

"쉿, 조용히 들어봐."

그러나 그것뿐이었다. 문을 열고 닫는 듯한 소리가 몇 번쯤 들렸지만 그 후에는 계속 무음이었다. 테이프는 아무 소득 없이 돌아가다가 마침내 멈추었다.

소리 없는 테이프와 향수의 수수께끼는 그 후 아무리 궁리해봐도 풀 수 없었다. 아니 그뿐 아니라 세 사람의 범인 찾기는 갈 데까지 가버려서 앞으로 더 뭘 해야 할지 생각나지 않았다.

모키치를 직접 만나 순찰을 빠진 이유를 따져볼까도 했지만, 그럼 세 사람이 그날 밤 학교에 숨어든 것이 드러난다. 교장과 마이코의 관계도 추궁하고 싶지만 그것 역시 교장에게서 증거를 끌어내려다가 루팡 작전이 발각될 위험도 있어서 긁어 부스럼이 될지도 모른다.

요컨대 범죄자가 자신의 범죄를 끝까지 숨기면서 우연히 목격한 다른 범죄의 진상을 밝히려는 짓은 참으로 뻔뻔스러운 일이다.

결국 많은 수수께끼가 풀리지 않은 채 겨울방학에 들어갔고 사건에 대한 생각도 점점 희미해졌다. 세 사람은 각자 아르바이트로 바쁜 나날을 보냈고 루팡에 모이는 일도 줄어들었다.

그리고 기타는 그 섬광을 두 번 다시 보지 못한 채 졸업을 맞이했다.

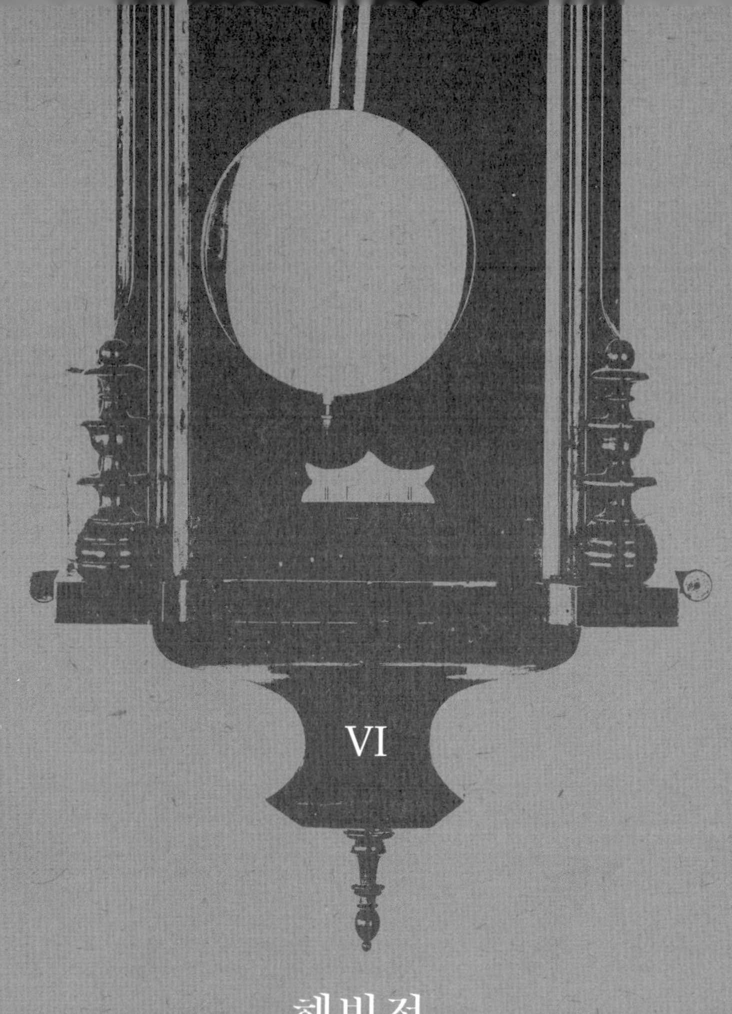

VI

해빙점

1

오후 4시 15분.

주변에는 땅거미가 지고 있었지만 4층 수사대책실은 소란의 소용돌이 한가운데 놓였다.

미네 마이코가 레즈비언이었다니.

방이 술렁거리고 놀란 얼굴들과 목소리들이 뒤섞였다. 여자에 대해 수사할 필요성이 커졌다.

레즈비언이라는 결과는 어찌 되었든, 어딘가에서 '마이코 원인설'을 머릿속에 그리고 있던 미조로기는 미리 준비한 듯이 잇달아 지시를 날렸다.

'당시의 여교사들을 모조리 불러.' '오타 케이를 철저히 조사해.' '히다카 아유미의 소재 확인을 서둘러.'

그러면서 미조로기는 마이코의 대학 시절 친구, 오무로 요시코의 진술을 떠올리고 있었다.

'어쩐지 무섭다는 생각에…….'

요시코는 마이코가 내뿜는 위험한 냄새를 맡았다. 아마 마이코는 요시코도 레즈비언의 대상으로 생각하고 있었던 것 같다. 아니 어쩌면 레즈비언이라는 원래 대등한 여자와 여자의 관계가 아니라, 여자가 여자를 강간한다라는 흉악함을 감추고 있었던 건 아닐까. 친구도 연애 상대도 아닌, 여자가 여자를 자기 것으로 만들려는 사악한 기운에 요시코는 겁을 먹었던 것이다. 미조로기는 그렇게 생각했다. 외곬으로 사랑한 전 담임에게 버림받고 낙태까지 한 비탄의 밑바닥에서 다시 일어선 마이코는 진화의 길을 벗어나 우화羽化를 했다. 박정한 남자에게 깊은 상처를 입은 반동은 남자에 대한 거부에 그치지 않고 동성에 대한 공격의 칼날이 되어 나타났다. 그것은 자기 안에 있는 여성을 혐오하고 존재를 부정하려는, 일종의 도피 행위라는 생각이 들었다.

그 도피 행위를 마이코는 '남자 따위보다 즐거운 일'이라 불렀다. 명백한 범죄의식을 가지고 요시코에게 접근했고, 오타 케이에 이르러서는 실제로 독니로 물었다. 연애 감정이 없는 수렵적 레즈비언 행위, 그렇다면 피해자는 그 외에도 있을 것이다.

미조로기가 도출한 결론은 그러했다. 마이코의 주위에 있던 모든 여자가 마이코의 피해자였을 가능성이 있고, 따라서 모든 여자가 마이코 살해의 가해자일 가능성이 충분하다.

"계장님."

오토모가 불렀다.

"뭐야?"

"새로운 이야기가 나오고 있습니다."

오토모는 다쓰미의 스피커를 가리켰다. 다쓰미의 목소리가 귀에 들어왔다.

"뭔지 몰라. 하지만 기타로가 뭔가 밟은 건 분명해. 깜짝 놀라 펄쩍 뛰어올랐으니까."

"무슨 말이야."

미조로기가 오토모를 바라봤다.

"도쿠마루 씨가 시체를 발견했을 때의 상황을 되풀이해 물었는데, 다쓰미가 갑자기 기타가 교장실에서 뭔가 밟았다고 말했습니다."

"호오."

미조로기는 고개를 갸웃하며, 바로 연락 담당 직원을 불렀다.

"데라오에게 전해. 금고에서 시체가 나왔을 때 기타가 교장실에서 뭔가 밟았다. 뭘 밟았는지 캐보라고 말이야."

지시를 내린 미조로기는 그것이 또 하나의 레즈비언 강간 의혹을 직격할 정보라고는 꿈에도 생각하지 못했다.

연락 담당 직원으로부터 귀띔받은 데라오는 속으로 심하게 욕을 퍼붓고 있었다.

—또냐, 관할 새끼.

조사실 간 정보 캐치볼은 이미 질릴 정도로 해왔지만, 그것은 다쓰미의 방에서 보낸 경우가 압도적으로 많았다. 도쿠마루에 뒤처졌다는 굴욕감이 가스처럼 가슴속에 들어찼고, 그때마다 이쪽의 조사 리듬이 끊겨버렸다.

데라오는 기타에게 찌를 듯한 시선을 돌렸다.

"뭘 밟았나."

"네?"

"시체를 봤을 때, 교장실에서 밟은 물건 말이다."

기타는 '앗!' 하고 작은 소리를 흘리며 데라오로부터 시선을 돌렸다.

— 상당한 반응이군.

데라오는 시선을 고정했다. 아침에 루팡 작전의 이름을 처음 던졌을 때와 같이 기타는 온몸을 떨었다.

"어떻게 된 거야, 대답 못 하겠나?"

"……."

데라오의 창백한 얼굴이 어느 정도 홍조를 띠었다. 관자놀이에 핏대가 불거졌다. 가슴속에 충만한 가스가 온몸으로 퍼지기 시작했다.

정숙을 깨고 주먹이 책상 위에서 쾅 하고 튀어 올랐다.

"어이, 묻는 말에 대답해!"

데라오의 성난 목소리는 처음이었다.

기타는 움찔하고 몸이 경직되었지만 묵묵하게 꼼짝 않고 견뎠다.

— 말할 수 없다.

기타는 단단히 눈을 감았다.

— 그것만은 말할 수 없다.

여기까지 솔직하게 심문에 응해온 것도, 그 일만 감춰지면 다른 것은 아무래도 좋다는 생각이 머릿속에 있었기 때문이다.

"말해!"

데라오가 으르렁거렸다.

"……."

"말하지 않으면 집에 못 갈 줄 알아!"

"……."

— 말하면 정말로 집에 돌아갈 수 없다.

기타는 양손으로 귀를 막았다. 꽉 문 어금니가 빠드득 듣기 싫은 소리를 냈다.

분명 그날 밤 교장실에서 딱딱한 것을 밟았다. 학교의 배지였다. '3F', 3학년 F반 것이다. 뒷면에 핀이 붙어 있어서 여학생용이라는 것을 알았다. 줍고 바로 금고에서 마이코의 시체가 굴러 나왔기 때문에 기타는 배지 일을 완전히 잊어버렸다. 며칠 후 주머니 안에서 손끝에 딱딱한 것이 닿아서 알아차렸지만, 어째서 그것을 자신이 가지고 있는지 바로 떠오르지 않았다.

하지만 그 작은 배지는 기타의 그 후 인생에 큰 영향을 끼쳤다.

배지가 있는지 알아차린 날, 기타는 '3F' 교실에 가보았다. 이미 수업이 시작되었다.

— 찾아볼까.

불쑥 장난기가 발동한 기타는 허리를 굽혀서 바닥 문을 살짝 열어, 그 틈으로 교실 안을 들여다보았다. 눈에 들어온 것은 책상의 파이프다리와 날씬하게 뻗은 여자의 다리였다. 그 다리 끝은 광택이 있는 하얀 구두에 보기 좋게 쏙 들어가 있었다.

순간적으로 교무실에서 마이코와 함께 있던 하얀 구두를 연상했다. 물론 그때 멀리서 본 하얀 구두와 눈앞의 그것이 같은지 어떤지 판별할 수는 없다. 완전히 갖다 붙인 연상이라고 할 수밖에. 그러나 기타는 하얀 구두의 우연에 마음을 빼앗겼다. 문틈으로 보이는 발목은 단정했지만 어딘가 완전히 성숙되지 않은 느낌이 전해졌다. 그날 밤의 발목도 분명 이런 느낌이 아니었던가.

그때 갑자기 검은 긴 머리가 출렁 바닥에 늘어지고 여자의 얼굴이 시야를 막았다. 그 하얀 구두의 주인은 기타를 엿보는 남자라고 생각했는지 째려보며 스커트 자락을 오므렸다.

—앗, 이 아이…….

'가타시나片品'라는 성과 체조부 소속이라는 정도는 알고 있었다.

"바닥 청소중이야."

괜한 난리 피우지 말라는 듯 기타는 익살스런 어조로 말했다. 생각하면 이상한 구도이다. 바닥문을 끼고 남자와 여자가 바닥이 닿을락 말락 하는 곳에서 눈싸움을 하고 있다. 그녀도 그렇게 생각했는지, 기타의 익살스러운 대사 덕분에 어쨌든 쿡 하고 웃어 보였다.

기타는 교장실에서 배지를 밟은 것을 포함해 그녀와의 일을 다쓰미와 다치바나에게 말할 기회를 놓쳐버렸다.

만일 교무실의 하얀 구두와 교장실에 떨어져 있던 배지를 하나의 선으로 이으면 그녀는 마이코의 살해 용의자에 포함될 것이다. 그런데도 기타는 입을 다물고 있었다. 그녀의 웃는 얼굴은 아무래도 피비린내 나는 사건과 연관짓기 어려웠다. 기타는 그런 식으로 제멋대로 단정하고는, 아무 일도 없었던 듯이 묵과해버렸다.

다시 그녀에 대해 의혹의 눈을 돌린 계기는 케이한테서 그 고백을 듣고 나서였다. 웃으면 볼우물이 생기는 동안童顔에 기계체조로 잘 다져진 날씬한 몸매이다 보니 케이와 마찬가지로 마이코가 눈독을 들여 독니로 물었다고 해도 이상하지 않았다. 관계가 얽혀서 교장실에서 옥신각신하다가 배지를 떨어뜨렸다면…….

케이와는 결국 잘 되지 못했다. 고백 후 케이는 루팡에 모습을 보이지 않았고 기타가 만나자고 해도 완강히 거부했다. 기타는 스스로도 놀랄 정도로 집요하게 케이를 뒤쫓았다. 전화는 물론 오토바이에 몸을 싣고 오쓰카에도 몇 번이나 달려갔고 그래도 만나주지 않자 태어나서 처음으로 편지를 쓰기도 했다. 그런 일로 헤어지다니 참을 수 없다는 오기를 부린 것일지도 모른다. 그 점을 케이는 꿰뚫어보았을 것이다. 머지않아 케이로부터 헤어지고 싶다는 답장이 도착했다.

'십 년쯤 지나서 다시 만날 수 있으면 좋겠네.'

마지막 한 줄에 케이가 느낀 상처의 깊이를 본 것 같았다. 고교생이었던 두 사람에게 '십 년 후'란 상상조차 할 수 없는 아득히 먼 미래였다.

케이와 완전히 관계가 끊긴 다음, 기타는 한동안 상당히 예민해졌다.

새해가 밝고 고교 마지막 방학이 끝났고 그래도 취직이 결정되지 않아서 반 자포자기 상태였다. 체조부의 그녀를 불러낸 것은 그때쯤이었다. 오토바이를 달려 이타바시板橋의 찻집에서 커피를 마셨다. 넌지시 배지를 잃어버린 적이 없는지 물어볼 작정이었다. 사복을 입는 고등학교라서 어느 정도 이성에 눈을 뜬 여학생들은 센

스가 의심스럽다는 듯 배지 따위는 달고 오지 않는다. 하지만 그녀는 매일같이 '3F'의 배지를 달고 등교했다. 기타는 그 일이 신경 쓰였지만 그것은 단지 구실이었고 찻집에서 이야기하는 동안 배지를 핑계 삼아 나날이 그녀를 관찰하고 있는 자신을 발견했다. 평온한 분위기, 조심스러운 눈빛, 천진난만한 웃음…….

처음 문 너머로 얼굴을 마주 봤을 때부터 예감 같은 것이 있었다. 그래서 다쓰미나 다치바나에게도 그녀의 존재를 숨겼다. 그러나 찻집에서 만난 후에도 기타의 마음은 똑바로 뻗어가지 못했다. 케이에 대한 부채감이 그렇게 만들었다. 두려움도 있었다. 사건에 관련이 있을지 어떨지는 차치하더라도, 그녀가 만일 케이처럼 마이코의 장난감이었을 수도 있다고 생각하니 계속 데이트 신청을 할 용기가 나지 않았다.

그녀와 재회한 것은 고등학교를 졸업한 지 반년 정도 지난 후였다. 길에서 우연히 마주쳤다. 그녀는 전문대에 진학했다. 기타는 요즘 말로 '프리터' 같은 생활을 하고 있어서, 적잖이 장래에 불안을 품기 시작하던 즈음이었다. 찻집에 갔다가 그대로 술을 마시러 갔다. 취기를 핑계로 기타는 호의를 품어 왔던 사실을 밝혔다. 사귀고 싶다고도 말했다. 그녀는 부끄러운 듯 고개를 숙이고 작은 목소리로 대답했다.

"이런 나라도 괜찮다면……."

그것이 가즈요이다.

곡절은 있었지만 졸업하고 칠 년이 되던 해에 두 사람은 결혼했다. 가즈요가 기타를 변화시켰다. 가즈요와 함께하고픈 생각에 기타는 프리터 생활을 접고 대학에 진학해 안정된 직장과 장래를 확보했다.

그리고 삼 년 전 조산원 복도에서 기타는 직립부동의 자세로 에미의 울음소리를 들었다.

소소한 행복이라는 단어의 의미를 알았다. 가정의 따스함을 실감했다. 부모가 이혼한 이래 잃었던, 뺨을 맞대 비비고 싶어지는 확실한 거처를 기타는 손에 넣었다.

—아무도 건드리지 못해.

기타는 데라오가 추궁하는 목소리를 멀리서 들으며 결심했다.

배지 일은 마음속에 봉인했다. 칠 년이나 함께 지내면 안다, 가즈요가 사람을 죽일 리 없다는 것쯤은. 마이코와의 관계에 대한 의심은 희미하게 남아 있지만, 그렇기 때문에 더더욱 십오 년 동안 가즈요에게 배지에 대해서는 묻지 않았다. 마이코와 관계가 있었는지 없었는지가 문제가 아니다. 만에 하나 짐작으로 맞혔다가 가즈요가 무너져버릴까 무서웠다. 케이에게 배웠다. 남자와 여자의 사이에는 몰라도 되는 일이 있다는 것을.

배지에 대해 데라오에게 말한다는 것은 즉 그 '만에 하나'를 수면 위로 끌어올리는 일이다. 그렇기 때문에 죽어도 말할 수 없었다. 더할 나위 없이 소중한 곳에는 그게 누구든 손가락 하나 건드리게 할 수 없다.

쾅!

데라오가 다시 책상을 내리쳤다. 기타는 그 행동에 날카로운 반응을 보였다.

"시끄러워, 이 새끼야!"

십오 년 전의 험한 말투가 튀어나왔다.

데라오가 움직임을 갑자기 멈추었고, 조서 담당의 여경이 놀라며 기타를 바라보았다. 기타는 눈을 뒤집고 당장에라도 덤벼들 것 같은 모습이다.

— 이, 이 자식…….

데라오는 동요했다. 순순히 진술하던 기타가 갑자기 태도를 바꾸었다. 자신이 파놓은 함정에 기타가 제대로 빠졌고 과거 대치했던 그 어느 피의자보다도 완전히 넘어갔다고 생각하지 않았던가.

그렇다면 적은 관할도, 도쿠마루도 아니라는 것인가.

데라오는 다시 기타 요시오라는 남자와 마주 보았다.

"집과 멀어진 것 같군."

"……."

데라오와 기타는 그렇게 오랫동안 서로를 노려보았다.

2

오후 5시 20분.

수사대책실에 유력한 정보가 들어왔다.

"계장님, 이마이今井입니다."

수화기를 내미는 오토모의 얼굴이 조금 굳어 있다. 이마이는 미조로기 팀의 중견으로 아침부터 히다카 아유미의 행방을 추적하고 있었다.

미조로기는 수화기를 낚아챘다.

"찾아냈나?"

'아니오' 하고 대답하는 이마이의 목소리는, 낙담은 커녕 들떠 있었다.

"아유미가 근무하는 클럽 호스티스와 접촉했습니다. 아유미는 어제 퇴근길에 내일은 피아노 연주를 쉰다고 말했답니다. 그런데 쉬는 이유가 마음에 걸립니다."

"말해."

"내일은 특별한 날이니까. 그렇게 호스티스에게 말했다고 합니다."

—뭐라고!

미조로기는 마음속에서 경탄의 소리를 질렀다.

특별한 날이라는 말은 좀처럼 하지 않는다. 수화기 저편에서 생일도 아니고 결혼은 하지 않아서 딱히 기념일도 아니라고 이마이가 열심히 보충했다.

사건이 있던 십오 년 전 그날, 즉 마이코의 기일을 의미하는 것일까. 아니면 십오 년 후 오늘 시효 만료일을 가리키는지도 모른다. 어느 쪽이든 마이코에게 가장 가까운 존재였던 아유미가 '특별한 날'이라고 하는 것은, '사건이 일어난 날' 혹은 '마이코를 살해한 날'쯤으로 바꿔 이해해도 좋을까.

"놀고 있는 녀석은 모두 아유미가 자주 다니던 곳으로 쳐들어가!"

미조로기는 온 방에 울리도록 목청껏 지시를 내리고 돌아보며 오토모를 불렀다.

"기타와 다쓰미의 조서에서 지금 빨리 아유미에 관한 부분만 뽑아줘."

"작성 끝났습니다."

어디까지나 사무적으로 말했지만 일순 그 여성스러운 얼굴에 자랑스러워하는 빛이 스쳤다.

"가져와."

칭찬 대신에 미조로기는 오토모의 등을 세게 쳤다. 오토모가 산더미 같은 자료를 헤집었다. 그 쓰레기장 같은 책상에서 오토모는 관할 내근 패거리를 통솔해서 자료 만들기를 계속해 왔던 것이다.

여자 글씨로 착각할 정도의 섬세한 필체로 쓰인 네 장짜리 서류철이 미조로기의 손에 건네졌다.

첫 장은 대충 이렇게 되어 있다.

- 음악교사
- 마른 체형의 미인
- 학생들에게는 히스테리라고 불리며 인기없음

- 마이코와 함께 디스코장 출입
- 루팡에는 세 번 방문

  –여름 : 손님으로서

  –사건 직전 : 순회 지도

  –사건 후 : 목적 불명, 심하게 초췌
- 이듬해 교사를 퇴직
- 현재 나이트클럽에서 피아노 연주
- 결혼 경력 없음

두 장째 이후는 각 항목에 관한 상세한 내용이 빽빽이 기록되어 있었다.

미조로기는 한 차례 훑어보고 오토모 이하 다섯 명의 내근 직원을 불러모아 간이 회의를 했다.

"자네들이 자료를 만들었으니 히다카 아유미의 성품이나 그 행동에 관해 이것저것 느낀 점이 있을 거야. 자유롭게 발언들 해봐 줘."

다들 홍조를 띤 얼굴이었다. 본청이 넓다 해도 관할서의 내근 수사 직원에게 사건의 소견을 묻는 지휘관은 미조로기 외에는 없을 것이다. 때문에 하나같이 그 기대에 어떻게든 부응하고 싶다, 작은 것이라도 좋으니 사건의 수사에 관련해 뭔가를 입증해보이고 싶다는 얼굴이었다. 그러한 분위기를 느꼈는지 미조로기 팀의 일원인 오토모는 한발 물러난 태세로 발언의 선봉을 관할의 젊은이에게 양

보하려 했다.

상고머리를 한 내근 직원이 긴장한 기색으로 입을 뗐다.

"역시 걸리는 점은 아유미가 세 번째로 루팡에 왔을 때의 태도입니다."

"사건 후에 말이지."

미조로기가 덧붙였다.

"네. 심하게 초췌했고, 그런가 하면 세 사람에게 덤비듯 자포자기한 태도를 보이고, 그리고 기타가 하얀 구두에 대해 말하니 긴장하며 횡설수설했습니다. 언동이 지리멸렬했고 정상이라고는 생각할 수 없습니다."

"응."

다른 한 사람이 손을 들었다.

"자유롭게 말하게."

"네, 디스코장 건도 중요하지 않나 싶습니다."

"어디가?"

"기타의 진술을 읽어보면 아유미는 마이코에게 끌려간 것처럼 보입니다. 즉 뭐랄까, 오타 케이처럼 아유미도 휘둘리고 있었다고 할까……."

"아유미도 레즈비언 희생자였다. 그렇게 말하고 싶은 거지?"

"네, 그렇습니다. 그런 느낌이 듭니다."

미조로기도 동감이었다. 아유미는 강간 비슷하게 레즈비언 성행위의 상대가 된 제물처럼 보인다.

"그러니까 동기가 있다는 건가?"

미조로기가 말하자 끄트머리 쪽의 내근 직원이 커다랗게 고개를 끄덕이면서 입을 열었다.

"아유미는 마이코로부터 레즈비언 성행위를 강요당한 징후가 있고, 사건 직후에 커다란 동요를 보였고, 게다가 이듬해에는 학교를 그만두어버렸습니다. 범행에 관련된 인물로서 극히 자연스러운 흐름이라고 생각합니다."

"음, 나도 그렇게 생각하네."

가장 나이가 어린 듯한 내근 직원이 드디어 자기 차례라는 듯이 머뭇머뭇 하면서 얼굴을 들었다.

"저는…… 아유미가 사건 후에 어째서 루팡에 얼굴을 내밀었는지, 그게 너무 이상합니다."

"뭐?"

미조로기가 고개를 갸우뚱했다.

"만일 아유미가 범인이었다면 혼란스러웠다는 것은 상상할 수 있지만, 그렇다고 해도 뭐랄까, 루팡에 얼굴을 내밀 필연성을 찾을 수 없습니다."

호오, 그것은 새로운 관점이라고 생각하며 미조로기가 고개를 돌리려는 찰나, 문에서 일직선으로 연락 담당 직원이 뛰어 들어왔다.

"계장님, 밑에 손님이 와 계십니다."

"손님이라니, 없다고 하게."

미조로기는 바로 내근 직원들에게로 얼굴을 돌렸지만 연락 담당 직원은 여전히 뭔가 말하고 싶은 듯이 계속 서 있었다.

"뭐야, 빨리 말해."

"앗, 네, 이름을 말하면 아실 거라고, 그 손님이……."

"뭔데?"

연락 담당 직원은 메모에 시선을 떨어뜨렸다.

"우쓰미 가즈야 씨입니다."

정면에서 바로 부닥쳐오는 듯한 충격을 느꼈다. 미조로기도 맞받아치겠다는 듯 물었다.

"다시 한 번 말해보게."

"우쓰미 가즈야……. 그렇게 말했습니다."

—왔다. 삼억 엔 사건의 우쓰미가.

미조로기는 연락 담당 직원에게 '수고해'라고, 내근에게는 '참고가 되었어'라고 각각 말하고는 발길을 돌렸다.

수사대책실을 나와 계단을 내려갔다.

미조로기를 덮친 것은 단순히 우쓰미의 방문에 대한 놀라움이 아니었다.

우쓰미와는 어차피 오늘 중으로 얼굴을 마주할 거라는 각오가 되어 있었다. 미조로기의 가슴을 꿰뚫은 것은 다른 사실이었다.

—우쓰미가 어째서 알고 있지?

이 서에 미조로기가 와 있는 사실을 외부인이 알 턱이 없다. 형사의 행선지에 관해서 본청은 입이 찢어져도 흘리지 않을 것이고, 일의 성격상 집사람에게도 알려주지 않는다. 이야기해야 할 사정이 있어도 언론 대책까지 고려해야 하는 입장이기에, 행선지는 누가 물어도 일절 모른다고 하거나, 말할 수 없다고 끝까지 버티라고 집 사람에게 단단히 당부해두었다.

그런데 우쓰미는 서에 손님으로 나타나 미조로기를 지명했다.

계단을 내려가는 느긋한 걸음걸이와는 정반대로 미조로기의 뇌는 풀가동하고 있었다. 3층, 2층…… 층계참에서 미조로기의 발이 멈추었다.

— 우쓰미도 미네 마이코의 죽음이 살인이라는 것을 알고 있다.

그것이 미조로기가 도달한 결론이었다.

결론이 나오고, 추론이 역주했다.

우쓰미는 경찰이 자신을 찾고 있다는 소식을 친구에게 들어서 알았을 것이다. 탐문 나간 수사원이 우쓰미의 지인들을 모조리 찾아갔고, 그 누군가로부터 우쓰미의 귀에 들어갔겠지. 거기까지는 좋다. 하지만 탐문 수사원이 어느 소속인지, 무슨 사건인지 말했을 리 없다. 그런데도 우쓰미는 여기에 나타났다. 그것은 바꿔 말하면 우쓰미가 마이코의 죽음이 살인이라는 것도, 오늘이 시효 마지막날이라는 것도 알기 때문이 틀림없다.

— 그런데 왜 나를 지명했지?

그것을 알 수 없다. 논리적으로 설명할 수 없다. 그럼에도 불구하고 한편으로 미조로기는 어딘가 이해할 것 같은 심정도 있었다.

아마 우쓰미에게 경찰이란 곧 미조로기일 것이다. 우쓰미의 내면에 숨은, 굴절된 장난기가 미조로기의 이름을 대게 만들었을 것이다. 아니, 어쩌면, 우쓰미는 우쓰미대로 재회의 예감과 기대를 갖고 미조로기의 이름을 댔을지도 모른다.

무엇을 꾸미는지 모르겠지만 아무튼 우쓰미는 경찰의 움직임을 마이코 사건과 연결시켜 여기로 왔다. 그것만은 틀림없다.

미조로기는 계단을 끝까지 내려갔다.

교통과 카운터 앞에 관내 교통사고 건수의 표시판을 뒤로하고 긴 의자에 우쓰미가 앉아 있었다.

그 뒷모습을 몇 초 바라본 뒤 미조로기는 성큼성큼 걸어서 다가갔다.

"오랜만이군요."

붙임성 있게 웃는 얼굴이 별안간 돌아보았다.

"이야…… 정말 반갑습니다, 미조로기 씨."

예전과 변함없이 둥근 검은 테 안경을 코에 걸친 모습이다. 얼굴은 조금 늙었지만 십오 년의 세월이 비껴간 듯 여전히 삼억 엔 사건의 몽타주 사진과 상당히 닮은 하얗고 멍한 인상이었다. 변한 것은 눈초리의 날카로움이랄까. 그것이 전체적인 풍모를 좌우해 전보다 긴장감이 있는 것도, 교활함이 늘어난 것도 같았다.

"진짜 오랜만이네요."

우쓰미는 일어서서 정중하게 고개를 숙였다.

"전화라도 해볼까, 편지라도 써볼까 이것저것 생각했습니다만. 좀처럼……."

미조로기는 묵묵히 긴 인사를 듣고 있었다.

십오 년 전 운명의 시보를 함께 들은 남자가 지금 눈앞에 있다.

"아니, 어쨌든 반갑네요."

우쓰미의 재회의 변이 끝나 드디어 오늘의 이야기를 꺼낼 단계가 되었다. 희미한 긴장감이 두 사람 사이를 가로질렀다.

"그래서, 오늘은 또 어쩐 일로?"

미조로기는 두근거리는 가슴을 누르며 되도록 조용히 물었다.

"네에" 하고 우쓰미는 가볍게 받아쳤다. "오늘 아침, 나하那覇에 있었습니다만……."

"나하?"

"오키나와沖縄의 나하 말입니다. 특산품을 사들이는 사업을 하고 있으니까요. 그런데 도쿄에서 전화가 와서 아무래도 경찰이 저를 찾고 있다기에……."

"네에. 협조를 좀 구했으면 해서."

"아니, 미조로기 씨, 그런 쌀쌀맞은 말은 하지 마세요. 언제든지 도와드려야죠."

"감사합니다."

"십오 년만이네요, 경찰 호출은……. 그래서 사야 할 것 다 제쳐 놓고 오후 비행기로 날아온 겁니다."

미조로기는 준비했던 단 하나의 질문을 슬쩍 던졌다.

"여기라고 잘도 아셨네요."

"아. 감입니다, 감."

예상된 질문이었는지 우쓰미는 지체 없이 대답하고 오히려 되물었다.

“그런데 이번에는 어떤 사건입니까?”

“그건 위에서 담당자가 말씀드릴 겁니다.”

‘그럼 그렇지.’ 하는 얼굴로 우쓰미는 자리에서 일어나 미조로기를 따라 계단을 올랐다.

우쓰미가 싹 달라진 차분한 목소리로 말했다.

“미조로기 씨, 제가 무슨 용의자입니까?”

“아니…….”

돌아본 미조로기는, 말투와는 전혀 달리 옅은 웃음을 지은 우쓰미의 얼굴을 보았다.

— 보복하러 온 것인가?

미조로기는 눈동자로 질문을 던졌다.

대답은 없었다.

“어디까지나 참고인입니다. 걱정하실 것 없습니다.”

형식대로 말하고 미조로기는 계단을 올라가 3층 방범과로 우쓰미를 안내했다.

우쓰미는 미네 마이코의 죽음을 살인이라고 알고 있었다. 루팡에 모인 세 사람에 대해서도 자세히 알고 있다. 때문에 미조로기는 가능하면 자기 손으로 직접 조사를 하고 싶었다. 그런 생각은 굴뚝 같았지만 지휘관으로서의 입장이 그것을 허락지 않았다. 아무리 신경 쓰이게 등장했다고 해도 우쓰미는 어디까지나 사건의 해결을 위한 단순한 참고인이고, 현 단계에서는 수사의 초점이 히다카 아유미의 행적을 밝히는 것임에는 변함없다.

— 잘 두들겨줘.

미조로기는 담당으로 붙인 취조관의 모습을 기도하는 심정으로 보고만 있었다.

그런데…….

삼십 분이 지나고 한 시간이 지나도 우쓰미의 조사실에서 사건에 관한 정보가 들어오지 않았다. 오키나와의 특산주가 참 맛있다, 지난 주 처음으로 일본을 떠나 한국으로 놀러갔다 등등 우쓰미는 그저 잡담을 지껄일 뿐, 어떻게 화제를 돌려보려 해도 루팡 작전이나 미네 마이코 사건에 관해서는 무엇 하나 말하지 않았다.

경찰을 비웃어주기 위해 일부러 오키나와에서 날아온 듯했다.

미조로기뿐만 아니라 수사대책실을 가득 메운 전원이 그렇게 느꼈다.

3

"네, 아직 범인은 모릅니다. 알았다고 해도 상당히 늦어질 겁니다. ……그렇지요, ……그렇지요. ……체포, 송검, 기소와 동시에 하지 않으면 늦습니다. ……하하, 동반해주시겠습니까? ……감사합니다. 그럼, 잘 부탁합니다."

검철청에 전화 연락을 끝내고 미조로기는 살짝 웃었다. 상대는 신기하게도 사건 담당이 겹치는 가스카와粕川 검사이다. 치밀하고 신경질적인 사람지만, 막상 사건을 맡으면 뜻밖에도 뛰어난 솜씨를 발휘한다. 서로의 성격도 역량도 그럭저럭 아는 사이라서 '미 씨가 수갑을 채운 범인이라면 동반해주지'라고 하는 가스카와의 가벼운 농담도 액면 그대로 받아들이기로 했다. 한마디로 시효라고 해도 법적으로는 공소시효를 말하니까, 오전 0시까지 범인을 체포하고 또한 검사가 법원에 기소 수속을 밟아주지 않으면 늦어버린다.

시곗바늘은 오후 6시를 지났다.

히다카 아유미의 행방은 여전히 알려지지 않았고, 수사에 특별하다고 할 진전도 없었다. 아무리 그래도 십오 년 전 사건이다. 어제 오늘 시체가 발견된 사건처럼 쓸 만한 정보가 척척 들어올 리도 없었다. 거리도, 사람도, 사는 방법까지 전부 변해버렸다. 페인트가 몇 겹이나 새로 발린 거리는 지금 현재의 색깔만 보여줄 뿐, 과거의 오래된 자국은 보이지도 않는다. 과거란, 대체적으로 고생으로 겹겹이 포개졌기에, 아무리 벗겨내고 벗겨내도 십오 년 전의 색깔이 뭐였는지, 사람도, 거리도 말하고 싶어하지 않는다.

미조로기는 거대 도시 도쿄를 이리저리 뛰어다니며 단서를 모으는 부하들을 생각했다. 간 곳에 따라서는 그런 옛날 일 따위라고 치부하며 비웃음을 사고 있을지 모른다. 관계자를 못 찾아 시곗바늘을 쏘아보면서 차가운 바람 속을 달리는 부하도 틀림없이 있을 것이다. 어떻게든 사건이 결론이 나 노고를 보답해주고 싶다. 그것이 수사지휘관인 미조로기의 속내였다.

세 개의 스피커도 부쩍 조용해졌다.

기타는 여전히 말을 하지 않기로 작정한 듯, 때때로 데라오의 초조한 목소리가 흘러나올 뿐이다. 남은 여섯 시간에 이 침묵의 벽을 깰 수 있을지 어떨지. 그때까지 술술 지껄이던 남자였던 만큼 제법 만만치 않을 것 같다.

다쓰미의 스피커 목소리도 톤이 상당히 가라앉아 있었다. 심문에 질렸는지 피곤한지, 이야기가 리듬을 타지 않는 것이 손바닥을 내려다보듯 훤히 알 수 있다.

다치바나는…….

미조로기는 아직 다치바나의 목소리를 듣지 못했다는 것을 깨달았다. 도호쿠 지방 사투리가 남은 구루와가 자신의 신상 이야기를 하거나 여행의 추억담을 말하면서 진심을 다한 조사를 계속해나갔지만, 연락 담당 직원의 이야기로는 다치바나가 입을 굳게 다문 채 초점 없는 눈으로 그저 허공을 바라보고 있다고 한다.

세 사람에게도 십오 년은 긴 세월이었을 것이다.

미조로기는 다시 한 번 시계에 눈을 돌리고 결단을 내렸다.

"좋아, 관계자를 모두 서에 데려와. 전원이다, 전원 불러모아!"

오토모가 고개를 끄덕이고 내근 직원에게 호령을 내렸다. 동시에 많은 손이 수화기로 뻗었다. 호출기 번호를 누르고, 무전기로 사인을 전한다. 수사원은 각자 심문 대상자 집 앞에서 잠복하고 있었기 때문에, 모든 수사원이 일 분 이내에 대상자 집의 초인종을 눌렀다. 넓은 도쿄의 여기저기서 의외라는 얼굴과 겁먹은 얼굴 등을 현관에서 마주했을 게 틀림없었다.

삼십 분도 지나지 않아 서 안에 돌연 폭풍우가 불었다.

우선 반도 겐이치가 서에 도착했다. 지금도 같은 고등학교에서 체육을 가르치고 있다. 제자들의 싸움 때문에 호출되었다고 생각했는지, 수사원에게 씨익 하고 붉은 잇몸을 보이는 여유도 부렸다.

뒤이어 전 교장인 미쓰데라 오사무가 조사실로 들어왔다. 침착한 걸음걸이지만 표정은 굳어 있었다. 변호사에게 연락을 해놓았다고 했다.

거의 동시에 사카이 케이境ケイ — 결혼 전 이름이 오타 케이인 여자 — 도 조사실 의자에 앉았다. 은행원의 아내로 들어앉은, 다섯 살과 두 살 난 여자아이의 어머니란다. 중요 참고인의 한 사람이라고 해도 레즈비언의 상대였던 것을 캐물어야 하는 상황이라 경찰로서도 마음이 무거웠다.

두 번째 전체 수사회의는 오후 7시 반으로 결정되었다.

그것을 알리고 미조로기는 오토모를 불렀다.

"잠시 부탁해."

"네."

오토모는 알고 있다는 얼굴이다.

"그런데 어디에 들어가십니까?"

미조로기는 아주 잠깐 생각한 뒤, '소년과 조사실이라도 빌릴까' 하고 말했다.

"알겠습니다."

미조로기는 두툼한 수사 자료를 안고 2층으로 내려가 소년과의 문을 밀고 들어갔다. 젊은 여성 선도위원 두 사람이 어쩐지 즐거운 표정으로 서서 이야기를 나누다가, 미조로기를 보자마자 등을 곧게 펴고 경례를 했다.

미조로기는 그것을 손으로 받아넘기고, '잠시 빌릴게' 하며 임의 조사실로 들어갔다. 그리고 다시 얼굴을 내밀고 당황하는 여성 선도위원에게 '전혀 신경 쓸 필요 없어. 차도 안 마실 테니까' 하며 문을 닫았다.

그 문의 무게가 공간이 밀폐되었음을 알려주었다. 미조로기는 자료를 책상에 놓고, 자신도 그 옆에 엉덩이를 반쯤 걸터 앉아 눈을 감았다.

누가 별명을 붙였는지, 부하들은 쇼토쿠聖德 태자의 명상에 빗대어 '육각당쇼토쿠 태자가 꿈에서 계시를 받아 교토에 지은 절인 조호사의 별칭으로, 태자가 종종 이곳에서 명상을 했다고 한다'이라고 부른다. 추리가 막히면 미조로기는 이전까지의 팔방미인적인 수사지휘를 일시 중지하고 혼자 작은 방에 틀어박힌다. 누구도 접근하지 못하게 한 뒤 누구의 의견도 듣지 않는다. 형사가 악당으로서 존재하던 예전 경찰 때부터 일해왔다. 지금은 각자가 하나의 톱니바퀴로밖에 존재할 수 없는 조직 수사 속에서, 얄궂게도 자신이 지휘를 맡는 입장이 되었지만, 마음속 깊은 곳에 악당의 혼은 살아 있다. 삼억 엔 사건에서 마지막까지 우쓰미의 체포영장 집행을 호소했던 것처럼, 사건은 형사 한 사람이 끝까지 외곬으로 파고들어야만 한다. 수사란 어차피 형사와 범죄자의 일대일 승부라고 생각한다. 어중간한 기분으로 형사 몇백 명이 모여 롤러로 훑듯이 몇백 개의 예상도를 깨부숴나가는 것을 수사라고 할 수 없다. 범죄에 대한 증오도 신념도 없다면 그저 찍어내기 게임에 지나지 않는다.

'육각당'은 그 악당의 자취다. 커다란 망만 치면 범인이 걸릴 거라고 믿는, 그런 조직 수사의 환상에 대한 작은 반항이기도 하다.

어둡고 좁은 조사실 안에서 미조로기는 자문을 시작했다.

수사에 실수는 없는가. 간과한 점은 없는가. 수수께끼는……. 그것을 풀 열쇠는…….

이번 사건은 전적으로 수수께끼를 풀어야 한다. 아니, 좀더 기본적인 단계부터 짚어볼 필요가 있다.

첫째, 범행의 동기이다. 사람을 죽이려면 죽일 정도의 동기가 필요하다. 동기란, 즉 사람이 사람을 영구히 묻어버리기 위한 실행력과 순발력을 겸비한 힘이다. 강렬한 마이너스 에너지라고 바꿔 말해도 된다.

— 녀석들은 약하다.

기타, 다쓰미, 다치바나는 동기가 없다. 아무리 따져도 없다.

영어준비실 창문에서 뛰쳐나가 도망간 인물은 제외한다. 현 단계에서 동기를 찾을 수가 없다. 교장인 미쓰데라나 하이드 즉 가네코모키치에게는 수상한 점이 많지만, 어디까지나 동기 면에서 사건을 본다면 오히려 여자들에게서 찾을 수 있다.

— 레즈비언을 둘러싼 트러블이라…….

이 관점은 제외할 수 없다.

원래부터 미조로기는 동성애를 특별시 하지 않았다. 이십오 년에 걸친 수사 경험에서 남자와 남자, 남자와 여자, 여자와 여자, 그 어느 쪽 조합에서도 동등한 애증이 성립하고, 언제라도 최악의 장면이 그려질 위험이 존재한다는 것을 숙지하고 있다. 사람과 사람 간에 '설마'는 없고, 그래서 신문 사회면의 기사거리는 시대가 아무리 변해도 바닥나지 않는다.

게다가 마이코의 행위는 강간으로 단정해도 된다. 역시 이것이 본론이다.

— 오타 케이인가.

기타 패거리는 편들기라고 할 법한 관용으로 그녀를 의심조차 하지 않았지만, 가장 확실한 동기를 가진 용의자는 오타 케이다. 마이코의 섹스 파트너였던 사실도 드러났고, 기타에게 호의를 품어 그 관계를 끊고 싶어했다. 사실 그 이유 때문에 마이코에게 맞기도 했다. 마이코는 유서, 아니 잡지의 투고에서도 '남자에게는 이길 수 없네요'라고 한 것처럼 그렇게 했을 법한 마음의 폭로가 있었다. 기타와 얽혀서 관계가 뒤틀렸다고 봐도 좋다. 케이는 용의자의 모든 조건에 부합한다.

그러나 미조로기의 사고는 아무래도 히다카 아유미 쪽으로 향한다. 실제로 동성애 관계였는지 어땠는지는 불명확하다. 남자의 존재도 부상하지 않는다. 하지만 내근 직원 한 사람, 한 사람이 입을 모아 말한 것처럼 아유미는 사건 후 커다란 변화를 보였다. 그전까지 학생 단속에 열심이던 교사가 느닷없이 기타 패거리 집합소인 루팡에 얼굴을 내밀고 '교사는 카페에도 못 들어오는 거냐'라는 말을 지껄인 데다 이듬해에는 학교도 그만뒀다. 그리고 무엇보다 오늘을 '특별한 날'로 칭하고는 나이트클럽의 일을 쉰 것이 걸린다.

모든 것이 모호한 의심이기는 하다. 확증이라고 할 만한 점이 하나도 없다. 그러나 미조로기의 긴 수사 경험으로 보면 사건 직후 기타의 오토바이에 뛰어올라 좋아하던 케이가 아니라, 사건을 경계로 삶의 방식까지 변한 아유미에게 자꾸 무게가 쏠린다.

미조로기는 다시 '완전 해피!'와 '특별한 날'을 저울에 올려 히다카 아유미가 무겁다는 것을 확인하고 생각을 진행시켰다.

— 수수께끼는 어떤가?

먼저 시체의 이동이 있었다.

범인은 마이코의 시체를 일단 금고에 넣어두고 새벽이 밝기 전에 수풀 안으로 움직였다.

— 어째서? 아니, 누가 그런 짓을 할 수 있었지?

기타를 포함한 세 사람은 시체를 발견한 다음, 금고, 교장실, 교무실 순으로 자물쇠를 잠그고 학교 밖으로 도망쳤다고 한다. 그렇다면 금고 속 마이코는 삼중, 사중으로 둘러싼 곳에 있었다는 말이다. 마작을 좋아하는 소마처럼 하이드 모키치의 뒤를 따라 교무실에 들어가 그대로 숨어서 세 사람이 나가기를 기다렸다고 생각할 수도 있지만, 어느 쪽이 됐건 학교에 간 적도 없는 제3자는 불가능하다.

역시 학교 관계자, 그중에서도 하이드 모키치는 열쇠를 자유롭게 쓸 수 있는 입장이고 그 점에 한해서는 용의자일 확률이 가장 높다. 하지만 기타가 '놀랄 정도로 키가 작다'고 진술한 모키치의 난점은 몸이 작다는 것이다. 당시 나이도 이미 예순을 넘겼다. 몸집이 크고 체격이 좋은 마이코를 꺼내어 운반할 수 있었을지 의문이 남는다. 게다가 동기는 전혀 떠오르지 않는다.

—아니, 잠깐.

미조로기는 기타의 진술 조서 복사본을 뒤적였다.

역시 그렇다. 모키치의 벽장 속에서 향수 냄새가 났다고 말했다. 모키치와 여자, 둘의 공범을 생각해도 좋다. 여자에게 살인의 동기가 있고, 시체는 모키치와 둘이서 꺼내어 날랐다면 설명이 된다.

—아유미와 모키치라…….

순간 떠오른 조합이다. 두 사람이 당시 어떤 관계였는지, 다소라도 접점이 있었는지에 관해서는 기타도 다쓰미도 전혀 언급하지 않았다. 즉 불명확하다.

게다가 모키치가 아니라도 학교 관계자라면 학교 건물 침입이 그리 어렵지 않으리라. 계획적 범행이라면 더더욱 그럴 테니 여벌 열쇠를 만들 기회는 얼마든지 있었던 것이다. 예를 들어 교장인 미쓰데라라면 교내 모든 여벌 열쇠를 갖고 있다고 해도 전혀 이상하지 않다. 더 나아가 미쓰데라가 마이코에게 시험 답안을 흘렸다면, 그것은 즉 교직자로서 위태로운 비밀을 공유하고 있었던 셈이고, 경우에 따라서는 마이코를 죽일 동기가 될 가능성으로도 보인다.

마이코의 행동도 커다란 수수께끼이다.

세 사람의 진술을 연결해 맞춰보면, 마이코는 오후 8시 40분에 하얀 구두의 여자와 교무실에 있었다. 아파트의 옆집 여자가 9시 반에 들은 소리는 세 사람이 밝혀낸 대로 범인이 '유서'가 될 만한 단서를 찾으러 숨어들었기 때문일 것이다. 그것은 일단 접어두자.

문제는 그 후다. 오전 1시에, 다쓰미가 아파트에 전화했을 때는 마이코가 졸린 듯한 목소리로 받았다고 하지만, 그때 마이코의 집을 찾아간 케이는 그녀가 없다고 생각하고 돌아갔다. 사실은 없었는데 다쓰미가 '있었다'고 거짓말을 하는 것일까. 그러나 다쓰미 옆에는 다치바나도 있었다. 그렇다면 케이가 거짓말을?

그냥 생각하면 범인은 마이코를 죽인 다음 아파트에서 '유서'를 찾았을 것이다. 즉 마이코는 9시 반에는 이미 살해된 것 같다. 범인이 마이코의 귀가가 늦다는 사실을 알고 계획적으로 '유서'를 훔치러 들어갔다가 그 후에 죽였을 가능성도 있지만, 마이코가 케이에게 보여줄 시험 답안을 소지한 채 죽었던 점을 생각하면, 역시 마이코는 귀가하지 않았다. 범인은 교내에서 마이코를 죽인 다음 아파트에 숨어들었다고 보는 편이 자연스럽다. 오전 1시에 침대에 있던 마이코가 겨우 한 시간 반 뒤에 금고에서 죽은 채 발견됐다는 사실도 믿기 어렵고, 애당초 옷과 신발이 한 번도 귀가하지 않았다는 사실을 증명해주었다. 마이코의 시체는 핑크 원피스 차림이었고, 옥상에는 빨간 하이힐이 놓여 있었다. 그리고 기타가 8시 40분에 교무실을 엿보면서 목격한 것도 빨간 하이힐에 핑크색 치맛자락이다.

그렇게 되면 이야기는 되돌아와서, '오전 1시에 마이코가 전화를 받았다'는 다쓰미의 진술은 허위가 된다. 다쓰미가 기타와 다치바나 두 사람을 속인 걸까? 다쓰미와 다치바나가 짜고 기타 한 사람을 속였다고도 생각할 수 있다.

— 하지만 어째서?

그 이유가 전혀 떠오르지 않는다. 세 사람은 같은 다리를 건넜다. 까딱 잘못하면 거꾸로 골짜기 밑바닥으로 떨어질 위태로운 다리를. 누가 누구를 배신하는 상황이 당시 세 사람에게 있었다고 생각할 수 없다.

미조로기는 기타가 느꼈다고 진술한 세 번의 섬광에 대해 떠올렸다. 첫 번째는 시체 발견 때 느꼈다고 했고, 두 번째는 마이코의 아파트에서 돌아오는 길에. 그리고 세 번째는 세 사람에게 문제의 전화가 화제가 되었을 때였다.

기타는 사건의 수수께끼를 풀어가고 있었다.

바꿔 말하면 기타는 사건의 전모를 알 수 있는 위치였다. 미조로기는 그렇게 확신했다. 자신도 기타의 오감을 꿰뚫은 섬광을 찾아내어야 한다. 그것은 기타의 진술 속에 감추어진 게 틀림없다. 뭔가 간과한 것이 있다.

미조로기는 의자에 걸터앉아 심호흡을 하고 다시 한 번 처음부터 진술 조서 다발을 훑어보기 시작했다.

4

지검의 가스카와 요이치粕川陽一는 턱을 괴면서 일건서류一件書類에 시선을 떨어뜨렸다.

책상을 사이에 둔 맞은편 자리에 반백의 머리를 맹렬히 쓰다듬는 둥근 얼굴의 중년 남자가 있었다. 기가 죽은 기색도 없지만, 포승줄 끝은 제복 차림의 경찰이 꼭 쥐고 있다.

강도, 강간치상…….

"검사님 도와주십시오, 경찰이 억지로 자백하게 했습니다. 저는 안 했단 말입니다."

이런 유형은 다음 대사가 정해져 있다. 여자가 추파를 던져 자신을 방으로 꾀어 들였다. 여자가 옷을 벗어던지고 참을 수 없다는 듯이 위에 타고 맹렬히 허리를 흔들었다. 그리고 아주 만족한 여자가 마음대로 써달라며 지갑을 내밀었다.

"아니, 여자 쪽이 말이에요."

'자, 왔다'라고 하는 듯 가스카와는 무시하고 일건서류를 팔랑팔랑 넘겼다. 실제로 이런 거짓말을 하는 남자를 상대할 시간은 없다. 12월도 다음 주면 지검도 법원도 연말연시의 공휴를 감안한 역산 업무를 시작한다. 별것 아닌 피의자는 한시라도 빨리 심문을 끝내서 어쨌든 기소 수속을 해버리고 싶다.

"정말 격렬하니 뭐니 하면서, 허리를 흔들흔들 거리는데 말이죠."

남자가 의기양양하게 마구 지껄였고, 압송한 젊은 제복 경찰은 완전히 이야기에 말려들어 허둥지둥하고 있다.

가스카와는 고소장도 산부인과 진단서도 보지 않고 넘기면서 서류를 계속 뒤적여 겨우 목적한 문장을 발견했다.

— 있다, 있어.

가스카와는 앙상하게 말라 신경질적인 얼굴을 들어, 남자의 이야기를 자르며 말했다.

"당신, 마사에雅江가 더러운 중년 남자에게 강간당하면 어떻게 할 거야?"

남자는 '헉' 하고 숨을 삼켰다.

마사에는 '열두 살. 남자의 장녀'라고 조서에 나와 있다.

"그, 그만!"

남자는 소리를 질렀다. 이런 남자에게는 신기할 정도로 딸이 있을 확률이 높다.

딸 이름만 말하면 심문은 끝난 거나 마찬가지다. 남은 일은 컵라면이 익을 정도의 시간만 재고 있는 것뿐이다.

"저, 저는, 저는……."

이런 유형의 남자는 대체로 잘 운다.

"제대로 인정하고 죄를 갚는 거다. 부인해서 죄가 무거워질수록 마사에가 슬퍼한다고."

멍청한 대사라고 자조하면서, 그래도 가스카와는 정중하고 침착하게 말했다. 이런 남자에게는 귀에 익은 고전 대사가 효과적이다.

"아, 아……."

"말해 봐, 당신. 어이, 울지 말고."

"동반자살이야, 일가족 동반자살이라고, 내가 이렇게 되면."

눈물을 뚝뚝 흘리는 남자를 보고 기가 막혔지만, 가스카와는 '동반자살'이라는 단어에서 하나가 떠올랐다. 경찰의 미조로기와 동반할 약속이다.

— 한 가지 잊고 말을 안 했네.

가스카와는 남자에게 일 분만 반성의 시간을 준다고 말을 건네고, 수화기를 들었다.

"네, 형사과입니다."

"아, 지검의 가스카와인데 미조로기 씨 있나."

"수고하십니다! 저어, 계장님은 지금 육각…… 아니, 바로 불러드리겠습니다."

"아니, 그럴 순 없지. 미 씨에게 메모를 남겨줘."

"네, 말씀하십시오."

"형소법 255를 고려해두는 편이 좋아, 어쩌면 도움이 될지 모르니까. 그렇게 전해줘."

"네? 형소법입니까……?"

"그래, 형사소송법 말이야."

"아아, 네……. 그것의 25……."

"255조다."

"네……. 그런데 그것이 어떻다는?"

가스카와는 울컥해서 말했다.

"어떠냐니. 자네, 계급은?"

"부장입니다."

"순사부장이라면 승진시험에 나왔겠지?"

"아니, 그게……."

"외워둬. 형소법 255조는 '기타 이유에 의한 시효의 정지'다."

그때, 서의 4층 회의실에는 두 번째 전체 수사회의를 맞아 분위기가 어수선했다.

서장인 고칸이 거대한 몸을 흔들며 방으로 들어왔다. 밖은 겨울바람이 부는데도 4층까지 계단을 올라오다 보면 반드시 땀이 솟는다. 손수건을 이마에 대면서 고칸은 방 전체를 둘러보았다.

"미조로기 군은?"

"아직 육각당에 있습니다."

오토모가 대답했다.

고칸도 전에 미조로기의 육각당 이야기를 들은 적이 있다.

"슬슬 오는 건가?"

"정각에는 틀림없이 돌아옵니다."

"아, 그렇지" 하고 말하면서 고칸이 주머니에 손수건을 쑤셔넣을 때, 매우 불만스러운 얼굴의 데라오가 뛰어 들어왔다. 그는 고칸에게 눈길도 주지 않고 오토모의 책상으로 달려갔다.

"계장님은?"

"육각당에."

데라오는 혀를 차며 자료 점검을 하고 있는 오토모에게 덤벼들었다.

"어이 오토모, 다쓰미 쪽 심문만 회의 중에도 속행한다는 게 사실이냐?"

"그렇다."

"어째서?"

"다시 떠들고 있으니까."

오토모는 자료에서 눈을 떼지 않았다. 말투도 극히 사무적이다.

데라오는 다시 혀를 차고 말했다.

"우리 쪽도 속행할 거야."

"그건 곤란해."

"기타가 떠들지 않아서인가."

"그게 아니야."

오토모는 마침내 얼굴을 들었다.

"진정해 데라오, 대체 어떻게 된 거야?"

"너야말로 잘도 진정하고 있군. 시효는 십오 년 후가 아냐."

"기타의 심문은 이른 아침부터 계속 했어. 여기서 저녁을 먹이지 않으면 나중에 반드시 문제가 돼."

"그건 알고 있어."

데라오는 말투가 더 강해졌다.

"변호사가 몇 명 밀어닥치든 내가 상대해준다. 누구에게도 폐를 끼치지 않아."

"데라오!"

"식사 때가 가장 넘기기 쉬워. 심문의 상식이잖아."

"자네답지 않군."

십 년 전이라면 어떨까. 현재 그런 방법은 통용되지 않는다. 도둑을 잡으면 돈까스 덮밥 같은 걸 눈앞에 들이대면서 밥 한 끼당 한 건의 여죄를 자백하게 만든다. '덮밥 자백'이라는 그런 식의 조사법도 분명 있었다. 하지만 지금은 심문 시간도 체크하고, 식사 휴식을 주었는지 여부도 따진다. 즉, 피의자의 인권 운운하며 공격의 대상이 되는 시기이다. 게다가 데라오는 이미 기타의 연행 때 위험한 패를 한 번 썼다.

"데라오, 아침의 난폭한 연행 건도 있어. 나중에 기타가 시끄럽게 굴면 되돌릴 수 없어."

"문외한은 참견 마!"

"뭐라고?"

문외한으로 불린 오토모도 눈을 동그랗게 뜬다. 계급은 동격, 게다가 역시 미조로기 팀에 적을 둔 주임형사이다.

그러나 데라오는 엄청난 기세로 계속 말했다.

"나는 말이야, 밥을 먹이지 않겠다는 뜻이 아니야. 그 시간에도 기타를 감시하며 추궁하고 싶어. 그뿐이다."

"그게 문제가 된다는 거다. 변호사가 오면 뭐라고 설명할 거야?"

"네가 변호사 사무소 직원이야?"

"말 돌리지 마."

두 사람은 얼굴을 맞대고 불꽃을 튀겼다. 근처에 있던 고칸은 눈동자를 불안하게 굴리기 시작했다.

변호사 이야기까지 나오면 고칸의 직무 범주에 들어가지만, 형사 콤플렉스가 방해하는 바람에 중간에 끼어들 수도 없다. 안 들리는 척하기로 마음먹고 얼른 미조로기가 오지 않을까 하는 생각만 하고 있었다.

오토모는 분노를 초월해 데라오의 집요함에 놀라움마저 느꼈다.

데라오는 여전히 오토모에게 욕설을 퍼부었다. 자제가 안 되는 것이다. 기타의 묵비가 데라오의 냉정함을 깨버렸다. 심문은 수학이고, 고로 방정식에 따르는 것이다. 그런 신념으로 뭉친 데라오라서, 묵비할 상대가 묵비한다면 몰라도 그럴 리 없는 상대가 그렇게 나오는 바람에 논리적으로 사고하지 못하고 초조함의 소용돌이에 빨려든 것 같았다. 그것을 비웃는 듯 관할의 도쿠마루는 다쓰미를 마음대로 조종하여, 연달아 핵심을 찌르는 진술을 이끌어내고 있었다. 과거에 이런 굴욕을 맛본 적이 없었을 테니, 그렇게 보면 데라오라는 남자는 지독히 여린지도 모른다.

"시간 됐어."

목소리와 함께 미조로기가 모습을 드러냈다. 악당의 흔적은 깨끗이 지웠다. 온갖 소리와 얼굴에 응대하는 조직 수사 지휘관의 표정으로 돌아왔다.

"계장님."

데라오가 미조로기의 앞을 막았다.

“저희도 심문을 계속하게 해주십시오.”

“뭐?”

“한시라도 헛되이 보낼 수 없습니다.”

데라오는 한 걸음도 물러나지 않을 태세다. 그를 대하는 미조로기의 태도에는 한바탕 씻어내고 온 듯한 여유가 느껴졌다.

“회의에서 자네 지혜를 빌려줘.”

“네?”

“심문만이 자네 일인가. 회의에서 마음껏 지혜를 짜내라는 말이야.”

“하지만…….”

미조로기는 미소 지었다.

“데라오, 나도 그렇게 생각하네. 수사는 혼자서 하는 거다. 혼자서 말이지. 그렇게 생각하는 형사가 한 무리 모이면, 그것은 그것대로 전쟁터가 되잖아?”

선문답 같은 말을 남기고 미조로기는 안쪽 자리로 향했다.

“계장님!”

말을 하려다가 데라오는 입술을 깨물고 오토모를 한번 노려본 뒤 자리로 향했다. 다른 수사원이나 내근 직원도 속속 들어왔다.

— 회의도 전쟁이라…….

데라오는 전에 없이 긴장한 얼굴로 의자를 당겼다.

5

두 번째 전체 수사회의는 정확히 7시 반에 시작됐다. 두 번째라고는 해도 시간이 시간인 만큼 다들 이번 사건 최후의 전체회의가 되리라는 것을 짐작했다. 방은 긴장된 공기에 둘러싸였고 줄지어 앉은 각자의 표정도 굳어 있다.

예고도 없이 미조로기가 말을 시작했다.

"우리는 이 사건의 내용 전부를 알고 있는 게 아니다."

방 안이 찬물을 끼얹은 듯 조용해졌다.

"약간에 불과한 사실, 단편적인 정보로 움직여왔다. 하물며 십오년 전의 일이다. 이렇게 힘든 사건은 판명된 사실을 단순히, 그리고 솔직하게 연결시켜 사건의 본론을 읽어야한다고 생각한다. 인간이 하는 일, 생각하는 일은 그렇게 다르지 않다. 부분부분 머리를 쳐드는 정보를 읽는 게 아니라 인간 그 자체를 읽는 거다."

방을 둘러보며 미조로기는 계속했다.

"좋아, 일단 나름의 생각을 말할 테니 유연하게 듣고 거리낌 없이 의견을 내주도록."

원래대로라면 말단 수사원부터 차례차례 의견을 물어봤겠지만 시간이 다가오고 있었다. 미조로기는 차로 입을 적시고 재빨리 본론에 들어갔다.

"미네 마이코 살해의 범인은 히다카 아유미라고 생각한다."

날카로운 시선이 일제히 미조로기에게 향했다.

"단정할 증거는 아무것도 없다. 하지만 가장 자연스럽게 생각하면, 8시 40분에 교무실에 있던 하얀 구두를 신은 여자는 아유미이다. 어째서? 자연스럽게 생각하는 거다. 마이코와 아유미는 같은 고등학교 교사니까 밤늦게 교무실에 있어도 하나도 이상하지 않다. 게다가 디스코장에 함께 가는 것도 학교 밖의 교제라고 볼 수 있다. 그러면 교무실에서 무엇을 하고 있었나? 이것도 자연스럽게 생각한다. 일을 핑계 삼아 학교에 남아 교장실에서 관계를 하려고 했다. 사실 마이코는 오타 케이를 상대로 교장실을 성관계의 현장으로 이용한 적이 있다. 그날 밤은 마이코와 아유미였던 거다."

서른 명 가까운 얼굴의 반 정도가 깊숙이 고개를 끄덕이고, 나머지가 고개를 갸우뚱한다.

"계장님!"

젊은 형사가 소리를 높인다.

"어째서 그 여자가 아유미여야 합니까. 그대로 오타 케이로 바꿔 놓아도 부자연스럽지 않습니다."

이어서 케이를 연행해온 수사원이 손을 들었다.

"동감입니다. 케이가 마이코의 상대였다는 것도, 기타에게 반해서 마이코와 헤어지고 싶어하던 것도 사실입니다. 적어도 아유미보다는 선이 분명하다고 생각합니다."

열띤 반론이 쏟아지고 미조로기는 만족한 듯 고개를 끄덕이며 다시 입을 뗐다.

"자네들 말대로다. 케이는 기타에게 고백한 후, 사건 날 밤에 마이코의 아파트와 학교를 왔다 간 이야기도 했다. 케이는 마이코와 만나지 않았다고 한다. 즉 사건과 무관하다는 말이다."

형사 몇 명이 불만스레 손을 들었다.

"잠깐 기다리게, 들어봐, 분명 나도 케이가 거짓말을 하는지 의심했네. 하지만 케이가 기타에게 털어놓았을 때를 떠올려보게. 케이는 하염없이 울었어. 그야 좋아하는 남자가 가장 두려워하던 레즈비언 섹스에 대해 알아버렸기 때문이지. 죽고 싶을 정도로 힘들었을 거다. 하지만 케이는 감추지 않고 전부 고백했어. 호텔에 간 일이나 부끄러운 사진을 찍힌 것까지 이야기했지. 기타에게 진심으로 반했기 때문이라고 생각한다. 그 직후다. 케이는 그 고백 직후에 사건 날 밤의 이야기를 했다. 그 상황에서 레즈비언 고백은 진실이지만 다음 이야기는 거짓말이었다는 경우는 있을 수 없어. 사람의 감정에는 연속성이라는 움직이기 힘든 흐름이 있지. 애당초 케이는 진실과 거짓을 구분해 말할 수 있을 만한 정신 상태가 아니었던 거다."

일동은 침묵했다. 반론하던 무리도 연신 끄덕였다. 미조로기가 처음에 말했던 '인간을 읽어라'라는 말은 즉 그런 의미였다.

고칸은 감탄스러운 시선을 미조로기에게 던지고, 옆에 있던 리스트 중 '오타 케이'에 가위표를 쳤다.

"좋아, 진도를 더 나가자."

미조로기는 조금 빠른 투로 말했다.

"마이코와 아유미가 교장실에 들어간다. 헤어지자는 이야기가 꼬였는지 아유미가 전부터 계획하고 있었는지, 아마 그 자리에서 뒤틀렸을 거라 생각하지만 아유미가 마이코를 죽이고 금고에 숨겼다."

"왜 금고에 넣었을까요."

안쪽 자리에서 누군가 물었다.

"어이, 오토모 어떻게 생각하나."

미조로기가 질문하자 오토모가 얼굴색 하나 바꾸지 않고 지체 없이 대답했다.

"시체를 처치하기 곤란했기 때문일 겁니다. 곧 가네코 모키치가 순찰하러 오니까, 거기 있던 금고에 허둥지둥 감췄다고 생각합니다."

"데라오는?"

이런 상황에도 미조로기의 균형감각은 흐트러지지 않았다.

"범행이 계획적이었을 가능성도 배제할 수 없습니다."

데라오는 미조로기와 오토모를 번갈아 쳐다보면서 말했다.

"자살로 위장할 시간을 벌기 위해 시체를 금고에 넣었다고 추정됩니다."

두 의견은 긴장을 동반해 방 전체에 퍼졌지만, 그곳에 얼빠진 목소리가 뛰어들었다.

"어느 쪽이든 혼자서는 무리지."

감식 담당인 야나세이다. 그는 코를 후비고 있었다.

"오, 야나 씨. 계속해줘."

미조로기가 지명했다.

"그러니까 유서의 입수니 시체의 운반이니, 아가씨 혼자서는 절대 무리라는 말이죠."

방 안이 술렁거렸다.

"나도 그렇게 생각한다."

미조로기도 동조했다.

"아무리 생각해도 이 범행은 혼자서는 어려워."

공범설은 회의에서도 설득력을 가졌다. 죽이는 것까지는 아유미 혼자서도 충분하지만, 시체의 운반은 곤란할 것이라고 누구나 생각했다.

다른 수사원으로부터도 잇달아 의견이 튀어나왔다.

"가네코 모키치가 아닐까요. 수위실에서 향수 냄새가 났다는 진술이 있었습니다."

"자살한 소마도 의심스럽습니다. 그날 밤 교무실에 있었던 것은 사실이고, 사건에 가담한 것을 괴로워하다가 목을 맸을지도 모릅니다."

옆자리끼리 의견을 교환하자, 보다 못해 고칸이 수습하려고 유들유들한 목소리로 말했다.

"미조로기 군, 다른 이야기인데 세 사람이 숨어들었을 때 창문에서 도망간 남자, 아니 여자일지도 모르지만, 그 인물을 어떻게 생각하면 좋은가?"

거기에는 미조로기 나름의 답을 준비해놓았다.

"교장인 미쓰데라라고 생각합니다."

방이 또다시 술렁거렸다. 가라앉기를 기다리듯이 미조로기는 빙 둘러보았다.

"미쓰데라 — 마이코 — 케이로 시험 답안이 유출된 것은 분명해. 문제는 미쓰데라가 어떻게 해서 마이코에게 답이 든 봉투를 건넸느냐다. 여기서부터는 어디까지나 추측이지만, 미쓰데라는 이 일이 발각되는 것을 우려하고 있었다. 매번 직접 건네다가는 언젠가 다른 교사들에게 들킬지 모른다는 염려는 했겠지. 그래서 어딘가 둘이 정한 '건네는 장소'가 있었다고 생각한다."

'역시' 하고 고칸이 고개를 끄덕였다.

아무리 자기 학교라고는 해도, 매번 마이코를 교장실로 부른다면 시험 답안은 차치하고라도 다른 의심을 하는 교사들도 나올 것이다. 공통의 비밀이 있는 이상 두 사람은 되도록 접촉하지 않는 편이 좋을 게 당연하다.

그러나…….

고칸을 비롯한 대부분이 품은 의문에 답하기 위해 오토모가 입을 뗐다.

"그렇지만 계장님, 어째서 그게 달아난 인물이 미쓰데라라는 근거가 됩니까?"

"케이가 그날 밤 미쓰데라에게 전화한 것을 기억하나. '마이코 선생님이 아파트에 없어. 어디 갔는지 몰라?'라고 말이지. 그 말을 들은 미쓰데라는 틀림없이 당황했을 거야. 왜냐하면 그날도 학교에서 마이코에게 시험 답안을 건넸으니까. 답을 갖고 있는 마이코가 행방불명이면 큰일이지 않겠나. 모든 교과의 답을 알 수 있는 사람은 당시에 다치바나가 간파한 대로 교장밖에 없어. 공공연하게 알려지면 자신의 목이 날아가지. 그러니까 미쓰데라는 서둘러 학교로 가서 영어준비실을 뒤졌겠지. 아마 '건네는 장소'는 그 준비실이었을 거다."

"미쓰데라가 몰래 학교로?"

오토모가 말했다.

"하이드 모키치는 상대하기 난처했고, 일이 일이니까. 아마 여벌 열쇠를 써서 들어갔는데……."

"교무실에 세 사람이 있었다?"

"그래. 하지만 소리를 들었을 뿐이다. 모습은 보지 못했어. 설마 학생이 있을 거라고는 상상하지 못했겠지. 하이드가 순찰하는 거라고 생각했겠지. 도둑처럼 숨어든 입장이니 모습을 드러낼 수도 없었겠지. 그때 다쓰미가 큰 소리를 질렀다. 물론 그게 다쓰미 목소리라는 건 몰랐어도, 혼란에 빠져 허둥지둥 영어준비실 창문에서 뛰어내렸을 것이다."

"그렇지만 쉰 살이 넘은 남자가……."

고칸이 조심스럽게 의문을 제기했다.

"아뇨, 미쓰데라는 대학 체조부에서 날렸던 남자입니다. 교장실에 아령 같은 것도 두면서 현역임을 과시하고 있었습니다. 뭐, 본인으로서는 그다지 무리한 일도 아니었겠죠."

"역시……."

고칸과 함께 납득한 표정을 짓다가 잠시 생각에 빠져 있던 데라오가 혼잣말처럼 이야기했다.

"그러나, 애당초 왜 미쓰데라는 그렇게까지 오타 케이의 편을 들었을까요. 숙부와 조카딸의 관계라고는 해도 너무 위태로운 다리를 건너는 것 같은데."

"친부모와 자식 사이일지도 모르지."

중얼거리듯 미조로기가 말했다.

"케이 집의 가정부가 그런 말을 했던 것 같은데. 사정이 있어서 밝히지는 못한다고. 그렇다면 어때?"

"네. 그렇다면."

미조로기는 미쓰데라와 케이의 조사를 명한 두 형사에게 '나중에 그 부분을 잘 물어봐'라고 분부하고, 방을 둘러보았다. 마치 '그러면, 또…… 하고 말하는 듯했다.

기다렸다는 듯이 젊은 내근 직원이 손을 들었다.

"계장님, 미쓰데라는 시체를 보지 못했을까요?"

"보지 못했을 거야. 기타들이 시체를 발견했을 때 여전히 마이코의 주머니에 시험 답안이 들어 있었어. 미쓰데라가 시체를 발견했으면 일단 시험 답안을 찾아서 처분했을 거야."

다른 형사가 '관련 질문'이라며 손을 들었다.

"우연히 시체를 발견한 미쓰데라가 일단 학교 밖으로 달아난 다음 되돌아와서 시체를 수풀에 버렸을 가능성도 있지 않습니까."

"뭐 때문에?"

뜻밖의 강한 어조에 형사는 횡설수설했다.

"아니, 뭐랄까……. 자기가 교장이니까 교장실에 시체가 있으면 곤란하다고 생각해서……."

"알았네, 알았어."

미조로기는 형사에게 의중을 안다는 듯 손으로 제스처를 취하며 말했다.

"하지만 모두 잊지 말게. 범인은, 아니 범인들은 유서까지 준비하고 위장 공작을 폈다. 살해와 시체 운반을 다른 범인이 했을 가능성은 분명히 있어. 그래도 우연히 공범의 형태가 되었다고는 생각할 수 없다. 아유미에게는 뜻이 맞는 공범자가 있었어."

미조로기가 단호하게 잘라 말하니, 회의실은 찬물을 끼얹은 듯이 조용해졌다.

히다카 아유미가 살인의 실행범이고, 공범자가 존재한다…….

출석자 전원이 그 생각에 마음이 쏠렸다. 그러나 아유미 범인설에 관해서는 결정적 근거가 없다. 공범자를 든다고 해도 아유미의 남자관계가 하나도 떠오르지 않는 것이다.

미조로기도 다음은 아유미 수사반의 활약에 달렸다고 생각했다. 아무리 추리를 해봐도 이다음부터는 실행범인 아유미에게 직접 듣지 않으면 진상을 알 수 없다. 시계는 오후 8시를 지났다. '좋아' 하고 미조로기가 일어나려던 그때였다.

하얀 손이 훌쩍 올라갔다. 기타의 조서를 담당하는 말석의 여경

아키마 사치코秋間幸子이다.

"으음, 뭔가?"

미조로기가 고개를 쭉 빼고 약간 큰 소리를 냈다. 사치코는 수사회의의 홍일점으로 미모가 출중하다. 출석자의 관심은 발언보다 그녀 자체를 향했다고 해도 좋았다. 하지만…….

사치코는 놀랄만한 말을 뱉었다.

"다치바나 소이치는 금고 안에 시체가 들어 있는 것을 처음부터 알았던 게 아닐까요?"

미조로기는 온몸에 소름이 돋아가는 것을 느꼈다.

대부분은 의미를 이해하지 못하고 어리둥절해했다. 아니, 데라오도 알아차렸다. 사치코가 회의를 뒤흔들 발언을 시작한 것을.

"계속해보게."

미조로기의 목소리에 침착함이 사라졌다.

몇 대의 난로와 출석자의 열기로 상당히 훈훈해진 회의실에 사치코의 맑은 목소리가 울렸다.

"그날 밤은 다치바나가 앞장서서 교장실에 들어갔습니다. 금고의 자물쇠를 연 것도 다치바나입니다. 그러나 묘하게도 다치바나는 먼저 낡은 금고 쪽을 열었습니다."

"음!"

미조로기가 엉거주춤한 자세로 몸을 앞으로 내밀었다. 데라오의 얼굴에서 점점 핏기가 사라져갔다.

"루팡 작전은 나흘간이었습니다. 첫날, 둘째 날, 셋째 날은 항상 새 금고부터 열었는데, 이날만은 다치바나가 낡은 금고로 먼저 덤벼들었습니다. 시험지는 원칙상 새 금고에 넣고 남는 것을 낡은 금고에 넣습니다. 셋 다 첫날에 그것을 바로 알았습니다. 그런데 다치바나는 낡은 금고를, 게다가 사건 당일 밤은 마지막 날의 시험지를 훔치러 들어갔으니까, 시험은 두 과목뿐이었습니다. 첫날은 네 과목이라서 새 금고에 다 못 넣었습니다. 하지만 두 과목이라면 새 금고만으로도 충분하겠죠. 그러니 낡은 금고는 열 필요가 없었습니다."

"그래서?"

미조로기는 잠긴 목소리로 결론을 재촉했다.

"그러니까 다치바나는 교무실에 들어가기 전부터 낡은 금고에 시체가 있는 것을 알았습니다. 그것을 확인하기 위해 열었던 겁니다. 아유미가 실행범이고 공범자는 다치바나입니다."

사치코가 담담하게 말했다.

"그거다……."

미조로기가 천장을 올려다보았다.

고칸, 데라오, 오토모……. 출석자 전부의 눈이 휘둥그레졌다. 도시락이 가득 담긴 상자를 운반해온 젊은 내근 직원들도 나눠주는 것을 잊고 우뚝 서 있다.

"그거다……."

다시 한 번 말하고 미조로기는 털썩 의자에 앉았다.

— 어째서 빨리 깨닫지 못했을까.

수수께끼가 풀려간다.

기타가 본 섬광의 정체를 알았다. 기타도 그날 밤, 사치코와 같은 의심을 섬광 속에서 보았다. '어째서 낡은 금고를 먼저 여는 거지?' 하고. 그러나 바로 시체를 보고 경악해서 순서 따위는 어딘가로 날아가버렸다. 게다가 친구를 의심하는 것에 대한 가책이 무의식중에, 그것도 순식간에 섬광을 덮어버렸다. 그런 것이었다.

회의는 어수선했다.

연어 도시락이 나왔고 미조로기는 십오 분의 휴식을 고했다. 무슨 일이 있든 밥은 먹는다. 그것도 형사의 일이다.

도시락을 급히 먹으면서 미조로기는 답답한 마음을 억지로 참고 있었다.

— 꿰뚫어보지 못했다…….

아유미가 등장할 때마다 다치바나는 반드시 '망연자실 병'을 가장했다. 기타와 다쓰미에게 두 사람의 관계를 들키지 않기 위해, 그리고 그것에 미조로기도 완전히 속았다. 의심할 요소를 찾아내지 못했다.

아니 딱 한 번 다치바나는 '정체'를 보였다.

디스코장에서 아유미와 마이코에게 미군이 치근거렸을 때다. 언제나 냉정하던 다치바나가 제일 먼저 뛰어들어가 과감하게 아유미를 구하지 않았나.

"녀석들, 토시를 썼어……."

데라오가 뭔가에 놀란듯이 중얼거렸다.

"토시?"

미조로기가 궁금한 듯 얼굴을 들었다.

"사기 마작의 토시 말입니다. 아유미는 루팡에 올 때마다 다치바나에게 토시를 보냈습니다. '다음 수업은?' 이런 건 아마 전화해 달라든지, 어딘가에서 기다리고 있다든지, 그런 의미의 토시였겠죠."

거기까지 말하고 데라오는 태엽이 풀린 인형처럼 천천히 고개를 숙였다.

미조로기는 젊은 내근 직원의 얼굴을 방에서 찾았다. 그는 양손에 찻주전자를 들고 차를 따르며 걷고 있었다. 그가 내근 직원을 불러모은 간이 회의에서 그렇게 말했다. 사건 후 아유미가 루팡에 모습을 보인 필연성을 짐작할 수 없다고.

자욱한 안개가 걷혀간다. 견고한 사건의 골조가 점점 드러나고 있다.

다치바나와 아유미는 연인 사이였다. 아유미는 레즈비언 관계를 청산하려고 그날 밤 교장실에서 마이코에게 헤어지자는 이야기를 꺼냈다. 말다툼하던 도중에 마이코를 죽여버려 난처한 입장에 처한 아유미는 다치바나에게 전화를 했다. 다치바나는 '금고에 넣어라'라고 아유미에게 지시한 것이 틀림없다. 우연히 루팡 작전이 진행 중이어서 그날 밤도 학교에 숨어들기로 되어 있었기 때문이다. 그 시간까지 하이드 모키치의 눈만 속이면 자신이 어떻게든 할 수 있다고 다치바나는 그렇게 생각했을 것이다.

—아유미로부터 전화를 받았다. 살인을 알았다. 자, 그러면 어떻

게 할까?

미조로기는 다치바나에 동화되어 자문했다. 대답은 바로 나왔다.

"물론 자살로 위장하려는 공작을 했지. 다치바나가 마이코의 아파트로 뛰어간다. 방에는 자물쇠가 걸려 있어서……."

미조로기의 사고를 함께 쫓고 있던 오토모가 입을 열었다.

"다치바나는 골판지 상자 찢은 것으로도 문을 열 수 있습니다. 소마 집에서도 그렇게 열었죠. 마이코의 아파트는 소마 집보다 낡았으니까, 녀석이라면 간단히 들어갈 수 있었을 겁니다. 9시 반에 마이코의 방에 숨어든 것은 다치바나였다는 말이군요."

"그렇다……. 그 말대로야."

미조로기의 흥분이 회의에 참가한 수사원들에게 전파되어갔다.

"다치바나는 방에서 유서에 쓸 글을 찾았어. 그리고 잡지 투고글 중 잘못 쓴 것을 쓰레기통에서 주워온 거지."

고칸은 젓가락질을 멈추고, 그렇다는 듯 아카베코 인형후쿠시마 현 아이즈 지방의 향토 인형. 소 모양으로 목이 위아래로 움직이게 되어 있다처럼 고개를 계속 까딱까딱 하고 있다.

"다음은……."

미조로기가 그렇게 말하며 눈을 감는다.

"시체의 처리입니다."

오토모가 재빨리 답했다.

"그래, 시체를 금고에서 수풀로 옮겼다. 하지만 다치바나는 대체 어떻게 해서 교장실로 되돌아갔지? 침입구인 창문은 잠금장치가 열려 있었지만 교무실에는 들어갈 수 없어. 혼자서 다시 한 번 루팡 작전을 폈다는 건가?"

그 의문이 파문이 되어 회의실로 번지는 동안, 또다시 말석에서 살짝 가느다란 손이 올라왔다.

텔레비전 소리를 한 번에 줄인 듯이 모든 목소리와 식사 소리가 잠잠해졌다.

"아키마, 말해봐."

"네, 금고의 시체를 본 세 사람은 교무실을 뛰어나왔습니다만, 방을 나오기 직전에 다치바나가 넘어졌습니다. 다치바나가 마지막으로 방을 나오기 위해서 일부러 넘어졌다고 생각합니다. 다치바나는 교무실 문 손잡이 안쪽을 잠그지 않고 밖으로 나갔겠죠. 물론 두 사람과 헤어진 다음, 다시 한 번 학교로 숨어들어 시체를 옮기려는 생각을 했기 때문입니다. 교무실 문만 열려 있으면 돌아오는 것은 간단합니다. 그리고 그 계획은 성공했다고 볼 수 있고요."

그 자리의 누구도 이제는 사치코를 단순한 미인 여경이라고 보지 않았다. 조사실에서 기타의 진술을 받아쓰며 사치코는 혼자서 사건의 진상으로 척척 다가갔던 것이다.

그런 만큼 데라오는 정말 침울해졌다. 데라오와 사치코는 같은 조사실에서 같은 시간, 같은 진술을 듣고 있었다. 식사도 재빨리 끝내고 회의에서는 또다시 격렬한 의견이 오갔지만 데라오는 더는 입을 열지 않았다.

막판에 사건을 뒤엎은 사치코도 또한, 큰일을 해냈다고 생각할 수 없는 어두운 눈빛으로 연어 도시락에는 끝까지 젓가락을 대지 않았다.

6

수사 회의가 최종 단계를 맞이할 무렵, 조사실의 다쓰미가 중요한 진술을 시작했다.

"으음, 더 기분 나빠해도 어쩔 수 없으니까 모조리 털어놓지."

"뭘?"

담당 취조관 도쿠마루가 물었다.

"전화 트릭이야."

"전화?"

"둔하긴. 이봐, 사건 날 밤 글래머의 집에 건 전화 말이야."

도쿠마루는 커다란 헛기침을 두 번, 세 번 했다. 4층의 대책실 사람들에게 스피커의 진술을 잘 들어달라는 신호를 보낸 것이다.

"얘기해봐."

"이야기할게, 도쿠 씨니까 말하는 거야. 조금은 공을 세워야 하니까."

다쓰미는 은혜를 베풀 듯이 말하고 도쿠마루의 담배에 손을 뻗었다.

"그 전화 말이야, 받은 게 정말로 글래머냐고 기타로가 자꾸 물었어. 사실 나도 점점 자신이 없어지더라고."

"음."

"그런데……."

다쓰미는 도쿠마루의 라이터로 불을 붙인 다음, 연기를 훅 내뱉었다.

"확인할 기회가 있었어."

"확인하다니……. 마이코 선생은 죽어버렸는데."

도쿠마루는 흥미 없다는 듯 말했다. 그런 반응을 보이면 다쓰미는 더욱 말을 많이 하게 된다.

"알고 있어. 그러니까 그, 그거 말이야, 이야기하면 길어지는데……."

"짧게 해."

"으응, 간단히 말할게. 졸업한 다음의 일인데, 난 글래머의 아파트 옆에 살았던 여자랑 사귀게 되었어."

"너……."

도쿠마루가 울컥했다.

"여성 편력 자랑이라도 하려는 거냐?"

"그게 아니고, 제대로 들어 도쿠 씨. 아들이 사립에 떨어져서 여자도 맥이 풀렸거든. 아무튼 갈 때마다 침대로 유혹하더군."

다쓰미는 정말로 자랑이 아니라는 듯 손사래를 치면서 계속 이야기했다.

"그래서, 어느 날 여자와 침대에서 삐걱삐걱 하고 있는데, 갑자기 옆집에서 전화가 울렸어. 글래머와 반대쪽 집이었지만 훤하게 다 들리더라고. 이쪽 방에서 울리는 것처럼. 그래서 여자에게 물어봤지."

"뭘?"

"그날 밤, 1시쯤 글래머 방에서 전화가 울렸는지 어떤지 말이야."

"그렇군. 그래서 뭐라고 대답했어?"

"못 들었다고 하더라고. 전화 온 적은 절대 없었다고."

"하지만 부인은 11시경에 선잠이 들어버렸잖아."

"그거야. 확실히 선잠은 잤지만 12시에 일어나 2시 넘어서까지 뜨개질을 했다고……. 어이, 내가 그녀와 친해졌기 때문에 알아낸 거야, 그걸 알아줘야지."

"알았어. 그래서?"

도쿠마루는 진절머리 난다는 얼굴로 말했다.

"그래서가 아니야, 정말. 그러니까 도쿠 씨는 출세를 못하지. 나는 제대로 전화했는데 글래머 집 전화는 울리지 않았어. 그러면 나는 어디에 걸었던 거야?"

도쿠마루가 고개를 갸웃하니, 다쓰미가 진지한 얼굴로 몸을 앞으로 내밀었다.

"분명 전화를 걸어 여자와 이야기한 건 나야. 하지만 교장의 수첩에서 'MM' 이니셜의 전화번호를 베껴 쓴 건 다치바나지. 나는 다치바나가 메모를 보면서 말한 번호를 그냥 돌렸을 뿐이야."

"다치바나가……?"

"그렇다니까 도쿠 씨."

도쿠마루는 아직 다치바나와 아유미 공범에 관해 보고를 받지 않았기 때문에 다쓰미의 진술을 반신반의하며 듣고 있었다.

"아무리 생각해도 그거밖에 없어. 다치바나는 내게 어딘가 다른 집의 전화번호로 걸게 했어. 나는 녀석에게 속은 거라고."

"하지만 전화를 받은 여자는 마이코 선생이 아니었나."

"그때는 나도 그렇게 생각했어. 하지만 졸린 듯한 작은 목소리였으니까."

"아닐지도 모른다는 거냐?"

"으응, 여자가 전화벨이 울리지 않았다고 말한 다음에 그런 느낌이 들더라고. 그리고 나와 기타로 둘이서 글래머의 아파트에 갈 때, 전화번호부에서 주소를 알아냈잖아. 아버지의 이름으로 실려 있었는데, 그 번호와 내가 사건 날 밤에 건 번호가 좀 다른 것 같았어, 실제로."

단번에 막 지껄여댄 다쓰미는, 그러나 말할 만큼 말하고는 가벼운 한숨을 내쉰 다음 다시 도쿠마루의 담배로 손을 뻗었다.

수사대책실에서는 회의가 중단되고 새롭게 놀라는 목소리가 여기저기서 터져나왔다.

미조로기는 이제서야 기타가 섬광으로 본 모든 것을 이해했다.

"계장님."

오토모가 다급하게 불렀다.

"다쓰미는 마이코의 아파트가 아니라, 아유미의 집에 전화를 걸게 했던 거군요."

"그런 거였군."

다쓰미는 다치바나가 말하는 대로 다이얼을 돌렸다. 그것은 아유미 집의 전화번호였다. 다치바나와 말을 맞춘 아유미가 전화를 받아 졸린 목소리를 냈다. 그리고 긴 대화로 허점이 드러나는 것을 피하기 위해 '다쓰미 군이지?'라고 바로 물어서, 예상대로 다쓰미가 당황해서는 전화를 끊었다. 아무런 의심도 품지 않았던 다쓰미가 상대를 마이코라고 믿어버린 것도 무리가 아니다.

"알리바이 만들기일까요?"

오토모가 물었다.

"그렇지. 다치바나는 만일 마이코의 죽음이 살인사건이라고 드러났을 때의 일을 생각했을 거야. 그렇게 되면 일단 제일 먼저 의심받는 것은……."

"아유미겠네요. 다른 교사가 증언하겠죠. 아유미와 마이코 둘만 밤까지 교무실에 남아 있던 것을."

"사회에 나온 지 얼마 안 된 젊은 아가씨니까 별 생각 없이 자백해버릴 테고."

그렇게 말하고 미조로기는 리스트의 '히다카 아유미'를 펜 끝으로 툭 두드렸다.

살인사건이라고 밝혀지면 아유미가 바로 잡힌다. 거기서 다치바나는 어떤 계략을 궁리해냈다. '심야까지 살아 있던 마이코'를 꾸며

낸 것이다. 마이코가 일단 집에 돌아갔다면 '교무실 — 교장실'이라는 사건의 연속성이 끊어진다. 게다가 수사의 눈이 외부로도 쏠려 아유미의 알리바이 만들기도 가능해진다.

— 아니, 잠깐.

미조로기는 문득 생각했다.

전화 속임수는 무의미한 게 아닐까. 애당초 기타, 다쓰미, 다치바나 세 사람은 루팡 작전의 공범자이고 당시에는 운명공동체와도 같았다. 가령 살인사건이라고 밝혀져 수사가 자신들의 신변에 미친다고 해도 세 사람은 완고하게 입을 열지 않았을 것이다. 왜냐하면 마이코의 전화나 금고의 시체에 대해 말하면 자신들의 시험지 도둑질도 바로 드러나버리니까. 그뿐 아니라 십오 년 후의 오늘처럼 마이코 살해 의혹도 되돌아온다. 그렇다면 다치바나가 기타와 다쓰미를 속여서, 친구 사이에서 '살아 있던 마이코'를 만들어냈다고 해도 아유미를 구하기는 불가능하지 않은가. 정말로 구할 생각이면 제3자, 예를 들어 동료 교사에게 마이코가 심야까지 살아 있었다고 믿게 만들어야 했다.

수사회의는 종료되었다.

그저 오토모를 캡틴으로 하는 내근의 무리가 회의 내용의 복사나 자료 분석을 하러 움직이기 시작하고, 아유미 수색반의 충원 팀이 계단을 뛰어 내려가고, 취조관 한 사람 한 사람이 빠른 걸음으로 조사실로 향한다. 안색을 잃어버린 데라오도 그 무리 안에 있었다.

미조로기는 방을 나가던 아키마 사치코를 붙들었다.

"좋은 지점에 주목했군."

"감사합니다."

사치코는 허리를 푹 숙이며 말했다. 가까이에서 보니 한층 더 아름다워서, 눈이 부실 정도이다. 하지만 역시 그 표정은 어쩐지 침울하다.

"다치바나가 공범이리라고는……. 솔직히 놀랐어."

"하얀 구두 때문에 알았습니다."

사치코는 조용히 말했다.

"하얀 구두? 아, 기타가 교무실에서 봤다고 했던."

"네, 사건 후 히다카 아유미가 한 번도 학교에 하얀 구두를 신고 오지 않았다고 기타는 그렇게 진술했습니다."

"그렇지."

"하지만 여자는 하얀 구두를 신지 않으면 힘들어요. 옷과 매치해야 하니까요. 그래서 아유미가 분명히 하얀 구두를 신고 오면 안 된다는 말을 들었을거라 생각했습니다. 교무실의 하얀 구두 일을 알고 있는 사람은 기타, 다쓰미, 다치바나 세 사람뿐이에요. 세 사람 중에 누군가가 말해줬을 거라 생각해서 조서를 되풀이해 읽어보니 몇 가지 단서가 보이더군요. 기타의 진술 중에는 '매달리는 듯한 눈'이라는 표현도 있었습니다. 사건 후 루팡에 나타난 아유미가 아르바이트에 가기 위해 일어선 다치바나를 매달리는 듯한 눈으로 보았다고……."

"역시, 그래서인가."

"네."

사치코는 표정이 다소 부드러워졌다.

미조로기도 해명의 실마리가 여성적인 발상이었다는 것을 알고 왠지 안심한 듯한 기분이 들었다. 데라오가 아니더라도 역시 마음 속 어딘가에서는 계집애한테 선수를 빼앗겼다는 생각이 똬리를 틀었을 것이다.

그래서 그런 것은 아니지만 미조로기는 아까 느낀 의문을 사치코에게 털어놓고 싶어졌다.

"그런데 어째서 다치바나는 그런 쓸데없는 전화 트릭을 생각했을까?"

사치코는 미조로기가 의도하는 점을 적확하게 받아들인 것 같았다. 잠시 후 예쁘장한 작은 입술이 움직였다.

"다치바나는 마이코의 죽음이 자살로 처리되기를 빌었습니다. 그러나 만일 경찰이 살인사건으로 수사를 개시했다면 경찰서로 가서 모든 것을 말할 각오를 했겠죠."

"하지만 그렇게 되면 세 사람이 한 짓도……."

말을 하다가 미조로기는 입을 다물었다. 사치코의 눈동자는 올곧았고 힘이 있었다.

"다치바나는 루팡 작전도, 금고에 시체가 있었던 것도 전부 지껄이고, 그리고 물론 사건이 나던 날 밤 마이코의 아파트에 전화한 일도 진술할 겁니다. 다쓰미도 어쩔 수 없이 같은 진술을 할 겁니다. 다치바나에게 속은 것도 모르고 '마이코는 살아 있었다'라고 거짓말을 보강해주겠죠. 그럼 경찰은 세 사람을 의심하지 않을 겁니다. 어차피 세 사람은 마이코 사건의 수사에 협력하기 위해서 일부러 자신들의 범죄를 폭로한 소년들이니까요. 그만큼 신용할 수 있는 진술은 없을 겁니다. 그리고 수사는 마이코가 오전 1시까지 살아 있었다는 선에서 진행되겠죠. 완전히 다치바나가 세운 계획대로."

그리고 사치코는 이렇게 덧붙였다.

"다치바나는 학력도 친구도 전부 버려도 좋다, 그저 아유미만 구하면 족하다고 생각했던 게 아닐까요."

미조로기는 할 말을 잃었다. 가볍게 절하고 물러가는 사치코가 계단으로 사라질 때까지 미조로기는 꿈쩍하지 않고 그 등을 계속 바라보았다.

갑작스러운 손님의 방문으로 회의 자리를 떴던 고칸이 사치코와 엇갈려서 계단을 올라왔다.

"회의는 끝난 것 같군."

"네?"

고칸이 미조로기의 시선을 좇아서 고개를 돌리고, '아아, 저 아인가' 하고 중얼거렸다.

"정말 대단한 여경이……. 대체 어떤 사람입니까, 서장님?"

고칸은 아픈 곳을 찔렸다는 식으로 끙끙거렸다.

"아니, 후지와라 형사부장의 소개로 여경 시험을 본 것은 자네도 알겠지."

미조로기가 고개를 끄덕인다. 이 사건의 스태프로 사치코를 발탁

한 것도 형사부장인 후지와라였다.

"나도 후지와라 씨 지인의 딸이라는 것밖에 몰라. 그러나 정말 똑부러진다고 할까, 언제나 산뜻하고 모든 일을 완벽하게 처리해내지."

"솔직히 우리 팀으로 데려가고 싶습니다."

두 사람은 그러나 사치코의 경력을 파고들 짬이 없었다. 고칸은 본청에 보고를 해야 했고 미조로기는 미조로기대로 공범의 선이 농후해진 다치바나를 자백시키기 위한 대책을 갈고 닦아야만 했다.

수사원으로부터 얼마간 정보는 올라와 있다. 고등학교 졸업 후, 다치바나가 아르바이트로 청소하러 간 빌딩에서 현금이 분실되었고, 의심을 받은 다치바나가 그만두게 된 일, 엄격했던 부친이 자살해 자책했던 일…….

그러나 다치바나의 심문은 교착 상태였다.

취조관인 구루와는 정보를 조금씩 내놓으면서 집요하게 심문을 계속했지만, 다치바나는 거의 반응을 보이지 않았다. 마치 자기 혼자만 다른 세계의 생물인 듯이 두꺼운 껍질 속에 틀어박혀 있다.

오후 9시를 지나려고 할 때 미조로기 곁에 연락 담당 직원이 뛰어와서 다치바나가 처음으로 말을 했다고 전했다.

"그래, 뭐라고 했지?"

"한마디뿐입니다."

"말해."

"내게는 별명이 없었다고……."

미조로기는 천장을 바라보았다.

'기타로'에 '조지', 그리고 '다치바나'인가.

'다치바나는 친구를 버리더라도 아유미를 구하고 싶었던 게 아닐까요'라고 했던 사치코의 말을 미조로기는 새삼 되새기고 있었다.

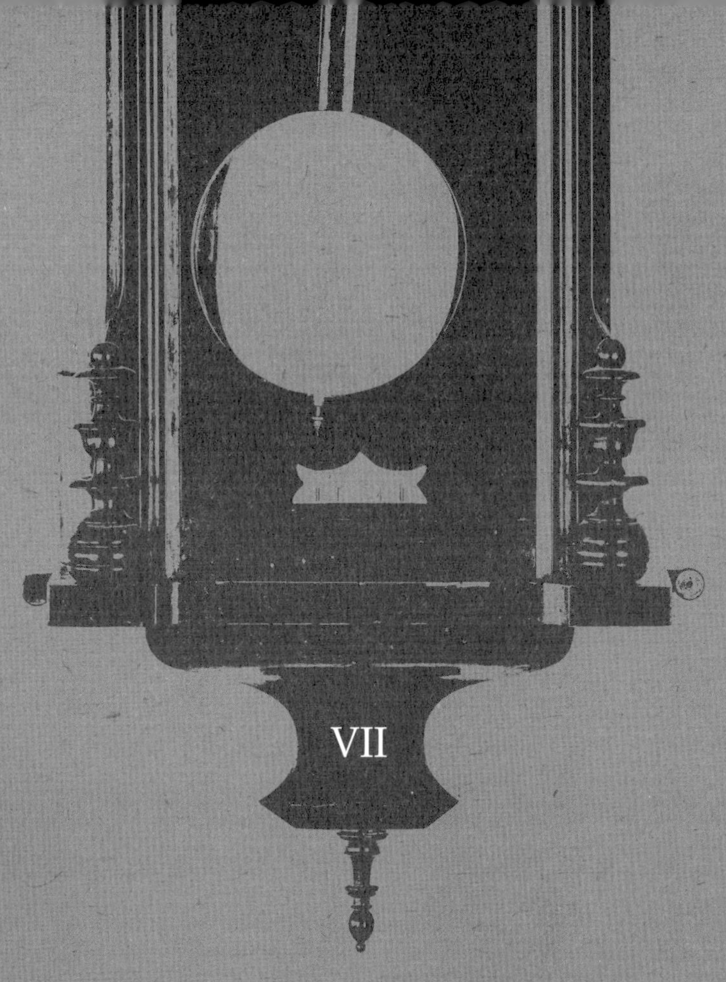

VII

시간의 소굴

1

스가모 역의 개찰구를 나왔을 때, 다니가와 유지는 문득 떠오른 자신의 생각이 거의 확신에 가까워진 것을 깨달았다.

— 히다카 아유미는 이곳에 있다.

낮에 노숙자가 된 다치바나 소이치를 찾아내어 크게 주가를 올렸다. 그 여세라고 할까, 처음으로 얻은 자신감이 다니가와의 사고를 대담하게 만들어, 아유미 수색반에 편입되자마자 직감이 시키는 대로 스가모로 향했다.

오늘 처음으로 파트너가 된 닛타의 표정도 진지함 그 자체이다. 다치바나 연행이라는 큰 업적의 여운도 가시지 않았을 텐데 들뜬 소리도 지껄이지 않고 척척 움직인다. 닛타는 파출소 근무를 하던 중 우연히 자전거 도둑을 연이어 검거하여 예상에도 없던 서의 형사과에 배속되게 되었다고 하는데, 표정으로 보아 드디어 긴 형사 인생을 살아갈 결심이 섰는지도 모르겠다.

아유미의 본가는 사이타마埼玉의 도코로자와所沢이다. 교사 시절에는 이타바시에 아파트를 빌려 살았고 지금은 닛포리로 옮겼다. 스무 명 넘는 수사원이 기를 쓰고 그 주변과 갈 만한 곳을 찾아다니고 있을 것이다.

— 아니다. 히다카 아유미는 달아난 게 아니다.

다니가와는 그렇게 생각했다.

아유미는 오늘이 '특별한 날'이라는 말을 남기고 모습을 감추었다. 사건을 쫓는 경찰에게 그 말은 자백과도 다름없는 무게를 지닌다. 다니가와의 가슴속에는 불쑥불쑥 다른 생각이 솟아올랐다. 그것은 어린아이의 바람을 담은 손가락 걸기처럼 그립고 씁쓰레한 감상感傷이었다. 다니가와는 '특별한 날'이라는 간결한 단어의 깊은 곳에서 히다카 아유미라는 여자의 순수한 심성을 보았다. 자신을 찾아내주면 좋겠다고 아유미는 마음속 어딘가에서 그렇게 바라고 있는 게 아닐까.

그런 아유미가 '특별한 날'을 보내는 장소는 어디일까.

다니가와의 머리에는 제일 먼저 스가모가 떠올랐다. 다치바나가 즐겨 가던 스가모. 카페 루팡이 있던 스가모이다.

저녁 9시가 넘었지만 역 앞은 제법 흥청거렸다. 한때 '작은 긴자銀座'로 입에 오르내리던 환락가는 지금도 건재했고 겹겹의 네온사인이 빌딩에 반사되어 로터리의 밤을 물들이고 있었다.

다니가와와 닛타는 단밤을 찌는 솥에서 무럭무럭 피어오르는 김을 뚫고 나가 깜빡이기 시작한 신호를 빠른 걸음으로 건넜다. 오른쪽으로 꺾어 직진하면 '4의 날매월 4일, 14일, 24일을 가리킴' 축제로 알려진 '도게누키지조とげぬき地蔵' 상점가로 이어진다.

두 사람은 정처 없이 주변을 둘러보았다. 그 두 사람을 밀치듯이 인파가 이동한다.

"어떻게 할까요?"

가게 앞으로 몸을 피하면서 닛타가 말했다.

"자네는 어떻게 생각해?"

"뭘 말입니까?"

다니가와는 바쁘게 오가는 사람들 무리에 시선을 던졌다. 자신감이 약간 흔들리고 있었다.

"히다카 아유미가 이 안에 있다고 생각하나?"

"있습니다."

닛타는 시원스레 말하며, 주머니를 부스럭부스럭 뒤적여 당시의 주택지도 복사본을 꺼냈다.

"바로 요 앞이네요. 카페 루팡이 있었던 곳이."

"그러네."

다니가와는 닛타가 가리키는 쪽으로 시선을 돌렸다. '십오 년 전에는 말이야' 하며 계속 말하려다가 입을 꾹 다물었다. 닛타도 알아차리고 작은 비명을 질렀다.

'카페 루팡 3세.'

불이 들어온 녹색 간판에 그렇게 쓰여 있다. 두 사람은 다시 지도 복사본에 홍조 띤 얼굴을 들이밀었다.

"맞습니다, 다니가와 씨! 옛날 루팡이 있던 장소예요!"

"그래, 맞아, 같은 곳이다."

카페 루팡이 있었다. '3세'가 붙었다고는 해도, '루팡'의 이름은 십오 년이 지난 오늘까지 계속 살아 있었다.

작은 감동과 가슴 떨림을 느끼면서 다니가와와 닛타는 가게 문을 밀고 들어갔다. 좁지만 안으로 깊숙이 뻗은 실내에, 어두운 조명이 검은색을 기조로 한 세련된 인테리어를 희미하게 비추었다.

입구 바로 앞에 위치한 카운터석에 여자가 한 사람 앉아 있었다. 커피잔을 입으로 가져가는 중년 여자의 옆얼굴이 눈에 들어왔다.

다니가와는 걸음을 멈추었다. 닛타도.

스포츠나 승부를 내는 일이 아니더라도, 어느 세계에서나 럭키보이는 존재한다. 경찰 수사에서도 예외가 아니다. 사건 수사에는 몇십 명, 몇백 명 되는 수사원이 움직이지만 때로는 럭키보이가 나타나 핵심 정보를 몇 개 캐내어 눈 깜짝할 사이에 사건을 해결로 이끄는 경우가 있다. 이 사건에서는 바로 막 서른이 된 다니가와와 아직 학생티를 벗지 못한 닛타가 그러했다.

두 사람은 크게 고동치는 가슴을 누르면서 여자와 거리를 둔 카운터석 구석 자리에 걸터앉아 커피를 주문했다. 손에 든 사진은 교사 시절의 것이라서 십오 년이나 된 옛 얼굴이다. 얼굴도 작고 제법 예쁜 편이다. 카운터의 옆얼굴은 약간 윤곽이 또렷했다.

다니가와는 곁눈으로 여자를 관찰하면서 이상한 감개에 사로잡혔다.

여기에 기타나 다쓰미나 다치바나가 있었다. 웃고, 고함치고, 반항하고, 그리고 몰래 루팡 작전을 가다듬기도 했다. 카운터에는 우쓰미 가즈야가 있었다. 줄어든 리넨 앞치마를 걸치고 컵을 씻으며. 그리고 오타 케이나 히다카 아유미도 이 가게에 드나들었다.

순간, 시간 여행이 지워졌다.

"재미있는 이름의 가게군."

다니가와는 우쓰미와 전혀 딴판인 살찐 주인장에게 말을 걸었다.

"아, 그런 말 자주 듣습니다."

"계속 이 이름이었나?"

"아뇨, 육 년쯤 전에 여기를 샀는데, 그때 이름이 '루팡 2세'였습니다. 그 이름이 마음에 들어서 2세를 3세로 바꿨죠."

"그렇군."

"이전에는 그냥 '루팡'이었던 것 같습니다. 전 주인도 2세를 붙이고 영업을 시작했다더군요."

여자에게 희미한 반응이 감지되었다.

그 반응은 확실한 것 같았다.

— 시간이 없다. 부딪쳐봐야겠어.

다니가와가 닛타에게 눈짓을 하고 의자를 돌려 일어나려고 할 때, 여자의 얼굴이 이쪽을 향했다.

"경찰에서 오셨죠?"

조용한 목소리였다. 닛타가 꿀꺽 하고 침을 삼켰다.

"네."

다니가와는 엉거주춤한 자세로 대답했다.

"수사 1과의 다니가와라고 합니다."

"드디어 오셨군요……."

여자는, 아니 히다카 아유미는 어딘가 먼 곳을 바라보는 듯한 눈짓을 했다.

"언젠가 올 거라 생각했어요. 데려가주세요."

아유미는 쓸쓸해 보이는 시선을 다니가와에게 돌리며 일어났다.

다니가와는 고개를 끄덕이며 '바로 차를 잡겠습니다'라고 말했다.

한 걸음 빨리 닛타가 밖으로 뛰어나갔고 어리둥절한 주인장과 전혀 마시지 않은 커피를 뒤로한 채 다니가와와 아유미도 가게를 나섰다.

닛타가 보낸 다급한 소식에 대책실은 다시 달아올랐다. 저녁 9시 40분이었다. 모든 수사원이 애타게 기다리던 히다카 아유미가 조사실에 들어왔다.

대책실에 돌아가 보고서를 쓰려던 다니가와는 바로 미조로기에게 불려갔다.

"자네, 히다카 아유미를 심문해봐."

"제가…… 말입니까?"

"그렇다, 해봐. 보좌역으로 데라오를 붙여주지."

지명된 다니가와보다도 뒤에서 듣고 있던 파트너 닛타가 흥분했다. 엄청난 발탁이다. 상대는 미네 마이코 살해 사건의 최고 유력 용의자이다. 이 심문이 수사의 승부를 확실히 가를 것이다.

그 제안은 미조로기에겐 도박이었다.

다니가와는 결코 요령 좋은 남자는 아니다. 심문 경험은 오로지 관할 시절 좀도둑을 상대한 것뿐, 중요 사건의 심문 테크닉 따위는 없는 거나 마찬가지이다. 심문이라면 지금 기타를 심문하고 있는 데라오에게 맞설 자가 없었고, 데라오라면 단시간의 아수라장도 진력이 날 만큼 밟아왔다. 그 냉철한 내면에는 들어갈 수도 없지만,

'자백받기'에 대한 집요함은 실제 미조로기도 혀를 내두를 정도이다. 신출내기 여경이 기타의 진술 이면을 완전히 밝혀내는 바람에, 아마도 임관 이래 첫 번째 좌절을 맛보았겠지만 그런 때야말로 녀석은 해낼 것이다. 미조로기는 그렇게 생각하고 데라오의 투입을 결정했다.

그러나 아유미의 연행 상황을 듣는 동안 미조로기는 심문 스태프를 변경하기로 마음먹었다.

아유미는 이제 모든 것을 말하기 위해 여기에 왔다. 그런 느낌이 들었다.

그렇다면 '자백받기'는 필요 없다. 필요한 것은 '환경'이다. 미조로기는 가만히 있어도 상냥함과 성실함이 배어나오는 다니가와야말로 아유미를 심문할 적임자로 보였다.

"자연스럽게 해."

다니가와를 보낸 미조로기는 자신의 지휘에 만족하며 콧수염을 문지르면서 숨을 크게 내뱉었다.

2

역시 다니가와에게 호감을 품고 있었는지 조사실에 그 온화한 얼굴이 보이자 아유미는 안심한 듯한 표정을 지어 보였다.

"다니가와 씨…… 였죠?"

아유미 쪽에서 말을 걸어왔다.

"네."

다니가와는 정면에 앉아, 아유미의 얼굴을 바라보았다.

사진보다 훨씬 살이 오른 느낌이지만, 나이가 먹어 둥글어진 평범한 일상을 연상시키는 게 아니라 부은 데다 피부의 윤기도 없어 보였다. 한마디로 말하면 답답한 생활에 찌들어 여성성을 한 꺼풀 덮어버린 듯한 얼굴이었다.

하지만 힘껏 웃음을 지어 보이려 애쓰고 있다. 그것은 사람을 대할 때의 의무라기보다는 자기 자신을 격려한다고 할지, 조금이라도 부드러운 태도를 유지하고 싶다는 희망의 표현으로 보였다. 방에는 두 사람 외에 조서를 쓰는 내근과 연락 담당 직원, 아유미의 대각선 뒤로는 긴장한 표정의 데라오가 벽에 기대어 팔짱을 끼고 있었다. 그러나 아유미는 조사실 특유의 무거운 공기에 위축된 것 같지 않았다. 조용하면서도 아무것도 두려워하지 않는 침착한 태도이다.

미조로기가 심문 방법은 전부 맡기겠다고 말했다.

다니가와는 말을 고르지 않고 입을 열었다.

"십오 년 전, 미네 마이코 씨가 살해된 사건에 대해 묻고 싶은 것이 있습니다."

벽 쪽의 데라오가 흠칫 놀라 다니가와를 쳐다보았다.

다니가와가 내뱉은 말이 오늘 아침 기타에게 던진 자신의 첫마디와 매우 닮았기 때문이었다.

데라오는 기타를 흔들 가장 효과적인 카드로 그 말을 썼다. 하지만 다니가와는 채찍을 만지작거릴 생각도 없이, 처음부터 진심으로 승부를 거는 것 같다. 그러니까 심문 전체를 내다보고 내뱉은 대사가 아니다. 그런 다니가와의 무대책이 이미 한계에 이르러 끊어져 버린 데라오의 신경을 뾰족한 손톱으로 마구 긁어댔다.

— 이래서는 심문이 되지 않아.

제 차례가 머지않았다. 초조한 가운데 데라오는 그렇게 생각했다.

예상대로라고 할지 갑자기 본론을 추궁당한 아유미는 얼굴에서 웃음기를 지우더니 당황스러운 듯 몇 번이고 눈을 깜빡였다.

"들려주시지 않겠습니까?"

다니가와는 다시 한 번 정중히 말했다. 달리 할 말이 떠오르지 않았다. 아유미가 고개를 숙였고, 다니가와는 머릿속이 하얗게 변해 갔다.

데라오는 속으로 비명을 질렀다.

— 판사도 아닌 주제에 그런 얼빠진 질문은 집어치워!

"부탁입니다. 들려주십시오."

"……."

아유미는 대답하지 않고 경련하듯이 찔끔찔끔 계속해서 눈을 깜빡였다.

다니가와는 이 자리에서 도망치고 싶은 기분이었다. 수색할 때는 확신이 들었는데 지금은 아유미의 심정이 보이지 않았다. 모든 것을 이야기하기 위해 이곳에 왔다는 아유미를 주저하게 만드는 것이 무엇인지 알 수 없었다.

— 가르쳐주십시오.

다니가와는 기도하는 심정을 눈동자에 담았다.

아유미가 그 눈동자를 살폈고, 이윽고 고통스러운 듯이 말했다.

"다치바나 군…… 다치바나 씨도 여기에 불려왔나요?"

순간 방 안 공기가 얼어붙었다. 데라오가 벽에서 등을 떼고, 말하지 말라는 듯 다니가와에게 손짓한다.

"네, 와 있습니다."

다니가와는 아유미의 눈을 똑바로 보며 말했다.

데라오가 경탄과 분노가 뒤섞인 얼굴을 내밀었다.

"그래서?"

아유미는 빠른 말투로 물었다.

"다치바나 씨는 뭐라고 하셨어요?"

"아니, 사건에 대해서는 아무 말도 하지 않습니다."

참다 못한 데라오가 '어이' 하고 말을 걸었다.

사건의 용의자, 아니 단순한 참고인에게라도 관련 수사의 상황을 말하는 것은 당치도 않다. 전술상 살짝 드러낼 수 있을지는 몰라도 질문을 받는 족족 형사가 대답해버리면 피의자가 지금 자신이 놓인 입장을 알아차리고 발뺌하거나 묵비의 근거로 이용할지도 모른다. 완벽히 비밀을 지켜 그 안에서 어떻게든 피의자를 고립시키는 것이 심문의 철칙이다.

그 철칙을 다니가와가 깨버렸다. 게다가 다치바나와 공범 관계인 아유미에 대해서 '다치바나는 아직 자백하지 않았다'라고 폭로해버렸다. 돌이킬 수 없는 실수를 저질렀다.

다니가와의 얼굴은 상기되어 목까지 새빨갛다.

―안 돼, 정신 못 차리고 있잖아.

데라오는 벽에서 멀어졌다. 심문 교대를 결심했다. 아무리 미조로기의 명이라고 해도 먹이를 빤히 눈앞에 두고 놓칠 수는 없다. 일단 아유미가 자백하지 않으면, 그것은 즉 미네 마이코 사건 수사의 종언을 의미한다.

데라오는 빠른 걸음으로 다니가와의 옆으로 돌아 등을 톡 하고 두드렸다. 그러자 다니가와가 손으로 제지한다. '기다려주십시오'라고 하는 것 같다.

―이 자식이……?

다니가와는 아유미를 똑바로 응시하고 있다. 데라오도 아유미에게 얼굴을 돌렸다가 깜짝 놀라 숨을 삼켰다.

아유미의 얼굴에 한 줄기 눈물이 흘렀다.

입술이 가늘게 떨리고 당장에라도 결심을 하고 행동에 옮길 듯 보였다.

―설마 불어버릴 생각인가?

데라오의 위가 수축했다.

아유미의 몸에서 스르륵 힘이 빠져나가는 것을 옆에서 봐도 알 수 있었다.

"죄송했……습니다."

꺼져 들어가는 듯한 목소리였다.

"다치바나 씨는 관계없어요……. 제가……."

다니가와는 이어지는 말을 기다렸다.

데라오는 무의식중에 마음속에서 소리쳤다.

— 말하지 마!

"제가…… 미네 마이코 선생님을 죽였습니다."

순간 격렬한 구토감이 데라오를 덮쳤다. 양손으로 입을 누르고 '우엑!' 하고 한 마디 흘리고는 배를 끌어안고 비틀비틀 문으로 걸어갔다. 그대로 문을 박차고 나간 다음, 몇몇 놀라는 사람들을 냅다 밀치고 형사과를 단숨에 가로질러 나가서 바로 옆의 화장실로 뛰어 들어갔다. 아무것도 저장한 것 없는 위가 세차게 경련하며 세면대에 몇 번이나 노란 액체를 쏟아냈다. 몸을 수직으로 꺾고, '제기랄! ……제기랄!' 하며 신음을 흘리는 남자의 일그러진 얼굴이 금이 간 거울에 비쳤다. 형사직에 있으면서 자백하지 말기를 바란 남자의 얼굴은 토해도, 토해도 일그러진 그대로였다.

조사실은 조용했다.

아유미는 가방 안을 더듬었다.

꺼낸 것은 소형 녹음기였다.

"들어주세요."

다니가와는 묵묵히 그것을 받아들고 아유미를 보았다.

"뭡니까?"

"들어보면 전부 아실 거예요."

아유미의 눈에 힘이 들어가 있었다. 다니가와는 가볍게 고개를 끄덕인 뒤, 녹음기를 책상 위에 놓고 재생 버튼을 눌렀다.

지지지 하고 테이프 돌아가는 소리가 들렸다. 그것이 십오 년을 거슬러 올라가는 소리라고는 누구도 생각지 못했다.

갑자기 테이프에서 여자 목소리가 나왔다.

"정말 이제는 용서해주세요."

아유미의 목소리가 틀림없었다. 조금 있다가 다른 여자의 목소리가 들렸다.

"또 남자 때문이야?"

"이제 정말 이런 짓은 싫어요."

"후훗…… 거짓말은. 아유미 씨도 언제나 즐기면서."

"아니에요, 정말로 아니에요. 제발, 이젠 좀 봐주……."

"남자 따위, 제멋대로일 뿐이야. 금방 버림받을 거야, 응?"

"……싫어."

"음…… 후훗…… 으음…… 음, 어때, 응?"

"그만…… 그만!"

콰당.

"으악……."

콰당.

"선생님…… 미네 선생님…… 미네…… 아앗!"

"여보세요, 다치바나 군……. 나, 나……. 도와줘, 도와줘!"

"나, 나…… 미네 선생님이 죽어버렸어, 아아…… 어떻게 어떻게 하지……."

"교장실에서…… 밀쳤어. 그랬더니 머리를 부딪쳐서……."

"못 해, 그런 거……."

"무리야, 금고 같은 걸 어떻게 열어……."

"그래도, 금고에 넣으라니……."

찰칵 하고 재생 버튼이 튀어오르고 테이프가 멈췄다.

다니가와는 아무 말도 할 수 없었다.

범행 시의 대화가 녹음되어 있었다.

마이코가 교장실에서 아유미에게 관계를 강요했고, 참다 못한 아유미가 소파에서 밀쳤다. 운이 나빴는지 마이코가 무언가에 부딪쳐서 죽어버렸다. 당황한 아유미는 다치바나에게 전화를 걸었다…….

모든 것이 테이프에 극명하게 담겨 있었다. 전화 내용으로 보아 다치바나가 시체를 금고에 감추라고 조언했던 것이 명백하다.

마이코의 목소리는 요염했고, 그러면서도 위압적이었다. 그에 비해 아유미는 얼마나 비참한가. 거절하는 목소리도 꺼져드는 듯했고 다치바나에게 전화를 하고 난 다음부터는 내내 울먹이는 목소리였다.

다니가와에게는 너무 생생했다. 막 귀에 들어온 두 여자의 목소리가 뇌리에 선명한 영상을 만들어갔다. 한편 그 영상과 눈앞의 아유미를 오버랩시키는 작업이 잘 되지 않았다. 테이프는 십오 년 전의 일을 지극히도 간단히 재생해 보였다. 그것이 너무나 싱거운 나머지 다니가와의 시간이나 세월에 대한 감각을 이상하게 만들어 피의자와 취조관이라는 현실적 관계마저 잊게 했다.

하지만 아유미는 자신이 피의자라는 현실을 확실히 인식하고 있고, 게다가 그러기를 간절히 바라는 얼굴이다.

"이거, 가네코 모키치가 녹음했어요."

묻지도 않았는데 아유미가 말하기 시작했다.

"그 남자는 몇 년 전부터 교장실이나 교무실, 탈의실, 교내의 온갖 장소에 도청기를 설치했어요. 도청이 취미였죠."

아마 다니가와가 처음으로 해야 할 질문의 대답일 것이다.

다니가와는 책상 쪽으로 몸을 내밀었다. 어딘가 아직 또렷해지지 않은 머릿속에서 질문을 짜냈다.

"밀쳤군요."

"네에" 하고 아유미는 고개를 깊이 끄덕이더니 말을 이었다. "미네 선생님이 책장에 심하게 머리를 부딪쳐서…… 꼼짝하지 않더라고요."

"그리고…… 다치바나에게 전화해서 그의 지시로 시체를 금고에 넣었다?"

"네. 시체를 금고에 감추고 서둘러 이타바시의 아파트로 돌아갔습니다."

"시간은? 아니, 처음 사건이 발생한 시각이 몇 시쯤이었습니까?"

"9시쯤이었어요. 아파트에 돌아간 건 10시쯤이었고요. 바로 다치바나 씨로부터 전화가 와서…… 밤중에 다쓰미 군이 전화를 걸면 미네 선생님인 척하라더군요. 못 하겠다고 대답했지만 우리 둘을 위해서 반드시 하라고 했어요. 시체는 어떻게든 처리한다면서. 다치바나 씨는 필사적이었습니다. 저를 위해서……."

아유미의 목소리가 잠겼다.

다니가와는 조용히 고개를 끄덕였다. 스스로도 느낄 만큼 흥분이 가라앉았다.

"그래서…… 아파트에서 전화를 기다렸군요."

아유미는 고개를 저으며 말했다.

"아뇨, 돌아와서 바로 배지를 떨어뜨린 사실을 알아차렸어요."

"배지?"

"네. 주머니에 있던 게 없어져서……. 정말 큰일이라고 생각했죠. 분명 그때 교장실에서 떨어뜨린 것 같았으니까요. 서둘러서 11시쯤

다시 학교로 돌아갔습니다."

"무슨 배지죠?"

"학생 배지예요."

아유미는 잠시 생각하더니 말을 이었다.

"분명 3학년 F반 거였는데. 낮에 시험 감독을 하러 F반에 갔을 때 교실 앞에서 주워서는 학생들에게 잃어버린 사람이 없는지 물었습니다. 하지만 아무도 대답이 없어서 그대로 주머니에 넣었거든요. 그걸 잃어버려서 당황했어요. 어쨌든 F반 아이들 모두 제가 배지를 갖고 있다는 걸 아니까요."

"그렇군요. 그래서?"

"학교에 도착해서 교문 인터폰으로 가네코를 불러냈습니다. 교무실 열쇠를 빌리려고 둘이서 수위실에 갔습니다. 그랬더니……."

아유미는 거기서 말을 끊고 책상의 녹음기를 쳐다보며 입술을 깨물었다.

"가네코가……."

아유미의 목소리가 떨렸다.

"그 남자가 카세트에 테이프를 넣어 스위치를 켰어요. 아까 들려드린 그 테이프였습니다. 그걸 제게 들려주더군요."

다니가와는 자세를 바로 했다. 그 후에 이어질 아유미의 말이 두려웠다.

"……입 다물어주겠다고 하면서 그 남자…… 저를……."

다니가와는 눈을 감았다.

캄캄한 세상에 아유미의 건조한 목소리가 울렸다.

"그 후에도 계속…… 몇 번이나…… 수위실에 불려가서 관계를 강요당했습니다."

―어떻게 된 일인가…….

다니가와는 눈을 떴다.

아유미의 경직된 얼굴이 눈에 들어왔다. 울고 있지는 않았다. 그 비참한 일로 운 것은 십오 년 전의 일이다.

"그 일…… 다치바나에게는?"

"그런……."

아유미는 입을 다물었다. 손을 목에 대고 세게 누르며 힘껏 참고 있었지만, 머지않아 주름투성이가 된 입가에서 희미한 오열이 새어 나왔다.

다니가와는 현기증을 느꼈다. 다치바나의 존재는……. 십오 년 전의 일이 아니라 '십오 년간의 일'이었다.

"죄송합니다. 대답하지 않으셔도 됩니다."

"아니……" 하고 아유미는 젖은 눈가를 훔치면서 얼굴을 들었다. "죄송합니다, 흐트러진 모습을 보여서. 차근차근 이야기할게요. 모키치와의 일은 다치바나 씨에게는 말할 수 없었습니다. 솔직히 지금은 이야기할 걸 그랬다고 생각합니다. 하지만 그때는 정말 무리였어요. 절대로 말할 수 없어서……. 그게 저는 괴롭고 고통스러워서……."

아유미는 다시 오열했다.

다니가와는 알아차렸다. 아유미는 알고 있었다. 십오 년이 지난 지금 시체를 유기한 것뿐인 다치바나가 죄를 추궁당할 이유가 없다는 것을. 그래서 '루팡'에 나타났다. 자신이 저지른 죄와 정면으로 마주하기 위해.

아유미는 다니가와의 미숙한 심문을 오히려 리드하듯이 모조리 털어놓았다. 모키치에게 몸도 마음도 찢겨 아파트에 돌아왔을 때, 될 대로 되라며 못 마시는 위스키를 석 잔이나 들이켜고 침대에 기어들어간 일, 다쓰미가 건 전화에 '마이코'를 연기하고는 울면서 웃음을 터뜨렸던 일, 협박에서 벗어나고자 모키치의 눈을 피해 테이프를 들고 나간 일…….

아유미의 진술은 가네코 모키치의 수상한 행동을 전부 해명했다. 모키치가 그날 밤 오전 0시의 순찰을 빠진 것은 바로 수위실에서 아유미를 유린했기 때문이다. 군대 무전기 같은 카세트는 도청에 썼다. 기타가 갖고 돌아간 테이프는 아마도 탈의실의 도청 녹음이며, 이불의 향수 냄새는 아유미의 참혹한 체험의 결과였다.

아유미는 또한 사건에 관련된 배경 수사에도 공헌했다. 지참한 몇 개의 테이프 속에는 교장인 미쓰데라와 마이코가 시험 답안을 주고받을 궁리를 하는 대화도 들어 있었다. 미쓰데라 — 마이코 — 오타 케이의 경로를 입증하는 근거가 되었다. 즉시 연락 담당 직원이 달려갔고 완강히 부인하던 미쓰데라도 결국 단념했다.

"케이의 성적이 나쁘다. 내가 봐줄 테니까. 그렇게 미네 선생님이 말을 해서……."

형사로부터 마이코와 케이의 레즈비언 관계를 알게 되자, "으으윽……" 하고 신음한 뒤 말문이 막혀 조사실 책상에 몇 번이고 이마를 찧었다. 역시 오타 케이는 미쓰데라의 친딸이 맞았다. 취조관은 직관적으로 깨닫고, 더는 다그치지 않았다.

그때 가네코 모키치의 소재를 쫓고 있던 형사 두 사람이 하치오지의 특별양호 양로원에 도착했다.

모키치는 내년에 여든을 맞이한다. 삼 년쯤 전부터 자리를 보전하고 누워 있다고 한다. 양로원 직원 말로는 심장이 너무 약해져서 이제 얼마 남지 않았다고 한다. 형사는 사정사정해서 면회 허가를 받아 침대 머리맡에서 아유미와의 일을 물었다. 모키치는 정말 기쁜 듯이 웃음을 지으며 정말 좋은 여자였다, 죽기 전에 다시 한 번 안아보고 싶다고 앙상한 몸에서 쥐어짜듯 말했다.

모든 것이 아유미의 진술대로였다.

아유미에 대한 심문은 다치바나와의 관계로 들어갔다.

"다치바나와는 언제부터 교제했습니까?"

다니가와도 아유미도 완전히 안정을 되찾았다. 서로 큰일을 끝낸 듯한 공통의 안도감 속에 있었다.

"우연이었어요, 정말."

아유미는 먼 곳을 응시하듯 바라보며 입을 열었다.

"제가 부임했을 때 다치바나 씨는 아직 2학년이었는데……. 우치사이와이초의 빌딩에 친구를 찾아갔다가 1층 로비를 걷고 있는데, '거기 밟지 마!' 하는 호통 소리가 들렸어요. 보니까 다치바나 군인

데 확실히 '청소중' 간판이 걸려 있어 저도 모르게 엉겁결에 사과했습니다."

"원래대로라면 아르바이트를 나무라야 하는데?"

"그렇죠."

아유미는 작게 웃었다.

"그래서 둘이 얼굴을 마주 보며 웃음을 터뜨렸죠. 어릴 때부터 매일 피아노 치는 게 전부였던지라, 뭐랄까 세상 물정을 하나도 몰랐거든요. 아르바이트 같은 건 한 적도 없었고, 학생 아르바이트라면 찻집이라든지 햄버거 가게라든지 그런 곳에서 적당히 즐기면서 하는 거라고 제멋대로 생각했죠. 그런데 그이는 전문가처럼 아래위로 작업복을 차려입고 로비를 열심히 쓱싹쓱싹 닦고 있는 거예요. 얼마간 그 모습을 바라보는 사이에 왠지 가슴이 뜨거워져서……."

다치바나 씨가 다치바나 군이 되고, 그이로 변했다. 성적이 나쁜 제자가 소중한 사람으로 변해가는 과정을 다니가와는 조용히 경청했다.

"몰래이긴 하지만 둘이서 자주 데이트를 했어요. 차를 마시거나 영화를 보거나. 작은 오토바이의 뒤에 타고……. 앗, 하지만 그런 일은 없었어요, 한 번도. 그이는 손도 잡지 않아요. 믿을 수 없으시죠?"

"아뇨."

"그때부터 그이가 커피든 식사든 뭐든 제몫까지 내는 거예요. 제 쪽이 훨씬 연상이고, 일단 상대는 학생이잖아요. 저도 낼 거라고 하면 엄청난 얼굴로 화를 내서……. 하지만 열심히 청소해서 그렇게 받은 돈으로 사주려는 마음이 참을 수 없이 기뻤어요."

"압니다."

"그리고……."

아유미는 다음 에피소드를 찾는 듯이 눈동자를 빙글 돌렸지만, 사고가 정체 상태에 빠진 듯 얼굴이 어두워졌다.

"그걸로 끝이에요……. 그날로 모든 것이 끝나버렸습니다."

다니가와는 책상 위의 녹음기에 시선을 떨어뜨렸다.

"사건 후 몇 번쯤 그이와 만났지만 저는 그저 혼란스러웠어요. 그이는 '괜찮다, 꼭 내가 지켜주겠다'라고 말했지만 가네코와의 관계를 그이에게 털어놓지 못해서 앞으로 어떻게 해야 좋을지 혼란스러웠어요. 이제 용서해달라고, 테이프를 버려달라고 가네코에게 몇 번이고 울며 사정했지만, 그때마다 오히려 관계를 강요당했고……. 절망적이었어요. 그런 상태여서 결국 제가 먼저 그이를 피하게 되었습니다. 만나는 게 고통스러웠으니까……. 정말정말 죽고 싶었어요."

"……."

"졸업한 후에도 그이가 아파트를 찾아와서, 큰맘을 먹고 이사했습니다. 학교도 그만두고 누구에게도 행선지를 말하지 않고……. 정말 지독한 짓을 했어요. 저를 위해 그런 일까지 해주었는데……. 제대로 이야기하면 될 것을……."

아유미는 다시 눈물을 보였다. 하지만 마음을 고쳐먹은 듯이 얼굴을 들어 억지로 웃음을 지었다.

"그이, 건강해요? 결혼은?"

"아직 독신입니다. 분명 당신을 잊지 못한 겁니다."

"……."

독신은 사실이지만 건강하다고 하면 거짓말이 된다. 다니가와는 거짓말을 하지 않는 대신에 지금 다치바나의 모습이 아유미를 계속 생각해왔다는 것을 증명한다고 나름대로 해석해서 말했다.

— 아니, 그런 게 틀림없어.

다니가와는 다치바나의 십오 년간을 생각했다.

살인이라는 궁극의 비밀을 공유한 두 사람은 더는 헤어질 수 없다, 아니, 헤어지지 않아도 된다고 생각했을 것이다. 그런데 모키치의 일 때문에 다치바나는 이유도 알지 못한 채 아유미를 잃었다. 아유미를 원망도 했을 것이다. 어떻게든 잊으려고 발버둥도 쳤을 것이다. 하지만 다치바나는 연정을 끊어내지 못한 채 혼자 비밀을 지키며 살아왔다. 부친의 자살이나 성실하게 일하던 아르바이트 일터에서 쫓겨난 일도 영향을 끼친 게 틀림없다. 사회의 흥청거림에 요령 좋게 편승하지 못하고, 가족도 친구도 버리고 그저 자기 안에 틀어박혀 살면서 자신을 계속 파괴해왔다.

결국 다치바나에게는 아유미뿐이었다. 아유미와의 비밀에 목숨을 바쳤다. 이름도 인격도 버리고 입을 닫아버린 사람들의 대열에 합류했다. 아유미에게 인생 그 자체를 바쳐서 비밀을 지켜낸 시간만이 다치바나에게 새겨져 있었다. 다치바나는 지나치게 순수했던 것이다.

그리고 아유미도 또한, 사건에 대한, 그리고 다치바나에 대한 마음을 지키면서 살았다. 취객을 상대로 피아노 연주를 들려주며 쓸쓸하게 쥐죽은 듯 살아왔을 것이다. 그러나 저지른 죄의 무게를 지워버리지 못했고 다치바나에 대한 정념도 끊어내지 못했다. 그래서 십오 년 후의 오늘을 '특별한 날'로 마음속에 정하고 맞이했다. 두 사람은 어쩔 수 없는 사정으로 각자의 길을 걸었지만 강한 인정과 도리에서 단 한 걸음도 밖으로 내딛지 못했다.

다니가와는 열 살 가까이나 연상인 아유미를, 그런 불운만 없었더라면 행복하게 나이를 먹었을 이 여자를, 힘껏 껴안아주고 싶은 충동이 일었다.

옆방에 다치바나 소이치가 있었다.

매직미러 너머로 아유미를 보고 있었다. 정말 오랫동안 지그시 바라보고 있었다.

마침내 다치바나가 '우오오!' 하고 짐승 같은 신음 소리를 냈다. 미러에 몸을 바싹 붙이고 뺨을 비비다가 바닥을 굴렀고, 그러더니 와락 엎드려 울었다.

취조관인 구루와는 용기 있게 몸을 들이미는 젊은 형사를 제지했다.

"그냥 내버려둬, 이제 됐잖아."

어깨를 들썩이던 다치바나가 눈물과 콧물로 엉망이 된 얼굴을 들었다.

"선생님이 좋아서……. 너무 좋아서……."

소년 같은 목소리였다.

"어떻게도 할 수 없이 좋아서……. 그래서, 그래서……."

다치바나는 떨리는 손가락을 미러에 대고 그곳에 비치는 아유미의 윤곽을 더듬었다.

구루와도 코 막힌 소리를 냈다.

"그래…… 잘 참았어."

구루와도 다치바나의 십오 년을 바라보고 있었다. 완고하게 입을 닫아온 길고 긴 시간. 일본이, 세계가 소리를 내며 움직였지만, 다치바나는 혼자 멈춘 시간 속에 웅크리고 있었다. 너무나 가여웠다.

구루와에게 기대는 듯한 심정으로 다치바나는 띄엄띄엄 사건 당일 밤의 일을 털어놓았다.

기타, 다쓰미 두 사람과 헤어진 다음, 교장실에 다시 돌아간 일. 금고에서 마이코의 시체를 끌어내어 교무실 창문에서 던져 떨어뜨린 일. 옥상에 올라가 마이코의 하이힐을 가지런히 놓고 안에다 훔친 '유서'를 넣은 일…….

이야기를 마치자 누더기를 두른 다치바나의 몸은 책상 위로 무너져, 그대로 깊은 잠에 빠져들었다. 저주가 풀린 듯, 안심한 표정이었다. 구루와는 그 등에 담요를 덮고 상냥하게 쓰다듬었다.

"이제 어머니 품에 가는 거다."

시계 소리만이 조사실 안에 남았다. 시곗바늘은 10시 50분을 가리키고 있었다.

3

"끝났군."

보고를 받은 미조로기가 나직이 말했다.

'끝'에는 두 가지 의미가 포함되어 있다.

물론 하나는 사건 전모의 해명이다. 주범은 히다카 아유미이고, 다치바나 소이치가 시체를 유기한 공범이었다. 하지만 그것은 사건 성립이 되지 않는다. 왜냐하면 이미 시효가 끝났기 때문이다. 그 시효 완성이 미조로기가 말한 '끝'의 또 다른 의미였다.

사건의 경위는 이러했다.

아유미와 다치바나의 전면 자백에 의해 사건 발생 시각은 쇼와 50년(1975년) 12월 9일 오후 9시경으로 판명되었다. 그렇다면 시효 성립은 십오 년 후인 오늘 9일 오전 0시이고, 이미 그로부터 스물세 시간 가까이 경과해버렸다. 살인이 세 시간 늦어져 오전 0시가 지나 실행되었다면 시효는 하루가 통째로 늘어나 수사원의 노력도 보상받을 것이다.

그러나 아유미와 다치바나의 진술은 완전히 일치했고 상황적으로도 모순은 없었다. 범행은 오후 9시 전후에 이뤄졌고, 시효는 끝났다.

4층 수사대책실에는 맥 빠진 남자들의 얼굴이 늘어서 있었다. 헛수고를 각오하고 수사에 착수했고, 시간과의 싸움에서 처음부터 시간에 졌다는 것을 알고 있었다. 턱을 괴고 멍하니 있는 사람, 털썩 주저앉아 고개를 숙인 사람, 흩어진 조서의 복사본을 노려보는 사람……. 범인 체포라는 정상을 향해 정신없이 뛰어 올라왔지만, 막판에 사다리가 갑자기 치워졌다. 방을 뒤덮고 있던 긴장감이 단번에 붕괴되어 다들 공허한 마음에 사로잡혔다.

—축제가 끝난 후라는 건가.

미조로기는 방을 둘러보며 생각했다.

그러나 비록 시효 완성 이전의 사건이었다고 해도 살인을 입증하기는 어려웠다. 아유미에게 살의는 없었다. 집요하게 관계를 요구하는 마이코를 반사적으로 밀쳤을 뿐이다. 그렇다면 법적으로는 상해치사이다. 싸우던 상대를 실수로 죽게 만든, 그런 흔한 사건으로 처리되는 케이스였다. 다치바나도 사건 발생 후에 공범자가 되었고, 죄상은 사체 유기뿐이다. 두 사람의 죄는 이미 십오 년이 지나 시효가 끝났다.

요컨대 어느 쪽으로 구르건 누구 팔에도 수갑을 채울 수 없는 사건이었다는 말이다.

수사원이 한 사람, 두 사람씩 일어나 서류 정리를 시작했다. 내근 직원들 역시 속속 자리에서 일어나 테이블이나 의자, 전화기 정리를 위해 움직였다.

미조로기는 느긋한 동작으로 이날 처음으로 담배를 꺼냈다. 의사가 경고했지만 사건이 성립했을 때나 실패했을 때 딱 한 개비만 피운다. 미조로기는 주머니에서 라이터를 더듬거리다가 갑자기 손을 멈췄다.

썰물이 빠지듯이 움직이기 시작한 수사원 속에서, 단 한 사람 움직이지 않는 이가 있었다.

감식 담당인 야나세 지사쿠이다. 트레이드마크인 검은 토시를 낀 채 팔짱을 꽉 끼고, 험악한 표정으로 정면 벽을 노려보고 있다.

미조로기는 라이터를 담배로 가져갔지만, 여전히 불을 붙이지 않고 야나세를 바라보았다. 마음에 걸리기 시작하면 어떻게 해도 침착할 수 없다. 사건은 날려먹었지만 마지막 한 개비 정도는 마음을 흩뜨리지 않고 맛보고 싶었다. 그렇게 생각했다.

"야나 씨, 왜 그래?"

야나세는 대답하지 않았다.

"어이, 야나 씨……."

"계장님!"

갑자기 야나세가 큰 소리를 질렀다. 수사원이 일제히 시선을 돌렸다.

"끝나지 않았습니다, 이 사건!"

"뭐, 뭐라고?"

야나세는 이를 드러내 보였다.

"마이코의 시체를 교무실에서 던져버렸다고 다치바나가 불었죠?"

"그랬지."

"교무실은 2층입니다."

"맞아, 2층이야."

"그러면 그 시체의 몸 전체에 있던 타박상은 어떻게 설명해야 할까요? 아유미는 밀쳤을 뿐이니 상처는 한두 군데밖에 나지 않죠. 다치바나는 던졌다지만 옥상이 아니라 2층 교무실이니까 그렇게 심한 타박상을 입을 리 없어요. 감찰의가 옥상에서 떨어진 것으로 잘못 볼 리도 없잖습니까."

"오옷……."

미조로기가 무의식중에 라이터를 켜는 바람에 불이 화르륵 올라와 콧수염을 곱슬곱슬하게 그을렸다.

"가만, 중요한 것은 이제부터야. 감찰의는 경추골절과 뇌좌상이 직접 사인이라고 했지만, 전신 타박도 소견에 있었어. 즉 타박상에도 생활 반응이 있었기 때문에, 사망한 시각은 타박상을 입음과 동시라는 건데, 문제는 아유미도 다치바나도 타박상을 주지 않았다는 말 아닌가. 그렇다는 것은……."

방에 일순 정적이 흘렀다.

"아유미는 죽였다고 생각했지만, 웬걸, 마이코는 살아 있었다. 다치바나는 시체를 던졌다고 생각했지만, 그때도 역시 마이코는 살아 있었다. 타박상을 입은 것은 그 후, 즉 아유미나 다치바나가 죽이지 않았다. 이런 결론이 나지 않습니까?"

갑자기 떠들썩해졌다.

"살아 있었다……. 아유미가 아니다……."

중얼거리는 미조로기에게 야나세가 물고 늘어졌다.

"아유미와 다치바나가 강한 전신 타박을 주지 않은 이상, 그렇게 생각할 수밖에 없습니다. 이를테면 마이코는 아유미에게 밀쳐져 머리를 부딪치고 실신했다. 금고 안에서 산소 결핍에 빠졌지만, 그래도 가사 상태가 되어 마이코는 죽지 않았다. 두 사람은 너무 놀라서 살아 있다는 걸 깨닫지 못했다. 그리고 그 후 누군가가 전신 타박을 가했다. 즉 죽였다!"

야나세는 큰 소리로 단언했다.

그때, 감식계의 젊은 서원이 쭈뼛쭈뼛 미조로기의 앞에 섰다. 야나세는 언제나 '사건은 감식이 가져다주는 선물이다'라고 배우고 있는 신인이다.

"또 한 가지, 살아 있었다고 생각되는 근거가 있습니다."

"말해봐!"

미조로기와 야나세가 동시에 소리쳤다.

"사후경직입니다."

신인은 홍조 띤 얼굴로 말했다.

"개인차도 있습니다만, 사후경직은 통상, 사망으로부터 서너 시간 후에 시작됩니다. 범행은 9시, 다치바나나 기타가 금고에서 마이코를 발견한 시각이 오전 2시 40분이니 사건 발생으로부터 여섯 시간 가까이 흘렀습니다. 그러나……."

신인은 너덜너덜해진 진술 조서의 복사본을 가리켰다.

“여깁니다. 기타는 마이코의 몸이 구부정하게 꺾여 있었다고 진술했습니다. 마이코는 경직되지 않았습니다.”

“살아 있었기 때문이야!”

야나세가 고함치며 신인의 머리카락을 마구 쓰다듬었다.

“정리 중지!”

미조로기는 담배를 뱉어버렸다.

“오토모! 몇 명을 얼른 학교로 보내!”

“넷!”

“아직 금고가 있을지도 몰라. 마이코가 금고 안에서 일단 숨을 다시 쉬었다면, 어쩌면 안에 지문이…….”

거기까지 말하고 야나세를 보았다.

“보존 상태가 좋은 경우 이십 년 전의 지문도 채취한 적이 있습니다.”

“좋아, 바로 튀어가서 철저하게 금고를 조사하고 와!”

형사와 감식 담당 몇 명이 바람을 일으키며 뛰어나갔다. 오토모는 소홀함이 없다. 학교가 위탁한 경비회사에 전화를 걸어 급히 학교로 향하도록 요청하고 있다.

오후 11시 5분.

미조로기는 자신의 머리를 세게 두드렸다.

—금고다, 금고. 어째서 좀더 빨리 눈치채지 못했을까!

수사보고서의 알맹이는 검증했지만, 역시 선입관이 있었다. 십오 년 전의 사건 수사에 물증 따위가 있을 수 없다고, 오로지 관계자의 진술로 사건을 지탱할 수밖에 없다고 생각했다. 시체가 금고에서 굴러 나왔다고 기타가 진술한 시점에서, 당연히 지휘관으로서 현장 검증을 지시했어야만 했다.

하지만 반성할 시간 따위 없었다.

다치바나가 학교에 되돌아가서 마이코를 던져버린 시각은 오전 3시 반이 넘어서이다. 그때 마이코는 아직 살아 있었다. 즉 시효는 완결되지 않았다. 게다가 마이코를 죽인 범인은 아유미가 아니라 따로 있다.

미조로기는 다시 한 번 손목시계에 눈길을 주었다.

11시 10분이다.

시효는 막판에 연장되었지만, 진짜 시효도 겨우 오십 분 후로 다가왔다.

미조로기는 눈을 감았다. 뇌는 지금, 대책실의 떠들썩함을 벗어나 '육각당'에 있다.

침착해.

범인은 누군가. 어디에 있나.

지금부터 찾으면 늦는다.

아니, 관계자는 전원 연행했다. 연행한 이들 중에 있다면……. 여기 서에 있으면 아직 승산이 있다.

11시 20분.

시곗바늘이 안달하는 사람처럼 보였다.

11시 반.

미조로기는 하나의 이름을 머리에 떠올리며 번쩍 눈을 떴다. 인왕仁王과 같은 얼굴이 스쳤다.

오토모가 그 얼굴을 살핀 다음, 지시를 기다렸다.

"오토모……."

"네."

전화벨이 갑자기 요란하게 울렸다.

오토모가 달려갔다. 금고를 조사하러 간 수사원으로부터 걸려온 급한 전화였다. 미조로기가 수화기를 잡아챘다.

"있었습니다! 금고의 안쪽에 남아 있던 지문 안에. 간이 감정입니다만, 당시 마이코의 시체로부터 채취한 것과 같은 지문이 상당수 보입니다!"

"그런가!"

"모든 지문은 장문掌紋과 함께 검출됐습니다. 정신이 없는 상태에서 안쪽의 벽을 민 것 같습니다."

서류를 넣고 빼면서 묻은 지문이 아니라는 말이다. 역시 마이코는 금고 안에서 일단 숨을 되돌렸다. 숨쉬기가 힘들었을 것이다, 무의식중에 내벽을 손으로 밀었지만 곧 가사 상태에 빠졌다. 만일 의식이 있었다면 당연히 공포에 질려, 열 손가락의 손톱이 전부 부러져 피투성이가 되었을 것이다.

"수고!"

미조로기는 시원시원하게 말했다. 하지만 전화의 흥분한 목소리는 끊어지지 않았다.

"계장님, 그뿐만이 아닙니다. 지문 외에 어처구니없는 사실을 알았습니다."

"뭐야?"

"금고 속에 같은 색 철판이 끼워져 있어, 뭐랄까 내벽이 이중 구조로 이뤄져 있습니다. 그것을 벗겼더니 철판 뒤쪽에 작은 종잇조각이 붙어 있는데……."

금고 안의 안쪽 벽에 널빤지가 끼워져 그 위에 철판이 덮여 있고, 원래 벽과의 사이에 2, 3센티미터의 틈이 생겨 있었다. 철판에는 금고 안과 같은 색깔로 교묘하게 도장이 되어 수사원도 내벽을 두드려보고 나서야 비로소 빈틈을 알아차렸다고 한다. 그리고 그 안에서 종잇조각이 나왔다.

"무슨 종잇조각인가?"

"모르겠습니다. 다만……."

"다만 뭐야? 똑똑히 말해!"

"어쩌면, 지폐의 일부, 찢어진 부분일지도 모릅니다. 금고 안의 녹이 묻어 있어서 잘은 보이지 않지만, 지폐 넘버의 앞부분에 붙은 알파벳 문자가 두 개……."

"기다려!" 하고 미조로기는 명했다. "내가 말하지, 알파벳은 X와 F."

"마, 맞습니다! XF!"

"알았다! 수고!"

11시 35분.

미조로기는 수화기를 내팽개치고, 무선계無線係의 내근 직원을 향해 소리쳤다.

"영장 준비해!"

"누, 누구 거…… 말씀입니까?"

"우쓰미 가즈야다. 용의는 살인. 서둘러!"

"하지만……."

오토모가 우물거렸다.

"말한 대로 해! 그리고, 가스카와 검사에게 전화해서 예정대로 동반해주십사 전해둬!"

후려갈기듯 말하고 미조로기는 방을 나갔다. 무선계가 도움을 구하는 듯이 오토모에게 시선을 보냈고, 그가 고개짓하는 것을 보고 허둥지둥 마이크로 다시 향했다.

"긴급 영장을 청구한다. 피의자는 우쓰미 가즈야. 한자는, 내외할 때 내 자에, 바다 해 자!"

이럴 때를 대비해 서에서 가장 가까운 판사 자택 앞에 수사원의 차를 대기시켜 놓았다. '내주지 않는 도미오카富岡'라는 별명을 가진 깐깐한 판사이지만, 미조로기와는 한 달에 한 번 수영 코스에서 만나 낯이 익다. 게다가 미조로기에게 배영 기술을 전수받은 빚이 있다. 체포영장 신청서에서 '사법경찰원경부 미조로기 요시토'라는 이름을 보면 반드시 체포허가를 '내준다.'

그렇게 전해듣고 서에서 나가 기다린 지 다섯 시간. 그 수사원도 일순, 자신의 귀를 의심했다. 하지만 분명히 체포영장 청구의 지령이다. 허둥지둥 펜을 들어 지렁이가 기어가는 글씨로 우쓰미의 이름을 써넣고는 모퉁이의 판사 집을 향해 굴러가듯이 어두운 밤길을 달렸다.

4

미조로기는 방범과 조사실 앞에 섰다.

문 저편에 우쓰미가 있다.

삼억 엔 사건 때와 똑같다. 두 사람은 다시 시효 만료 직전에 대치하게 되었다.

미조로기는 콧수염을 정돈한 후 양손으로 얼굴을 찰싹 때리고 문을 열었다. 조사실 특유의 곰팡내와 함께 우쓰미가 얼굴을 휙 돌아보면서 서로의 시선이 얽혔다. 미조로기는 딱딱했고, 우쓰미는 부드러웠다.

11시 40분.

앞으로 이십 분 후면 시효가 끝난다.

그러나 신기하게도 미조로기의 마음은 고요했다.

우쓰미의 세상 이야기에 입을 닫고 있던 취조관이 재빨리 일어나 자리를 내준다. 하지만 미조로기는 그곳에 앉지 않고, 우쓰미 옆으로 돌아가 책상에 양손을 짚었다.

"너지, 우쓰미."

"반말입니까?"

우쓰미는 맑은 눈을 하고 있었다. 한 점 흐린 데가 없다. 십오 년 전도 그러했다.

하지만 결백해서가 아니다.

미조로기는 그렇게 생각했다. 그리고 우쓰미라는 남자의 정체를 지금이야말로 확실히 알겠다는 느낌이 들었다.

"그냥 들어. 내 이야기를 십 분만 가만히 듣는 거야. 그리고 네게 마지막 십 분을 주겠다. 그걸로 모든 게 끝이다."

우쓰미는 고개를 약간 갸우뚱했지만 '좋습니다' 하고 대답하고는 둥근 안경을 벗었다.

미조로기는 크게 고개를 끄덕이고는 담담한 어조로 말하기 시작했다.

"오늘 네가 나타났을 때부터 나는 계속 생각했다. 어째서 네가 뻔뻔스레 찾아왔는지. 오키나와에서 일부러 비행기를 타고, 게다가, 곧바로 여기로 왔지. 어째서일까? 대답은 하나. 미네 마이코의 죽음이 살인이라는 것을 알고 있었다. 아니, 네가 마이코를 죽인 범인이기 때문이다."

우쓰미는 묵묵히 안경을 닦을 뿐이었다.

"조금 오래된 이야기를 해볼까."

미조로기는 책상에서 손을 떼고 말했다.

"삼억 엔 사건……. 그것도 네 짓이었다. 하지만 십오 년 전 그날 밤, 나는 네게 손끝 하나 건드릴 수 없었다. 내밀 수 있는 증거가 없다 보니 눈앞에 있던 너를 어이없이 풀어주었지. 그때의 시보, 기억하고 있나?"

우쓰미는 대답하지 않고, 안경에 김을 불어넣었다.

"그 시보, 잊을 수 없을 거다. 몇백, 몇천 명의 형사들을 이기고 공식적으로 자유의 몸이 된 그 시보 말이다. 너는 그때의 짜릿한 쾌감을 잊을 수 없었어. 그래서 오늘, 경찰에서 널 찾고 있다는 이야기를 듣고, 어쩔 줄 몰라 하며 여기로 찾아왔지. 십오 년 전의 쾌감을 다시 한 번 맛보고 싶어서. 일도 순조롭고 돈도 생겼지. 하지만 너는 성에 차지 않았어. 무엇을 어떻게 해도 그 삼억 엔 같은 스릴은 맛볼 수 없었으니까. 그래서 여기로 왔다. 그 시보를 다시 한 번 듣기 위해서 말이야."

우쓰미는 손목시계에 시선을 떨어뜨리고 안경을 고쳐 쓴 다음 얼굴을 들어 지긋이 미조로기의 눈을 쳐다보았다.

"그러면 본론으로 들어간다."

미조로기는 억양이 없는 목소리로 말했다.

"미네 마이코 사건이다. 십오 년 전 그날 밤, 내가 루팡에 들어갔을 때, 너는 가게에 있던 다쓰미와 다치바나에게 열쇠를 맡겼어. 나는 못 보고 놓쳤지만, 그것은 교장실의 낡은 금고 열쇠였다. 너는 삼억 엔 사건을 성공시킨 다음, 아니 그전일지도 모르지만, 밤중에 교장실에 숨어들어서는 금고를 이중벽으로 개조하고 여벌 열쇠도 만들었어. 삼억 엔 사건 때 오토바이를 경찰 오토바이로 변신시킨 전력도 있으니, 도장도 개조도 식은 죽 먹기였겠지. 무엇보다도 너는 그 학교 졸업생이다. 내부 사정에도 정통하다. 그리고 탈취한 삼억 엔 중, 지폐의 넘버가 밝혀져 공개 수배된 오백 엔짜리 지폐 이천 장을 그 틈에 감추었어."

우쓰미가 '훗!' 하고 웃었다.

미조로기는 개의치 않고 계속했다.

"삼억 엔 사건의 시효가 종료되었다. 너는 무죄로 방면되었고 가게에 돌아와 다쓰미에게 열쇠를 받아들었지. 그리고 예정대로 의기양양하게 오백 엔 지폐 다발을 가지러 학교로 향했어. 그런데 말이야, 학교에서 의외의 사건과 맞닥뜨린 거야. 교무실에 숨어든 너는 다치바나가 금고에서 마이코를 끌어내어 2층 창문에서 던져버리는 장면을 목격했어. 그리고 자살 위장 공작도 말이지. 너는 다치바나가 간 다음 수풀에 들어갔고, 마이코가 여전히 숨이 붙어 있다는 것을 알았지. 너는 다치바나의 계획을 완성시키기로 했어. 마이코를 짊어지고 옥상에 올라가, 유서와 구두가 있는 곳에서 던져 떨어뜨렸다. 어때, 내가 말하는 것과 다른 점이 있나?"

질문을 받은 우쓰미는 손목시계에 눈길을 주었다.

11시 51분.

약속한 십 분이 넘었다. 웃음이 터져나올 듯한 우쓰미의 입술이 움직였다.

"뭔가 증거라도 있습니까?"

십오 년 전과 똑같이 말했다.

미조로기는 그러나, 십오 년 전과 달리 '있다'라고 대답했다.

"금고의 이중 벽 철판 뒷면에 종잇조각이 붙어 있었지."

우쓰미는 입술을 꽉 다물었다.

"종잇조각?"

"지폐의 일부다. 넘버는 XF……. 다음은 말하지 않아도 알겠지, 우쓰미."

"……."

"XF22701……. 녹이 묻어 있지만, 옛날과 달리 경찰 수사도 나날이 기술이 발전해서 금세 넘버 조회가 가능하다. 아마 지폐에 묻은 지문도."

"미조로기 씨" 하고 작게 말하더니, 우쓰미는 또다시 둥근 안경을 벗었다. "그게 증거란 겁니까."

"오백 엔짜리 지폐를 꺼낼 때 실수했다는 거다."

"미조로기 씨."

우쓰미는 이번엔 말투를 강하게 내뱉었다.

"그것은 이미 시효가 지난 삼억 엔 사건의 증거가 될지는 모릅니다. 그러나 오늘 떠들썩했던 교사 살인의 증거는 되지 않잖습니까? 게다가 고등학교 금고에 돈을 감추다니, 이야기는 재미있지만 너무 허무맹랑하지 않습니까?"

우쓰미의 입술 끝에 웃음이 돌아왔다.

미조로기는 다시 책상에 양손을 짚고 우쓰미에게 얼굴을 들이밀었다.

"나도 처음엔 그렇게 생각했어. 하지만 실제로 그곳만큼 안전하게 감출 수 있는 장소도 없더군. 그 금고는 새로운 것을 장만한 다음부터 거의 쓰이지 않았어. 시험지 남은 것을 넣는 용도 외에는 쓸데도 없이 교장실에 장식물로 놓였지. 그러나 너희 1회 졸업생이 기증한 소중한 기념품이니 이동시키거나 폐기될 일도 없었어. 게다가 학교와 네 아파트는 가까우니까 감시하기도 좋고. 어때?"

우쓰미는 '말도 안 돼'라고 일축하며 얼굴을 들었다.

"그 외에도 몇 가지 의문이 있습니다. 만일 말이죠, 만일 제가 삼억 엔 사건의 범인이라고 치면, 어째서 증거가 될 만한 오백 엔짜리 지폐를 소중히 갖고 있었겠습니까? 자유롭게 쓸 수 있는 일만 엔짜리 지폐가 넘칠 만큼 있는데."

미조로기는 즉시 대답했다.

"너는 자신이 그 사건을 저질렀다는 증거를 간직하고 싶었던 거야. 불태워버리면 누구의 범행인지 그야말로 영원히 알 수 없게 되어버리거든. 나는 말이지, 지금도 네가 어딘가에 오백 엔짜리 지폐를 감추고 있다고 생각한다."

"설마."

우쓰미는 코웃음 쳤지만, 강렬한 눈매로 미조로기를 쏘아보았다.

"그러면, 선생의 시체 건은 어떻습니까. 일부러 제가 여자를 메고 올라가 옥상에서 던진다? 무엇 때문에? 무관한 일로 살인범이 되어버리는데요. 미조로기 씨, 제가 정상이 아닌 겁니까?"

"정상이 아니야, 너는. 난 드디어 그걸 알아차렸다."

미조로기는 조사실 창문에서 보이는 도회의 야경에 눈길을 돌렸다. 곧 오전 0시인데도 이렇게 밝은 건 어떻게 된 일일까. 생활 사이클도, 사는 법도, 인간의 상식이나 마음까지 전부 정상이 아닌 것 같다는 생각이 들었다.

콰당!

차 부순다고 생각될 정도로 격렬하게 문이 열렸다.

안색이 바뀐 젊은 형사 두 사람이 꾸깃꾸깃한 종이를 손에 들고 있다. 미조로기는 그것을 낚아채서 주저하지 않고 펼쳐 우쓰미의 얼굴 바로 앞에 들이밀었다.

"우쓰미 가즈야. 미네 마이코 살해 용의로 체포한다. 즉시 조서를 작성한다. 변론할 것이 있으면 해봐."

오후 11시 57분, 체포영장 집행.

"웃기지 마!"

우쓰미는 의자를 쓰러뜨리며 일어났다. 사악함으로 가득 찬 눈빛을 드러내며 콧구멍을 팽팽하게 부풀리고는 미조로기의 멱살을 움켜쥐고 대들었다. 태도가 급변한 것이다.

"미조로기! 내 질문에 대답해! 어째서 내가 무관한 살인을 떠맡는 멍청한 짓을 했다는 거야!"

"소용없어."

미조로기도 우쓰미의 멱살을 움켜쥐었다.

"게임은 끝났다."

"끝나지 않았어, 대답해!"

난폭한 손길 몇몇이 우쓰미를 떼어놓으려고 달려들었다. 우쓰미의 굽은 손가락이 미조로기의 윗옷을 찢을 것처럼 할퀴다가 떨어져 갔다.

"대답해! 대답해……. 대답해줘……."

우쓰미는 바닥에 주저앉으면서 점점 목소리의 톤을 떨어뜨렸다. 그뿐만이 아니다. 올라탄 형사들 밑에서, 미조로기를 향해 손을 모으고 있는 게 아닌가.

"부탁해……. 부탁이니까 대답해줘……."

미조로기는 허리를 굽혔다.

"알았다. 가르쳐주지."

미조로기는 형사에게 눈짓을 해서, 우쓰미의 몸을 자유롭게 해주었다. 하지만 우쓰미는 그대로 바닥에서 일어나지 않았다. 꿈쩍 않고 미조로기의 말을 기다리고 있다.

"민사의 시효라는 거다."

미조로기는 조용히 말했다.

"삼억 엔 사건은 강도다. 형사 사건의 공소시효는 칠 년. 하지만 민사 시효는 이십 년이다. 즉 돈을 빼앗긴 은행은 그사이에 범인으로 판명되면 손해배상을 청구할 수 있다. 너는 그것을 알고 있었다. 그러면 어떻게 되지? 마이코가 살아나면 금고에 들어갔던 게 세상에 알려지고, 당연히 네가 만든 금고의 장치도 들킨다. 만에 하나, 삼억 엔 사건과 관련된 사실까지 알려지면 너는 은행에 삼억 엔, 아니 칠 년분의 이자까지 청구당하겠지. 다치바나가 어째서 자살을 위장했는지는 몰랐다. 하지만 네 입장에서도 마이코가 단순히 옥상에서 투신자살하는 편이 좋았던 거야."

우쓰미는 입을 열려고 했지만, 미조로기는 그것을 막듯 이야기를 계속했다.

"하지만, 그뿐만이 아니야. 동기 중 하나이긴 했지만, 그것만은 아냐. 나도 네가 오늘 뻔뻔스레 얼굴을 내밀지만 않았다면, 그게 동기의 전부라고 생각했을 거야. 그렇지만 아냐. 너는 그 이유만으로 마이코를 죽인 게 아니다. 제일 큰 동기는……."

미조로기는 크게 숨을 들이쉬었다. 우쓰미의 눈에 호기심의 빛이 떠올랐다.

"삼억 엔 사건이 끝나버린 공허한 마음을 채우기 위해서이다. 시효는 쾌감이었지만, 해방의 반작용처럼 허무함은 그 이상으로 컸어. 너는 그것을 새로운 범죄로, 그것도 살인이라는 최대급의 범죄로 메웠다. 그리고 십오 년이 지난 오늘, 길었던 비밀스러운 즐거움에 매듭을 짓고자 일부러 비행기로 날아온 거다."

우쓰미가 눈을 한 번 깜빡였다.

미조로기는 우쓰미의 어깨에 손을 얹고 힘을 꽉 주었다.

"여기에 이렇게 네가 있는 것, 이 사실이야말로 네가 미네 마이코 살해 사건의 범인이라는 결정적 증거야."

방에 침묵이 내려앉았다.

"쿡쿡……."

우쓰미가 입을 다물고 웃었다. 그러다가 곧 큰 웃음소리가 울렸다. 미조로기의 손을 뿌리치고 배를 움켜쥐고는 바닥에 뒹굴며 그냥 계속 웃는다.

"하하하! 미, 미조로기 씨, 하, 하하하! 당신이란 사람은, 당신이란 사람은, 하하하하하!"

그 얼굴이 웃음소리와는 반대로 일그러져간다. 초점을 잃은 광기 어린 눈이……. 그러나 순간, 낚아채듯 미조로기의 얼굴을 뚫어보았다.

10일 오전 0시.

시보가 울렸다.

5

— 삐삐, 삐삐

아키마 사치코의 손목시계에서 작은 전자음이 울렸다.

책상에 기대어 있던 기타가 문득 얼굴을 들어 자신의 손목시계를 본다.

오전 0시이다.

눈앞에 젓가락도 대지 않은 연어 도시락이 있었다. 플라스틱 뚜껑 안쪽에 빽빽이 물방울이 맺혀, 이미 연어 도시락인지 뭔지도 알 수 없다.

조사실에는 기타와 사치코 두 사람뿐이다. 담당 취조관인 데라오가 히다카 아유미의 방으로 간 뒤 심문은 중단되었다. 하지만 기타로서는 데라오가 자리를 뜬 이유 따위 짐작도 가지 않았고, 하물며 아유미와 다치바나가 연행되어 온 것이나 우쓰미 가즈야가 체포된 일 따위 알 도리도 없었다. 몸도 정신도 완전히 지쳐, 공백의 이유를 물을 기력조차 없이, 어차피 데라오가 돌아와서 엄격한 심문이 재개될 거라고 멍하니 생각하고 있었다.

하지만 기다림에 지친 시간은 기타의 머리에 소박한 의문이 생기게 했다.

—누가 경찰에 밀고했을까.

바꿔 말하면, 자신을 이렇게까지 괴롭힌 인물이 대체 누구냐는 것이다.

몽롱한 머리로 생각해보았다.

경찰은 처음부터 '루팡 작전'의 이름을 알고 있었다. 그것을 알고 있는 사람은 자신과 다쓰미, 다치바나 세 사람뿐이다. 설마 나머지 둘이 경찰에 말할 리가 없다. 짐작하기로는 두 사람 중 어느 쪽이 누군가에게 흘렸고, 그것이 경찰의 귀에 들어갔다. 그것밖에 없다.

답은 바로 나왔다.

—조지 녀석.

어떤 여자와 정을 통하는 사이가 되어 슬쩍, 아니 자랑스럽게 지껄였을 것이다. 헤어지니 어쩌니 하다가 여자에게 원한을 사서 경찰 귀에 들어갔다. 분명 그런 것이 틀림없다.

기타가 혀를 찬 그때, 구석 책상 자리에서 사치코가 일어났다. 종이봉투를 소중한 듯 안고 중앙에 있는 책상으로 걸어와, 기타의 정면 의자에 쓱 걸터앉았다.

작은 입술이 움직인다.

"시효가 끝났습니다."

"예……?"

기타는 입을 떡 벌렸다.

"미네 마이코 살해 사건의 시효가 오전 0시로 만료되었습니다."

"시효?"

"그렇습니다. 사건 발생일로부터 십오 년 지났습니다."

명쾌한 설명은 아니었지만, 기타는 아직 사정을 이해할 수 없었다. 희미하게 해방의 빛을 느꼈을 정도이다.

"피곤하세요?"

사치코가 걱정스럽게 눈썹을 찡그리며 기타의 얼굴을 들여다보았다. 아름다움에 기타는 새삼 놀라움을 느꼈다.

"저, 저기…… 그럼 돌아가도 되는 겁니까?"

"네, 이제 괜찮습니다. 옆의 큰 방에 형사과장님이 계시니까, 양해를 구하고 귀가하세요."

"감사합니다."

무심코 감사의 인사를 했다. 자신을 살인범으로 연행해서 닦달한 경찰과, 눈앞에 있는 아름다운 여경을 같은 차원에서 연결시킬 수가 없었다. 게다가 기타는 지독하게 지쳐 있어서, 경찰에 대한 갖은 원망 따위 더는 아무래도 좋았다. 한시라도 빨리 집에 돌아가서 자고 싶었다. 단지 그뿐이었다.

자리에서 일어나니 다리가 휘청거렸다.

심문 시간을 손으로 꼽아 세어보면서 기타는 출구를 향해 비틀비틀 걸어가 손잡이를 돌렸다. 그때였다.

"잠시만요."

등 뒤에서 소리가 났다. 뭔가 결심한 듯한 목소리이다.

기타는 깜짝 놀라 돌아보았다.

사치코의 얼굴이 상기되어 있었다. 가슴에 품은 종이봉투 안에서 뭔가를 꺼내려 하고 있다. 하지만 허둥대는 바람에 손이 말을 안 들어 봉투째 바닥에 쏟아졌다.

"앗……."

엄청난 양의 조서가 흩어져 사치코는 달려들듯이 주워 모았다. 모른 척할 수 없어서, 기타도 무릎을 굽히고 꼼꼼한 글씨로 채워진 종이를 줍기 시작했다.

열 장쯤 사치코의 손에 건넸을 때였다. 책 한 권이 종이 밑으로 보였다.

상당히 낡은 책이었다. 많이 상해서 표지 그림도 제목도 읽어낼 수 없을 정도였다. 모서리도 닳아서 갈라져 있었다.

"저기……."

기타가 말을 걸었다. 하지만 사치코는 대답하지 않았다.

사치코는 이 책을 봉투에서 꺼내려고 한 것 같다. 그러나 그 책에는 눈길도 주지 않고 묵묵히 서류를 주워 모아 쌓는다. 그 모습은 뭔가를 호소하는 것 같았다.

기타는 다시 한 번 책으로 시선을 떨어뜨렸다.

스물서너 살의 처녀가 읽는 책……. 두꺼운 표지 장정으로 볼 때, 시집 같은 것일까. 희미한 갈색 그림이 보였지만, 대체 뭐지……?

기타는 다시 한 번 사치코의 옆얼굴에 눈길을 준 다음 두꺼운 표지를 넘겨보았다.

— 앗!

곰의 삽화가 눈에 들어왔다. 두 마리, 세 마리……. 커다란 히라가나 글자가 곰 가족의 소풍 이야기를 하고 있다. 그것은 어린이 그림책이었다.

기타의 뇌리에 아픔이 스쳤다.

— 이 그림책은 어딘가에서 본 적이 있다.

그림책…… 곰…… 곰의 가족…….

"앗!"

몸이 떨려오면서 동시에 기타는 다리에 힘이 풀려, 바닥에 털썩하고 엉덩방아를 찧었다. 옆의 사치코에게 멍한, 그러면서도 두려움이 섞인 시선을 보냈다. 사치코는 이쪽을 보지 않았다. 그러나 그 얼굴에는 기타가 믿기 힘든 생각을 긍정하고 있다.

소마의 여동생……. 고3 때 자살해버린 소마. 그 여동생이 소중히 아끼던 그림책이 아닌가. 십오 년 전 마작장에서, 소마의 아파트에서, 여동생은 이 그림책을 꼭 끌어안고 있었다.

"……소마의 여동생이야?"

기타는 조심조심 물었다.

사치코의 움직임이 멎었다.

커다란 눈동자가 촉촉하다.

"읽어주세요, 그 책."

꺼져 들어가는 목소리로 사치코가 말했다.

기타는 눈을 크게 뜬 채로 마술에라도 걸린 듯이 사치코의 말에 따랐다.

"아기 곰이 밤중에 벌떡 일어나 아빠 곰의 품으로 뛰어든다. 낮에 소풍갔던 산이나 시내가 보였다고 놀라서 말한다. 엄마 곰이 꿈이라고 가르쳐주려 하지만, 아빠 곰은 고개를 가로저으며, '그것은 추억이라고 하는 거야'라고 아기 곰에게 말해준다. '좋은 추억을 많이 만들면 언제라도 그곳에 갈 수 있어. 집에 있으면서도 몇 번이고 즐거워할 수 있어. 하지만 나쁜 짓만 하고 있으면 추억은 하나도 남지 않아. 그러면 시시하잖아……."

마지막 장을 넘기니 들뜬 아기 곰 얼굴 위에 난폭한 글씨가 휘갈겨져 있다.

기타는 '헉!' 하고 숨을 삼켰다.

글래머를 죽인 건 내가 아니다

기타, 다치바나, 다쓰미다

루팡 작전으로 죽였다

녀석들이 죽였다 녀석들이

—소마가 이걸……!

기타는 떨리는 손가락으로 매직으로 쓴 글자를 더듬었다.

“미웠어요.”

사치코가 불쑥 말했다.

“미웠어요, 계속……. 저, 당신들을 미워하며 컸습니다.”

드디어 기타는 알아차렸다. 누가 경찰에 정보를 가져갔는지.

“그날…… 오빠가 목을 매고…….” 사치코의 얼굴이 새파랬다. 숨을 쉬는 것도 힘들어 보였지만 힘껏 말을 짜냈다. “오빠가 천장에서 줄을 늘어뜨리고……. 하지만 전 그것도 모르고……. 밤중에 잠을 깼어요……. 오빠가 놀고 있다고 생각해서, 나, 계속 기다렸으니까, 오빠가 집에 오기를 계속 기다렸으니까……. 기뻐서, 기뻐서……. 의자 위에 올라간 오빠의 다리에 달려들어서, 매달려서 웃었는데……. 그랬더니 의자가 쓰러졌어. 오빠가 ‘으윽!’ 하고 신음하고……. 내가 죽였어. 내가…… 오빠를…….”

순간 사치코는 비명을 질렀다.

그 비명은 좁은 조사실 안을 울리더니 길게 꼬리를 물고 두 번 세 번 이어졌다.

기타의 가슴이 찢어질 것만 같았다. 귀를 막아도 눈을 감아도 사치코의 비명이 온몸을 찔렀다. 찔리고, 뚫고, 튀어서 기타의 신경을 난도질했다.

모은 조서가 다시 사치코의 무릎에서 주르르 미끄러져 떨어져서는 바닥에 흩어졌다.

기타는 어떻게 하면 좋을지 몰랐다. 어떻게 할 수조차 없는 무력감이 밀려왔다.

사채에 쫓겨 부모가 증발하고, 소마와 여동생 두 사람만 도회의 변두리에 남겨졌다. 의지하던 단 한 사람인 오빠가 자살했고, 게다가 자신이 달려드는 바람에 죽어버렸다고 믿고 살아왔다. 대체 어떤 심정일까.

사치코는 아직도 소마가 매달린 십오 년 전의 그 아파트 안에 있었다. 소마의 다리에 달려들어서 소마의 죽음을 알았을 때의 충격에 부딪히고 그때마다 비명을 질렀고, 잠자코 있는가 하면 다시 새된 비명을 질렀다. 양손으로 귀를 막고 격렬하게 고개를 흔들었다. 머리카락을 마구 쥐어뜯다가 그 손을 바닥에 털썩 내던지고 뒤로 나자빠졌다.

"내가 죽였어……."

"아니야……."

기타는 멍하니 사치코를 바라보며 말했다.

"아니야."

사치코는 기타를 노려보았다.

"아니, 내가 죽였어, 나, 오빠를! 그때도, 나 모두에게 분명히 그렇게 말했는데……. 경찰도 상담소 사람도 아니라고……. 하지만 정말이야, 내가 달려들었기 때문에 의자가 쓰러져서……. 나, 그렇게 말했는데……. 모두, 거짓말하고!"

"아니야!"

기타는 더는 참을 수 없어서 사치코의 어깨를 끌어당겼다.

"소마를 죽게 한 건 네가 아니야. 우리가…… 우리가 좀더 그 녀석을……."

어느새 눈물이 넘쳐 흘렀다. 소마가 자살했을 때도 나오지 않던 눈물이…….

사치코를 끌어안았다. 몸이 뜨거웠다. 그런데도 얼어붙은 듯이 격렬하게 떨고 있었다.

얼마나 그렇게 하고 있었을까. 떨림이 잦아들었다. 체온이, 고동이, 새콤달콤한 향기가 조용히 전해왔다.

기타도 알았다. 사치코는 드디어 그 아파트에서 빠져나왔다.

사치코가 팔에 힘을 꽉 주고 천천히 기타의 몸을 밀어냈다. 느린 동작이 혐오의 뜻이 없음을 나타내었다.

서로의 숨결이 닿을 정도로 얼굴이 가까웠다. 사치코는 수줍은 듯이 고개를 숙이고 제복 주머니에서 옅은 제비꽃 모양의 손수건을 꺼내어 얼굴의 아래쪽 반을 덮었다.

남겨진 눈동자는 아직도 공허했다.

"힘드셨을 텐데…… 죄송해요……."

그렇게 기타에게 사과하고 사치코는 혼잣말처럼 소마가 죽은 다음의 일을 띄엄띄엄 이야기했다.

구립 양육시설에서 초등학교를 졸업할 때까지 지냈다. 몇 번쯤 면접을 거쳐 양품점을 하는 부부에게 맡겨져 양딸로 호적에 올랐다. 양부모의 마음에 들기 위해 밤낮으로 가게를 도왔다. 그런대로 평화로운 나날이었지만, 중학교 2학년이 되자 밤중에 의붓아버지가 방에 몰래 들어와 몸에 손을 댔다. 누구에게 말도 못하고, 집을 나올 수밖에 없었다. 그 아파트로 갔다. 폐가가 된 그 아파트에서 매일 밤, 오빠의 꿈을 꾸었다. 사라져버리고 싶었다. 비틀비틀 건널목으로 걸어 들어갔다. 죽고 싶기도 하고 그렇지 않기도 하고, 이제 아무래도 좋다고 생각했다. 지나가던 초로의 남자가 사치코를 구했다. 남자는 경찰관이라고 했다. 그는 부모에 대한 복수도 사회에 대한 앙갚음도 무엇을 위해서도 좋으니까 살라고 설득했다.

그 경찰관의 소개로 입양부모의 모임을 운영하고 있던 도쿠시篤志 가에 맡겨졌다. 새 부모는 다정했다. 자신을 버린 친부모도, 양품점 부부도 잊어버리고 이 집의 딸이 되자고 맹세했다. 하지만 어머니가 사준 한 권의 그림책은 몰래 갖고 있었다. 언제나 곁에 두었다. 학교에 갈 때도 가방에 챙겨 넣었고 집으로 돌아오는 도중에 공원에서 매일 펼쳐보았다. 오빠가 휘갈겨 쓴 문장이 마음에 걸렸다. 무슨 일인지 알 수 없었지만, 오빠의 원통함과 증오는 전해졌다. 그 감정을 느낄 수 있을 나이가 되었다.

"전 오빠와…… 당신들과 같은 고등학교에 시험을 봤습니다."

기타는 말을 잃었다. 황량한 풍경 속을 사치코의 목소리가 뚫고 지나간다.

"고등학교에 들어가서 사건에 대해 알게 됐어요. 도서관에서도 조사했고, 오빠가 남긴 글의 의미도 알았습니다. 선생님에게도 이것저것 물었죠. 오빠에 대해서나, 당신들 세 사람에 대해서. 무책임하고 무절제하고, 무기력함의 결정체 같았더군요. 그러는 동안 점점 미워져서……. 당신들이 미워졌어요. 오빠도 분명, 당신들과 똑같은 생활을 했겠죠. 하지만 어째서 오빠만 죽어야 했을까 하고……. 그 생각만 하면서 살았어요. 분명 당신들은 재미있게 살고 있을 거라고……. 그 무렵부터 전 언젠가 당신들에게 복수하겠다고 결심했어요."

그러나 그렇게 말하는 사치코의 눈은 맑았고, 증오의 빛 따위는 티끌만큼도 없어 보였다. 마음속 깊이 매도해주었으면 좋겠다고 기타는 내심 바라고 있었다.

"미안해……."

무의식적으로 말이 나왔다.

사치코가 놀란 듯이 얼굴을 들어 기타의 눈동자를 살폈다. 기타도 얼굴을 들었다. 아름답게 자란 눈앞의 사치코와, 십오 년 전의 무표정한 소녀가 오버랩됐다.

"……정말 미안해."

사과하지 않고는 배겨낼 수 없었다.

소마가 남긴 글에는 루팡 작전에 대해 쓰여 있었다. 소마는 자살한 날 밤, 다쓰미와 찻집에서 만나 루팡 작전에 대해 처음 알았으니, 휘갈겨 쓴 글은 목을 매기 직전에 쓴 유서 같은 것이었다. 그 유서에 세 사람이 소마를 마이코 살해의 범인이라고 의심한 것에 대한 분함이 기록되어 있었다. 글은 그러했지만, 아마 소마의 진의는 달랐을 것이다. 세 사람을 미워했다. 소외된 자들 중에서도 소마 혼자만 보다 강한 소외감 속에 있었다. 그래서 학교나 세상 누구보다도 세 사람이 미웠을 거라고 생각한다.

그러나 이제 와서는 진상을 알 도리가 없다. 당시 생각했듯이 퇴학의 충격이나 내정되어 있던 취직이 잘못된 것이 자살의 계기가 되었을지도 모르고, 너무나 조숙했던 소마가 원래부터 사는 데에 지쳐버렸을지도 모른다.

사치코에게 사과한 이유는 따로 있었다.

언제 소마의 죽음을 잊어버렸을까. 그렇게 슬퍼하고, 후회하고, 돌이킬 수 없는 마음의 상처 같았는데……. 언젠가 흔적도 없이 사라져, 가슴에 아픔을 느꼈던 기억조차 잊어버렸다. 그리고 단 한 사람, 절망의 어둠 속에 남겨진 사치코에 대해서도.

아니, 잊어버린 것은 소마나 사치코만은 아니었다. 도도하고 건방졌던, 하지만 스스로는 반짝반짝 빛난다고 믿어 의심치 않았던 고교시절의 많은 일조차, 하나씩 하나씩 색깔도 모양도 없어져서, 의식이 닿지 않는 마음속 깊이 흐리멍덩하게 침전되어버렸다. 부모나 학교에 등을 돌린 채, 아양을 떨며 약삭빠르게 살아가는 녀석들을 깜짝 놀라게 해주겠다고 무법자처럼 고집을 부렸었다. 자신만의 청춘, 자신만의 인생을 차별화하며 몹시 의기양양했었다.

그러나 아무것도 남지 않았고, 자신은 누구와도 다르지 않았다. 아내와 아이와 의지하며 살아가는 작은 평안의 장을 지키고 싶다. 사회의 톱니바퀴로 지내는 안도감에 젖은, 머리도 목소리도 없는 사람들의 파편이 되어 있을 뿐이었다.

"미안해……."

기타는 다시 한 번 사과했다. 심장이 얼어붙어서 자신의 말이 아닌 듯한 느낌이 들었다.

"……그러지 마세요."

사치코는 괴로운 듯 고개를 저었다.

기타는 사치코를 보았다.

할 말을 찾을 수가 없었다.

기타는 딱 한 번 더 사치코의 눈동자를 살피고 문으로 시선을 옮겼다.

"그만 가봐도 될까."

작은 평안의 장이 한없이 그리웠다. 그곳에 돌아가서 깊숙이 가라앉고만 싶었다.

사치코는 대답하지 않았다.

기타는 천천히 일어났다. 사치코의 목덜미에 시선을 떨어뜨리고 작게 고개를 숙인 뒤 문 쪽을 향했다.

등에 사치코가 매달렸다.

"미안해요……."

십오 년 전의, 그때의 소녀가 달려들었다. 그런 착각이 일었다.

"하루뿐이에요. 딱 하루만, 오빠의 복수를 하고 싶었어요……."

사치코가 오열을 삼키려고 하면서 숨을 헐떡였다.

"하지만 아니에요. 사실은 달라요……. 그쪽과도 다시 한 번 만나고 싶었어요. 저 그때 꼬질꼬질했죠? 성난 얼굴로 이상한 말만 하고, 잘 씻지도 않고. 그런데…… 당신은 상냥하게 대해줬어요. 정말 상냥했어요. 정말 따뜻하고 멋졌어요……. 아파트에 배달해준 차슈멘, 잊지 않았어요. 잊을 수 없어요……. 흘리면서 먹었나요? 배가 고프다며 허겁지겁 먹던가요? 부끄러워서, 저…… 너무 부끄러워서……."

기타는 문을 밀어서 열고 천천히 걷기 시작했다. 또다시 눈물이 흘러넘쳐서 사치코를 돌아볼 수 없었다. 구원받은 것이다. 그 십오년 전의 소녀가 낡은 필름 한 컷을 간신히 남겨주었다. 등의 온기는 사라지지 않고 몸 안으로 배어드는 것 같았다.

어떻게 된 일인지 서의 현관을 나간 기타의 가슴에는 곰 가족이 있었다.

— 나쁜 짓만 하면 추억은 하나도 남지 않아. 그러면 시시하잖아.

아빠 곰의 대사를 입속으로 되뇌며 기타는 별이 드문드문 떠 있는 밤하늘을 올려다보고 심호흡을 했다.

6

4층 수사대책실에 불이 꺼지자, 늘어선 복도 형광등이 어둑한 바닥과 벽에 비쳐들었다.

서류를 산처럼 쌓아놓은 책상에서 오토모가 수화기를 놓자, 등 뒤에서 나른한 목소리가 들렸다.

"어느 쪽이야?"

파이프 의자를 네 개 늘어놓고 데라오가 배를 깔고 누워 있다.

"여자 아이."

오토모가 대답했다.

"고생했네."

"뭐……."

"이름은?"

물음에 오토모가 돌아보았다.

"남자 이름밖에 생각하지 않았는데."

데라오는 천장을 향해 '훗!' 하고 웃음을 터뜨렸다.

오토모는 그 얼굴에 시선을 떨어뜨리며 넥타이를 다시 조였다.

"데라오!"

"응?

"뭣 좀 먹으러 나갈까?"

데라오는 의자에 머리를 얹은 채 고개를 저었다.

"위장까지 토해버렸으니까……."

오토모가 일어서며 입을 열었다.

"그러면 위장까지 다시 먹으면 돼."

데라오는 다시 '훗!' 하고 웃고는 머리를 들었다.

"오토모!"

"뭐야?"

"병원에 가볼까?"

"병원?"

"신생아실 말이다."

이번에는 오토모가 작게 웃었다.

"너 오늘 정말로 어떻게 됐구나."

"갈거지?"

"아니, 라면집이야. 아까 야나세 씨가 감식반 신입과 다니가와를 데리고 나갔어."

"야나 씨는 깡충깡충 뛰면서 갔을까?"

"아니, 삼바 같은 화려한 스텝이었어."

데라오가 '핫!' 하고 짧게 웃고는 상체를 일으켰다.

"어쩔 수 없지, 차슈멘이라도 한 그릇 같이 할까?"

두 사람이 동시에 스피커를 흘끗 보았다. 더는 아무런 소리도 나지 않는다.

"나도 차슈멘이다."

그렇게 말하고 오토모는 데라오의 윗옷을 배 위로 던졌다.

서의 1층은 여전히 교교하게 불이 켜져 있었다.

"……네, 아뇨, 당치 않습니다. 네…… 네…… 알겠습니다…… 실례했습니다."

고칸은 깊숙이 머리를 숙이고 정중하게 수화기를 내려놓았다. 상대는 본청의 형사부장, 후지와라 이와오이다. 수사 1과를 통해 보고를 올렸지만 부장이 직접 전화하다니, 고칸은 몹시 황송했다.

소파에는 미조로기가 있었다. 우쓰미 가즈야를 서내 유치장에 보낸 다음, 잠시 들렀다 가라는 서장의 권유에 불려가 커피를 대접받던 참이다.

"서장님, 부장님이 뭐라고……?"

"수고했다고. 그리고 우쓰미가 자해 행위를 하는 일이 없도록 엄중히 감시하라고 하셨어."

"아키마 여경의 일은?"

바로 몇 분 전까지 아키마 사치코가 이 방에 있었다. 사죄하러 나타난 것이다. 자신이 정보 제공자였음을 밝히고, 후지와라 부장과의 관계에 대해서도 짤막하게 말했다.

"부장님은 아무 말씀도 하지 않았어."

"그렇습니까."

후지와라답다고 생각했다. 죽을 때까지 자기 입으로는 말하지 않을 작정인 것이다.

건널목에 걸어 들어간 사치코를 구하고 그녀가 아키마 가의 양자가 된 후에도, 여경이 되고 나서도 음으로 양으로 보살펴주었다. 그런 사치코가 십오 년 전의 이야기를 고백하여 수사를 하명했지만, 그녀를 수사의 진두에 세우지는 않았다.

"부모의 마음이라는 건가."

고칸이 말했다.

"불쌍했겠지, 그녀의 괴로운 과거를 들추어내는 것은……. 게다가 조직 전부가 알게 되면, 앞으로 여경으로 살기도 힘들어질 수도 있고."

"네. 그러나 본청의 톱이 서까지 일부러 조용히 온 걸 보니, 부모의 마음을 넘어서 딸바보 부류에 들어갈지도 모릅니다."

"딸바보 말인가? 그것도 나쁘지 않군."

작게 웃으며 고칸은 소파에 큰 덩치를 묻었다.

기분 좋은 피로감이 몰려왔다. 눈앞의 미조로기를 비롯해, 수사는 언제나처럼 본청의 전문 형사가 맡고, 자신은 이렇다 할 활약도 없었다. 땀을 뻘뻘 흘리며 열심인 서의 계단을 그저 오르락내리락했을 뿐. 그런데도 기분은 상쾌하다.

미조로기 또한 왠지 훈훈한 기분에 젖어 있었다. 사람들이 '수사의 귀신'이라고 두려워하며, 지금도 여전히 현장의 경외를 듬뿍 받는 후지와라가 단 한 사람, 아가씨 마음을 헤아리고자 수사에 마이너스가 될 걸 알면서도 정보 제공자의 이름을 숨겼다. 그 '딸바보 짓'이 유쾌하기 그지 없었다.

— 그런 일은 넘어가도 좋아.

미조로기는 마음으로 말하고, 아까 피울 기회를 놓친 담배에 불을 붙였다. 하기야 벌써 날짜가 바뀌었나.

"그렇다고 해도……."

고칸이 잠깐 뜸을 들이더니 말을 이었다.

"가스카와 검사 덕분에 살았군."

"분명히."

미조로기는 동조하여 고개를 끄덕인다.

형사소송법 제255조. '기타 이유에 의한 시효의 정지.' 테이블 위에 우쓰미의 여권이 있다. 체포영장 집행과 동시에 가택 수사에 들어간 수사원이 방금 돌아왔다.

"그런데 설마 우쓰미의 한국 관광 여행이 국외 도망의 규정에 해당한다니 말이야. 뭐, 우리 쪽에서는 사흘을 번 건가."

"가스카와 씨에게는 나중에 감사하다고 잘 말해두겠습니다. 그의 조언이 없었다면, 이 사건은 체포까지는 못 갔을지도 모릅니다."

고칸은 몸을 내밀었다.

"하지만 시효는 사흘 늘었을 뿐이야. 사흘 만에 기소까지 넘길 수는 없어. 우쓰미가 제대로 자백할까?"

"모르겠습니다."

"어이어이, 미조로기……."

"아, 죄송합니다."

미조로기는 상대의 웃는 얼굴 앞에서 손을 내저었다.

"다만 저는 이번 일로 우쓰미라는 사람을 잘 알게 된 것 같은 느낌이 듭니다."

"호오……."

"그렇다기보다는 우쓰미를 낳은 사회를 엿보았다고 해야 하나. 어떻게 말하면 좋을지……."

미조로기는 문득 생각난 듯한 표정을 지었다.

"아아 맞다, 다치바나 소이치가 고교 시절 입버릇처럼 하던 말이 있었죠. 아폴로가 달에 착륙했을 때 정도로 실망한 적은 없었다, 이미 세상은 갈 데까지 가버린 느낌이다……. 그런 말이었습니다. 정신없이 달리다 보니 딱히 그런 생각을 한 적은 없었지만, 듣고 보니 전쟁도 전후의 분위기도 퇴색한 쇼와 후반이란 분명히 그런 시대였을지도 모릅니다. 무엇이든 부풀리고, 늘이고, 또 늘여서 충분히 풍요로워졌는데도, 어쩐지 현 상태에 고개를 갸우뚱거렸어요. 어떻게 풍요로워졌는지, 어디가 풍요로워졌는지 다들 점점 알 수 없어져버렸지요. 아폴로의 구조도 기술도 아무것도 알지 못하고, 텔레비전 영상으로 달 표면을 뛰어다니는 남자들을 반복해서 보여주는, 그 기묘한 감각이 쇼와 후반까지 계속 이어진 것 같습니다."

손가락에 열을 감지하고 미조로기는 필터만 남은 담배를 비벼 껐다.

"그런 걸 질질 끌어오면서도 누구나가 현대인으로 있으려 하죠. 전쟁으로 사람이 죽고, 학생운동으로 피를 흘렸습니다. 그것은 그것으로 끝났다고 단념하고 영문을 알 수 없는 풍요로움에 둘러싸이다 보니, 사회는 묘하게도 점잔 빼는 어른의 얼굴이 되어버렸죠. 얼굴을 맞대고 싸우지 않고, 하물며 피 같은 건 흘리지도 않고, 대신에 규칙이나 분별이 세력을 떨치고, 선행이니 타인을 위해서라느니 하는 정론의 여과기가 세상 모든 것을 걸러버렸어요. 그렇지만 애당초 성숙한 사회란 있을 수 없는 환상이니까, 정론으로는 전부 여과할 수 없는 모순투성이의 토막들이 남아버린 거죠. 뭐랄까, 정론 사회에 대한 의심과 증오가 뒤섞인 버거운 토막들이……."

미조로기는 정신이 든 듯이 말을 끊었다.

고칸이 크게 숨을 뱉었다.

"그 토막토막이 우쓰미라는 건가?"

"우쓰미이기도 하고, 다치바나이기도 합니다. 문득 그런 느낌이 들었습니다."

"정론사회는 너무 막혀 있다는 건가?"

"이제부터는 사론邪論이 위세를 떨칠 것 같은 예감이 듭니다. 무지하게 강력한 여과기를 써도 여과할 수 없는, 온갖 정론에 내성을 익힌 괴물 같은 범죄자가 잇달아 나타날 것 같아요."

"그건 빗나가야 좋을 예감이군."

똑똑 하는 노크 소리가 나고, 서장실의 문이 작게 열렸다.

잠시 후 단발머리의 젊은 여자가 얼굴을 내밀었다. 어젯밤 송년회에서 고칸을 '세쿠하라 서장'이라고 찍소리 못하게 만든 '아가씨' 고쿠료 가스미이다.

"안녕하쎄욧!"

가스미는 익살맞게 인사하고, 방 안을 두리번거렸다.

"아가씨구나, 들어오지."

고칸의 허물 없는 목소리에 가스미는 거침없이 두세 걸음 들어왔지만, 등을 보이고 소파에 앉은 미조로기의 머리를 보고 걸음을 멈추었다.

"손님이세요?"

"아니."

미조로기도 둘러보았다.

"손님 아니야."

가스미는 이상하다는 듯이 미조로기를 흘끗 본 뒤, 고칸에게 시선을 돌리고는 말했다.

"저, 어제 마신 술이 아직도 안 깨서 오늘 밤에는 집에 가야지 하고 서 앞을 지나는데 서장실에 불이 켜 있잖아요. 혹시 대형 사건인가 해서 택시 그냥 보냈는데…… 정말 무슨 사건 있어요?"

"오, 아가씨도 날카로워졌군, 분명히 대형 사건일지 몰라."

"어머, 큰일이네."

가정환경이 유복했던지, 가스미는 감도, 움직임도 좋지만 이따금 자신의 감과 움직임을 믿지 못해 냄새만 맡고 지나쳐버리는 경우가 많다. 무슨 일이 있어도 사건을 제 것으로 만들려는 절실함이 없다.

경찰 측에서 볼 때 위험도가 낮은 기자라는 점을 한눈에 파악했지만, 미조로기는 그 여유와는 다른 측면에서 가스미에게 웃음을 지어 보였다.

오전 0시를 지나서도 여전히 움직이고 있는 직업이란 데 대한 공감대도 있지만, 그것보다 서의 '이변'을 알아보려고 택시를 보내버린 시원스러움이 좋았다. 이 시간에는 나중에 잡으려고 해도 택시가 잘 잡히지 않는다. 미조로기의 집에도 매일 밤 야경꾼이라고 칭하는 기자가 줄을 서지만, 그들은 언제나 회사 전용 차로 오기 때문에 돌아갈 걱정은 없다.

가스미는 기묘한 웃음을 짓는 미조로기를 흘끗거렸다. 본청 출입기자의 경험이 있으면 그 콧수염을 본 순간, '대형 사건입니다'라고 회사에 급히 전화를 했을 것이다. 그러나 본청수사 1과에서 으뜸가는 민완계장을 눈앞에 두고도 아무것도 모르는 가스미는 태평하다.

"그런데 서 안이 조용하네요."

가스미는 멋쩍음을 숨기려는 듯이 중얼거린 뒤, 소파에 앉지도 않고 꾸벅 머리를 숙이고는 문으로 향했다.

미조로기가 웃음을 참으면서 고칸에게 눈짓했다. 그 의미를 알고 웃어 보이는 고칸이 가스미의 등에 '아가씨!' 하고 말을 걸었다.

"네?"

"아직 최종판 마감은 늦지 않았나?"

"네?"

"특종 감이다."

그렇게 말하고 고칸은 사건 개요를 메모한 종이를 내밀었다.

눈을 깜빡거리며 글을 읽어가던 가스미가 '헉!' 하고 입에 손을 대고는 두 사람을 번갈아 보았다. 고칸이 야단스럽게 내뱉는다.

"헤드라인은 이렇게 잡으라고. '시효 종료를 기다렸다! 십오 년 전의 여교사 살인 전면 해결.' 어때?"

상기된 가스미의 얼굴에 웃음이 번지더니 감사의 말을 던지고는 현관의 공중전화를 향해 달려나갔다.

조간은 대특종을 실어보낼 것이다.

가스미에게 선수를 빼앗긴 타사 녀석들의 격노하는 얼굴이 눈에 선하다. 아침 일찍부터 각 언론사의 총공격에 노출될 것이다. 본청도 정보를 누설한 미꾸라지를 찾느라 애깨나 쓸 게 뻔하다.

고칸은 자신의 수다를 약간 후회하면서, '자네도 공범이야' 하고 장난스럽게 웃으며 미조로기에게 두 잔째 커피를 내밀었다.

옮긴이 한희선

한국외국어대학교를 졸업하고 전문 번역가로 활동하고 있다. 세오 마이코의 《럭키걸》, 가와카미 겐이치의 《날개는 언제까지나》를 비롯해, 시마다 소지의 《점성술 살인사건》《기울어진 저택의 범죄》, 미야베 미유키의 《대답은 필요 없어》《레벨7》, 아야츠지 유키토 《살인방정식》《키리고에 저택 살인사건》, 나카지마 라모 《인체 모형의 밤》《가다라의 돼지》 등 다수의 작품을 우리말로 옮겼다.

루팡의 소식 블랙&화이트 004

1판 1쇄 발행 2007년 9월 10일
2판 1쇄 인쇄 2017년 6월 9일 **2판 1쇄 발행** 2017년 6월 19일

지은이 요코야마 히데오 **옮긴이** 한희선
펴낸이 김강유
편집 장선정 **디자인** 이은혜

발행처 김영사
주소 경기도 파주시 문발로 197(문발동) 우편번호 10881
등록 1979년 5월 17일(제406-2003-036호)
주문 및 문의 전화 031)955-3200 **팩스** 031)955-3111
편집부 전화 02)3668-3295 **팩스** 02)745-4827 **전자우편** literature@gimmyoung.com
비채 카페 cafe.naver.com/vichebooks **인스타그램** @drviche **카카오톡** @비채책
트위터 @vichebook **페이스북** facebook.com/vichebook
ISBN 978-89-349-7817-6 03830 책값은 뒤표지에 있습니다.

비채는 김영사의 문학 브랜드입니다.
이 도서의 국립중앙도서관 출판예정도서목록(CIP)은 서지정보유통지원시스템 홈페이지(http://seoji.nl.go.kr)와 국가자료공동목록시스템(http://www.nl.go.kr/kolisnet)에서 이용하실 수 있습니다.
(CIP제어번호: CIP2017012879)